低落尘埃

璩静斋 著

中国文史出版社

图书在版编目（CIP）数据

低落尘埃／璩静斋著 . －－ 北京：中国文史出版社，
2020. 10

ISBN 978 － 7 － 5205 － 2287 － 8

Ⅰ . ①低… Ⅱ . ①璩… Ⅲ . ①长篇小说 － 中国 － 当代
Ⅳ . ①I247. 5

中国版本图书馆 CIP 数据核字（2020）第 179117 号

责任编辑：程　凤

出版发行：中国文史出版社
社　　址：北京市海淀区西八里庄路 69 号院　　邮编：100142
电　　话：010 － 81136606　81136602　81136603（发行部）
传　　真：010 － 81136655
印　　装：北京新华印刷有限公司
经　　销：全国新华书店
开　　本：1/16
印　　张：23. 5
字　　数：310 千字
版　　次：2021 年 1 月北京第 1 版
印　　次：2021 年 1 月第 1 次印刷
定　　价：68. 00 元

目　录

第一章

1

从支离破碎的梦网中钻出来，抓过床头柜上的小熊猫闹钟，魏静怡的心顿时提到了嗓子眼，七点了？怎么回事？昨晚睡前不是调到六点的吗？闹钟怎么没响？

叹叹气，忙不迭地起床，上了趟卫生间，透过卫生间的透明玻璃窗，看见外面一片灰蒙，天空在稀稀拉拉地飘着雪花。依稀记起梦里也好像在下着雪，她在半空中悬着，摇摇欲坠……有些奇怪为什么要做这样的梦？除了残存一点雪花的模糊记忆，就什么也记不起来了。她很想去翻翻弗洛伊德的《梦的解析》，看看弗洛伊德——这个创立精神分析理论的奥地利心理学家，是怎样解析她的梦象的。

她的喉咙干得仿佛要起烟，来不及烧水，去厨房倒了杯隔夜的温开水，喝了两三口，又到卫生间胡乱地擦了一把脸，往脸上抹了抹护肤霜，迅速换上白色毛衣、黑色保暖打底裤，套上长款紫色羽绒服，系上橙红色围巾，扣上黑绒帽子，也顾不上照穿衣镜，从门口鞋柜里拿出高筒黑皮靴穿上，拽过旁边衣帽架上的黑包，小跑着出了门。今天上午头两节有课，她必须以急行军的速度，在八点之前赶到教室，其间还得排除堵车之类的意外情况发生，才有可能赶趟儿。

鼻子里似乎有液体往下流，魏静怡使劲地擤了擤鼻子，拿纸巾揩了。一阵寒风吹过来，她感觉喉管有点发痒，忍不住咳嗽起来。昨晚不小心着了凉，有点感冒了。

天，依然自顾自地舞着雪花。魏静怡不时吸鼻子，有点落魄地站在街头东张西望，找寻出租车。雪天的交通状况远远没有往常那样顺人心意。过往的出租车不多，而且多半都载了客。大约等了一刻多钟，才来了一辆空载的出租车，真是谢天谢地！车还没完全停稳，魏静怡就兔子一般地窜过去拉车后门。

出租车司机扭头瞧了瞧这个衣冠还算整齐，行动毛糙的姑娘，歪了歪脖子，关照说："您慢着呢，别太着急喽，注意安全。"

魏静怡充耳不闻，钻进车里，坐在后排左座，关上车门，急促地说："师傅，麻烦您赶紧！京中大学。"

"哪个门？"出租车司机大概对京中大学还熟。

"东门。"魏静怡随口答道，顺手从包里掏出小镜子照了照自己的脸，微微皱了皱眉，昨晚又没有睡好，脸上有明显的倦容，神经衰弱症真的很麻烦，这毛病高中时期就开始有，这么多年也一直没有好转。晚上难入睡不说，睡着了也老是多梦，做的还都是杂七杂八、莫名其妙的梦。八月中秋，姐姐魏小叶还给她提供一个二十味中药配伍的中医单方，大夫开的药单龙飞凤舞，她只能辨识黄芪、党参、五梅子、枣柏仁、龙眼肉、阿胶米、鸡血藤、人胞、元参、茯神、炒谷麦芽等草药，其余药名根本就猜不出来，不过，没关系，拿到中医药房，大夫能准确无误地抓药。姐姐说开这方子的是位退休的老中医，年过古稀，以前是中医院院长，正宗科班啦。老中医医术很厉害的，多少人的病都被他看好了，魏小叶说自己的抑郁症也是他给看好的。你这神经衰弱的毛病他还能看不好？不过，老中医说，最好能当面让他看看人，现场把把脉，好精准对症下药。等你寒假回来，姐姐带你去看看。不论姐姐说什么，她都哼应着，想着老中医要是将她这二十年的头昏痼疾给瞧好，一定要给他送一面锦旗，好好感谢一番。没有料到上月那老中医突遭车祸猝逝，姐姐说起来，痛心疾首：太可惜了！太可惜了！！好人不在世，好人不在世!!

　　念起老中医的事，魏静怡一阵怅然自失。车窗外，雪依然在飘飞。她头脑昏沉，闭上眼睛，按按太阳穴，养养神，这些年来她也渐渐养成了一种随时随地闭目休憩的习惯，多少也能缓解一点疲乏。有时候，连她自己都不太清楚自己是一种什么状态，明明头脑有些昏涨，等进了教室，往讲台上一站，一亮音开腔，她就跟打了鸡血一样兴奋，等上完课，那疲乏感就如同潮水一般涌上来，连脑门顶都有点麻木了。

　　揉揉眉心骨，搓搓脸，觉得脸上不太润滑，她微微低头，从包里翻出美白护肤霜，拧开盖子，挤出适量的护肤霜往脸上抹了抹，稍加按摩，轻拍，又找出小化妆盒，朝脸上扑了点香粉，往唇上涂了涂无色唇膏。站在讲台上讲课总还是要注意一点形象的。魏静怡又拿镜子照照脸，脸色比刚才要好一些，白里还能透出那么几丝红润。

　　出租车开得比较慢，一路还时不时地有红灯。魏静怡心里发急，照这样的速度，十有八九是要迟到的。当学生的迟到，站在教室门口，喊声"报告"，似乎不觉得有多尴尬。可当老师的上课迟到，让全班的学生等着，哪怕踩着点进教室，那影响都是不好的，至少以后学生迟到，你这个老师很难理直气壮地批评他，要他下不为例。

　　魏静怡渴望自己能准时进教室。平素正常情况下，她至少提前一刻钟进教室，做做课前的准备工作：打开多媒体，将要讲的课件拷贝到台式电脑上，然后去开水间接一杯热水（或者冲泡一杯润喉的饮品）。如果时间还充裕的话，跟那些早到的学生聊聊天，多少也能拉近师生之间的距离。眼下这出租车越开越慢，像个裹脚小老太一样亦步亦趋，看这架势，八成是要迟到的，她忍不住向司机提意见："师傅，能不能快点啊？这车开得太慢了。"

　　司机慢条斯理地半认真半开玩笑，"您没看天在下雪吗？敢开快吗？车上有两条性命呢。我的性命倒不打紧，半老头子了。关键是您，这么年轻，敢拿您的性命开玩笑吗？您说是吧？"

司机操着地道的京腔，看样子也是个北京侃爷。魏静怡吸吸鼻子，算是应声，她有点烦躁，没有心情跟司机拉呱。

司机大概觉得没趣，干咳两下，没再吱声，打开交通广播听起来，广播里正播放马三立老先生演绎的单口相声《逗你玩》，不时传出欢快的爆笑声。以前魏静怡听过这段老相声，也确实很逗趣。只是人心情不好，怎么逗都逗不乐的。

魏静怡实在心虚得不行，觉得有必要找人帮着先去教室站一下讲台，便拿出手机给教学秘书黄鹂发了个信息，黄鹂一时没回复，又直拨黄鹂手机，无奈没人接听。她索性再闭目养神。车晃晃悠悠，跟个婴儿摇篮一样，要是放空杂念，倒也是很不错的休息方式。

突然，车剧烈地震荡了一下，魏静怡被震得心一哆嗦，惶然睁眼，怎么了？

司机黑着脸，低声怒骂："吃多了凉药！不会开车还上路！脑子有病！"出租车险些被撞了，肇事的是一辆黑色小轿车，车尾挂着"新手上路，请多关照"红底黄字条幅。幸亏司机是老师傅，有经验，紧急转方向盘避让，要不然，非出祸事不可！魏静怡庆幸不已，油然对司机师傅升起一股敬意，"幸好您车技好，机敏啊！"

"哎，有什么办法呢？"司机师傅显然十分欣慰，"干我们这行的，责任重大啊，要眼观六路，耳听八方才成。您刚才也看到了，碰上这种不懂事的车，您说有什么办法？你不招他，他来招你！你要是跟他较劲，你就死定了！都说我们司机脾气急，您说，好端端的，谁愿意发脾气啊？发脾气，人周身的细胞得牺牲一大批。对自己身体有好处么？我家孙子说，生气是拿别人的错误惩罚自己！说得特经典！"魏静怡附和着笑笑。

师傅大概是个"孙子控"，一提到自己的孙子，话题就刹不住了，眉飞色舞起来，"您别说，我这小孙子，才念三年级，呵，那说话，一套一套的，有水平着哩！甭说我这个爷爷、他奶奶，还是他姥姥姥爷，就是他爸妈，说话恐怕都没有他水平高。嗨，现在的孩子，就是比我们小时候聪明！"

魏静怡心下暗笑，这将孙子给夸的！她也不便扫师傅的兴，便说："现在的孩子机灵也确实机灵，接触的信息也多。"惦记上课，聊什么都缺乏热度，她的心中还是急，"师傅，大概要多久能到京中大学呢？我八点钟要上课，也真是有点急人啊。"

"哦，八点上课？那确实是有点紧张。"师傅深表同情，"这雪天，路况不好，又不敢开快，还是安全第一，是不是？"

"您说得也是。"安全确实第一。魏静怡叹叹气。

"到时候跟你们领导解释一下，应该没事的。"师傅安慰说，"话又说回来，就算迟到，也迟不了几分钟的。这样好不好？我根据实际情况，能提点速就尽量提点速。您也甭太着急。"

魏静怡由衷地道谢，心里依然七上八下的。

车快到学校大门口，黄鹂来了电话，说："我昨晚手机给弄成了静音，忘调了。静怡有什么事么？"魏静怡想想，算了吧，这个时候，跟她说根本不顶用，也就说："没事，你忙你的。"

车到东门，八点零八分！按学校规定，出租车是不允许进校园的。魏静怡上课的教室在文科楼五层，从大门口步行到教学楼，再坐电梯去教室，至少要四五分钟，何况天又下着雪，路滑，魏静怡的高筒皮靴防滑性能不高。到教室没个十分钟恐怕是不行的。

魏静怡恳求门卫允许出租车进一下校园，解释自己是学校的老师，要急着上课。门卫是新来的，恪守校规，硬是不给魏静怡面子。魏静怡懊恼也没有用，只好付费下车。

魏静怡试图走快点，可是刚走了几步，差点滑倒。万一摔出个好歹来，那不就更划不来了？魏静怡横下心，反正也已经迟到了，再急也没用。没办法，只能到课堂上跟学生解释解释，道个歉。

到教学楼底楼大厅，准备坐电梯，却见电梯前拉上了警戒线，贴条称："临时检修，暂停使用，感谢配合。"魏静怡不免沮丧，今早真是活见鬼了，怎么事儿都赶集般地赶到一起来了？她不由得想起老外公在世时说的一句粗俗的话：这人一遇上不顺，连放屁都要砸脚后跟。

只好顺着步行梯小跑着上楼，跑到五层，魏静怡已经气喘吁吁。她看见楼道里有几个人，是教务处的，心咯噔一下，坏透了！

的确是坏透了！教师上课迟到是没有任何理由解释的。要说自己身体不舒服？人家会怼你为什么不提前跟学院请假？要说自己忘调闹钟？那是你自己的失误，为什么不记着调闹钟？说明你就是个马大哈，心思根本不在工作上！要说天下雪，堵车？更不是理由，不能早点出门吗?! 唉，魏静怡心一横：事已至此，只有等着挨批。谁叫你迟到，让人家抓住了小辫子，揪揪你你想舒口气都没机会。

教务处处长批下属丝毫不留情面，大概考虑正是上课期间，那斥责声是有意压低的：学校那么多老师，谁像你这样的?! 啊？学校正抓教风学风，三令五申老师不准迟到，不准迟到，可你还是迟到！你要迟到一两分钟还说得过去，可你居然迟到将近二十分钟！有你这样的教师吗?! 上课居然迟到近二十分钟！你说你这样子，怎么教育学生！魏静怡被训得像个小瘪三，眼泪在眼眶里打转转。

魏静怡上课迟到的后果是有些不堪的，被定性为严重的教学事故，她自然被全校通报批评，还被扣发一个月课时津贴。以前在全校并不知名的魏静怡，因为这一通报，一下子变得知名了不少。

文学院的一些同事觉得小魏有点倒霉运，自从她到这所学校任教以来，上课迟到还是第一次，可也是最倒霉的一次。老实说，以前学校在教学管理方面有点松垮，教师上课迟到早退的现象并不少见，也不是人家魏静怡一个人，以前也没见有哪位老师迟到被逮住予以这么重的处分。一般情况下，老师迟到或早退被学院知晓，也顶多给个口头警告，窝着不向教务处上报。不过，一旦被教务处发现，那情形就不一样了。尤其是近期教务处新处长上任，要抓一抓教学风气，偌大的一个学校，不黑着脸抓抓典型，教风没法真正严明，魏静怡正好撞到了枪口上。

那天因为迟到，挨狠批，魏静怡课自然上得很糟。

她原本要给学生讲张爱玲的小说《倾城之恋》。现代女性作家当中，她最感兴趣的是张爱玲，大凡张爱玲的身世、张爱玲的情感史、张爱玲中晚年的生活，以及张爱玲创作的作品，只要能搜罗得到的，她都要搜来看一看。张爱玲的《倾城之恋》她很喜欢，这篇小说她看过好几遍，也细细揣摩过，她自感把握了小说的全部内涵，张爱玲借小说来表达一种世俗的爱情，一种带有苍凉感、荒诞感的爱情。为了讲好这篇小说，也为了让学生更多了解她钟爱的张爱玲，魏静怡在备课时是尽心尽力的，她精心制作了课件，介绍张爱玲的生平重要经历、思想倾向以及创作情况，还配了一些张爱玲及其作品的相关图片。正常情况下，这一堂课她是能讲得很好的，可是事与愿违。

魏静怡进教室时已经八点二十五分了，她的耳边还依稀响着教务处处长那掷地响当当的训斥，眼前的学生也乱哄哄的，魏静怡在讲台上站定之后，教室里也没有安静下来，说小话的依然说小话，玩手机的仍旧玩手机，很显然，学生们根本没把迟到二十多分钟的老师放在眼里。魏静怡也觉得自己这个时候叫大家遵守课堂纪律，绝对是没底气的。她在讲台上尴尬了差不多有两分钟。

倒是班长仇自力很善解人意，看出老师的窘迫，首先站起来给老师圆场，他拍拍巴掌，大声说："同学们请安静！请安静！听魏老师讲课。"又态度诚恳地问魏静怡："魏老师，您今天给我们讲什么内容呢？"

魏静怡感激地冲仇自力点了点头，又环视了全班，道歉："真是对不起！今天迟到了。昨晚因为身体不舒服没睡好，早上起晚了点，又赶上天下雪堵车，所以迟到了这么长时间，耽误大家上课。非常抱歉！以后一定要绝对避免这种情况发生。"

大家都将目光投向了面带歉意的老师魏静怡，整个课堂很快安静了下来。在学生的心目中，魏静怡老师还算得上不马虎的老师。学生表现出的理解让魏静怡的沮丧情绪有所缓解，她竭力平静自己的心态，不过还是能感觉自己的声音有点变调："我今天呢，给大家讲讲张爱玲。为了让大家更好地了解这位女作家及其代表作品，我事先给大家做了个课件。"

教学可望步入正常状态。可是让魏静怡感到异常懊丧的是，她的 U 盘里居然找不到张爱玲的相关课件，怎么搞的？自己昨晚没将笔记本电脑硬盘上的文件另存入 U 盘？记不清了，唉，真是糊涂至极！那一刻，魏静怡真想跳起来发泄一下内心的烦闷，可是面对满堂的学生，她没有机会发泄，只能再次向大家深表歉意。学生普遍失望的样子让魏静怡的情绪一下子又跌落下去了。没有课件，也没有讲稿，魏静怡又不能让学生们晾在那里，她只好凭着一张嘴，一支粉笔，来打发余下的教学时间。一个头昏脑涨、满腹心事的教师上没有讲稿的课，能上得好吗？魏静怡思维混乱，语无伦次。不时有学生窃窃私语，甚至讪笑，其间有几个学生以上卫生间为由离开了教室，还有学生索性伏在课桌上小睡，玩手机的，看杂书的，干什么的都有，连最给老师面子的班长仇自力也时不时在自己的笔记本上涂涂鸦。

好不容易挨到下课铃声响起，魏静怡还没有说下课，很多学生已经收好书本，兀自离开教室。很快，教室空无一人。魏静怡颓然地在讲台上呆立了一会儿，她的心好像被掏走了，被挂在学校操场的高高旗杆上，被寒风吹着，被大家嘲笑。她不知道自己是怎么走出教室，怎么下的楼梯。

魏静怡黯然神伤，低头走出底楼的楼门时，被一个人狠狠地拽了一下，"干吗呢？喊你怎么不理人呢？"说话的是外语学院的柳叶青，她也刚下课。

魏静怡微微抬了抬头，勉强挤出一丝笑，"刚才没听见。"

柳叶青将包从左肩移到右肩，拿下头上的黑呢贝雷帽，将栗色波浪长发很洒脱地向脑后捋了捋，重新又将帽子戴上，往魏静怡面前笔挺地一站，"静怡，你看我这身衣服怎么样？"柳叶青今天穿了一套自以为很时髦的裙装：上身穿黑色的仿貂皮紧腰小袄，脖子上箍一条红羊毛围巾，下身着米色燕尾式的过膝羊毛裙子，腿上套着肉色长筒连裤袜，脚上蹬黑色高跟羊皮靴。柳叶青每穿一件新装，都要让魏静怡评评其视觉效果。她觉得魏静怡还有点现代审美意识。

魏静怡一向对着装也比较讲究，要是平素，她还是很有兴趣地欣赏欣赏柳叶青的这身新打扮的。只是今天她实在没有心情，而且她今天怎么看柳叶青都没有平时顺眼，甚至觉得柳叶青这时髦的样子有点倒人胃口，就随口说了句："你冷不冷？"

"还能忍受。你冷吗？"柳叶青对魏静怡答非所问有点扫兴。往常她可不是这样的，她会上下打量自己一番，然后评点一下。

"我有点冷。"魏静怡抱了抱自己的两肩，"你没别的事的话，我先走了。"

"倒没什么事。我只是想约你一起去逛逛现代（商城），听潘向丽说，那里最近又进了一批新款服饰，我看那新品宣传册上有一款浅绿色的裙子特别适合你的。我们去逛逛怎么样？都快有大半年没去好好逛场子了。"

魏静怡只"哦"了声，继续走自己的路。柳叶青见魏静怡有点反常，轻轻地拽住她，"你怎么啦？怎么蔫不拉叽的？"

魏静怡拿手帕纸，拭了拭有点潮润的眼，没有说话。

柳叶青这才注意到魏静怡的脸色的确有些难看，眼里似乎有泪，便关切地问："你，没事吧？"

"没事。我只是有些不舒服。"魏静怡揉揉自己发胀的太阳穴，她的声音变调得厉害。

柳叶青说："怎么弄的？是不是昨晚睡觉着凉了？"一阵寒风扫过来，柳叶青"啊——嚏"打了个响响的喷嚏，"你看我也像是有点感冒了。屋里有暖气，待在屋里是不觉得冷的，这一出来，风一吹，还真是感到冷飕飕的。"

魏静怡看着衣着单薄的柳叶青，要是在往常，她会批评柳叶青只要风度不要温度，大冷天的，穿那么少的衣服，冷缩缩的，哪里好看？可眼下，她什么话都不想说，只是懒懒地朝柳叶青一扬手，就转身走了。

柳叶青注视着魏静怡离去的背影，想想又追上去，"你行不行？要不要我陪你去医院看看？"

魏静怡说："不用的。我回去歇息歇息，就没事了。"看着脸色冻得有点发红的柳叶青，还是忍不住说了句："你赶紧回去吧，外面冷。"

柳叶青将帽子往下压了压，跺了跺脚，"好，你路上注意点。改天我们再聊啊。"

两个人就此分了手，一个朝东，一个往西，又彼此回头，扬扬手。

雪不知什么时候停了。魏静怡沿着街边的人行道缓缓地走。道上的雪遭行人践踏，失了先前的洁白原色，变得灰黑不堪。天空游移着薄薄的灰色云团，风打着呼哨一阵一阵地劲吹。魏静怡的脑袋胀热，但浑身却有些发冷，她将羽绒服的领子立起来，将脖子上的围巾勒紧了点，然后她掀掉了自己头上的八角黑绒帽。

魏静怡从学校回到绿色庄园的住处，关上门大哭了一场。她今天出尽了洋相，她以前可是从来没有出过这种洋相的。

她原是个秉性高傲却又脆弱的人，现在她的高傲一下子被折损得不成样子。她的脆弱不由自主地占了上风，她真想药眠了自己。她现在能理解为什么有人会走上自杀的绝途，多半就是一时想不开。

她在床上直挺挺地躺着，胡乱地想象着她死后可能发生的情景，她想她的母亲和哥哥姐姐一定会伤心不已，她的男朋友伤不伤心？她拿不准，学校的那些同事，还有那些学生会怎么看她？揣摩她为什么要死？仅仅是因为上课迟到被训斥了一通，该上的课上得一塌糊涂？天啦！想不到她魏静怡竟是这样一个心胸狭窄的人！真是白活了一场！

魏静怡东想西想，满心羞愧，觉得自己真是有些愚蠢，幼稚。自己平素在课堂上讲文学作品，还顺带着跟学生谈诗意人生，谈人生追求的意义和价值，跟学生谈的那套人生观积极乐观得不得了，轮到自己头上，就这么不堪一击了？之前谈的那些都是虚泡泡吗？虚伪不虚伪？母亲经常说，这世间，将生死除掉，其余的都是小事！有什么了不得的大事嘛！不就是迟到了一点，课上得反常了一点？又不是自己成心的，自己何必这样跟自己过不去呢？人在犯过失，十分沮丧的时候，实在有必要学会自我安慰，连古人不都在强调"人非圣贤，孰能无过"吗？何况，糟糕的事好歹不是都过去了嘛！还不如调适一下自己的心情，就当它没有发生，自己还是一个真性情的人。

不知躺了多长时间，魏静怡昏沉沉地睡去，竟然做起白日梦来，梦里竟也是仓皇失措的情景，只是那背景更换为高中时期，期末语文考试她迟到了，卷子拿到手，脑子里混沌一片，她这个班上的尖子生竟连一道题都不会做，语文老师金云宇替她着急，索性说，老师来帮你做好了！引起其他同学群起抗议，她最好的同学瞿晓芳抗议得最为激烈，考场吵闹一片，惊动了两鬓染霜的老校长，老校长狠狠地批评了金老师……

醒来，梦中的情景依稀在脑海中尚存。魏静怡披衣靠在床头，发了半天呆。

已是黄昏时分。如果是晴天的话，此时绚丽的夕阳会透过推拉窗洒到室内，整个室内都氤氲着一种透亮、明丽、富有诗意的美。而今窗外窗内都是一片灰暗。她越发觉得压抑。对面是一家川味家常菜馆，她隐约闻到一股带着麻辣的油香味，这才意识到自己早饭和中饭都没吃，肚子也分明有些饿。

"一个人再怎么跟别人较劲，跟自己过不去，也不能跟吃的喝的过不去。那是孬子才干的事！"以前念中学时，她在家使小性子不吃饭，母亲总免不了在她耳边这样大声训导。魏静怡觉得母亲说话真是有两下子的，事实就是如此，只要你活着，你不想吃饭都不行，你的身体强烈要求你必须吃饭。你再怎么拗，你最终还得吃，而且因为饥饿，你还会狼吞虎咽，失了斯文。眼下魏静怡就是，要再不弄点吃的，她就要发晕了。

魏静怡去厨房，做了一碗西红柿鸡蛋面，将面端到小客厅的饭桌上，正准备吃呢，电话铃响了，是学院办公室的汤正茵老师打过来的。汤老师通知魏静怡：陈老师明天要听她的课，同时参与听课的还有别的老师。

文学院只有一个陈老师，谁都知道陈老师陈华茂跟其他老师不一样，是文学院的院长，去年聘过来的。他原本是京都 S 大学文学院文艺学专业的知名博导，与 S 大学文学院院长、分管文学院的副校长相处不大和谐，早已产生异心。京中大学文学院原先的院长曹正仁突发心肌梗死过世，校方需要外聘一个院长，同时也为了加强文学院的学科建设，就很轻易地将陈华茂给挖了过来。

新任院长陈华茂还没有听过魏静怡的课。汤老师这一通知让魏静怡有点紧张，早不听晚不听，偏偏这个时候听课，真是有点难为人，她的精神状态还没调整过来呢。课要是讲得不好的话，那是非同小可的，魏静怡甚至觉得比上课迟到造成的影响更坏。对于一个职业教师来说，别的可能都不必太在乎，最需要在乎的，就是教学能力是否能得到领导和同行的认可。尤其是新领导来听课，她还是要高度重视，绝对不能被新领导差评。

魏静怡希望多点时间准备公开课，她正想跟汤老师商量商量，汤老师倒是抢先说话了："小魏呀，你今早是怎么搞的？迟到那么长时间，教务处将你的事反馈到院里，要在全校点名通报批评。陈老师很生气，他觉得你这是给我们文学院抹黑，文学院还没有哪位老师被点到全校去批评呢。"

汤正茵在文学院算是资历比较老的一位老师，人称汤老太太、汤领导，虽说是个办公室主任，可管的事比院长还要多，她习惯于管新来的院长叫陈老师，甚至有时管他叫老陈。汤老太太说话办事都有股领导的风范，一些老师私下开玩笑说，汤老师应该坐到校长的位子上。

汤老师的话让魏静怡的心绪又一下子坏起来，没有更好的理由解释自己迟到，只得实话实说："汤老师，我不是故意的，昨晚不舒服，差不多一宿没睡着。又调错闹钟了。早上起晚了点，您知道天下雪，路上堵车，我打车，也还是迟到了。"

汤老师平素对魏静怡印象不错，一听魏静怡的解释，便半责怪半同情地说："唉，你这个小魏呀，你不舒服，上不了课，可以提前往我家里打个电话呀，我住得近，说一声，我帮你站一下堂，安排学生自习。一旦教务处查起来，我们有理由说我们的老师病了，上不了课，请假了。可是你这样一来，病了也不说一声，教务处他们不知道你迟到是因为你病了呀。你这不是自己给自己找事吗？所以我说，以后你干什么事，都尽量考虑周全一点，尽量避免不必要的麻烦。"

魏静怡嗯嗯应声，她的喉管又有点发痒，不由得咳嗽起来，边咳嗽边说："汤老师，您说得是。迟到已既成事实，也改变不了。他们怎么处理就由他们去吧。请您帮我跟陈老师解释一下。"

"陈老师那边，我会说的。"汤老师很关切地说，"小魏，看样子，你是重感冒了，看医生了没有？"

"没事的，汤老师，不用看医生的。"

"发烧吗？要是发烧的话，那就赶紧去看医生，弄点药吃，感冒会好得快一些的。"

"谢谢汤老师。目前还不发烧。"

"不发烧还稍微好点，你就大量喝温开水，泡泡热水脚，然后捂着被子好好睡睡觉，也会好得快的。"汤老师平素比较注重养生，也不忘顺口对魏静怡普及普及，"小魏啊，你平时也要注意养成良好的生活习惯，比如洗脸尽量用冷水，刷牙要注意用温水，泡脚呢，刚才说了，要用热水，最好是有点滚烫的水，你听过民间有这方面的谚语没有？说'冷水洗脸，美容保健；温水刷牙，牙齿喜欢；热水洗脚，如吃补药'。"

"这谚语说得好。谢谢您，我都试试。"魏静怡咳嗽着说，"汤老师，我明天上课恐怕不行，我头晕得很。能不能改天呢？"

"改天吧，只能改天了。我跟陈老师说一声，没事的。你好好休息，什么时候听你的课，等你感冒好了再说。先这样。有事再打电话啊。"

汤老师还算体贴人。魏静怡吁了一口气，她也是够饿的了，那一大碗面条她一口气滋溜滋溜地吃完，还觉得没饱，又冲了一杯热牛奶喝了。

屋里的暖气很好，室温比较高，魏静怡周身发热，她脱了外套，套了一件薄薄的小马甲。

天又下起了雪，白白的雪绒花在天空飞舞，魏静怡静静地站在窗边，注视窗外一片澄澈的世界，想起了父亲。她从小就喜欢下雪，父亲也很喜欢下雪。

印象最深刻的是她八岁那年，跟父亲一起堆雪人的情景。

雪下得很厚，满眼白皑皑的美景。她和父亲都兴奋不已，到屋外堆了一个高高的雪人，父亲拿来两根短小的黑炭插在雪人"脸"上方，乍一看就是两只黑黑的眼睛。他又找来短短的红布条，弄成朝上的半圆，嵌在雪人"脸"的下方，看上去，雪人俨然在抿嘴微笑。父亲叫着她的乳名，"三儿，雪人堆得好不好？"她咯咯笑起来，拍手跳脚说："好，好！爸爸，我们要不要给它做两只手？"

"好，来做两只手！"父亲从雪堆里翻出两根枯树枝，斜插在雪人两边，"三儿，像不像手？"

"像！"

"我们再来给它打扮一下，好不好？"父亲将自己头上的黑帽子拿下来，戴在雪人头上。她很开心，将自己脖子上的红围巾解下来，系在雪人脖子上。

"三儿，漂亮吗？"

"漂亮！"

母亲从屋里出来了，眉头大皱，数落父亲："你这人，也真是的，怎么跟个淘气的大孩子一样！这大冷天的，带着孩子玩这么长时间的雪，小心将孩子冻坏了！"父亲笑笑，"三儿哪有那么娇气？"

母亲说："孩子要是冻病了，你负责！"

那次她和父亲玩雪玩得十分畅快，竟然一点不觉得冷。那样快乐的情景以后再也没有了。父亲在第二年晚秋就发急病过世了。

如今回想起来，魏静怡满心都还是泪，那么疼她、懂她的好父亲，只在这世间待了四十五年，就不见人了！

眼前雪花再怎么浪漫飘飞，也难以飘飞出她少时的那种快意。她终于回想起昨晚的梦，她好像就在梦里跟父亲一起堆雪人，在雪地里跑来跑去……

手机响起来，又是汤正茵老师打来的。还没等魏静怡开口，汤老师先说话了，解释她刚才拨错了号。又顺口提了提公开课的事

14

情，说小魏，公开课还是好好准备一下啊。

魏静怡竭力让自己平静下来，抓紧时间应付公开课。

她还是准备讲张爱玲的《倾城之恋》，课件她之前就已做好，又在网上搜集了有关材料补充到课件里面。魏静怡知道自己不是那种特别能放得开的人，虽然书也教了好几年，但让她搞这种全院型的公开课，多少还是有点绷着弦。她还是要精心设计教学环节，包括开场白、导入新课、师生互动等环节，她都一一写在讲义中。

第二天，魏静怡一个人在家专门精心"蒸煮"公开课，张爱玲及其《倾城之恋》被她慢慢地煮成了熟鸭子。这只熟鸭子已经装盘，只等时候一到，魏静怡就和盘端上去，让讲台下的新院长和同行们瞧瞧，品尝品尝她的手艺怎么样。

魏静怡胸有成竹，就主动打电话给汤老师，告诉汤老师她感冒完全好了，可以上课了，她马上将话题又转到公开课上，"汤老师，公开课什么时候弄呢?"其实她恨不得马上就上公开课。

汤老师说："感冒好了，是吧? 那就好! 公开课的事呀，我上次跟陈老师说了，照他的意思，他这几天很忙，没时间听课，所以你的课他暂时就不听了。而且他也是因为一时恼火你上课迟到，临时起意要听你的课的，看看你课堂教学到底组织得怎么样。后来我跟他解释说你因为病了才迟到的，学生那边对小魏老师的反映还是很不错的。院长点点头，也没说什么。我看这事也就算过去了。"

"哦，不听课了吗?"魏静怡有点失望。

"不听也好。许多老师都不愿意上公开课的。这样一来，你也省点心。"

魏静怡心里话，我哪省什么心? 我这两天连觉都没睡安稳。自己弄了半天，人家说不听就不听了。就这么简单。魏静怡越想越扫兴，有时候，凡事不必太上心，任其自然才好。难怪卫岩老批评自己太把事当事了，一件事情一提溜在手，总难以放得下的。魏静怡不知道这是自己的优点还是自己的缺点。转念又一想，不觉又有些释然，全身心地投入去备备课，也是教师分内的事情，其实每节课都应该当公开课来准备才是，只是那样会将自己累成狗。她除了教学，还有科研任务——写论文，做项目，完成学校规定的教研任务，她还要评职称，如此等等，她要关注的事很多，时间总是不够用的。

屋虽小，却又感觉有些虚空，魏静怡心里烦闷，很想找个知心的人聊聊心里话。虽然她也有一些表面看上去关系不错的朋友，但此刻在魏静怡的眼里，她们其实还够不上她的知心。或者说，就算是知心朋友，她们彼此之间还是要保持各自的私密空间。她心中的郁闷是没有必要跟她们说的，就算跟她们说了，她们也解决不了自己的问题，最终还是要靠自己去排解。不过，追究起来，她的知心人曾经也还是有的，那是在她的学生时代。只是时过境迁，大家彼此各奔东西，各忙各的事，偶尔打打电话聊聊，但聊的往往都是桌面上的事，很难再深入彼此的内心了。

魏静怡很怀念学生时代，尤其是怀念没有男朋友的那些日子，那时还有某种憧憬，有着某种希望，特别是恋爱这种事情。她被一些蜂蝶般的男生乱嗡嗡地追着，她摆出一副傲然不屑的样子，心理上有着一种骄傲和满足。可是现在，她自从有了固定的男朋友之后，憧憬没了，过的是一种似小家庭又非小家庭的庸碌日子。她觉得她跟卫岩在一起同居的这几年，她失去很多东西，她的生活质量其实在下降。

明天就是自己的生日了，三十岁的生日，魏静怡幽幽地想，她不知道该怎么打发这个生日。

2

起床，伸直腰身，魏静怡拉开天蓝色的窗帘，眼前是一片亮眼的世界，天气很晴朗，阳光映照在雪地上，一种清清爽爽的鲜亮。昨夜魏静怡睡得还算马马虎虎，感觉精神好多了。今天她又没课，多少有点放松，想想今天是自己的生日，无论如何都要让自己休闲一下。

魏静怡收拾了一下，往钱夹里多揣了一些钞票，准备去逛逛商场，她打算给自己买两件衣服。想起前两天柳叶青约过自己去逛现代商城，她就打电话邀柳叶青一块儿去，柳叶青很会挑衣服，也很会还价。柳叶青认为，现在做生意的都变着法子往钱眼里钻，利欲一熏心，人就变奸诈了，无商不奸。你不要跟他们讲客气，砍价就要砍得狠。有时她砍价太猛，砍得导购小姐直翻白眼。魏静怡觉得柳叶青那样大砍价，是不是有点过了？人家做生意，目的就是赚钱，你这样死砍，不让人家赚钱，让她们喝西北风啊？柳叶青一笑，说砍价很正常啊。买卖双方自愿，她们不可能赔本卖给你，觉得多少有得赚，才会卖的。薄利多销，才会赚到更多钱。魏静怡想想也是。去年国庆节，她跟柳叶青去逛服装城，就依仗着精明的柳叶青，将一套原价一千元的西服套裙以三百五十元的现价买了下来。还没出商城，柳叶青说，怎么样？服装这东西，简直是暴利！标上一千，卖你个三百五十，还有不少赚头。

今天坐公交车去逛商城，魏静怡特别希望柳叶青一同去。那边柳叶青的手机彩铃响了两下，就被换成"您好！您拨打的手机正在通话中"，估计柳叶青这会儿在干要紧事，魏静怡就不再邀她了，自己一个人随便逛逛算了。

果然如柳叶青所说的，商城里有不少各式各样的新款服装，魏静怡还留意到有一款浅绿色的套裙，上次柳叶青说这种裙子特别适合自己穿。

魏静怡的目光一落在那套裙子上，旁边的导购小姐马上微笑着过来了，亲亲热热地叫声"姐"，"这款挺时尚的，颜色也很好，姐您皮肤白，这套裙装特别适合您穿。"看魏静怡有点动心的样子，导购小姐更热情了，"您要不要试穿一下，在镜子前看看穿着的效果？"

魏静怡说："那就试试吧。"

导购小姐朝旁边的试衣间一指，"姐，这边，您这边请！"

魏静怡在试衣间将套裙试穿了一下，出来在穿衣镜前转了转。导购小姐赞不绝口，"您穿上这身，真的很好看耶！"

魏静怡自己感觉也还不错，但她并没有表现出非买不可的样子，而是不动声色地进试衣间将裙子换下来。导购小姐说："怎么样？您满意吗？"

魏静怡说："衣服还凑合，只是价格有些贵。"又有意杜撰说，"上次我同事也买了这样的一套裙子，人家那套才要三百元。可你这套要七百元，打折也只打个九五折。价位定得实在有些高。"买衣服要适当"杜撰杜撰"，她是从柳叶青那里学来的。

导购小姐笑了笑，"一分钱一分货的，我们这里的服装质量好。"

魏静怡正色地说："您可别这么说，这话我听得多了。人家的那套跟您这里的一模一样，料子、颜色没有任何差别。"

导购小姐有点犹豫了："是吗？我们这儿都卖这个价的。"

见魏静怡要走，导购小姐马上说："姐，您看这样好不好？我去向我们经理咨询一下，这衣服的价钱能不能再给您优惠优惠？"

魏静怡点头说："那也行。"

没过两分钟，另一位个子高挑、衣着时髦的年轻女子过来了，导购小姐向魏静怡介绍说："姐，这是我们经理。"

女经理问明了情况，说："我们这儿的服装都是经过严格定价的，要说贵的话呢，那也贵得值。现在是元旦期间，我们实行节日促销大放送活动。如果您成心要买的话，我们可以考虑给您再优惠一点。"略略沉吟了一下，"八折，好吗？"

魏静怡还想再还点价，"七折吧，行吧？"

女经理淡笑着摇头，"实在对不起，七折真的拿不了。姐，要不八折吧？这已经是低得不能再低了，快要赔本卖了。"

魏静怡实在喜欢那套裙子，就咬咬牙，"好吧，八折就八折。"

导购小姐拿计算器算了一下，开了五百六十元的收据。魏静怡拿着收据去收银台交款时，心骤然往下一沉，自己的钱夹子呢?! 她的包的拉链不知什么时候被拉开了！也记不清自己是不是没将拉链拉上！是不是在刚上公交车人多拥挤的时候被"三只手"给偷摸走了？总之脑子里稀里糊涂的。她实在搞不清楚自己的钱夹子是什么时候丢的，怎么丢的！钱夹子里面有公交卡、银行卡、一千二百元现金，还有自己和卫岩的小照，丢得让人心疼，让人生恨！

更让她难堪的是，导购小姐不但不表示同情，反而还以一种怀疑的目光看她，似乎认定她不是成心想要这套衣服，假称自己的钱夹子没了，"你的钱夹子怎么会丢了呢？你看这票都开出来了，你叫我怎么跟我们经理交代？"

"你怎么这样说话？我的钱包要是没丢，我还跟你啰唆这些？你觉得有意思吗!"见魏静怡有点生气了，导购小姐一时语塞，忙将经理喊了过来。

女经理说："对您不小心丢钱包我们很同情。您选中的这套衣服，您穿上确实非常漂亮，这套衣服和这票我们先给您留着，您看您今天可方便拿钱来？要是您今天没时间，明天过来也行。您看这样好不好？"

女经理的话说得很客气，但魏静怡却没了再掏钱购买的欲望，便说："不好意思，虽然我确实喜欢这套衣服，但我这个月的余钱全丢掉了，所以也就没钱再花费了。耽误你们的时间，请多见谅！"女经理的脸色马上就阴了下来，一句话没说，径直走开了。导购小姐也满脸笼霜，瞟了一眼魏静怡，拿着衣服转身往内间去了。

魏静怡满心失落地出了商城，幸亏包的外袋里还能掏出几个钢镚——那是上次去菜市场买菜找的零钱，她随手塞到外袋的，要不然，魏静怡得用两条腿一步一步地量着回家了。

回家的途中，魏静怡的手机响起来，是柳叶青打来的，"静怡呀，你今天是不是打我电话了？那会子我大姨找我说事儿。"

魏静怡有气无力地说："甭提了！我本来想邀你去逛现代商城，看看衣服，结果丢钱包了。"

"什么？丢钱包了？丢了多少？"

"一千二。"

"一千二？那么多！怎么搞的嘛？你怎么也跟我一样马大哈起来了？我上次丢了三百，你倒好，一丢就是一千二！"

"你别说了好不好？不仅仅丢了钱，还有公交卡、银行卡也一起丢了！倒霉透了！"

"好了好了，不说了。公交卡、银行卡倒没大碍，你赶紧去挂失补办啊。钱丢了，也弄不回来了，你就只当那贼偷你的钱去买药喝，买棺材睡！"柳叶青转而又安慰说，"你也别往心里去，权当破财挡灾，只要人没事，就比什么都强。我记得今天是你的生日，我的一个老同学恰巧也是今天过生日，她要开生日'爬踢'，我本想晚上约几个姐们去给你过过生日，她非得要拉我过去，还盛情邀请你也一起去，我想这主意也不错。你一个人在家，正好也出来散散心。那里人多热闹，玩起来也尽兴。"

魏静怡说："人家过生日，我跑去凑那份热闹，有意思吗？"

柳叶青一个劲地劝："哎呀，什么有意思没意思的？没意思是你的感觉，有意思也是你的感觉。去吧，一个人待在家里，多没劲呀！"

"我喜欢清静。"

"你呀，不是我老说你，你别老封闭自己。"

"说那么多干吗？我不想去就不想去嘛。"

"哎，你呀，还是顾忌多，太拘束。"

话筒里隐约传来有人喊"柳叶青，走啊"，旋即那电话就断掉了。魏静怡暗自苦笑，跟她说丢钱包的事干吗？扯出一堆烦人的闲话来！

回到住处，魏静怡将手机关机，一头钻进被窝里练睡功。也不知道睡了多长时间，醒来太阳已偏西。

落日像个过季已久的大橙子，失了原有的亮色，带着失落的情绪即将从天际滑落。座机响的时候，衣冠不整的魏静怡站在阳台上发着愣。电话无聊地响了一会儿，自动停了，魏静怡心不在焉地查了查来电显示，瞿晓芳打来的电话。

瞿晓芳是魏静怡的高中同学。念高一时，两个人住学校的集体宿舍，一个睡上铺，一个睡下铺，瞿晓芳老说自己是魏静怡的上级，魏静怡说，那我是你的经济基础喽。瞿晓芳就伸手向魏静怡要钱，魏静怡转了转脑子说，钱都在银行里封存着，一百年后才能起用。瞿晓芳就说魏静怡赖皮。后来两人只要一提起往昔，就免不了要提起这件趣事。

高二上学期，瞿晓芳父母在学校旁边买了一套二手房，瞿晓芳就不再住校，邀魏静怡去她家住，一直住到高三毕业。

两人的大学本科上的都是省立大学，魏静怡读中文专业，瞿晓芳念法学专业。本科毕业的那年，魏静怡考上了北京 B 大中文系的硕士研究生，三年后进了京中大学文学院任教。瞿晓芳本科毕业后，在省城某高校干了几年行政，现正在北京的 S 大学进修法学硕士学位。

魏静怡猜想瞿晓芳正朝自己这边开道，她准会一手拎着生日蛋糕，另一手举着鲜花。昨晚瞿晓芳还一再对自己强调，过生日三样不可少：一是狐朋狗友，二是蛋糕，三是花与歌谣。瞿晓芳喜吃蛋糕，嗓门也不赖，嘴里奶油蛋糕还没完全咽下去，抓起麦克风就能吼出几段摇滚。魏静怡想瞿晓芳来了也不差，这妮子善做作，活跃气氛也好，总比自己一个人闷着强吧。

魏静怡将凌乱的屋子收拾了一番，又对着镜子将自己也拾掇一下，专等瞿晓芳的到来，可是等来等去，始终没见瞿晓芳的身影。后来瞿晓芳发来短信，说她舅妈要她帮着查资料，舅妈等着急用，她不好推脱，说静怡啊，下回去我给你补一个蛋糕啊。

晓芳也真是的，谁稀罕什么蛋糕！或许晓芳只是临时安抚她一下。她安静地听完，叹一口气，说没事的。晓得你忙。

昏黄的太阳彻头彻尾不见身影。魏静怡像只没骨头的软猫窝在沙发上，电视屏幕上那热闹非凡的武打场面她原本是最不屑一顾的，可是这会儿不知怎么搞的，她的目光如强力胶一般胶着在那上面，那啊——耶的怒吼声有些过瘾，魏静怡很想将衣袖抄起刀剑之类的家伙乱砍乱刺一番，那样她心里可能痛快一点。

那两集武侠连续剧连播完了，魏静怡从沙发上起身，腿脚都有些麻木了。她使劲地甩甩腿脚，又有点后悔看这种无聊的东西，还不如看看小说名著呢。

到洗手间洗了一把冷水脸，魏静怡感觉清醒了不少。她接连烧了三壶热水，两壶水灌在保温瓶里，一壶水倒在洗脚盆里，她将盆端到书桌旁，脱去鞋袜，将两脚不停地蘸蘸热水，等水的温度有所降低，她将双脚尝试着放进盆里，随手从身旁的书架上抽出纪伯伦的散文诗集《先知》，这是冰心翻译的版本，她早已看过，但好书是需要温故而知新的。她径直翻到第二节《论爱》，其中的一些语句颇值得玩味。

当爱向你们召唤的时候，跟随着他，
虽然他的路程是艰险而陡峻。
当他的翅翼围卷你们的时候，屈服于他，
虽然那藏在羽膈中间的剑刃也许会伤毁你们。
当他对你说话的时候，信从于他，
虽然他的声音会把你们的梦魂击碎，如同北风吹荒了林园。
爱，给你加冠，也把你钉在十字架上。他虽栽培你，他也刈剪你。

他虽升到你的最高处，抚惜你在日中颤动的枝叶，

他也要降到你的根下，摇动你的根柢的一切关节，使之归土。

……

她小声地朗诵起来，越发觉得纪伯伦恰如其分地道出爱的本质：爱，是一种复杂矛盾的情感，它能轻轻柔柔地飘落入人的心房，如一阵柔柔的春风吹拂一平如镜的春水，让人的心湖荡起涟漪，它让人向往甚至产生如火的渴慕，当人将它作为唯一的人生诉求，却又成了一种精神的枷锁。纪伯伦眼里的爱情是神圣美好的，但同时又是一种负累，让人生发无奈。

魏静怡一边泡脚，一边轻轻诵读，周身的每个毛孔似乎都张开了，浑身渐渐暖热起来。当洗脚盆里的水温降低，她就将保温瓶里的热水添加一些到盆里，继续泡热水脚。

读书确实能使人心静神安。对于眼下的魏静怡而言，瞿晓芳不来，其实也不是坏事，她能偷得清静，耐下心来看看书。只是想到卫岩，她的心里就冒气泡泡，他居然连电话都没有打回来。卫岩忙得稀里糊涂的，连女朋友的生日都给忘掉了。魏静怡记得当初两个人刚开始恋爱那阵，卫岩的记忆力真是好得惊人，也细心得很。不说别的，单说那年她过生日，卫岩操持了一个"爬踢"，邀请了她和他的诸多好友一起参加，生日聚会真是热闹非常，让她颇有幸福感。可是越往后相处，卫岩的记忆力、卫岩为女朋友办事的能力，都有种退化的趋势。

说实在的，卫岩有才气，脑子也灵活，他本科是学数学的，硕士研究生读的是统计专业，毕业后，跟大学同窗好友叶天宇等人一起创业，合伙办了一个商贸公司，目前他是销售部的副总经理，成天像陀螺一样繁忙，出差是家常便饭。差不多有一个多月，魏静怡没有见到卫岩的身影。卫岩忙得常常连电话都忘打了。有时魏静怡实在耐不住寂寞，就打电话给卫岩，卫岩的手机常常是忙音，有时卫岩接了电话，匆匆说几句，说那边有这事那事的，改天闲了再打回来，于是就挂了电话，魏静怡怔怔地握着话筒，心中说不出什么

滋味。

魏静怡也不是那种十八九岁的小女生，也不是非得要求男朋友成天跟自己黏糊，可是一个电话，一声问候——那种温馨的感觉她还是希望有的。

三十岁的生日魏静怡过得有些萧条。她给自己煮了一碗麻辣的肉丝面，只吃了两口，眼泪和鼻涕就呼啦给吃了出来。

只有母亲还惦记着女儿的生日。她淅淅索索地吃完面，刷刷碗筷，收拾了一下灶台，母亲就来了电话，似乎是算好她的晚餐时间。

母亲一开腔，就问女儿是否收到毛衣（她亲手织的，邮寄时还特意算好日子，估计女儿能在生日这天穿上），听女儿说还没有见到毛衣的影子，母亲不无遗憾，又问女儿的生日过得怎么样？舒心不舒心？然后问，你哥嫂去你那儿了吧？

魏静怡支吾着，说他们太忙，我没让他们来。母亲说，忙，才能挣到钱呢。前两天你哥还跟我说，想你帮着拉拉活儿。你爸走得早，妈无用。你当初念书，你哥也是尽心尽力地贴钱给你。你现在光景好了，你要是能帮，就帮帮你哥啊。

"我晓得，妈。"魏静怡的声音低得只有自己听得见。

做母亲的很自然地又问到未来女婿的境况：小卫怎么样？还时常出差吗？都说城里过生日有点讲究，他给你买东西了没有？魏静怡轻轻吸吸鼻子，"给我买了一个大狗熊。"

那边母亲咕噜一声，都多大（岁数）啦？买那东西有什么用哟！还是实在一点好。魏静怡满心醋溜醋溜的，实际上，他连大狗熊都没买，电话也没来一个！在母亲跟前，女儿绝少提及自己的感情生活。母亲从头到脚都是务实的，她最关心的是柴米油盐醋之类的物质层面的东西。对所谓的男女感情，母亲是疏淡的，她认为那不过是毛伢子们在太阳底下吹吹肥皂泡，好看不了几秒钟的。

母亲照例又是一番轻声细语的唠叨：静怡呀，你跟小卫什么时候把事情办了？老这么耗着，总不是个事哟。男人还经得起耗，女人是经不起耗的。你看咱们村里跟你同岁的小春和小霞，她们的孩子都背上小书包进学堂了。你这是进城念书，才耗到现在还没结婚。好歹都三十岁了，怎么着也要考虑办事了。趁早结婚，生个娃，也好趁我还能动弹的时候帮你们照看照看。……

母亲的唠叨是裹了绣花针的，将魏静怡的心刺出了不少细孔孔，这些细孔孔旋即被惶惑所填满。日子简直像火箭上天一样疾迅，一年三百六十五天，放几个假，度几个节，过一个生日，年历就轻飘飘地翻了过去。自己怎么一下子就是三十岁了？

她总记得自己刚工作那阵，高高矮矮的同事们没有不艳羡自己年轻的，如今却难能听到同事们说这类话。上周汤正茵老师还慨叹说，这日子不知道怎么就溜走了，看小魏来的时候多年轻，嫩模嫩样的，这稍不留神，也奔三十岁了。是啊，这才多长时间，似乎她的眼皮还没来得及眨一下，她就已经三十岁了！而立之年了！追究起来，一切的问题其实都是年岁的问题。很多时候，人与人之间的差别，其实大多在于年龄的差距，年轻或许是一个人最值得骄傲的资本。如今很多事情她已没有多少选择。

母亲也能感觉到女儿有心事，做母亲的了解自己的女儿，这孩子从小就心事重，又不愿跟别人说，她便有意无意地开导："静怡啊，有时候，有些事也不一定就全合自己的意，慢慢来。"魏静怡咬着嘴唇，静静地听着。

"听妈的话没错，早点结婚。这是女人绕不过的坎。"母亲稍作停顿，"静怡，你在听吗？"

"听着呢。"魏静怡轻声说，"妈，最近身体好吗？"

"还好。你哥嫂呢？他们怎么样？经常去你那儿吗？"

"有时也来。妈，您就不要担心他们了。他们都还好。前一阵子生意不怎么样，这段时间好多了。"

"你哥不如你稳实，手太撒，就算挣上两个钱，也有可能被他胡刷给刷掉了。这一点不像我这个娘，也不像你那死鬼老子。你做妹妹的，要经常提醒提醒他。"

"哥现在比以前沉稳多了。"

"也该沉稳了，都生养儿女的人了。你要有时间，就去看看你哥嫂。"

"过几天我就去。"

"见着你哥嫂，告诉他们，小菲儿个子又长高了，念书也比以前有长进。我也好。"

"嗯。那就好。"魏静怡听母亲的话音，哥嫂该是有段时间没往家里打电话了，八成也是没怎么赚到钱，怕母亲一说一说，又扯起哥哥以前的老皇历——你以前那些年就是往死里不争气！你要是争气的话，攒点钱，弄点底子，也不至于现在直不起腰板！魏静怡觉得嗓子有点干，咽了咽口水，"妈，我不在您身边，您自己得照顾好自己。"

"你也一样啊，静怡，妈其实还是放心不下你的。你没有成家，相当于你还是一个人，凡事都得靠你自己。你哥嫂你是指靠不上的，他们还得要指靠你呢。"母亲轻轻打了一个哈欠，"你不用担心我，好歹还有你姐在旁边，住得也不是很远。家里有什么事，一个电话打过去，她也就来了。万里现在怎么样？在大学里可懂点事？学习上可能抓点紧？"母亲目前就这么一个亲外孙，也巴望外孙能学出个样子来。

"比以前稍微好点。"说起外甥万里，魏静怡就浑身没劲，哪里懂事呢？还是以前那个样啊，就喜欢伺机到网吧里混。但她还是不想跟母亲说万里的近况，就算说了，也只能平添母亲的忧虑。

"万里这孩子，也该变好点了，都那么大的人了。"母亲停了停，"宝妹今天过来了，还问起你，我说你很好。"

魏静怡哦一声，这个宝妹家在邻村，跟她家还沾亲带故，论辈分，宝妹还算是她的表姐。以前母亲也经常跟她提及宝妹，一提宝妹，母亲就免不了一番叹息。

宝妹是个话题女子。十八岁那年，村里来了一群玩把戏（杂耍）的男男女女（据说是肥西人），接连玩了几天走了。她跟其中一个年轻男子私奔了，两人算是过起了日子，生了二女一男。男人比较懒散，也没什么上进心，别人家的丈夫都出去如火如荼地挣钱养家，就他成天窝在家里，喝点小酒，玩点小牌，吃了上顿不顾下顿，儿女怎么样一概不管。男人那副死鳖样子，让她心里起急，这样穷酸下去，总不是个办法，她索性吵着要出去做生意，将一家五口都拖到城里，其实也就是她一个人白里黑里地忙碌打工，男人也是爱干不干，他除了能翻几个筋斗，玩点杂耍，其余的似乎一概不会，也懒得费心思去学。城里的开销很大，连喝的水都是要花钱的，挣的那点钱根本就不够全家人吃用。她委实气恼，但也没有办法，眼见孩子们也渐渐大起来，她一咬牙，吵着男人将三个孩子都带回老家，想着你这个男人再怎么懒散，三个亲生的孩子你总得要顾及的，你怎得要想办法糊饱他们的肚子！后来发生了她意想不到的奇耻大辱，男人是个禽兽，竟然先后糟蹋了自己两个十几岁的女儿！她狠命地一抹泪，一咬牙，将男人告到班房里，一判就是无期。她将她的三个孩子都弄回娘家，重新开始新生活。她依然出去做生意，后来遇到一个比她小九岁的男人，两人一来二去就过到一块了，生了一个女儿。

"宝妹如今怎么样呢？"魏静怡忍不住问母亲。

母亲说："又离婚了！唉！你说这宝妹，婚姻怎么就那么不顺呢？"

"哦，又离了？什么原因呢？"

"后嫁的这个男的，也是个花花肠子，拿她辛辛苦苦挣的钱买车买享受，还在外跟别的女人胡搞，她晓得自己这回又看走了眼，干脆跟那男子离了。我劝她想开点。她倒还好，说离了就离了，看透了，以后再也不想找人结婚。看来看去，还是儿女们靠得住。"

魏静怡叹气，觉得宝妹自己也要负很大的责任，婚姻的事太过于草率。当年她瞒着家里人跟外来的男人私奔，就没有人看好她。婚姻是一辈子的事情，一个黄花大姑娘，怎么能随便跟一个外地的陌生男人跑呢？那男人是七是八又不了解，宝妹这不是脑子犯浑是什么？家教也很有问题——连她的娘老子都跟着挨骂！

宝妹的这种事说起来，除了叹息还是叹息，还是不要多聊。魏静怡转了话头，"妈，您困了吧？早点休息吧。"

"困是有点困，要是睡吧，又睡不着。这人上了年岁，很难睡得上囫囵觉的。有时上床老半天也没有一点要睡的意思，有时好不容易睡着了吧，又是乱七八糟的梦，梦里净遇见过去那些不三不四的人，碰到以往那些不上斤两的事，人一经折腾，就给弄醒了，再也睡不着，翻来覆去，就干脆披衣起来坐坐。天光还尚早。这种日子实在难熬啊。"母亲说，"就常常想你在我身边，那才好。"

魏静怡说："妈，等我这边买了房子，您过来跟我一起住。"

"到时候再说吧。"母亲说，"你那边买房子，得要多少钱啦？"

"这您就不要操心啦。卫岩说他想办法。"魏静怡轻描淡写地说。

"小卫还是不错的。这年头，姑娘找小伙子，一定要看准了，得找会赚钱的，心肠好，能顾家的。你跟在他后面不累，不慌，小日子过得瓷实。"母亲的声调明显亮了一点。

"妈，时间不早了。您还是早点睡吧。"

"我晓得。你是不是也有点困了？明天有课吗？"

"有课。上午一、二两节。"

"上课累吧？"

"还行。"

"那你早点休息。妈有空再给你打电话。"

"我往家里打吧。"

母女又彼此嘘寒问暖了一番，这才搁了电话。

魏静怡并无睡意，她将明天的授课内容又翻看了一下，又在电脑上将 U 盘里的相关课件打开，检查一遍。明天她还是讲张爱玲。唉，张爱玲呀张爱玲，苍凉人生的女性样板，她甚至觉得自己跟张爱玲有着某种类似的气质。

魏静怡洗漱之后，躺在床上，打开手机收藏的歌曲，听了一会儿，那是已故歌星邓丽君的歌，她从少女时期就很喜欢邓丽君的"靡靡之音"，那富有磁性、带有点枣蜜味的温婉声腔确实有些迷人。听着那首哀婉缠绵的《把我的爱情还给我》，她产生从未有过的强烈感受，她觉得这首歌好像就是为她自己写的。爱情，这东西到底能算什么？魏静怡对于爱情已经不像十七八岁时那样抱太多的幻想了。就那样吧，过吧，还能怎样呢？魏静怡安慰自己，点开亨德尔《无论你走到哪里》——她很喜欢的一首教堂音乐，她时常在心烦意乱的时候听上一听，乐音空灵，带有神圣韵味，令人心神安宁。

明显的睡意袭来，她准备上床睡觉。想起闹钟好像没调，又开灯，小心地将闹钟调了调，务必保证明早准时起床。

刚钻进被窝，床头的电话铃又响了。她没有马上去接，等电话响了几遍，她才伸手去接。

传进耳里的不是期望中的卫岩的男中音，而是黄鹂那中气十足的声音："静怡，你还没睡吧？我想也才九点呢，就跟你聊几句。今天是你生日，我本来想着给你打电话的。"

"你还记着我的生日啊？"魏静怡话里带着笑。

"肯定记着的，咱们这种铁杆关系。唉，只是今天真不凑巧！"黄鹂叹气。

"怎么了？"

"上午洗衣服，手机不小心掉水里了，以前也掉过一次，当时马上捞起来，马上关机，处理了一番，还能用，这回不行了，拿去修，折腾半天，还是报废了，只好又去买了一部新手机。费钱不算，还丢了好多重要信息。你说我怎么这样不顺心呢？"

"唉，我今天也不顺心，去商城的路上，丢钱包了。"

"你看咱俩真是一对难姐难妹，连倒霉的事都同时赶上啊。"黄鹂感叹说。

"还是我自己太大意了。以后吸取教训。最近确实诸事不顺。"

"我知道，你是说上课迟到的事吧？哎呀，偶尔迟到那么一次，又不是你故意的，你别往心里去嘛。"

"其实，也不完全是迟到的事。我觉得现在过得挺没劲的。"

"哎，大家都差不多。我也没觉得生活多么有滋味。在办公室搞行政，没多大意思。办公室里的人际关系也比你们搞教学的要复杂，我成天待在那地方，有些事想避都避不开的。别看大家表面上都挺好的，其实，各有各的小九九。"

魏静怡说："汤老师人还不错吧，我看她平时说话办事什么的，还挺直爽的。"

"整个办公室，大概就数汤老师最直爽，不背地里说三道四。可是人家老太太也干不了几年了，要退休了。"

"汤老师年纪有那么大吗？我还以为她不过四十多岁呢。"

"你看不出来吧，汤老师都五十六岁了。她平时注重保养，看上去要比她的实际年纪小上十来岁。前两天汤老师还说起退休的事，她也觉得干了一辈子，也没有什么成就感，还不如早点回家歇着去，干点自己喜欢干的事。你看看，像汤老师这样有工作热情的人，都有这种想法，你想我们这种小字辈待在这里，又有多少奔头呢？"

"想开了，都是为了谋生吧。"

"我想办法换岗，换成教学岗，改变一下自己的环境。那次跟我的几个同学谈起环境，大家都有共识，环境不能决定人，但能改变人。有同学直言不讳地说我变得跟过去不一样，不单纯了。你想，一条鱼在清澈的水里，它还是那条鱼，要是将它丢到污浊的水沟里，它还会保持它作为鱼的本色么？为了生存，它是不是要想办法适应这条污水沟？"

"不选择适应，又能怎样呢？"这样聊下去，怕是没个完，魏静怡又不好直接明说，黄鹂视自己为知己，跟自己聊这些心里话，自己也要认真倾听，只是眼下她心神疲软，想尽快结束聊天，就回归黄鹂原先的话题，"你要不想在那里待，就想办法出来嘛。"

"唉，换岗也不是一句话的事，前几年还容易一点，现在门槛高了，像我们这种硕士毕业的，又没有什么硬底子，想换岗，恐怕门都没有。我想好了，还是往上走一走吧。弄个博士学位，底气足一点，转岗兴许能容易一点。"两人唠了几句嗑，黄鹂说自己决定考博。

魏静怡认为黄鹂目前最急需解决的事情并不是考博。黄鹂已经三十三岁了，这些年挑挑拣拣，婚事还一直在头顶悬着。许多同事

30

私下都认为黄鹂这个老姑娘十有八九嫁不出去。倒是院办公室的汤老师古道热肠，一直为黄鹂的终身大事挂着心，只要哪里有点风头——有那么个待娶妻的光棍汉子，汤老师就设法为黄鹂牵线，牵来牵去，可惜没有一个成的。

魏静怡曾跟黄鹂开玩笑，建议她干脆登个征婚广告，黄鹂对自己没信心，说登了也白登，还让人笑话。要是黄鹂再考个博士，那她就成了典型的高年龄、高学历、高标准"三高"女士，找合意的人恐怕就更难了。不过，魏静怡终究还是没有泼黄鹂冷水，毕竟黄鹂对自己掏了心窝：个人的事也只能顺其自然。我总得要找点寄托吧。学位上再上个台阶，积攒一点底气，找机会转到教学岗位，要是将来在教学和科研上搞出点名堂，也算不枉活着。既然黄鹂这么想，魏静怡也只有予以鼓励：那就好好考吧。打算考哪儿的？导师联系了吗？考博，导师那头挺关键的。

"我知道。本校更便利一点吧。我权衡了一下，像我这样的，家里经济条件也不是很好，考在职的比较合适，也不用重新就业。至于导师，你觉得我考陈华茂的怎么样？"

"陈华茂？我平素接触不多，你在办公室，应该比我更了解他吧。我觉得陈华茂这个人挺难接近的。"

"有点儿严肃。我想考他的，又怕他要求严，难过关。"

"那你就别考他的了，考别人的吧。文艺学博导又不是他一个人。白玉老师，你不可以考虑考虑？"在魏静怡眼里，整个文学院，恐怕就数白玉老师够得上名副其实的博导。她早在硕士研究生还没毕业时，就听人说过白玉老师学问做得扎实，人品也好。到京中大学入职的第二年，她就考上了白老师的在职博士，三年的业余时间，几乎都耗在整个博士学位的攻读上，白玉老师对她评价不低，上学期已顺利拿到学位，总是令人欣慰的事情。

"白老师那边，更严格了。她对我这种搞行政的人考她博士，是不感兴趣的。我上回就侧面跟她聊过，她的意思是我成天泡办公室，心难静下来，念博士，就只混个学位？那样没什么意思。听话听音，她这不就相当婉拒我了么？"黄鹂的声音明显柔了一些，"我想来想去，还是考陈华茂的算了。要是能跟在陈华茂后面念个博士，将来换岗、搞科研什么的，肯定要便利些。你说呢?"

魏静怡打了个长长的哈欠，说那你就考他的呗。以她现在的心境，聊"陈华茂"多少缺乏热度。

黄鹏等她打完哈欠，说:"你困了? 你看我，聊着聊着，就将时间给忘了，那就赶紧睡吧。有时间我们再聊。祝你做个好梦!"

"好。你也早点歇息。"

跟黄鹏道过晚安，没过几分钟，座机又响了。这回魏静怡听到的才是熟悉的男中音:你看看床头柜里，有没有一份打印的广告文稿? 文稿好像是有的，但她懒得说。男中音一贯的平和，说没有吗? 没有就算了。

魏静怡再也没有听到别的话，只有空气隐约在耳边唑唑作响。我的生日，你竟然到现在都没记起来?

窗上开始有结霜花的迹象。魏静怡感觉寒意像小虫子麻麻地爬满全身，原有的睡意也荡然无存，看来今夜难以成梦，她使劲裹了裹被条，懊恼地命令自己:睡!

睡不着。反想想顺想想，她又开始有点违心地从自己身上找原因，是不是自己有些小心眼了? 不就是没打电话吗? 他肯定是真的忙!

　　第二天清晨起床，**魏静怡**感觉喉咙有些疼，声音也有些嘶哑，还不时咳嗽，看来真是病了，她不敢拖拉。去年大概这个季节也是这种情景，仗着年轻抵抗力强，以为多喝温开水，冲冲板蓝根喝喝就没事，结果越来越严重，给弄出慢性咽喉炎，一个多月才转好，特别影响上课，也搅得人有些心烦意乱。

　　虽然魏静怡非常不情愿上医院，但是想到一开口就咳嗽，声嘶，没法讲课，又不愿请假太多，请假之后还得找时间补课，比较麻烦。她一咬牙，还是打电话跟学院请了一次病假，打车去学校的定点医院，其时已经八九点了，也是抱着侥幸心理，估计号不一定能挂上。

　　到医院排队挂号，还不错，挂上了普通号。原先她想着要看耳喉鼻科，挂号时顺便问了句：请问，感冒引起的咳嗽挂什么科好？挂号的大夫说挂呼吸科。

　　呼吸科的走廊上满是就诊的患者。魏静怡挂到的是下午的号。她又心存侥幸，去呼吸科分诊台，咨询她的号有没有可能上午看？

　　分诊台的女大夫戴着淡蓝色口罩，摇摇头，显然是懒得搭腔，看不清她的表情，但眼神明显带着冷漠。她拿起扩音器对候诊的患者发话，建议190号之后的患者先吃中饭，回来再看（大夫）。那声音也是有点懒洋洋的。魏静怡看了一眼分诊台对墙上的电子钟，已经十一点二十分了。

　　此时，一旁诊室的门开了，一位中等个儿、体态略显瘦削的女大夫急匆匆地出来。候诊的患者都冷眼瞅着女大夫，想着大家都等着看病，你这个大夫不好好给人瞧病，跑出来干吗？直到他们看见女大夫径直进洗手间了，才明白人家大夫也是人，憋不住了，得上洗手间方便一下。事实上，大夫要将上午的号全部都看完，才能下班做自己的私事。

魏静怡想想诊室里的大夫真不容易，整整一上午坐诊，上洗手间方便都得小跑着去，也够辛苦的。自己还是踏踏实实地等下午看大夫吧。

一些候诊的患者陆续离去，各自出去解决中餐。魏静怡也尾随他们出了门诊大楼，到医院外面找吃饭的地儿。附近有家"家常饺子馆"，店面虽不大，但看上去整洁干净，落地的玻璃门通透明亮，奶油色的地板和原木色的桌椅一尘不染。服务员着装清爽，清一色穿淡蓝色工作服，戴蓝色鸭舌帽。

魏静怡要了一碗素三鲜水饺，点了一盘凉菜，价格不贵。水饺个大，味道新鲜；凉菜食材品种不少（西兰花、土豆丝、花生、胡萝卜丝、藕片、菜椒和芹菜），口味比较清淡，很合魏静怡的胃口。她将饺子和凉菜消灭掉，肚儿也就圆了。上午出门匆促，忘带保温杯，没办法喝温热的水，她将饺子汤全给喝掉了。

看看时间，也才十二点，她本想在小馆里再坐片刻，但进馆的顾客越来越多，有人端着餐盘环顾着找空座，赫然瞄中她面前的空盘子，索性就过来站在她的身旁。魏静怡是个知趣的人，不等顾客开口，她就主动拿起自己的包，挎在肩上，站起身来让座。她还顺手拿走盘子和餐巾纸，有服务生马上过来将她手中的东西接了过去，她说声"谢谢"。服务生笑笑，是个女孩子，清纯，很耐看，长得跟柳叶青颇有点神似，骤然间让魏静怡有了几分亲切感。

走出饺子馆，沿街随便走了走，午时的街道人来车往，一片嘈杂，太阳红彤彤的圆脸蛋被灰白的云层挡住，阴飒飒的风吹面，让人感觉有些寒冷。魏静怡将腰带束紧了一点，戴手套的两手斜插进藏青色毛呢大衣的口袋里，加快了步伐，朝医院走去。她本应该穿羽绒服才更御寒，无奈昨天羽绒服不小心沾了菜汤，还没来得及送干洗店干洗。

医院里的门诊楼好歹比较温暖，人员进进出出。魏静怡没有坐电梯，而是沿着楼道一步步地上楼，到第四层的呼吸科，坐在走廊的长椅上排队候诊。这点儿患者不多，还能有空位坐。等到大夫上班的钟点，会呼啦冒出一堆人来，走廊上连站的地方都紧巴巴的。

大夫一般两点左右上班，需要再耐心地等上一个多小时。看个病要耗上大半天，实在费劲。魏静怡甚至想，要是自己是大夫，就诊是否就便利了？

她很自然地想起高考填报志愿，哥哥姐姐都极力主张她报考医科大学，说谁都免不了有个头疼脑热的，家里要是有个大夫，看病都方便一些。她不屑哥哥姐姐的想法，格局太小，怂恿她学医就是为了以后好方便自家人看病，她偏不学医！她本身也对学医没兴趣，听说学医还要学解剖，要看死人遗体，甚至还要自己动刀子学解剖。她向来胆小，让她学解剖，那不将她吓得半死！想一想，让她这样对学医认识不足的人去学医，能学成什么样子出来，还不成了蹩脚的医生？让这种蹩脚的医生给人看病，上手术台，不出医疗事故才怪呢！那不等于草菅人命么？

后来有一次她跟几个同学小聚，聊起这个话题，其中有个学内科的同学对她说，学解剖实际没什么可怕的，不要将人想得那么神圣，人其实也是动物啊，会说话、能思考的高级智能动物而已。你不妨将人往尘埃里想一想，人骨跟猪牛羊那些动物的骨头真的有多大差别？猪排、牛排、羊排你吃起来是不是都坦然得很？看一眼人骨你就魂飞魄散了？说明什么问题呢？说明你骨子里假——这样说你可能不舒服，这种"假"是潜在的假，恐怕连你自己都没有意识到，也从另一个侧面说明你没有看透人到底是什么本色，也不理解医学存在的真正价值，也说明你根本就没有那个学医的本心，那你就不要学医了。

她现在回想起来，同学说得一点没错，像她这样的人是断然不能学医的，学医等于将自己推上一条死胡同，这胡同布满的全是硬扎扎的尖刺，会扎得她体无完肤。

她后来之所以坚定地选择当教师，还是跟她的高中语文老师金云宇有直接关系。金云宇是她少女时期特别崇拜的一位老师，所以她萌生以后步他的后尘走上三尺讲台的强烈愿望。那个长得像徐志摩一样文质彬彬的金老师，诗文写得跟徐志摩一样雅致，他兴趣盎然地教大家写诗，还鼓励全班同学每人都尝试着写一首。她当时写了一首题为《我的金字塔之梦》的诗，那些诗句她至今还清晰地记得。

总希望
挽留住明霞中酣睡的诗人
即瞬企望间却消逝了烟云
眼前是一片徒然灰白的天穹
还有这几垄晴日梦中的绿茵
悠幽的不是后皇的尊颜
悠幽的是惆怅的幻人

只有这幻人的心中
才有如此多的怨慕和
高远的希冀
也许
小溪是一个纯正清泠的少女
她会清清亮亮地唱着那如火如荼的追慕
送一个可爱的明眸给身旁遥想远方的小鹿
也许
在那远方
有天女般美丽的山原
也许
有古老粗犷的丰丰满满的山音
山音里
也许有莹莹的氤氲
也许

36

有令人欣慕奇妙的海市
哦
一切终都是这幻人的思凝

忘不了
那曾希望的摇篮里的星星
还没有来得及闪耀，
就陨落于夕照下的瑶池
在星空缥缈的金字塔下
久立着一位如渴的旅人
但如渴的实不是这旅人
如渴的是金字塔梦中的诗人

她的这首诗被金老师拿到课堂上朗诵，金老师还评价说，他认为这是一首真正的现代诗。她真是有些受宠若惊。她知道其他同学也交了诗歌作品，有的直接拿报刊上的诗来充数，报刊上发表的诗肯定比她写的诗好，但金老师却对她有些稚嫩的习作予以高度肯定，想必是为了鼓励她。记得金老师问她写这首诗的意义是什么，她不知该如何作答，迟疑了好一会儿，她才做出连她自己都惊讶的举动——她不直视老师，也不说话，而是漫不经心地在草稿纸上写下几个字：当个诗人。金老师说，可以投投稿啊。她有些激动。之后真的将这首诗工工整整地誊抄到方格稿纸上，跑到邮局将稿件寄往某家报社，结果如泥牛入海，杳无消息。但这丝毫没有打消她写诗的积极性。

金老师还特意在教室后面的黑板上，为她出了一期诗歌专刊，邀请班上会画画的同学吴祖安为她的诗配图。魏静怡渐渐成了校园里小有名气的诗人。金老师带给她一颗幸福美好的种子，渐渐在她的心田生根发芽，也可以说，金老师是引发她人生追求的一道带有缥缈气息的青春风景——她曾一度对金老师由衷地仰慕，那种少女时期的隐秘小心思，是藏在日记里的，任何人都不曾知晓。

多年后，她将有些发黄的日记本翻出来，心里还是荡漾着几丝涟漪，只是这涟漪里不再有甜蜜，更多是伤感。她不明白，当年那个风度翩翩的金老师为什么会走绝途——据说拿妻子的尼龙长筒袜将自己悬在防盗门后。是什么原因让他毅然决然地不惜生命，抛妻别子，抛弃一个男人应该承担的家庭责任？随后她听外界传闻，金老师弃世是为情所困。他本是"气管炎"，悍妻拿了他的工资卡，封锁他的经济命脉，他心情抑郁，忍不住在外面寻找情感寄托，没钱的男人注定是找不到任何寄托的。外面的人吵他，家里的人也吵他，吵得他没有任何自尊，五岁的儿子天生有点痴傻，让他觉得生活没有任何盼头。也有传言说他跟校领导有矛盾，领导处处给他穿小鞋，他相当于在家里家外都找不到温暖，生无可恋，只能寻找彻底的解脱。

自从听说金老师弃世后，她就再也没有了写诗的欲望。至今想起金老师，她依然很伤感，他本该有浪漫的爱情、美满的家庭和热爱的职业。为什么他就不能有幸福？假如他现在还活着的话，她一定会抽空去看他，师生离别多年，该有很多话要说。她也会忘掉自己曾经有过的那些小心思，他就是曾经予以她巨大人生影响的良师而已。遗憾的是，人生是没有"假如"的！

不知从什么时候开始，魏静怡变得善感多愁。她每每觉得生命里有很多过客，往往匆匆一别，从此不再相见。

等待就诊的无聊时光在她的胡思乱想中，很快就过去了。三点左右，魏静怡终于看上了大夫。

女大夫五十来岁，面善，问了问魏静怡具体情况，拿听诊器听了听她的前胸，让她转过身，又听了听她的后背，没说什么，便在电脑上开处方单。她也没问自己什么毛病，只问大夫，可有什么比较好的中药？大夫嗯一声，便在电脑上给魏静怡开药。

魏静怡在一旁凝神注视女大夫。女大夫表情温和，却隐隐透露一股忧郁的气息，似乎也是一个有心事的人。金老师留在她脑海里的影像依稀尚存，她心中突然升腾起一阵莫名的感伤，金老师是她生命中的过客，眼前的这个女大夫也是，今日能跟女大夫面对面地坐在一起，仅仅缘于自己看病与她得见，也许以后再难见到。

女大夫开了一些中药，吃的胶囊（苏黄止咳胶囊），喝的药汁（强力枇杷露、金果饮），喷的（金喉健喷雾剂），估计能开的中药都给开了。"您就照着这单子上开的药吃。"女大夫顺手将处方单子打印出来，交给魏静怡。

魏静怡接过处方单子，连说："谢谢，谢谢！让您费心了！""不客气，您先吃吃看，如果不行，再来复诊。"

吃了这些药，还有可能"不行"？魏静怡心下有点犯嘀咕，嘴上还是说，好的，您忙啊，再见。

到门诊一层大厅排队划价缴费，再去药房排队取药。现在医院就诊、取药基本上都是通过电子显示屏实名叫号，确实方便快捷。只是病人没有什么隐私可言了。那次黄鹂就抱怨说，她身上起了些红疙瘩，痒得难受，去医院看皮肤科，发现皮肤科跟性病科弄到一起了，成"皮肤性病科"了，你说别扭不别扭？更别扭的是，还在电子屏上实名叫号，你说，我本来就是一般皮肤病，那显示屏显示，说"18号，黄鹂，请到皮肤性病科就诊"，你听听，你会有什么想法？候诊室其他看病的人看我的眼光都有点怪怪的，以为我这么个年轻女子去看什么皮肤性病科，弄得我浑身上下都很不舒爽！当时她还劝黄鹂别想太多，要是换成她自己，是不是也有点尴尬？没有办法，不看大夫，病又一时好不了。还是什么毛病没有才好！难怪母亲经常唠叨，人一生最大的福，就是没灾没病，不上医院看医生。

取了药，出医院，坐车回家。

绚丽的夕阳正斜照在客厅的大阳台上，连着整个客厅都一片透亮，氤氲着一股暖意。魏静怡将该吃的药吃上，将金喉健喷雾剂往肿胀的喉咙里喷了喷，在沙发上躺了一会儿，弄了点鸡蛋面条，放至温热，吃了，洗洗漱漱，泡泡热水脚，关了手机。早早上床休息。半夜醒来，起床喝了点热水，接着睡，睡不着，也就一直耐心地闭眼躺着，渐渐处于一种半睡半醒状态。天色大亮，再起床，魏静怡感觉咳嗽有所减轻。

接下来，魏静怡按点吃药，大量喝温开水，午间和晚间都用开水泡脚。到了第二天晚上，明显地感觉症状减轻不少，不怎么咳嗽了，声音也开始清亮了许多。又休息了两天，感觉基本正常。魏静怡还是有意在晚上八点半左右就上床歇息了。明天有早课。

翌晨五点不到就醒来，强迫自己起了床，魏静怡先去厨房倒了一大杯开水晾着，便去卫生间方便，洗漱。她搓热掌心，捧水龙头下的冷水往脸上扑，拿干毛巾蘸掉脸上的水，抹了些护肤霜。回厨房端起那杯晾好的温开水，喝了一些，将强力枇杷露和金果饮先后服用了，又喝了一些水，吃了几片面包。人还是有点昏沉，顺手拿了两小包苦咖啡塞进背包的外兜，蓦然想起咳嗽期间不宜喝咖啡，又将咖啡包拿出来搁在桌上，拿了几块雪饼揣进包里。

出门打车。一路畅通，到学校不过七点。魏静怡心情比较放松，刚起床时的昏沉感也减轻了不少。

教室里空荡荡的，保洁员老安正在拿湿抹布抹讲台。

老安看上去五十开外，一问实际年纪，才四十出头，过早憔悴的容颜也折射岁月留给她的沧桑。老安到学校做保洁也有好几个年头了，住鸽子笼般的"小房子"，那是由老式教工宿舍楼的楼梯堡改建的。魏静怡入职京中大学的头一年，就住在这幢宿舍楼的一间宿舍里。她初次见老安的住处，有点唏嘘，那个巴掌大的地方，充其量算个小储物间，根本就不是人住的地方，但老安却住得瓷实得很，说学校照顾她，免费让她住的，要不然她还得掏钱租房子哩。

老安做事手脚麻利，除了做好自己分内的差事，还到处揽活干，她原先只负责这幢二层教工宿舍楼的保洁，负责文科教学楼五层保洁工作的老王因丈夫中风瘫痪需要照料就辞职了，她就主动将老王的活儿接了下来。为了挣双份工资，她每天早上不到五点就起了床，先将教工楼的楼道和公共卫生间打扫干净，再去做文科楼五层的保洁。

魏静怡见老安也捎带着捡废品，就有意帮老安收集一些矿泉水瓶、废弃的报刊、纸盒纸箱，老安欢天喜地。魏静怡有时也送一些

40

水果、饼干之类的东西给老安，老安总是推托不收，即便盛情难却，收了，老安定要记挂着还魏老师的人情，过年回老家，她会带回腊肉、腊鱼、干菜、手工制作的切糖等一堆土特产给魏老师。魏静怡只收了切糖，老安非得要魏老师全都收下，魏静怡只好说自己一般不做饭菜，老安这才作罢。

眼下老安见魏静怡进教室，开心地笑了，操着外地口音说："魏老思（老师）早！"魏静怡笑着招呼："您早！"她见老安眼里布满红丝，"您昨晚没睡好吧？"

老安点头说："您都看出来了啊？"手依然不停歇地忙活。

老安昨晚确实没睡好，大概跟晚饭后通的几个电话有关。孩子爸打电话来，说好几天都没找到装潢活儿干，每天还得吃喝，还有房租、水电费开销，他都愁死了！她更愁，可还得安慰他不要着急，总是能找到事做的。母亲生日，白天她没顾得上打，晚上打了一个，母亲说她最近吃饭有些呕吐，也不晓得是怎么搞的。老太太目前一个人住，快八十岁的人，独居实在让人不放心，又没有办法。她和弟弟弟妹都要在外打工，顾及不上老母亲。如今老母亲吃饭有问题，不能不闻不问，还得跟弟弟商量，想办法带母亲瞧瞧大夫。打电话给婆母，婆母一上来就叹气说小子淘气。做奶奶的只能管他吃饱穿暖，学习上的事奶奶一点也管不了。最近月考他考全班倒数第二。这样下去，考大学是痴心妄想，以后怕也是跟她一样，给人辛苦打打杂赚一点家用钱。几件闹心的事情纠缠在一起，老安翻来覆去地在小单人床上折腾，到下半夜才迷瞪着睡去，醒来都快六点了。她心下有点发慌，脸也没来得及洗，就赶紧小跑着去文科楼，她先得抓紧时间将五层公共场所（包括教室、卫生间、走廊等场地）的保洁做好，回头再搞教工宿舍楼的卫生。她去卫生间拿了塑料桶和拖把，先拖楼道，再收拾各间教室。

魏静怡进教室的时候，老安的保洁工作已接近尾声。她飞快地拿抹布抹完讲台，又去抹黑板。

魏静怡笑着说："您辛苦了！"

"不辛苦，不辛苦的！"老安有点羞涩地笑着说，"这比在田地

41

里干活，可要轻快多了哟。起码不用干挑驮之类的重活呢。"

魏静怡将包放在讲台旁的椅子上，拿出保温杯，拧开盖子晾晾。打开多媒体电脑。

老安赶紧回转身，从腰兜掏出另一块干抹布，将多媒体电脑也抹了抹。

魏静怡忙说："这个您不用管，我来我来。"

"不好意思的，魏老思都来上课了，我还在搞卫生。妨碍魏老思上课了。"老安满脸歉意。

"没关系没关系。上课还早呢。"魏静怡看看老安局促的样子，笑笑从包里掏出两块雪饼，递给老安。

老安受宠若惊，连连摇头说："不要不要，谢谢魏老思！"她将抹布放到塑料桶里，提着桶急急地走出教室，回头又冲魏静怡愉快地咧咧嘴，"谢谢魏老思！谢谢魏老思！"

魏静怡笑笑朝老安扬扬手。目送老安微微伛偻的背影，她想起自己的母亲，老安说话的神情、走路的身影真的有点像她的母亲，让她有种说不出的亲和感，但想到她的母亲都已年过七旬，而老安才不过不惑之年，未老先衰，她不由得叹叹气，老安的生活充满艰辛。

教室里供暖很到位，魏静怡浑身有点发热，脱了大衣，从包里掏出 U 盘，插到电脑的相应接口，将要讲的课件拷贝到电脑桌面上，一切准备就绪。她坐在讲台上，想起苏黄止咳胶囊还没吃，顺便吃了药，喝喝温开水。

班长仇自力等一些学生已陆续进班。

师生彼此笑漾漾地打着招呼。今天的学生出勤相当不错，全班学生几乎都能提前一刻钟进教室。以前他们可不是这样，每次上课铃响过之后，总有那么一些同学还在上课的路上，吃着馅饼（包子）喝着牛奶（豆浆）的，甚至还有在宿舍里涂脂抹粉对镜梳妆的，更有甚者，还有个别人赖在床上做梦的！来了的同学也有在下面偷偷玩玩手机，搞点小动作。

魏静怡表扬大家开始重视学习了，说不错不错！其实她非常清楚这个中缘由。昨晚临睡时收到仇自力误发的一条短信。

最最重要通知：

各位各位！从下周开始，学校将全面进入教学质量监控月，为迎接教育部本科教学质量评估验收提前备战！在未来四周，要求大家务必遵守以下校纪校规：每天上、下午第一节课至少提前10分钟进班。课前必须充分预习相关的课程内容，上课积极发言，精神饱满地上好每一节课！决不允许旷课、迟到、早退、课堂上吃东西、玩手机、打盹——做各种与课程无关的事情！

（特注：教室里摄像头打开，所有教室的上课实况都会被校领导、教务处和督导监控。一旦发现违反校纪校规，本门课程期末考试必定挂科!! 请大家自重!!）

教学质量监控月是新上任的教务处处长搞的创举，学校有点松垮的教风学风也确实需要抓一抓，明年秋季学校将要接受教育部本科教育质量评估检查，时间说长也不算长，眼下快到学期末，过一个寒假，新学期滑一滑就过去了，然后是暑假，暑假一过完，不就是秋季了？

一些老师对这个教学质量监控月并不看好，新官上任三把火，烧着烧着，那火恐怕就自行熄掉了，无非是搞搞形式。不过，大家又普遍有同感，抓一抓，也不是一点好处没有，至少学生那头还是在乎的。没有哪个学生敢跟学校的规章制度叫板，叫板不会有什么好果子吃的，这点基本"常识"学生们还是懂的。魏静怡也明显觉得，今天这课堂井然有序，两节课上起来得心应手，学生也积极跟老师互动，整个课堂气氛生动活泼，实在让人很适意。上完课，她习惯性地去学校图书馆查查资料。

刚到图书馆门口，手机振动，是黄鹏发来的短信："静怡，有你的一个包裹单，你老家那边寄过来的。你方便时，过来取一下啊。"

她刚回复说"好好"，另一条短信又来了，是外甥万里发来的："小姨，这周末不去你那里了，要跟同学去看展览。"魏静怡问：

"是真的？"万里说："小姨怎么老不相信人？"魏静怡说："小姨还是相信你。你要注意安全。"外甥在京郊的一所民办大学上学，是个不让人省心的孩子。

魏静怡取了包裹，是母亲编织的毛衣。她给母亲打了个电话，告诉母亲：我心心念念的东西收到了，妈放心啊。毛衣织得真好！店里买都买不到的。母亲声腔里溢着笑，说："静怡喜欢就好。"又问起外孙万里，"万里怎么样？这周末是不是要上你那里去？"

魏静怡说："他上周末来的，这周末不来，他说明天一大早要跟他同学约着去博物馆看展览。"

"你做小姨的，要多开导开导他，学习要抓紧，不要老玩游戏。"

"我平时经常给他打电话，督促他好好念书。妈，您放心好了。小菲儿怎么样？好吧？"

"小菲儿很好。"

"妈，您要多注意身体。"

"你自己也要注意身体。你忙吧，电话就挂了啊。"不等她应声，母亲就挂掉电话。

出文科大楼，收到卫岩的短信：在上课吗？我中午到家。魏静怡马上将短信删掉了。哼，你回来关我什么事！要我敲锣打鼓迎接你？哼，门都没有！生日那天被冷落而生发的怨气还没有彻底消解，她得端端架子，晾晾他！

她每每咀嚼白玉老师念的一些女人经，就颇有共鸣。白玉老师说，做女人的，不能软弱。莎士比亚在《哈姆雷特》中有一句台词给女人贴标签，说什么"女人啊，你的名字是弱者"，那是在扯淡！女人生来就不是什么弱者！之所以被视为弱者，那也是被男权压的，你看看唐朝的武则天是女性，人家弱吗？人家女皇当得有板有眼，天下男人哪一个敢不臣服于她？女人要想不做弱者，必须保持三独立：一是经济要独立，二是肉体要独立，三是精神要独立。女人跟男人交往，要讲究策略，要懂得柔中见刚，冷中带热，即便跟男人生起纠纷，也不必吵闹撒泼，要冷眼冷面相待，要有忍耐——

会晾咸鱼。你要明白一个常识，男人也有贱骨，你要想办法将男人的贱骨晾成咸鱼。他就自然而然地在乎你！白玉老师说这些话的时候，一旁的汤正茵老师忍不住插话，说老白，你说这两口子窝在一起过日子，还不随心随意一点？分那么多彼此，不累么？我都同情你们家陈家星，照我看，你在家里，十有八九是压迫人家的。白玉老师瞪大眼睛，一本正经地说，老汤你错了，我一点不压迫陈家星，我将老陈当个人看。汤老师笑得花枝乱颤，说老白你别逗了，你不将人家当人看，还当大猩猩看啊？

魏静怡喜欢听白老师说这些话，她也觉得男人有贱骨，卫岩的贱骨还很严重！就必须好好晾晾他才是！她改变了直接回家的念头，去了图书馆，翻翻书报资料。她早就打算写篇论文，可是又找不到灵感。翻翻别人写的东西，兴许能激发起一点写作的欲望。

说起来，京中大学的教师每年除了教学任务，还有科研要求，像魏静怡这样的讲师，每年必须有一篇论文发表。如果没有论文，就要扣除岗位津贴的十分之一。魏静怡并不热衷于写论文，她觉得文学论文怎么写也写不出什么新意，那些名家名篇不知有多少人在里面翻找、扒拉，作所谓"专门的研究"，就是那些不知名的作品也有一批人在关注着。但是论文又必须写，不仅仅因为它跟利益挂钩，还因为面子问题。有没有论文发表，能显示一个教师有没有科研能力。文学院的院长陈华茂特别注重科研。他经常在教师会议上敦促大家要注重科研。

陈华茂刚上任没几个月，就专门开了一个"科研讲座"，请来科研处处长和分管文学院的副校长，宣讲与解读学校的一些科研改革举措。照他们那论调，科研远比教学重要。听来听去，内容都是在竭力鼓励大家搞课题——强调弄省部级以上的课题，写论文发表——尤其要积极发 C 刊论文，学校只奖励大课题以及 C 刊论文。评职称也只认这种级别的论文。

以陈华茂的话说，一个堂堂的大学教师，不注重一点科研，那怎么行？一年一篇论文，应该是最低要求了。连这个最低要求都不能达到，那还叫什么大学教师？陈华茂比任何人都有资格说这种话；不只因为他是文学院的院长，更重要的是他在科研方面的确为大家做了表率：自从他到这个学院以来，已经由知名出版社出版了两本学术专著，还在权威期刊上发表好几篇论文。

魏静怡在图书馆的报刊阅览室浏览一些学报，她在三家有名学报上都看到陈华茂发表的论文，越发觉得陈华茂确实有几下子。要知道，陈华茂才四十六七岁，名副其实的"风华正茂"，怪不得黄鹂那么渴望考他的博士。

在图书馆里阅刊读报，还有一个好处，就是能将一些不快暂时忘记，魏静怡正沉浸在书刊的阅览中，包里响起了"两只蝴蝶"手机彩铃，她赶紧将手机关掉了。图书馆里明文规定：为保持室里安静，凡进入图书馆，手机之类的通讯工具请一律予以关闭。

魏静怡走出图书馆，才开了手机，没过两分钟，"两只蝴蝶"又响了起来，是卫岩打来的。魏静怡执拗着不接。

卫岩倒是很有耐心，不停地打她的手机。魏静怡将手机调成振动，她也很有耐心，任凭那手机怎么振动，她都不理，随后索性将手机调成静音，她也要让他体会体会被冷落的滋味。她打算今天也不再回租住的房子，她要去看看哥哥魏静安和嫂嫂常红，有两个多月没去看哥嫂了。

4

　　天空阴灰，落日有些惨淡，看上去像害了肺痨的病人，萎靡不振。魏静怡坐地铁到苹果园站下车，转了两趟中巴车到哥嫂的租住地，巨大的幽蓝色天幕渐渐垂挂下来。

　　哥嫂租住的屋子不过是十七八平方米的一间平房，中间用不透光的深蓝色布帘隔成两小间，里间当卧房，外间是多功用的，做饭、用餐、来人坐坐（会客）。虽是租住，居家的家什倒也还齐全，不过都是从旧货市场上挑拣来的二手货甚至三手货，只有那个小冰箱还算比较鲜亮，似乎是没用多长时间的货品。据嫂嫂常红讲，这个小冰箱没花一分钱，是一个客户淘汰的东西，搁在收废品的那儿不上十元钱，放在他们那里，算是给个顺水人情。

　　灶台上下摆放的瓶瓶罐罐不是铁质的，就是玻璃质的，而且一律加密封盖。以前的那些纸质的箱子盒子全都不见了。听哥嫂抱怨说，这地方老鼠还挺不少的，估摸着是因为附近的小餐馆多，将老鼠给招来了。原先他们不相信北京这大首都还会有老鼠。去年他们回老家待了十几天，返京，一进出租屋，看见惊骇的一幕：灶台上的油桶里竟然泡了三只老鼠！

　　估计是外面的老鼠顺着外管道进屋，将油桶的塑料盖咬碎，想要吃桶里的花生油。呃，想象一下当时是什么情景！大概一只老鼠伸着脑袋去吃油，卡在桶口，另一只老鼠拿嘴咬它尾巴，想将它拽出来，紧接着第三只老鼠也来帮忙，结果，大家都掉进桶里，全都报销了！

　　看着那油桶里黑乎乎的老鼠，常红直觉得头皮发麻，作呕。她对魏静安大叫：快，赶紧拿走！想想又说，不要丢在垃圾桶里，就放在垃圾桶旁边。魏静安紧皱眉头照办了。

原先装在纸箱里的大米也被老鼠们糟蹋得不成样子，残存的大米还混杂着一些老鼠屎。实在令人憎恶！随后他们找来专业人员灭鼠，鼠患算是暂除，但还是要做必要的防范，用铁筒、瓦罐等物什收藏好米面，油也只买小瓶装，以便能放进冰箱。

常红跟小姑子说这些时，还是不住地摇头。

如今他们租住的这间小屋，比起魏静怡跟卫岩租住的那个屋子，虽然要略显杂乱，但跟往日比起来，还是要齐整不少。

平房里生着土暖气，感觉还算暖和，但是总隐约闻见一股淡淡的煤气味。魏静怡上周从《京都时报》上看见有关某处出租房煤气中毒事件的报道，深感哥嫂冬天住这种屋子不安全，也提醒他们最好能换个正规供暖的房子住，但哥哥总满不在乎地说，没关系，这种房子，人家能住，我们也能住。嫂嫂则跟小姑子叹气，说也想住好房子，可是票子呢？你哥前些年在外晃荡，没晃出什么名堂，还欠下一屁股债！这几年稍微稳重一点，财运又不见好，总是挣不了两个钱，就是挣上两个钱，还得还人家的债，还要寄点回家开支。

嫂嫂常红娘家负担重，她的母亲常年瘫痪在床，父亲又常年病歪歪的，弟弟弟妹前年因自驾旅游不幸遭遇翻车事故，双双罹难过世，剩下可怜的外甥子，她这个做姑姑的总还是要顾惜的，花钱找个可靠的亲属帮着照看他们。魏静怡每每听嫂嫂的诉苦，不好说什么，只能劝嫂嫂两句，说你也不要急，嫂嫂，慢慢来吧。

有时去哥嫂那里，魏静怡要拿出几百元钱给嫂嫂，嫂嫂客气地推辞一番，最后还是收了。哥哥则在一旁冷着脸，不大满意常红在妹妹面前唠叨日子过得苦。有一次，在妹妹走后，夫妻俩还为此吵了一架，魏静安警告妻子，以后不准再在静怡面前叫穷！做哥哥的不如做妹妹的，你以为光彩是不是？！再说，要不是你娘家那种破落光景，我们也不至于这么窘迫！

常红听了不觉生恨。想起当初谈恋爱，魏静安可是满嘴甜腻子，说以后不管怎么样，两个人都要好好过日子。那阵子她常红身前身后都是小伙子环绕，哪一个小伙子都不比魏静安差！那时她的家境在周遭一带，还算中上等水平，可比魏静安家里的条件好得多！她一点没有在乎他的家境。如今她娘家遭遇变故，她不帮着挑担子谁挑担子？你魏静安较什么劲呢?！你魏静安有没有一点同情心?！常红满肚子怨气，两人吵得很凶，忍不住砸起了家什，魏静安扔的是塑料洗脸盆，那塑料盆在地上翻了几个滚，一点问题没有。常红顺手抄的是一个一着地就会四分五裂的大瓷碗，只是她终究没有将碗儿扔出手，而是在小桌上蹾了几蹾，气喋喋地叫道：魏静安你听着，你别在我面前显威风！你要真有本事，你要让我封嘴，你就去挣大钱给我瞧瞧！你算个什么东西？真是那茅厕的石头，又臭又硬！我娘家的花销主要也还是我自己挣的，也没用你魏静安多少钱！那次争吵的平息，主要得力于魏静怡从中调解。她将自家哥哥数落了一顿，说的全是嫂嫂常红的种种不易，哥哥应该理解才对。常红对这个知事懂理的小姑子打心底里喜欢。

哥哥魏静安还没有回来，嫂嫂常红在编织毛线外套。一见小姑子大冷天地跑过来，她有些惊喜，忙搁下手中的活计，张罗着给魏静怡倒茶，又出去买点瓜果什么的，魏静怡拦都拦不住。

"哥哥呢?"魏静怡问，接过嫂嫂捧上来的热茶水。

"他呀，还在外面忙着呢。"

"忙，好哇。"

"那倒是。忙能挣钱。前阵子不忙，我和你哥可着急了，眼看都腊月黄天了，再不多挣几张票子，拿什么回家过年呢?"常红将削好的苹果递给小姑子，"静怡，什么时候放寒假?"

"快了。再过三周多时间，就差不多放假了。"

"回家过年吧?"

"回。你们什么时候回去?"

"起码得到腊月二十八九的。那火车票又是费劲。"

"我跟你们一块儿回去。"

"那真是好。"

魏静怡拿起嫂嫂编织的毛线衣，夸赞说："真漂亮啊，嫂嫂真是巧手！现在手工编织毛衣的真是少见了。"

"还是手工织的好。我前段时间给我家外侄子织了一件毛绒外套，托人捎回去，孩子说穿着又舒服又暖和。我现在抽空，给我们家小菲儿也织一套，绣上她喜欢的小熊，赶在过年前织好，带回去。"

"小菲儿肯定高兴。"

"高兴是肯定的。我们做父母的，常年在外，要是不出来挣钱，日子又不好过，孩子的念书都成问题。只是将孩子丢给奶奶，奶奶也辛苦，我们这样的父母，其实都不称职。"

"嫂嫂已经相当难得了，你心里总装着家，装着这边的家，还要装着你娘家父母和侄儿。你和哥哥在外打拼，养家非常辛苦的。妈妈也常说，在家千日好，出门一日难。你们在外打工，哪有待在家里舒服啊？"

小姑子的体己话让常红心里暖漾漾的，她笑笑，由衷地说："我们很不错啦，不管怎样，还有你和小卫在旁边关照啊。"

姑嫂正聊着，门被推开了，魏静安哈着白气进了屋。他现在是一个建筑工程队的小包工头，挂在京都一家知名建筑公司的名下，最近和别人一起装潢一所大学的新建理工大楼，这天冷，外装的活儿没法做，就做内装活儿，念着能赚点钱，也有干劲，忙得不亦乐乎。

"哟，静怡来啦！"魏静安见了妹妹很高兴，脱去身上的黑咖啡色毛呢长大衣扔到床上，"你来这儿，没跟小卫招呼吧？"

"我干吗跟他招呼？"

"小卫刚才还在给我打电话，问我知不知道你上哪儿了。"魏静安端起小桌上事先沏好的热茶喝了一口，直视妹妹说，"你和小卫是不是闹别扭了？"

"谁闹别扭了？"

"那他电话你为什么不接？"

"我干吗要接他电话？"

"你这样不好。到底有什么事？"

50

"也没什么事。我就是不想理他。"

"你呀，不是哥哥说你，不要耍小孩子脾气。两个人在一起，难怪有个磕碰，就是舌头跟牙齿也有磕碰的时候嘛。我跟你嫂嫂不就是这样嘛，不也都还挺好的吗？"

常红白了丈夫一眼，"哪有那么多的散话嘛？静怡心中自有分寸。"转过脸对静怡说，"静怡呀，你哥嘴闲，你别听他的。想吃什么？嫂子给你做啊。"

魏静怡朝一旁发手机短信的哥哥瞟了一眼，笑了，"嫂子，想吃你做的'蚂蚁上树'。"

常红说："行。包准让你晚餐吃得高兴。"

"哎，嫂子，有料吗？要不要我出去买一点？"

"不用，有着呢！"常红拉开小冰箱的门，"你忘啦，你哥也爱吃。我常备着呢。"常红说着系上围裙，在小小的灶台前转悠。

魏静安发完短信，往妹妹的杯子里添了一点开水，"静怡，小卫人其实不错的。小伙子很精明，办事能力强，这点哥哥能肯定。上次要不是他借本钱给哥哥，哥哥恐怕现在还是条干巴巴的咸鱼。看人，要多看人的优点。"

魏静怡说："哥，不说他行不行？说点别的行不行？"

一旁忙活的常红不大满意丈夫，该问的不问，该说的不说，就忍不住插话，"静怡，听人说你们学校大搞建筑，装潢活儿一定很多吧？上次你哥还在跟我说，想你能帮着揽点活儿呢。"

魏静安点头，"对，对，静怡，这事我还想着要跟你说。如果能揽到学校的活儿，那赚头就大了。"

魏静怡有点为难，"我跟我们学校基建科的人不大熟悉。我平时上完课就走，跟那些人没什么接触。"

常红有点泄气，"那就够呛了。不熟悉怎么找人？这年头，就算你有票子，没关系你还不知道往哪里送。"

魏静安摸着下巴，脸色阴郁起来，这装潢市场他妈的搅和得太厉害了，自己起步太晚，又没多少资金，走起来像个小脚女人一样迈不开步子。前些年搞服装买卖，赚是赚了点，心眼太大，不管睡着醒着都做着发财的黄粱梦，在赌场上走过，发现不对路，又挖空心思凑钱去炒股，结果全赔进去，弄得里里外外像个小瘪三！老娘成天骂不绝口，骂着骂着还哭自己命苦，还提他那死鬼父亲死得太早，就没有好好管教他这个不争气的货！姐姐在电话里骂他这个弟弟太没良心，说父亲走得早，全靠老娘辛辛苦苦地将你拉扯大，指靠你将来成家里的顶梁柱，不想你竟是这般的混账！你摸着你的心窝，问问你自己，你对得起谁?！妹妹也嫌弃哥哥胡混，说你是哥哥，照理我这个妹妹是没有资格说你，但哥哥你实在没有一个哥哥该有的样子，我这个妹妹就忍不住要说几句——话可能有些重，哥哥你也莫恼火，你不妨想想：在老娘面前，你配不配做她的儿子？在嫂嫂面前，你配不配做她的丈夫？在小菲儿跟前，你配不配做她的父亲？至于他老婆就更不要说，成天吵着要散伙，而且还要将小菲儿带走。连小菲儿那小猴精也对自己绷着小脸，不再像以前那样成天亲热地喊爸爸，也不再跟在他的屁股后面转。人一没钱，他妈的连龟孙子都不如！自从那之后，深受刺激的魏静安发誓一定要稳定心思，踏踏实实地挣钱。只是，钱那玩意儿不是你想挣就能挣得到的。等这家的活儿忙完，不知道下一个活在哪里。妹妹不是那种见风就能来雨的八面玲珑，让她拉关系，恐怕也是没多大指望。

大家都没再说话，小屋里只有锅灶被女主人折腾得发声作响。魏静怡心里也不大自在，平心而论，她做梦都希望哥哥能发财，那样家里的经济会宽裕一些，哥嫂之间的关系也会和谐一些，母亲也能跟着享点清福。父亲早年病逝，这么多年母亲着实吃了不少苦。老魏家一儿两女，她和姐姐魏小叶境况不差。小叶中师毕业，在镇中心小学教书，姐夫万山在镇政府工作，前两年被提拔为镇长，工作也有干劲。她和姐姐都不时往家里贴点家用。乡间的传统思想还是根深蒂固的，儿子养家赡养父母是天经地义的，女儿是泼出去的水，少了赡养父母的义务，更多的是记挂父母的养育之恩，即便贴钱送物，也只是做女儿的对父母的情分。可是魏家的老太太过日子，却多半仗着女儿，儿子指靠不上不说，还时常弄气袋子让她受。所以每次魏静怡寄钱回去，母亲每每收到钱，总免不了要叹口气，用女儿的钱她心里并不踏实。

魏静怡蓦然想起瞿晓芳曾经说过她的舅舅是 S 大学基建科的科长，上次她去那所大学时，看见那里也在搞建筑。她就将这个信息跟哥嫂提了提。

常红和魏静安脸上马上泛着彩。魏静安说："那也行呀。你赶紧帮着找找你那同学。"

常红忍不住歇了手中的锅铲，笑着凑到小姑子跟前，说："静怡呀，现在在外做生意，很多靠的都是关系哟，我们别的人都靠不上，就指望着你喽，老魏家就数你最有出息。"

魏静怡说："嫂子你不用说，我也晓得，谁不巴望着家里人发达呀。"

魏静安说："到时候需要打点的，你就帮我打点打点。"常红忙搭话，"静怡，打点的钱你暂时帮我们垫一下，回头让你哥还给你啊。"魏静怡说："妹妹给哥嫂找点人帮忙，也是分内的事，还谈什么钱不钱的呢？"

"那不行啊，静怡，你帮哥嫂是你做妹妹的情分，但也要一是一，二是二，亲兄妹，明算账，当哥哥的，不能老揩妹妹的油水啊。"常红说得很诚恳。

小姑子也同样说得恳挚，"看嫂嫂又说见外话了，我念书的时候，也没少用哥哥的钱啊，那又该怎么算呢？"

魏静安咧嘴一笑，"静怡不要这样分彼此。老爸走得早，长兄当父，这不是老古话说的么？你年纪小，哥哥理应要照顾妹妹的。"

魏静怡笑了，"妹妹现在工作了，帮哥嫂也是分内的事情，我们兄妹之间，理应不要分彼此。嫂嫂说是不是？"

"话虽那么说，但还是亲兄妹，明算账的好。"常红一边拿锅铲子炒菜，一边笑着插嘴。

"兄妹之间话好说。哥哥经济活络，有钱，也不会要妹妹倒贴；哥哥要是混寒碜了，妹妹手头宽裕，帮哥哥一把，哥哥也情愿接受。"魏静安说。这当儿，他的手机来了短信。他起身走到妻子跟前，跟她耳语了两句。常红微笑着点头，魏静安就穿上大衣，拉开门。魏静怡追着问："哥你去哪？"

"去去就来！"魏静安话音刚落，门啪地关上了。

屋里弥漫着饭菜的香气。电饭煲里蒸煮的米饭熟了，常红将蚂蚁上树也做好了，招呼小姑子来尝尝。

魏静怡尝了两口，点头说："嫂子，你做的真好吃，我上次在饭馆里吃的也没你这做的味道地道。"

"好吃，你就多吃点啊。"常红笑说。到北京打工之前，她并不知道还有蚂蚁上树这道菜肴，她最初在一家家政公司做保洁，认识一个四川来的大妹子，两个人处得不错。川妹子会做菜，蚂蚁上树这道菜她就是跟川妹子学的。说起来，蚂蚁上树其实就是肉末粉条，主料是粉丝（或粉条）和肉末，配上胡萝卜丝，再添加姜、葱、豆瓣酱等调料，炒作而成。她很喜欢这道菜，味道清淡，爽滑，真的很好吃。魏静安也赞赏，说蚂蚁上树对口味。小姑子魏静怡也很喜欢这道菜，她自然非常开心。

"不吃啦，等哥哥回来一块儿吃吧。"魏静怡搁了筷子。

"那也好。"常红将菜放在电饭煲的蒸笼里保着温，解了围裙，洗洗手，抹了抹护手霜，又拿起毛线针，坐在小姑子旁边的小马扎上，一边编织一边跟小姑子聊天。

魏静怡有点奇怪嫂子怎么只炒一个菜，往常她怎么着也得弄出三五个菜盘的。她让嫂子再炒一个别的什么素菜。常红打趣说："一个菜够啦。你嘴那么小嘛。"魏静怡咧嘴一笑，"我这嘴还小吗？再说哥哥也要回来吃饭的啊。"

常红抿唇笑笑。不大一会儿，门开了，随即挡风的门帘被掀开，魏静安从外面进来了，随手带上门，对常红说："一会儿送过来。"

"送什么呀？"魏静怡随口问。

"哦，你哥在饭馆里炒了几个菜。"

"哎哟，家里人吃饭，还到饭馆炒什么菜呀？随便吃点不就行了吗？浪费钱干吗？"魏静怡嗔怪。

常红解释说："还有别的客人嘛。"

"那还差不多。"起先魏静怡以为客人是哥哥的什么朋友。等到客人出现在她的面前，她才知道哥嫂原来串起来在做盒子。

客人进来时看着魏静怡，什么话都没有说。魏静怡自然也不说话。倒是魏静安夫妇嘴巴在不停地忙活着招呼客人：小卫，过来坐，坐！什么时候回来的？这趟生意怎么样？还行吧？

魏静怡不知什么感觉，说生气有点生气，说高兴似乎也有点。她或多或少报复了卫岩，她坚持不理他，她到哪里，他还觍着脸皮就找到哪里，她这心理上似乎有那么一点满足。

饭馆的几个炒菜很快被送了过来。常红将自己做的那盘蚂蚁上树也端到桌上，摆上酒盅，搁上碗筷。魏静安拿出一瓶京酒，卫岩摆手说不能喝酒。魏静安说："你不是很能喝的吗？"

卫岩说："今天不行。我开车过来的。"

魏静安眼睛一亮，"弄上新车啦？什么牌子的？多少钱？"

"不是什么好车，二十多万。"卫岩轻描淡写地说。

"姑爷真有能耐。这年纪轻轻地就弄上车了。"常红夸赞，将一碗米饭捧给卫岩。

"什么时候跟静怡把婚事办了呗。"魏静安把曾经说过多遍的话又说了一遍。

"等明年买了新房子再说吧。"

"准备在什么地方买？"魏静安自己斟了一杯酒。

"还没定。尽可能在三环内买吧。"

"三环内的房子可都是天价。听说一般的三居，不上个百万是拿不下来的。"

"多少钱都得要买的。结婚没房子可不行啊。"卫岩说这话时，两眼是看向魏静怡的。魏静怡没有回应，兀自低头看手机短信。柳叶青刚给她发来两则笑话："猪有猪的思想，人有人的思想。如果猪有人的思想，那它就不是猪了——是八戒！""我不是随便的人。我随便起来不是人。"魏静怡看了想笑，却又竭力忍着，回了一条："亲，不管怎样，还是要做个不随便的人才好啊！"

常红听未来姑爷说要花百万元买房，称羡得不得了，"乖乖！

55

一百万的房子，我们就是两辈子也赚不过来！"

魏静安嫌妻子乱咋呼——这娘们老是瞎羡慕人家有钱，他瞪了常红一眼，呷了一口酒，"小卫呀，到时候，你们的房子买了，装潢就包在大哥身上。大哥保准让你们满意。"

"我打算买那种带精装的房。自己弄装潢太麻烦。"卫岩说着，筷子头上挑了几根沾胡萝卜丝的粉条，塞进嘴里。

"麻烦什么？有大哥帮你们弄装潢！你们想装成什么样就什么样！大哥可不是吹的，五星级的高档酒楼都装过。"魏静安接连呷了两口酒。常红瞟了丈夫一眼，什么时候装潢过五星级的酒楼？碍于面子，这话她只是在肚子里嘀咕。

卫岩微微一笑，"好，到时候再说吧。需要大哥帮忙的，肯定要有劳大哥了。"

魏静怡只顾低头吃饭。她知道卫岩内心想什么。卫岩一贯看不起她大哥搞的装潢，说街头装修游击队能成什么气候？有活儿就拉几个人来凑一伙儿，没活儿就晾大街。能赚钱吗？那水平能行吗？魏静安希望卫岩能帮着介绍介绍家装活儿，说过好多次，卫岩表面应承着，背地里说，我敢介绍活儿吗？他要是将人家的房子装砸了，我还不夹在中间压油饼？

常红是个脑子能提溜着转的人，她也看出小姑爷有意敷衍，小姑爷从来就没有将他们的事搁在心上，也没有介绍过任何活儿——哪怕是芝麻大的活儿给他们。魏静安脑子木，老是那么相信卫岩，常红跟他说了，他还嫌常红乱猜忌，说小卫要真是那种人，当初就不会借五万元钱给他们了。

现在魏静安又提什么要帮着小卫他们装新房，常红就觉得丈夫真是猪脑子，看人要看脸色，听话要听话音，小卫说要买那种带精装的房，那不明摆着不想让你掺和吗？你还在那儿一个劲地"白水"（说没用的话）。常红也不再笑颜满面了，跟小姑子一样木着脸。

姑嫂俩早早吃完，下席，常红还是讲究客套，说小姑子怎么吃那么少，喝不喝点饮料？魏静怡说，饱了。就是不吃都会饱的。

常红没再说什么，乜斜了桌旁两个男人一眼，他们俩吃饭都没得清闲，谈什么生意经，对于她来说，那都是不着实际的，最实际的，就是能谈出个马上来钱的事。她最感兴趣的东西就是票子。

魏静怡在玩着手机，平素她并不爱玩这个，她心里有点空空的，总得找点事做做才好。手机来短信了，是同学瞿晓芳发来的。魏静怡原本想去她那里过夜，发短信给她，瞿晓芳说她在她舅妈家里，今晚就不回去了。

魏静怡发短信时，卫岩抬眼瞟了瞟魏静怡，确知魏静怡晚上不会东跑西颠的，这才安心地吃饭，同魏静安拉呱。

饭毕，大家又闲聊了一会儿，魏静怡还是不大讲话，只是哥嫂问到她这儿，才说两句。卫岩大概感觉坐着无味，就起身告辞。

魏静怡开始坐着没动，但看到卫岩就站在她身旁，等她一起走的意思，想想老这样拗下去也不太好，何况在哥嫂这里，她也就起身跟卫岩一起走。

魏静安夫妇将妹妹和卫岩一直送出门。卫岩的车就停在外面。他们借着路灯，将卫岩的新车前后左右都仔细看了一个遍，夸赞个不停。魏静安拍拍卫岩的肩，说："小卫呀，大哥混了这么多年，也没混出个人样来，你真是有几下子！"

"静怡跟在你后面，真是有福气。"常红笑笑，"有空跟静怡一起过来啊。只是没什么好招待的。"

卫岩点头，说："大哥，你跟大嫂进屋吧，外面冷。"他拉开车门，看一眼魏静怡，示意她坐到副驾驶座上。魏静怡拉开后座车门，坐到车内。魏静安又嘱咐妹妹，"哥哥的事你要搁在心上。尽快找找你那同学，让她帮着疏通疏通。"常红拽了拽他，说："你呀，话就是多，你就是不说，静怡也会记在心上的。哪回她没把咱们的事放在心上？"冲小姑子说："有空跟小卫一起过来啊。"

魏静怡说："哥，嫂，你们回去吧。有事打电话啊。"卫岩过来关上后座车门，坐到前排的驾驶室，冲魏静安夫妇扬扬手，开车离去。

一路上，魏静怡闭目养神，卫岩专心开车，两个人几乎无话。

5

回到租住的房子，门一关，卫岩就将魏静怡拦腰抱到床上，笑着说，宝贝，为什么不理我？我非得好好修理修理你。那带着葱蒜味的嘴儿就凑上来了，说新车坐着舒服不舒服？喜欢吧？

魏静怡原以为卫岩会检讨自己疏慢她，没想到他只顾着满足他自己，她推掉那张并不讨人喜欢的嘴，"不舒服！不喜欢！"

卫岩轻轻拧了拧她的脸蛋，"不舒服？不喜欢？瞧你那虚伪劲喽。"

魏静怡压抑的声音带着哭腔，推搡说："你给我下去！下去！！你将我当什么了？！"

"老婆，说什么胡话！你是我老婆呀！来，来！我太想你了！"

"你想我？！你连我的生日都给搞忘记了！你还想我？！"

"哦，哦！"卫岩猛然想起，"哦，怪不得老婆生气！实在对不住了，对不住！老婆！明天一定补个你喜欢的礼物！现在更要好好补偿补偿！"

魏静怡想骂又骂不了，她的口已经被卫岩的嘴堵住。她拼命地踢蹬着双腿，想踹开卫岩，没有用的，一米八的大个子这阵子尤其力大无比。

被折腾了半个多小时，魏静怡才有机会发泄她的怨恨，她死命地捶打卫岩，拧他的耳朵，掐他的胳膊。卫岩任凭她对自己实施暴力，一声不吭，这个男人此时表现出难能可贵的忍性。这也是他的一贯做派。

魏静怡到底还是要放手，她就算打坏这个跟她厮混四年多的男

58

人，也难以释解心中的幽怨。她伏在床上哭，受了屈辱般地。卫岩套了衣裤，顺手也将魏静怡的衣服套到她的身上，拍拍她的背，以一种哄小孩的无奈声调说，好了好了，是我不好，行了吧？别再哭了。洗漱洗漱，睡吧。他到卫生间胡乱地擦了把脸，脚也没洗，就钻进被窝。没过多大工夫，卧室里就响起他的沉沉鼾声。

魏静怡脸上布满泪，一个人抱着被褥卧到沙发上。这种日子再过下去还有什么滋味？她内心希望被男人温情地拥抱或是靠在男人的臂膀上说些知心话，她厌恶那种一上床就直奔主题，可卫岩根本不在乎她的感受，而且已经习惯于不在乎她了，他口口声声说她是他的老婆，曾经哄小孩子般地哄她：老婆，你已是我老婆了，我们虽然没有到民政部门领那张通行证，事实上早已是经历了小家庭生活的了。小家庭最需要什么？最需要建设，建设最需要什么？最需要的是钞票。你不希望我多挣钞票吗？希望成天窝在这么小的屋子里——而且这小屋子还是租来的？我们不能老这么耗着吧，我们要结婚。结婚就得有所大房子。我很快就能买所大房子，弄辆小轿车，让老婆跟在我后面居住宽敞一点，出行方便一点。

他总觉得他们同居了这么长时间，她自然是一只被他煮得烂熟的家鸭，飞不了的。包括母亲、哥嫂他们在内，也都这么认为。当初母亲和哥嫂都竭力希望她这个魏家的姑娘找姑爷，要找一个家境好的或者会挣钱的，他们对卫岩应该很满意，时不时地催促魏静怡及早结婚，不要老是搞什么同居，名不正言不顺的。一旦有什么变故，吃亏的总是女方。

魏静怡最初看卫岩，大体上还是比较满意的。卫岩看上去俊朗，谈吐也还有几分儒雅。再有学经济的人头脑活络，薪水总还是不薄的。她出身底层的寒微之家，总也希望经济方面能有所改善，何况人活世上，必要的衣食住行都是要有保障的，靠什么来保障？还不是要靠钱吗？钱不是万能的，但没有钱是万万不能的。这老掉牙的话谁都烂熟在心。说白了，有钱，人就可以选择自己想要的生活，衣食无忧，还能活出点悠游自在；没钱，只能屈从于生活，成天为谋生而奔忙，忧虑生计，遑论精神愉悦呢！那实在不是她想要的。基于这种择偶标准，她找男朋友，也是看来看去，还是觉得卫岩比较合适，便选定了他，自然也是抱着认真的态度，等卫岩这个男朋友做到一定程度，条件成熟，她就嫁给他。

随着两个人交往的深入，乃至同居在一起，她越来越感到，学经济的卫岩逐渐成了满脑子只有钱的现代商贾，她跟他的共同话题越来越少，自己并没有从他那里得到希望得到的快乐。这个时候，她才豁然意识到，对于她这样一个工作稳定而又体面的女子来说，物质方面能有足够的保障，她原来骨子里还是更看重精神方面的享受。她又有点后悔跟搞经济的人掺和在一起。也渐渐意识到，做商人妇，不论是过去，还是现在，想得到那种从物质到精神的双重舒心，是很难的。更让她难堪的是，如今这个现代商贾将原本丰富的感情生活都简化为"性"。魏静怡不敢想象自己的未来，不敢想象自己跟卫岩真的领证结婚，会是什么田地。

夜，自然又不安稳。魏静怡浑身燥热，头脑昏涨，她越发怨恨还在床上打呼噜的男人。她终于要狠狠心，分居算了！可恨这种想法实施起来并不容易。特别是母亲敲的警钟及瞿晓芳的忠告在耳边一响，魏静怡就有点动摇，她已是三十岁的女人，有如暮春要凋谢的黄花。她不想做单身贵族。要是真的跟卫岩吹灯，她还得再去找人，找谁？找的人是不是合自己的心意？她一点把握都没有。

稍加追究，她是那种性情柔软的内向人，不喜社交，除了去学校上课，便是待在小屋里忙自己的事，要不就是偶尔逛逛商场。她的世界是狭小的，相知相识的同性屈指可数，异性朋友更是没有一个可心的。老实说，这是一个重色轻友的年代，像她这样有几分颜色的女子，跟异性交往，是要小着心的。这一点，她有过体会。她读研究生时，曾在同学的生日聚会上结识过一个异性，两人很谈得拢。只是一来二往，她觉得那味道有些不对。他总是频繁地打电话，约她上这上那，言行举止亲昵得让人心慌。只要她稍微一轻浮，她就不是现在的魏静怡了。要知道，那男人有老婆也有孩子。对于这种误读友情的男人，她保持着高度的警惕心，根本不敢招惹。恼人的是，自己无意去招惹人家，人家偏要耍着花招来招惹自己，她也只有红颜变色，翻脸与之断交。

有时，魏静怡跟柳叶青谈起男女交往方面的事，柳叶青也颇有同感，说男人花心，多半是因为遇上了轻浮的女人。有些女人，之所以容易上当受骗，主要原因还是自身对男人的免疫力不强。

魏静怡想自己这方面的免疫力大概也很一般，要不然，她当初怎么上了卫岩的贼船？有点懊恼的是，她至今都没有弄清自己是怎么上的贼船！她是标准的南国女子，他是典型的西北汉子，两人在不同的学府深造不同的专业，其实并没有多少共同的志趣，不过在假期出行时邂逅了那么两三次，如此而已。这种事如今追忆起来，真是有点匪夷所思。

魏静怡一夜无眠。到拂晓时分，她才裹着被褥迷糊着睡去。醒来，发现自己身上多了床毛毯。卫岩已经出去了，小餐桌上的盘子里有几块面包，旁边插电的小电饭锅里煲着一个煮熟的鸡蛋。这个年轻的商人，星期六都不能待在家里。天一定知道，他这样忙碌，不知将来要发多大的财！魏静怡揉揉发胀的太阳穴，浑身无力，又躺下了。

魏静怡大半个上午都是在床上度过的，其实她并没有怎么睡着，她的头晕乎乎的，严重神经衰弱的症状。除了躺在床上，她什么事也不想干。快中午了，她才起床，吃了点东西，坐在电脑前写周一的教案，做课件，一坐就是两个多小时。

写好教案，做完课件，魏静怡打算出去转一下，顺便买点日用品。她准备换鞋时，有人敲门。

门外站着卫岩的妹妹卫鸾。一见魏静怡，就甜甜地叫嫂子。魏静怡不习惯嫂子这种称呼，就说，还是叫姐姐吧。她将卫鸾让进屋里。

卫鸾说："嫂子，哦，姐姐，你这里有现成的吃的吗？原来我也准备了一些吃的，上车急，忘带了，车上的东西我又不想吃。我觉得不太干净。"

"哦，那不饿坏了？"魏静怡打开冰箱，拿出两大块面包和一袋牛奶，将面包搁在微波炉里稍微加热了一下。卫鸾忙说："姐姐，你忙你的。不用热，我直接吃就可以的。"魏静怡说："还是热一下吧。"她又将牛奶倒在不锈钢的小奶锅里，放在燃气灶上略略加热了一下。"这些够不够？不够，冰箱里还有面包。"

"应该够了，给姐姐添麻烦了。"

"都是家里人，不必客气的。"

卫鸾边吃边问："姐姐，我哥哥呢？我给他发短信，他也没回。"

"不知道上哪了。"

"姐姐，你都不知道？"

魏静怡坐到沙发上翻着书，没再说话。卫鸾看出魏静怡不大高兴，抿抿嘴，从自己的小包里拿出了一对深绿色玉石镯子，"姐姐，这个你喜不喜欢？我送给你的。"其实镯子是男朋友的母亲送给她的。卫鸾对玉石之类的东西并不感兴趣，卫鸾感兴趣的是金银饰物。她从哥哥那里听说过魏静怡很喜欢玉石，今日索性将镯子转手，投其所好，未来嫂子魏静怡一定高兴。

魏静怡接过玉石镯子看了看，镯子晶莹剔透，不像是冒牌货，"哪儿买的？"

"哦，这个啊，旧玩市场上搜来的。"卫鸾信口说。

"价格多少？我给你钱。"

"哎哟，姐姐，你说哪里去了！我送给你的东西，还要钱？你要这样见外，我都不好意思待在这儿了，应该马上就走。"

魏静怡略略开了点笑颜，"怎么能白要你的东西呢？"

"那有什么嘛！不就两个镯子嘛！姐姐又是家里人。"

魏静怡端详着玉石镯子，看了看衣着素雅的卫鸾，这个小妮子毕竟是在地方师院当教师的，浑身上下透着一股温雅。她以为卫鸾来北京出差，开研讨会。一聊，才知道卫鸾要考博，找在医院工作的亲戚帮忙弄了张病历，跟单位请了长假，专门复习迎考。

魏静怡心里有点犯嘀咕，班都不上了，在这里待到考试结束才回去？魏静怡摩挲着玉石镯子，顿觉这镯子有点烫手，只是人已经来了，又不是外人，也就随她待着吧。

"还考原来那个文艺学专业吗？"

"嗯，还考文艺学专业，其实文艺学我并不是很感兴趣，可是又不敢随便改专业。"

"那倒是。到考博士这一步，一般都不能轻易改专业的。"

卫鸾嗯嗯应声，她大概真是饿了，很快就吃光了魏静怡拿出来的东西。"姐姐，我考的是你们学院，选的导师是陈华茂。"

"你选他的？报考他的人一定不少，竞争挺强的。他在我们这个学校，算是有点名气的。"

"当时我也这么考虑过，可是又想到念博士不找个名师，总是觉得欠缺什么。另外我还想到姐姐在这里，姐姐也能帮帮我。"

魏静怡一摇头，"考试还是你自己去考。我能帮你什么呢？"

"姐姐，你跟陈教授比较熟悉，你能不能帮我引荐一下呢？我想拜见拜见陈教授。"

"这合适吗？"

"姐姐，没有什么不合适的呀。学生拜见老师，正常得很。而且，考博士跟考硕士相比，导师那头是很重要的。"

"这点我知道。"

卫鸾一个劲地恳求，"姐，你跟陈教授是一个院里的，都是熟人，就帮我引荐一下嘛。"卫鸾说话轻声细语，那神情那姿态，俨然是魏静怡共爹娘的亲胞妹，魏静怡不好让她太扫兴，头也就似点了点。

卫鸾由衷地说："姐姐，我这次是下了大决心的，必须考上。你不知道，我们那个地方师院，太压抑人了。我这次下了大决心，必须考出来。像我这样没钱没势的，只能靠自己。"

小姑子这后面的话真是说到魏静怡的心坎里去了。她自然能理解卫鸾。她从偏僻乡村走到大都市，靠的全是自己的努力，一路踩着升学这个阶梯上来的。她记得小时候贪玩，跟村长的孩子一起四处"打疯狗"，成天不归家，母亲很生气，将她一顿狠打，训斥她：你父母都是泥腿子，你比不得成天穿着鞋袜不用下田地干活的那些孩子，他们有依靠！你没有！像你这样成天只知道玩，玩，你日后肯定是个饿死的胚子！母亲的这些训斥至今她还记得。

卫鸾希望靠自己，同时又恳求她这个未来嫂嫂帮帮忙，魏静怡觉得这个忙不能不帮。她犹豫又犹豫，找院办的黄鹂抄了陈华茂的手机号，白天没敢打扰陈华茂，晚上八点左右，咬咬牙拨通了陈华茂的手机，不想那边传来的是娇娇的女声，魏静怡吓一跳，没吱声，赶紧挂机。翌日上午，她又找黄鹂查到陈华茂家里的座机，晚上，又咬咬牙拨了过去。

接电话的依然是娇娇柔柔的女声，魏静怡这才知道她是陈华茂的独生女儿，女孩子喊她爸来接电话。魏静怡跟陈华茂说明来意，陈华茂婉言谢绝考生上他家拜访的请求，"你跟她说，来我这儿就不必了。我现在挺忙的。你应该知道，这临近期末，事头特别多。"

电话有点漏音，卫鸾听到这里，赶紧从魏静怡手中抓过话筒，"陈教授，您好！我叫卫鸾。打扰您真是不好意思！我老觉得，学生拜见老师，是最起码的礼貌。真的没有别的意思。"陈华茂的口气稍微软和了一点，"不要客气。你呢，现在别的什么都不要想，安心复习。好吧？"卫鸾的声音娇柔得很，"哦，好，谢谢您，陈教授！祝您晚安！"

话筒一搁，卫鸾就蹙起双眉。魏静怡也有些郁闷，这个电话还不如不打。陈华茂真是不给面子！可凭什么要他给自己面子呢？自己本来就是他的下属，他本来就可以随时不给自己面子。他或许还对她这个下属有看法，不知道现在是敏感时期，还往他那里带人拜访？

卫鸾似乎明白魏静怡的心思，故作轻松地说："姐，无所谓的，他不过是摆摆架子吧？"

魏静怡嘴角掠过一丝冷笑，摆架子！她看了卫鸾一眼，"你也别想太多，好好看书吧。我明天有课，准备一下教案。"进房间打开电脑，将事先写好的电子教案略略修改了一下，打印出来，又仔细地温习温习。

卫岩是九点多回来的，一见卫鸾，不经意地说："来了？"卫鸾嘬起嘴，"哥，你也真是！我打你手机，你怎么不接？给你发短信，你也不回。"卫岩说："你不知道哥有多忙。"卫鸾嘟囔着，"我就不信，你忙得连接电话的时间都没有？"

卫岩说："哥真的忙得要命。"又问："吃过了？"

"都几点了？还没吃过？"卫鸾说。

"爸妈还好吧？"

"托你的福，爸妈还好。你有时间，多打个电话回家。省得爸妈老惦记你。"碍于未来嫂子魏静怡，卫鸾原本要发的牢骚都强行咽到肚子里去了。

卫岩朝房间里瞥了一眼——魏静怡坐在电脑前一声不吭，他走过去将房门关上，然后坐到沙发上，端起魏静怡的玻璃杯，将她喝剩的柠檬水喝了两口，打开电视机，调到经济频道，两眼盯着电视屏幕，"真的铁着心考（博）？"

卫鸾有些不满哥哥漫不经心的样子，"不铁着心，我还来你这里？"心不在焉地翻了两页书，"可是我又担心自己考不上。很多人都说，博士考试必须要找好导师。导师特别关键，如果他想要你，就比较好说，如果他压根儿就不想要你，你再努力也白搭。"

"你上次说你博士考你姐学院的院长的。联系应该不是什么难事。"

"刚才姐帮我打过电话，人家根本不愿意我去拜访他。"

"人家不愿意你上门，也是正常的。你也要理解。"

卫鸾嘀咕，"跟你说半天也是白说。"

"听说陈华茂这个人还不错。我跟他不怎么认识，但跟他的一个老同学比较熟。我们经常在一起小聚。"

卫鸾马上兴奋起来，将手中的书合上了，"哥，你去找找你熟识的那个人，通过他再找找陈华茂，行不行？"

卫岩微微皱眉，"别将心思老搁在找导师上。你自己要认真看书。如果你自己复习得一点不好，找人也没用。"抬头看看墙上的挂钟，"我在附近的宾馆里给你开了房间。待会儿送你过去。"

卫鸾绷起脸，没好气地说："我现在就过去！"

卫岩这才正眼看了妹妹一眼，"要不我住宾馆？"卫鸾没理会他，气嘟嘟地收拾自己的东西。

这时，魏静怡出来了，卫家兄妹的谈话她都听见了。她拿下卫鸾手中的包，"晚上就住这儿。我们俩睡！"

卫鸾勉强一笑，"姐，我还是住宾馆吧。这里挤。"

魏静怡心里窝着火，卫鸾请假过来复习考博这事，卫岩事先都不跟她通个气，眼里还有她吗？但她又不能当着卫鸾的面发作，总得要顾及一点情面。她带着声气，背对着卫鸾，将卫鸾的旅行包重重地放到房间的角落，冲着墙壁说："你别担心挤，有人住宾馆就行！"

卫岩若无其事地对妹妹咕噜说："就听你姐的。"他从衣帽架上拽下自己的大衣，往身上一套，挟了公文包，去了宾馆，临走带上门之前，看一眼魏静怡，关照说："你们也早点休息。我明早就直接去公司，这几天又要出差。"

魏静怡全当没听见。卫鸾追出来，说："哥，你也要多注意身体，别把自己弄得太累了。爸妈在家就担心你的身体，别仗着自己年轻，往狠里用劲，老来会落下一身病的。"

卫岩不停步，径直走到电梯前，按了一下电梯的键。卫鸾也跟过去，说："哥，我这次出来，待着也不是一天两天，你这边的房子太小，我还得要找住处。"卫岩说："你先暂住着呗。这一周我都在外面。"电梯门开了，卫岩进了电梯，招呼妹妹回屋，说有事发短信。电话不要打，我未必有时间接。

卫鸾冲哥哥扬扬手。在电梯前站了片刻，突然感到异常失落。她原先在地方师院的日子过得其实也还安稳，但自感没什么奔头，她不愿意在那个小地方庸碌一辈子，而今横心出来，住在哥哥这里，也终究不是长久之计，最令她心里荒落的是考博，要是考不上怎么办？这件事情实在不能想，也不要去想。她强迫自己要往前看，要往好处看。她一定要努力让自己如愿！

卫鸾回到屋里，见魏静怡在备课，手脚越发放轻，拿出包里的考试书籍看起来。

　　十一点左右，卫鸾和魏静怡才上床睡觉，魏静怡本来已有睡意了，可卫鸾翻来覆去，弄得她想睡又睡不了，都十一点半了，明天自己还得赶早去上课。她希望卫鸾不要老动，就拍拍卫鸾，"不要想太多，好好睡吧。"

　　卫鸾叹气说："睡不着呀，姐。"她一直盘想一个问题：陈华茂到底是什么样的人？正派吗？问魏静怡，魏静怡说不知道，陈华茂调到文学院当院长没多长时间，对他不太了解。其实，魏静怡曾听办公室的好事者私下议论陈华茂，说陈华茂没来京中大学之前，曾经因为一个女博士，跟自己的老婆明艳（S大学法学院教授）闹得很僵。只是魏静怡一贯不喜欢背地里论人隐私。

　　那晚魏静怡睡得很糟糕。卫鸾睡觉磨牙。跟卫岩睡觉打呼噜相比，卫鸾的磨牙声更让人难以忍受。夜深人静，卫鸾那牙磨得格格响，让魏静怡周身起鸡皮疙瘩。下半夜，魏静怡索性抱着被子转移到客厅的沙发上睡。

第二章

1

魏静安隔三岔五地打来电话，追着要妹妹为他揽装潢活儿，还再三嘱咐：静怡呀，这年月，空嘴说白话是绝对不行的。该打点的要打点，别舍不得掏票子。打点的钱你先帮着垫一下，等哥哥赚了钱，一定会还你！魏静怡每每听到这样的话，就心生凉沁沁的苍苔，真不是钱的问题，帮亲哥哥办事，还谈什么还钱？

魏静怡一向憷于求人拉关系，可哥哥将话封死了，不为他拉点活儿，他是不会罢休的。母亲也时常在电话里提一提这件事，而且每次都不由自主地扯扯妹妹念书时当哥哥的是尽了全力的，母亲的意思很通透：现在轮也轮到她这个做妹妹的帮帮哥哥。魏静怡只得死劲琢磨着怎么去为哥哥拉关系。学校的工程早已被有来头的建筑公司揽去了，没有谁有那么大的能耐在中间横插进去，分享人家的大蛋糕。魏静怡想起瞿晓芳曾提过她的舅舅是 S 大学基建科科长。除非通过瞿晓芳走走后门？

打定主意，魏静怡就坐公交车到 S 大学找瞿晓芳。途中给瞿晓芳打电话。瞿晓芳说在外面有点事，让魏静怡到她宿舍楼的一层等一下，她很快就回来。

魏静怡在康泰健身俱乐部前面下的车。

S 大学就在健身俱乐部的对面。魏静怡穿过马路，进了 S 大学颇有气派的门楼，沿着 S 大学校园里长长的甬道朝前走，听见有人叫：小魏！声音很熟悉，回头一看，是汤正茵老师，便笑着打招呼："汤老师，您好！"

汤老师显然有点感到意外，"小魏，你到这里干什么呀？"

魏静怡说："我来看同学。"

"哦，你同学在这里工作？"

"不是，念硕士。"魏静怡说，"您到这里有事？"

"也是看看我的一个老同学，她儿子结婚，我是来恭贺恭贺。她儿子也是跟你一般大的。小魏呀，什么时候吃你的喜糖呢？"

魏静怡笑笑，说："汤老师靠边站一点，有车过来了，您小点心。"

正说着，一辆黑色奥迪车刺溜停在旁边，车窗里探出一顶黑色的鸭舌帽，"汤老师，走吧。那边在等着呢。"

汤老师朝魏静怡扬扬手，"再见，小魏！别忘了，我等着吃你的喜糖呢。"

魏静怡也朝汤老师扬手，脸上却有点发烧，现在她最怕的就是别人在公共场合跟自己要喜糖吃。别人一般是不了解魏静怡的心思。魏静怡现在不想将自己的烦恼对别人倾诉，倾诉又有什么用呢？问题还得靠自己去解决。很多时候，心事还是藏着的妥帖。她不愿意像黄鹂那样，心中有什么事，总是跟汤老师她们说，结果说了又怎么样？不但没有解决问题，反而还给黄鹂增添了一些烦恼，比如外界都传黄鹂嫁不出去，到处找人给自己介绍男朋友。黄鹂又好气又好笑，曾好几次问魏静怡，我真的是那样的吗？

瞿晓芳是魏静怡学生时代无话不谈的要好同学，毕竟时过境迁，现在魏静怡纵然有满腹心事，也不想全跟瞿晓芳说，她感觉自己跟瞿晓芳在不少方面存在分歧。即便跟瞿晓芳说了，也没有多大意思。但是哥哥的事，却是要跟晓芳非说不可的。

魏静怡走到瞿晓芳宿舍楼下，瞿晓芳正好回来，"静怡，真巧呀！"她将自行车头掉了过来。

魏静怡瞧了瞧自行车，"怎么是旧车？你那新车呢？"

"嗨，别提了！丢了！你上次来的第二天，就丢了。"

"谁叫你不听我的忠告？我跟你说过吧，不要买什么新车，新车准丢。"

"真是没想到，这大学校园里，偷自行车的小毛贼还真不少。我老家的那车，买了多少年也没丢过。——不说这个了，丢就丢了呗。这二手车也还便宜，也还好骑。"瞿晓芳拽上魏静怡，"走！"

"上哪？"

"我请你喝咖啡去！"

魏静怡忍不住乐了，"什么时候学着'小资'啦？喝什么咖啡呀？我这里带了水杯，回你宿舍喝点茶得了吧。何必浪费钱钞呢？"

"你不知道，我最近喜欢上喝咖啡了。这都是我那舅妈传染给我的。"

魏静怡说："想喝就喝，还说什么别人传染的，是不是有点难听呢？"

瞿晓芳从包里掏出一张消费卡，"这是我舅妈给的。卡不用不就作废了？不用白不用。再说咖啡馆又近，就在学校西门。离我舅妈家只有几十米。"

瞿晓芳骑自行车将魏静怡带到西门的咖啡馆，两人边喝咖啡边闲聊。

瞿晓芳就拽起老话题：该结婚了吧？什么时候办事呀？上次我妈还在问我呢，说你要结婚，一定要跟她说一声，她要送你一对绣花枕头，她自己亲手绣的。我妈对你可关心喽，老是问你这事。

魏静怡心头一热，难得瞿家阿姨这么惦记自己。她高中三年，就有两年借居在晓芳家。瞿晓芳母亲很喜欢文静的魏静怡，将魏静怡当自己的女儿看待，对魏静怡的婚事很关心。自从去年国庆期间瞿晓芳跟王明仁结婚后，老太太就开始惦记魏静怡结婚的事，毕竟静怡比晓芳还要大几个月呢。

魏静怡并不想结婚，每次瞿姨打电话问这事，她就支吾着过去，现在瞿晓芳又明确地问起结婚的事，魏静怡也不好再支吾，没精打采地转了转杯子，叹口气，"我实在不想结婚。没什么意思。"

"嘿，还没意思？跟人家都混了好几年啦。"

"真的没什么意思。"

"怎么啦，卫岩不是挺好的吗？"

"我跟他在一起不舒服。"

"你呀，我了解你，你喜欢追求完美。"

"哎呀，追求什么完美？你老说我这个。"

"你就是，你还不承认。我觉得卫岩挺好的，比我们家的那个王明仁要强。你看王明仁，容易自满，没什么上进心。我建议他在学位方面再上一层，要他考个博士，他说他宁可上北冰洋洗澡去，也不想考什么球博士。我要是再坚持要他考，他又犯浑，说他弄个硕士是为了封我的嘴，我成天叽叽喳喳他听着实在烦，再要让他弄什么博士，他就跳楼去，让我当寡妇！你说他奶奶的这是不是人说的话！"

魏静怡点头，"王明仁这话说得确实有些过分。"

"这是蠢猪说的话，连他妈都跟着骂他。"

魏静怡笑了，"你还跟他妈告状呢。你挺厉害的嘛。"

"你不知道，那天没把我气死！他倒好，放完臭屁就溜了。我不跟他妈说，我还跟我妈说？我妈那脾气，要是听说这话，非跑过来封他的领子不可。"

"算了，你也别跟他计较了，他就是那性格嘛。我看他人倒还不坏的。"

"你说这世上的人，是坏，还是不坏，也是要分着说的。大家都说希特勒坏，是不是？法西斯，战争狂魔，搞种族主义，害了多少性命，在大家眼里，肯定坏，罄竹难书！"

"是啊，要是有谁说这个希特勒不坏，那肯定是价值观有严重问题。"

"可是在爱娃眼里，希特勒坏吗？据说爱娃只爱希特勒一个人，你想想，一个女人唯一爱的这个人，在她的眼里，会是坏人吗？"

"十有八九也有崇拜的成分。"

"崇拜肯定是有。那至少说明希特勒在她的眼里，是令她仰慕的人。"

魏静怡忍不住笑了，"咱俩怎么扯到希特勒头上来了？"

"我这是举希特勒这么个例子。看谁坏谁不坏，那不能一概而论的，还要看什么对象的。另外，还要看什么时候。小木，我的表姐，你也是知道的。她跟我原来的那个表姐夫也是自由恋爱结的婚，最初两个人感情也好得很，到哪里，都是形影不离，那男的对我表姐关心备至，连我妈妈都说小木找对了人。后来呢？"瞿晓芳直摇头。

"听说两个人后来分开了？"

"唉，说起他们的事，真叫人摇头！那男的出去做生意，发财了，渐渐就变了，在外找人，你说，他这样，是不是变坏了？我表姐骂他狼心狗肺，两个人三天两头吵，男的还要离婚。我表姐跟他僵持了两年，最后不得已以离婚收场。你说这人，好的时候好，坏的时候，也坏得没商量！"

魏静怡说："人是善变的。"瞿晓芳叹气，"你刚才说王明仁人不坏，我看他有时候就挺坏的，你说我好心好意地劝他考个博士，他跟我喷出那么一堆臭不可闻的狗蛋话，他这样对我，就是心肠坏嘛！"

魏静怡说："你也别这么看他。他也是一时气话。他不感兴趣，你非要逼他干吗呢？你要不逼他，他肯定会好得很。"

"我可没逼他。你也是在高校待的，你不是不知道，高校那个园子里没学位行吗？有谁不在忙着搞学位？学位跟待遇挂钩，跟职称挂钩，跟名声挂钩。可他倒好，没事就写那种破随笔！我说王明仁，你迟早得走正路，除非你不想在高校里泡！"

"人各有志。"

"哼，什么人各有志？他还瞧不起人家博士呢，说博士都是什么玩意。瓦钵子还能装各种菜肴填饱肠胃，那个纸糊的钵子，顶什么劲？我一听就上火，我说你要真有本事，你考一个来让大家瞧瞧！他摇头晃脑地说，我不考，我要考，一考一个准！你说他这种人！狐狸吃不到葡萄，还硬说葡萄是酸的，他不稀罕。"

魏静怡忍俊不禁，"就是，人家有的是本事，只是人家不干罢了。你别这样说人家，你要看人家的优点，人家写的随笔可不比那些博士写的这论文那论文差。我看他的那些随笔散文写得挺棒的，有情感有思想，要温度有温度，要深度有深度。"

"他写的那些东西，都是些雕虫小技，能成什么气候？那也都是些无用的玩意，无异于垃圾，我从来不看！你还夸他，都服你了！"

"不是我批评你，他写的作品你连看都不看，就说人家写得垃圾，你这不是胡说吗？要是我是王明仁，你这种态度，我也跟你好不了。你要尽量夸夸他，越夸他越聪明。"魏静怡说着说着，笑起来。

"你夸你们家卫岩吗？"

"做得好的，肯定也夸。"说这话，魏静怡自己都觉得有点心虚，她几乎也不夸卫岩。她很欣赏像王明仁那样会写妙文华章的，其实细究起来，大概还是高中时期受金老师的影响。

"问题是王明仁就不愿将事情做好，你叫我怎么夸他？就说写散文写随笔吧，他真要有志气在这方面写出名堂，就好好写呗，当个散文家，那也没得说啊。他又不是真的愿意在写作方面花功夫。做什么事情都凭着自己的兴趣！那么大的一个人，跟个小孩子一样任性！我最看不惯他这点！没办法夸他！"

"你不夸也就罢了，你还贬低人家。有本事，你写来瞧瞧。"

"我不写，我要写，不比他差。"

"瞧你，落进他的套子里去了吧。他感兴趣的你不感兴趣，你感兴趣的他不感兴趣。他要强迫你跟他一样，他喜欢什么你就喜欢什么，你高兴吗？"

"哎，说来也是。"瞿晓芳说，"可是，你说两个人，要在一起混上一辈子，没有一点共同爱好真是不行。"

"你们没有吗？"

"恋爱的时候好像有。我喜欢什么，他好像也跟着喜欢什么，结婚后就变了。我才知道以前他都是装出来的。"

"这男人跟女人，真是说不清道不明。这婚要不要结呀，结了又有什么意思呢？我跟卫岩也是这样的。我想我们还适合结婚吗？"

"怎么说呢？你说，你不跟卫岩结婚，跟谁结婚？错过了这个，回头再找，也是很难找的。毕竟年岁不饶人啦！静怡呀，你要不正视这点，你这个绩优股一转眼就成垃圾股了。我老妈说，女人这辈子找男人，有个三五成满意就得。凑合着过——就像我跟王明仁。有了孩子可能要好一点吧。我妈要我这书念完了就赶紧要个孩子。哎，有什么办法呢？这一个你不满意，再找一个又能好多少？说不定还不如原来的那个。我姨就是那样，越找越不如。现在的这个姨夫真不行，木头木脑的，什么事都得我姨出面。"

魏静怡没有马上接话，她了解瞿晓芳，也了解瞿晓芳的母亲和她的姨，她们差不多都是一个模子里倒出来的，一样的热衷于社交，一样的好面子，一样的想出人头地，她们都希望自己的男人能够发达。

魏静怡不想再扯什么婚姻问题，婚姻的事一点不深奥，也就是男人跟女人搭伙过日子的问题，但日子过起来，滋味却又五味杂陈。他们学校里有好几个大龄女高知还在单着身，连男朋友都没找。人家看上去也好得很，至少省却不必要的烦恼。

片刻的沉默。魏静怡转换话题说："你爸妈身体好吗？"

"挺好的。你妈呢？身体比以前好些吧？"

"还是老样子。我妈身体向来不好，不能干重活，还要注意调养才行。我家里那条件，你也知道，跟不上的。我一个月少说也要贴上七八百的。我妈总是不让我寄钱，可是我还是要寄点钱，买些营养品，我妈妈一辈子受苦，老来也该有点享受。"

"你哥嫂他们不是出去打工挣钱吗？家里经济应该活一点吧。"

"也不行，我哥以前不成器，还欠有外债，到现在都没有还清。他们出来（打工）又太晚了，又没什么资本，又没什么关系，在京城连脚跟都还站不稳。我哥上次还跟我说，跟他一起出来的一个老乡，现在比他发达多了。人家有关系呀，接了部队一幢大楼的内外翻新工程。"

瞿晓芳说:"你们学校不是在搞楼群建筑吗?你也帮你哥拉拉关系嘛。"

"唉,晓芳,你知道我这人一向不会拉关系的。我跟他们不熟悉,我拉谁关系去呀?"

"又有多少人是那种直接的关系呢?都不是人找人,再人找人的嘛?卫岩社会关系不是挺广的吗?让他帮帮忙呀。"

"不要提他好了。他只关心他自己的事。"魏静怡低了头,"我哥哥硬要我给他拉工程,我妈妈也老问这事。说来也是,我这月月还能有工资进账,我哥哥他们有活做就能挣点钱,没活做就干晾着,唉,也的确不是个事。可是,晓芳,你知道,像我这样的人,哪有什么关系去拉?我上哪里去拉呢?"憋了半天的话终于顺势说了出来,"晓芳,上次听你提过你舅舅是管他们学校基建的吧。你能不能帮我哥问问,可能弄点活儿呢?"

瞿晓芳想了想说:"这样吧,我找我舅舅说说,看能不能帮你哥弄点活儿。他是学校基建科科长,管基建的一把手。"

"那太好了。"魏静怡有些高兴,"你帮我问问吧。"

"帮你问问没问题,至于能不能成,那就看我舅舅的意思。现在找他的人不少。"迎着魏静怡恳切的目光,瞿晓芳说,"这样吧,今天是星期日。我舅舅估计也在家。这是个机会。你就跟我去他家看看好了。"

魏静怡看了看瞿晓芳,有点犹豫,"我跟你去合适吗?"

"有什么不合适的呢?你跟我这么好的关系。"

"是不是要买点东西?"

"我买就行。你不用买。你就当是跟着我一起去玩的。我舅舅舅妈都是好高好胜的人。你就跟我一样称呼他们,叫舅舅舅妈,他们准会高兴。"略作沉吟,瞿晓芳又说,"这次你上他们家主要是跟他们熟悉一下,你哥那事暂时不提,过段时间提可能更好一些。"

魏静怡点头,"好,听你的。"

瞿晓芳带魏静怡去学校附近的大商场逛了逛。瞿晓芳挑了两瓶五粮液，又选了一件毛大衣，还提了一盒干果。上收银台付款，将近两千元。魏静怡心跳不由得加快，乖乖，这么贵！忍不住说："去你舅舅家，也要带这么贵的东西？"

瞿晓芳告诉魏静怡，她对舅舅和舅妈不能小气。他们俩都是很大方的人。她第一次上他们家的时候，他们就塞给自己一张购物卡。当她得知卡里有两千元钱时，坚辞不收。舅妈邹辉说，晓芳呀，我和你舅舅没有女儿，我们就将你当成亲生女儿看。你们女孩子家，花销挺大的。拿着吧。别客气。瞿晓芳还是不想收。舅妈摆出一副生气的样子，说哎呀！你这孩子真是的！你再不要，舅妈可要生气了！旁边的舅舅贺立纯笑了，冲瞿晓芳点点头，朗声说，收着吧，别见外。瞿晓芳只好收下了那张购物卡。她下意识地猜那张购物卡大概也是别人送他们的。

说起瞿晓芳跟这个舅舅和舅妈，其实关系并不亲，贺立纯不过是她外公外婆的本族而已，而且瞿晓芳以前从来没有跟他们有过任何来往。前年回老家过春节，瞿晓芳看望外婆，在外婆家，遇到了同样回家探亲的贺立纯和邹辉，经过外公和亲舅舅一介绍，她就跟贺立纯他们认识了，由于贺立纯跟她的亲舅舅辈分相同，就顺着叫贺立纯舅舅，喊邹辉舅妈，时常主动地跟他们联系，甚至千里迢迢地往他们家跑过两趟，每次去都带着他们感兴趣的土特产。

跟邹辉和贺立纯的关系渐渐密切之后，瞿晓芳就表示很希望能有机会到 S 大学充充电。邹辉鼓励说，那你就不妨考研。瞿晓芳笑说，特别想考，就怕考不上呢。邹辉说，你英语基础怎么样？瞿晓芳说，还马马虎虎。邹辉说，英语没有问题就好。瞿晓芳说，舅妈，我考专业课也没有太大把握呢。邹辉说，你先好好看书。到时候舅妈看看可能给你弄点复习资料。瞿晓芳马上感觉吃了定心丸，欢呼雀跃，说太感谢舅妈了！只是太让舅妈操心了！邹辉说，你是家里的孩子，舅妈这个心也是操定了的。邹辉后来私下请托法学院的一个老师——跟她关系要好的郑老师帮帮忙，说乡下的孩子，实在不容易。郑老师人比较谨慎，沉吟又沉吟，还是给邹辉提供了（专业课程）几个大的复习范围。瞿晓芳的基础本来也还不错，学习也能刻苦，她照着这些范围仔细复习备考，也比较顺利地进了复试圈。邹辉指导她复试面试时如何应对老师们的提问，瞿晓芳聪慧，也是一点即通，最终她毫无悬念地被录取。如今瞿晓芳在 S 大学法学院念法学硕士研究生，经常出入贺家，跟邹辉和贺立纯俨然成了至亲。

2

瞿晓芳让魏静怡拎着酒，自己提着大衣和干果，带着魏静怡去贺立纯家。

邹辉开的门，瞿晓芳笑着叫声舅妈，拽过魏静怡，"舅妈，这是我最要好的同学魏静怡。她也是一位大学老师，早已仰慕您的大名，想过来看看您和舅舅。"魏静怡笑着打招呼："您好，舅妈！"

邹辉上下打量着魏静怡，笑得满脸都是黄菊，"这么年轻！晓芳，赶紧带静怡进来，进来！"做个优雅的请进手势。

客厅里铺了米色高级纯羊毛地毯，瞿晓芳和魏静怡将手中提溜着的东西都搁在近门的鞋柜上，换了拖鞋进客厅。

邹辉扫了一眼鞋柜上的礼品，嗔怪说："你们这两个孩子，真是的！到这里来，还带什么东西呀！我们家什么都有。"

瞿晓芳笑笑，"晚辈表示一点心意，是应该的，舅妈。还不知道您和舅舅喜不喜欢呢。"

表舅妈嗔笑，"你们买什么，我和你舅舅都喜欢。只是不要太破费了。"她顺手将鞋柜上装有酒的提袋拿到壁橱前，"哎哟，你们瞧，这多沉啦！"拨开袋口瞧了瞧，"哎呀，还带什么五粮液，你看你们花这么多钱，干什么呢！太见外了！"酒柜开了一条缝，却又马上关上了。壁橱分成多格，除了一格是保健品，其余每格排列的都是国内外名酒，认识贺立纯的人，都知道贺立纯好喝几口美酒。

瞿晓芳说："带点酒，没什么的，舅舅喜欢喝酒嘛。"指了指衣服提袋，"我们给您挑了件大衣，您穿上去肯定好看的。小安喜欢吃干果，我们也顺手拿了一点。"

"真是，瞧你们，还买什么衣服？还带什么干果？都是家里人，不要那么见外嘛。不是我说你们，你们这有点不像话哦！"

瞿晓芳笑笑说："舅妈，是我们的一点心意嘛。"碰了碰魏静怡。魏静怡明白她的意思，也跟着附和说："舅妈，这是我们的一点心意。"魏静怡内心有点不好意思，自己没花一分钱，东西全是人家晓芳买的，却跟着占便宜。

瞿晓芳朝客厅环顾了一下，问："舅舅呢？"

邹辉朝书房一指，侧过身小声说："在那里面，跟客人说话呢。不管他，一天到晚总有人找。"

"小安呢？"

"在他房间里呢。"邹辉冲左边那扇紧闭的房门努努嘴。

"这星期天，小安还在房间里苦读呢。不出去玩玩放松放松啊？"

小安正在房间里玩电脑游戏，偶尔母亲进去，他将游戏界面切换到百度界面，装出正在查资料的样子。十五岁的少年早已学会了伪装。

"随他好了。十五岁了，也该有点自主意识了。来来，你们别站着说话呀，过来坐。"邹辉将魏静怡和瞿晓芳让到内间的小客厅坐下，"你们随意一点啊。我去给你们榨点果汁喝。"魏静怡忙说："您别麻烦。我带了水。"瞿晓芳说："舅妈现榨果汁很好喝的。"

邹辉说："是很好喝，还营养。我们平时也经常喝。榨起来也不麻烦。"她进了厨房，将芒果、香蕉去皮切块，放入榨汁机，倒入鲜牛奶，榨成汁，将榨好的汁倒在玻璃瓶里，将整个玻璃瓶放在温水里稍微加热了一下，分装成三杯，放在托盘中，端到书房，自己一杯，给瞿晓芳和魏静怡一人一杯。

"给舅舅和小安喝吧。"瞿晓芳笑着说。

"他们现在不喝，上午已经喝过了。"

邹辉对魏静怡很感兴趣，不时地问这问那，比如专业啦，职称啦，男朋友啦等等，虽然魏静怡不大喜欢别人盘问自己，尤其是问男朋友这种问题，但碍于面子，她还是简略回应。

瞿晓芳也看出魏静怡不甚自在，便有意转移话题，"舅妈，您将那件大衣试试吧。"魏静怡跟着说："您穿上去一定好看！"

邹辉笑说，是吗？她套上大衣。瞿晓芳和魏静怡在一旁看着赞不绝口：舅妈，太好看了！您身材保养得这么好。这大衣正好能显您身材。

邹辉在内间的穿衣镜前照了照，笑得嘴都有点合不拢了，"你们这俩丫头，还真会挑衣服嘛。"

瞿晓芳笑着歪了一下脖子，"那是当然。我们对服饰可是有点研究的呢。"

这当儿，那边书房的门开了，一前一后出来两个略显富态的中年男子，贺立纯是随后出来的。在门口，个子略高的中年男子搓搓手说："贺科长，我们的事就让您费心了。"另一位男子哈哈腰，也跟着应和："有劳贺科长了啊。"

贺立纯说："谈不上费心，能帮得上忙的我肯定会帮的。工程的质量一定要保证，这是不能含糊的。别到时候弄个豆腐渣工程，出事了，谁也吃不了兜着走的。想你们也是明白人。这些我一再跟你们强调过的。"

"您的这些嘱咐我们铭记在心。"两个客人都唯唯诺诺。临走时还客套了一番。

听到防盗门啪地关上，邹辉才从内间出来，贺立纯递过一张银联卡，邹辉一声不吭地接了，冲着内间亲热地喊了声，"晓芳，你们出来坐吧。"

瞿晓芳应声，带着魏静怡从内间走出来，跟贺立纯打了个招呼："舅舅，您好！"指着魏静怡说，"这是我最好的同学魏静怡。"

贺立纯很高兴，"你们好！"指着沙发说，"坐呀，坐！"提了提垮到肚脐下的裤腰带。邹辉见了，白了丈夫一眼，"以后得少吃少喝点，减肥，瞧你那肚子，赛得上弥勒佛了！"

瞿晓芳拽着魏静怡坐在沙发上，禁不住插话："舅妈，您还别说，我曾经看过一本书，是一个台湾人写的，说发福的先生，苗条的太太，是家庭幸福的一个标志，您跟舅舅就是这样。"

邹辉认可地笑笑。贺立纯似乎不以为然，"现代人写的那些玩意，都是哄人钞票的。你舅妈苗条？呵，满身的病灶子哟。"

"胡说什么？我就是满身病灶子，也比你中看嘛。你看你，那肚子，叫别人见了，还以为你怎么腐败呢。其实呀，人家肚子里装满了油脂，你那肚子里面哟，装的都是些清水。"邹辉嗔道。

"我有什么办法？你上次给我买的那些乱七八糟的减肥茶，越吃越长肚子。我劝你别成天琢磨着要我减肥，你要是将你的身体锻炼成我这样，就相当不错啦。"

看着老夫老妻在那里斗嘴，魏静怡和瞿晓芳一直在一旁笑。

魏静怡悄悄地看了看腕表，已经五点十分了，碰碰瞿晓芳，示意是不是该告辞了？她站起身说："舅舅舅妈，打扰这么长时间，我们该回去了。"

邹辉忙说："得吃了饭再走。"贺立纯说："哪能不吃饭就走呢？"

魏静怡不好意思，说："那太麻烦了。"邹辉说："一点不麻烦的，饭馆一出门就是。"

魏静怡实在不愿意留下吃饭，就转向瞿晓芳，小声说："晓芳，我还有点事，要不我先走？"瞿晓芳知道舅舅舅妈好客，何况她们拎着东西上门，是必定要留她们吃饭的，就笑笑说："静怡，我们还是吃了饭再走，要不然舅舅舅妈会不高兴的。"

邹辉笑起来，"就是。还是晓芳最了解我们。"

瞿晓芳说："舅妈，就在家里随便吃点，上饭馆太破费。让我和静怡来做晚饭好不好？"

邹辉摆摆手，说："不用不用，晓芳你倒是无所谓，人家静怡是第一次来，算是贵客、稀客，上饭馆吃点饭有什么？"

贺立纯说："不要客气啦，就听你舅妈的。她是我们家的总理大臣。"

邹辉起身敲了敲紧闭的房门，喊道："小安！出来，一起去吃饭。"半晌不见有动静，她又"咚咚"敲门，"小安！"拧了拧房门把手，根本拧不动，"小安，开门，大白天的反锁什么门？一起去吃饭！"

邹辉敲了半晌，小安才在里面回应说："妈，我在查资料呢。就几分钟，查完马上就来。"

等了十几分钟，还不见小安出来。贺立纯有点不悦地拍拍门，"小安，是不是又在看大片？吃过饭回来再看。不要再磨蹭了！大家都在等你！"

"快点啊。"邹辉催促。

"知道。"小安慢腾腾地应了一声，又磨蹭几分钟，才开门出来。刚才坐在电脑前打游戏的那个少年——原本周身热血沸腾，两眼炯炯有神，一离了游戏，精神似乎一下子就委顿了，黑框眼镜背后的目光也变得有点迷离起来。

"怎么这么长时间才出来？"贺立纯训导儿子，"大片也不能老是看，对眼睛不好！你那近视度数肯定又加深了！"

"下周六带你去验验光，重新配一副眼镜。"邹辉说。

"眼镜好得很，暂时不用配。"少年说话硬邦邦的。

"以后门不要反锁。在家，还锁门干吗？搞什么机密？"贺立纯一脸凛然。

小安搔搔有点凌乱的头发，耸耸肩，垂垂眼，一副很不受用的样子。

瞿晓芳笑笑说："闭门静心学习，也没有什么不好啊。舅舅对小安要求有点高了吧？"

"要求哪里高呢？就是要求太低了。人家孩子这会儿都在上培训班呢，就他在家自由活动，逍遥自在。"

"哪里逍遥自在了？"小安有点不服气，嘴里嘟囔。

邹辉看看儿子，皱了一下眉，"回头该理发了。"见儿子没什么反应，"你快去将自己收拾一下，洗把脸，梳梳头，快点！大家都等着你呢。"

"我不想去。"小安咕噜了一句。

"怎么不去？就爸妈和两个姐姐，又没外人。别磨蹭了。赶紧啦！"

小安不情愿地进洗手间。关上门。过了一会儿，出来了。感觉精神了一点。

　　邹辉将儿子的两肩轻轻地拍了拍，"腰背直起来，胸挺起来，这样会更有精神气。"

　　瞿晓芳笑着夸奖，"小安收拾收拾，还是蛮酷的！"

　　"倒不丑。"邹辉看着自己的儿子，满眼含笑。

　　贺立纯严肃地说："光不丑还不行，男孩子，最重要的还是要有才气才好。虽说都已进入二十一世纪，但男才女貌的老传统还是没怎么变。"

　　小安一副百无聊赖的样子，甩甩蓬松的脑袋，手指当梳子，将左边额前的一绺长发给捋到耳边，旋即那头发又松垂下来，依然挡住了左眼，他也就懒得再去理会，鼓着腮帮子，打开鞋柜，拿出一双蓝色运动鞋，换上。鞋是阿迪达斯牌的，硬人造草坪足球运动鞋。小安喜欢看足球，上次看了一个"不可能的团队"电视广告，看到他喜欢的贝克汉姆、巴拉克等一些球星，他很兴奋，也羡慕球星脚上穿着的运动鞋很酷，跟母亲说那运动鞋真帅。邹辉看出儿子的小心思，在他过生日那天，给他买了一双蓝色阿迪达斯作为生日礼物。小安喜不自禁。目下他垂眼盯着自己的脚尖，又抬头朝旁边的父母瞥了一眼，耸肩晃脑，两手插在衣兜里，率先出了门。他嫌弃父母说话办事都啰里啰唆，刚才明明像催命鬼一样催人走，这会儿又在那里要走不走！

　　在魏静怡的眼里，这少年的神情、姿态是那么的陌生而又熟悉，她的外甥万里也是如此，总也摆出一副玩世不恭的样子，仿若别人都欠他八辈子的债没还。

　　晚餐是在附近的"好客来"餐馆里吃的，菜肴都很上档次。魏静怡估摸这一顿怎么着也得要个七八百元朝上。在饭桌上，贺立纯吃的菜基本上都是邹辉给夹的，瞿晓芳笑嘻嘻地说："舅舅，舅妈对您照顾得真是无微不至啊。"魏静怡在一旁附和着笑。

　　贺立纯往嘴里塞了一只去了皮的龙虾，嚼了两口，"我宁可不要你舅妈的无微不至。"

邹辉拿筷子指着贺立纯说："嘿，晓芳和静怡，你们看呀，他这样的人，你就是将心肝掏出给他，他都不领情。"摇摇头，"情商低，没办法哟。"

瞿晓芳说："舅舅，那就是您的不是了。像我舅妈这样的教授，忙着事业，又忙着家庭的，真是很难得的呢。"

魏静怡说："真的是这样的。我们那儿就有个女教授，她除了上上课，偶尔出去逛逛街，就是研究明清小说的各种版本，痴迷得很。她不做饭，家务活儿也不干，基本上就是她先生干。舅妈确实很难得的。"

"那人家学问肯定做得漂亮嘛。"贺立纯冲邹辉笑着打了个哈哈，"以前有个晓芳，这又来个静怡，都成了你的党羽。我，一个孤家寡人，哈哈！也不错！过去的皇帝不也是孤家寡人嘛。"

邹辉从他的盘子里夹走了一只龙虾，"美不死你！"

贺立纯说："你们看见没有？这就是你们舅妈，比武则天还厉害，李治吃什么喝什么，武则天还不管呢。我这吃饭你们那舅妈都管得不亦乐乎的。你们动脑筋了没有，她为什么给我夹菜？她这可是打着关心我的名义控制我的食量呀！"

瞿晓芳乐了，忍不住插了句："那是舅妈的高招。舅舅您不认也得认了。"

贺小安一直不说话，动几下筷子，更多时候是在低头玩手机。魏静怡提醒他吃菜。邹辉说："静怡你别管他，吃喝这事，他可是不需要别人操心的。"

五个人用完餐，桌上的菜肴剩了一大半，有的菜不过动了两筷子。魏静怡真想说太浪费了，可是话到嘴边又咽了回去，看得出来，男女主人都有意显示他们的大方，剩菜他们是不会打包带回家的。

出餐馆，瞿晓芳和魏静怡又回贺家坐了一会儿。小安回自己的房间，邹辉嘱咐说："你检查一下自己的作业有没有做完？不要落作业了。好好预习预习明天要上的课程。"

小安嘴上应着，一进房间，将门反锁，戴上耳机，继续玩他的游戏。

这个少年以前是不玩游戏的，小学阶段，母亲引导他看各种经典读物，写作文，写的几篇作文还在报纸杂志上刊登过；初中阶段，他喜欢看原版的英文版大片，父母觉得让孩子看看原版英文片，对学英语有好处，也就予以鼓励。自从上了高一之后，他受一些同学的影响，开始偷偷地玩游戏，而且比他的同学还要入迷。现在他痴迷于玩"暴力摩托"，一种很吸引人的赛车竞技游戏。这种游戏的确好玩刺激，富有挑战性，竞技场景模式丰富，画面非常逼真，音响效果也好，汽车疾驰而过的呼啸声，摩托车的引擎声，拐弯时轮胎跟路面的摩擦声，都是那么富有动感。游戏能比玩速度，还有不少刺激玩法，比如对抗玩法，还可以潇洒地用拳脚、武器去攻击别人，赢得胜利。

他刚得到"铁鞭"，非常兴奋，这下子可以跟对手好好打斗一下。这个少年对游戏中的打斗环节很感兴趣。

在现实生活中，他还从来没有跟人干过架。母亲从小就教导他不能跟人打架，君子动口不动手，万不得已就开溜。他有点郁闷的是，班上总有人跟他过不去，那个自称是摩西的家伙尤其让他讨厌。

刚开始入学那段时间，课余时间，坐在他后面的摩西就和班上一些男生热火朝天地聊游戏，他在一旁听，也觉得有点意思，不想摩西冲他瞪眼，说你听什么听？你又不懂，一边去！他感到很丢面子，回来就偷偷地在网上找他们说的"暴力摩托"，一找，很快找到了，他注了册，试着玩了玩单机游戏，有一种报复心理，有什么了不起的嘛！摩西小王八！你能玩，老子也能玩，而且还要玩得比你溜！

班上有个叫薛小菲的女生长得可人，坐在他的前面，课间他跟薛小菲说说话，讨论讨论问题，摩西就甩他白眼，经常趁他不注意，搞点小动作，不是将他课桌上的书本推到地上，就是在他的后背上拿黑色笔画两道杠杠，偏偏他喜欢穿浅色上衣，那黑杠杠就跟两条扭曲的黑蚯蚓，要多难看就有多难看，但摩西不承认是自己干的，还装出一副气愤的样子，说贺小安，你要冤枉老子，老子就跟你不客气！干缺德事还假装若无其事，理直气壮！简直将他的肚皮都给气破了，他真想将这个小子好好收拾一顿。他跟摩西个子差不多高，只是摩西太胖了，身上长的全是肥膘，一米七的身高，体重马上赶超一百公斤了，看上去跟一头笨熊似的，行动远没有他灵便。他胆敢说，只要双方一动手，要不了两三个回合，他就能将这头笨熊给打趴在地，半天爬不起来！但他不能跟摩西公开对着干，因为母亲严禁他跟人动手，尤其是绝对不能跟这个摩西打架，连班主任老师都关照班上同学要跟摩西同学友好相处。他后来听说摩西那家伙的爸爸是某集团的老总，老爷爷当年爬过雪山，越过草地，人家摩西有的是底气。

他在虚拟的游戏场上，将对手假想成摩西那小子，拿铁棒狠狠地揍，揍，揍个够！——老子让你小子逞能！你以后还敢不敢仗势欺人！他"揍"得痛快淋漓，有一种无法言说的畅快。后来游戏中"杀警察"，那警察也被他想象成摩西——妈的，你再给老子抖威风，看老子不灭了你！不灭你，老子就不是人！

此时，少年贺小安完全沉浸在"打人"——"杀人"游戏的狂热体验中。而客厅的大人们在热乎的闲聊中消磨时光。

正聊着，电话座机响了，邹辉起身去接，语气淡淡地说："喂，哪位？……哦（马上笑起来），是老陈呀，你好你好！这多长时间都没有你电话了？……知道你很忙。我们也忙呀！……哎哟，我们好什么呀？你看你比我和老贺小几岁，你头上戴了多少顶帽子？什么博导啦，什么院长啦……我这个博导可比不上你那个博导硬当喽。……我谦虚吗？我哪里是谦虚呀？人贵有自知之明嘛。……老贺呀，在呢。等一下，他在卫生间方便。哦，出来了。"她催贺立纯，"快点。老陈电话！"

贺立纯说："哪个老陈？"邹辉白了他一眼，"你说还有哪个老陈！"

贺立纯接过邹辉手中的话筒，说："老陈呀，你这混得不错嘛，

86

现在那地方怎么样？……还行是吧？当然，领导别人总要比被别人领导强嘛。……我呀，你又不是不知道，这多少年我都没沾学术气了，混个基建科科长，就将自己给'科'（磕）进去了。……哎呀，老陈，你可别这么说，我哪有你实惠呀？名你也有了，利你也不缺呀。……什么事？你再说一遍？你侄女想考我们这里的博士（研究生）？好哇，欢迎！……你要跟邹辉说？好。"

电话筒又到了邹辉这里，"什么专业？……理解，确实不能在你那边考，要避避嫌，你这刚调到那里，凡事是得注意影响。……没问题，有你老陈牵这个线，我这做师姐的能不给你这个面子吗？……明天你就带她过来？（略作沉吟）那，也行。……老陈，上我这里来，一切就得听我的，你要再说什么请我，我可就撂电话啦！……嗯，好，就这样！明天见！"

早在电话铃响的时候，魏静怡就想告辞，她不大习惯待在这里。碍于女主人接电话，只好一旁等着。

邹辉一搁话筒，魏静怡就拽了拽瞿晓芳，瞿晓芳明白她的意思，站起身，"舅妈，舅舅，时间不早了，您和舅舅该休息了。"魏静怡接过话茬说："我们不能再打扰了。"

贺立纯说："不着急，不着急。"来了一个电话，一旁接听去了。

邹辉抬眼看了看墙上的挂钟，"才九点嘛，还早呢，再坐会儿，喝点果汁。"

魏静怡笑着看了看瞿晓芳，瞿晓芳说："舅妈，我们改天再来看您和舅舅。静怡她还要赶回去，她明天要上课。"

"哦，那好。这样的话，静怡还是赶紧回去。住得远吗？"贺立纯关切地问。

"还行，打车要半个多小时。"

邹辉说："那也不算太远。路上注意安全。"她从储藏柜中拿出两盒阿胶糕，给瞿晓芳和魏静怡一人一盒。

瞿晓芳和魏静怡都婉谢不收。邹辉说："你们怎么那样拘束呢？拿上吧。这是我老家的亲戚前几天邮过来的，家庭作坊里做出来的，真正的阿胶糕，味儿纯正，比市面上买的要好很多。晓芳拿着，静怡也拿着。你们真的不要客气啊！"

瞿晓芳和魏静怡也都接了阿胶糕，告辞出来。邹辉亲自送到楼下，瞿晓芳和魏静怡都说："舅妈，您回去吧，不用送的。"

邹辉说："静怡，有空跟晓芳过来玩，啊？别客气，我们家就是你们的家。"

魏静怡笑了笑，说："好，舅妈，今天打扰您跟舅舅了。"

"瞧你这孩子，说的什么话？打扰什么啊，我们也是高兴的。"又客套几句，邹辉这才回去。

瞿晓芳回集体宿舍，魏静怡打车回住处。分手前，两人同了一段路，闲聊。

瞿晓芳说："您觉得我舅舅舅妈怎么样？"

"很热情的。"

"嗯，的确很热情。他们为人大方，也喜欢开玩笑。跟他们相处，比较放松。只是他们家那个小安，性情一点不随父母，见人也不打招呼，成天将自己关在房间里，那孩子，感觉有点麻烦。"

"肯定窝在房间里玩游戏。看样子，他父母还不知道。"

"大概还不知道，以为他看英文版大片。你看他动不动就将房门反锁，十有八九就是在玩游戏嘛！我侧面提醒过舅妈。我舅妈说孩子这么大了，干涉太多也不好。就算玩点游戏，也可以理解，别的孩子玩游戏，他要是一点不玩，跟同学之间也没有交流的话题，也容易被同学孤立。"

"你舅妈说得也不是一点道理没有。问题是孩子自控力差，他玩起游戏来，能刹得住吗？我姐家的那个万里以前就是这样，一坐到电脑前玩游戏，就无比兴奋，可以整天整夜地玩上几个通宵，就跟那些吸鸦片的人一样上着瘾！"

"迷恋玩游戏会毁掉一个孩子！"

"大人还是要适当干涉干涉，不能由着孩子那样疯玩。"

"我舅妈舅舅他们这方面对孩子还是放纵了。我们也不好直说。"

聊着聊着，不知不觉走到该分手的路口。魏静怡说："今天跟在你后面，可真是占尽便宜。"

瞿晓芳说："咱俩什么关系，还要说这种客套话啊？你哥那事，下次找个机会再说。"

魏静怡说："好。不跟你客套啊。晓芳，你回去吧。我就在这里打个车。"

偏巧，魏静安打电话过来，照例说起拉装潢活儿的事，魏静怡说："我这边问着呢。今天见了晓芳，说起哥哥的事。我现在就跟晓芳在一起。……"扭头跟晓芳说，"晓芳，我哥哥想跟你说两句。"手机递到晓芳手中，瞿晓芳跟魏静安寒暄两句，就彼此切入主题，"大哥放心！你的事我肯定上心。我回头找个合适的时间再跟我舅舅说说，看哪天能不能约个时间一起坐坐？到时候我再跟大哥说，好不好？"

魏静安哈哈笑了，"好好，晓芳妹妹多费心多费心！需要打点的，尽管说，人情必定是要感谢的！"

瞿晓芳说："都不是外人，大哥不要客气啊。"魏静怡从瞿晓芳手中拿过手机，"哥，这事回头再说吧。时间也不早了，你也早点休息。顺便代我问嫂嫂好。"

正好有一辆出租车过来了，魏静怡赶紧朝出租车招了招手，车停了下来。魏静怡边拉车门边对瞿晓芳说："你回去吧。晓芳，有事打电话。"

"那好，你路上小心点。到家给我发个短信。"

魏静怡说好，钻进车里。司机也不问魏静怡去哪儿，就呼地将车开走了，魏静怡说："师傅，去绿色庄园。"

司机也没答话。借着街灯亮光，魏静怡看司机脸色阴郁，心里有点不安，她看看表，快十点了。

司机的手机响了，司机没理会，那手机不停地响着，响得连魏静怡都有点着急。司机大概烦了，点了接听键，开始骂开了：你丫有完没完？啊？你丫爱怎么着就怎么着！那房子你丫的甭想！……

你不是嫌老子没能耐吗？你找有能耐的去！

车速快得惊人，魏静怡不由得害怕起来，这要撞到哪儿，自己非跟着陪葬不可。等司机骂够了，关了手机，魏静怡小心翼翼地提出下车，借口说自己下车办点急事。司机没吭气，车倒是刺溜——滑了大约十来米，停下了。魏静怡依然小心翼翼地问："师傅，多少钱？"

"十块！"司机气吼吼地说。

魏静怡付了钱，司机撕的出租车票也不要了。赶紧下车，她的两脚刚着地，那车就呼啦开走了，魏静怡差点被带倒，她打了一个趔趄，好不容易才站稳，忍不住骂了句，神经病！

刚好下的地方是公交车站，魏静怡不想再坐出租车，索性坐公交车回去。魏静怡倒了两趟公交车，回到绿色庄园。给瞿晓芳发了个短信，说已到家。晓芳晚安！

卫鸾还没睡，在看书。一见魏静怡进门，就迎过来，"回来啦，姐姐。"

"你怎么还没睡？"

"姐姐不回来，我睡不着。"

"早点睡吧，看书别太晚了。"

卫鸾从饮水机接了一杯矿泉水，递给魏静怡。魏静怡说："你喝吧。我自己来。"

"我不渴。"卫鸾翻翻书，叹口气，"姐姐，我想了想，陈教授那边最好还是去找一下的。晚上我的一个正在念博士的同学打电话给我，说导师一定要首先联系好。"

"这事你还是跟你哥哥说说吧，让他帮你想想办法。"一提陈华茂，魏静怡心里就不爽快，她是铁着心不再过问这事。

"我哥那人，跟他说了，他也不上心。"很显然，卫鸾对哥哥卫岩是很有意见的，晚上跟她同学通过电话之后，就打电话给卫岩，卫岩还是那句老话：这事着什么急？你先好好看书。

"那怎么办？还是先好好看书吧。真要是复习得很好，也应该没问题的。"魏静怡说。

卫鸾皱了皱眉，说："也是。"语调显得十分无奈。她感觉英语那门课程考试没什么问题，比较担心专业课考试，她没有太大把握。

魏静怡洗漱好，换了睡衣，抱着一床被子铺在沙发上，跟卫鸾招呼说："我先睡了。明天还要上课。"

卫鸾说："姐姐，你怎么睡沙发呀？那床那么大，睡两个人一点不挤的。"

"我明天要早起，怕吵醒你了。"

"没关系的，姐姐，我觉睡得死，就是天轰雷，也难轰醒我。"

魏静怡心里嘀咕，觉睡得死？你还不知道你自己磨牙呢。嘴上还是说："别客气，不早了，赶紧睡吧。"

"要不，姐姐，我睡沙发吧，你睡床，好不好？"

"哎呀，卫鸾，你别客气了！"魏静怡有点不耐烦了，又感觉自己语气太硬了，便笑着缓了声调，"其实沙发挺舒服的。你不来，我有时也睡沙发的。好了，赶紧洗漱睡觉吧，啊？"

卫鸾咕噜着说好。

这个睡觉一贯深沉的女孩子那晚的觉睡得很肤浅，她原先预定的计划并没有顺利地进行，她原本想跟她所报考的导师陈华茂套套近乎，甚至希望能从陈华茂那里套点什么有用的考试信息，可陈华茂婉言拒绝她的拜访。还有她住在哥哥这里——确切地说，是哥哥跟女朋友魏静怡同居的屋子里，她总觉得不是很自在，而且她在这里待了还没几天时间，魏静怡就自个儿睡沙发，那么大的床魏静怡故意不睡，这让她怎么想？这不是明摆着不希望自己在这里住吗？再说哥哥那态度，对自己不冷不热的，第一天晚上就让自己去住旅社，他肯定嫌自己住在这里，妨碍他跟女朋友之间亲热。

怎么想怎么都觉得自己讨人嫌，卫鸾决定还是另找住处。

第二天清早，魏静怡起床时，卫鸾也起来了。魏静怡有点奇怪，你起这么早干吗？卫鸾就勉强笑笑，"姐姐，在你们这里复习，总觉得效果不是很好，缺乏那种学习的氛围，我想最好在学校找地方住。姐姐帮我问问，你们那儿有没有床铺租呢？"

魏静怡说:"你就在这儿住吧。在学校租床铺不便宜,单是一个床铺,月租要三百呢。另外吃饭什么的花销也挺大的。你又何必花那钱呢?"

卫鸾浅浅地一笑,心里嘀咕,乖巧话说得漂亮,你巴不得我走呢。嘴上却是说:"不管花销多大,我还是想在你们学校里住,姐姐,你就帮我找找吧。"

魏静怡想了想说:"你铁心要住学校,我就帮你问问也好。"想起黄鹏一个人住单间,跟她商量商量,在她那边加个折叠床铺兴许能行。

翌日上午，魏静怡上完头两节课，就去文学院办公室找黄鹂，没见黄鹂的人影。汤老师说，黄鹂出去办事去了，这里恰好有你的一封信件。

信是一家学报寄来的，说尊稿拟采用，由于学术刊物发行的特殊性，适当收取版面费。按人家的要求，要想发稿就得交一千五百元。魏静怡心下有点不爽，自己辛辛苦苦地写了篇论文，还要搭上一把票子才能发表？想想都有点心堵。但这家学报是核心期刊，还是很有诱惑力的。评副教授有多项条件，其中很重要的一项：任现职以来，至少要发表5篇核心期刊论文。

魏静怡不是不清楚，在大学这片园子里混饭吃，要想离开靠边站的灰姑娘之列，光顾着搞好教学是不够的，得想办法抓职称，职称上去了，待遇也就上去了，大家对你看法还好。

站在文学院办公室外的垃圾箱旁，魏静怡将学报来函揉了又揉，终究还是没有将那纸团塞进垃圾箱，而是展平叠了两叠，塞进自己的包里。她要去学校图书馆阅览室里泡一泡。

魏静怡出文科楼，上了通往图书馆的那条甬道，就听见有人在身后喊：魏老师，魏老师！那声音糯糯软软的，柔润悦耳，扭头一看，是学生严曼如，笑盈盈地小跑着过来。魏静怡不禁莞尔一笑，"曼如好！"

严曼如是魏静怡两年前教过的一个学生，给她留下深刻印象。曼如长得眉清目秀，小巧玲珑，每次上课她总是早到教室，坐第一排，帮老师擦黑板，接开水。别的学生可能是为了课程能得高分，刻意讨好老师，她不是，她发自内心地崇敬老师，每逢节日，她必定要发短信问候老师，学习上有什么问题，也会主动向老师咨询。魏静怡教过好几年的书，像严曼如这样的学生并不多见。大学校园里的学生也是形形色色的，有的貌似单纯，其实肚子里小九九挺多。有的学生在课程一结束，跟授课老师之间也就没什么瓜葛，甚至有学生觉得这个老师对自己没什么可利用价值，索性将老师从自己的通讯录中给删掉了。魏静怡记忆犹新，她曾经教过一个王姓的女学生就是如此，那学生后来考研，又需要找魏老师咨询，厚着脸皮来找她，魏静怡也毫不客气，说你不是不需要跟老师联系了吗？你还是去找对你有用的老师好了。事后她心里还有些郁闷。教书教出这样的学生，委实也是索然寡味的。相比之下，严曼如带给她的是暖暖的感觉。她也就教过曼如一学期的专业课选修课程，师生之间却是如此投缘。或许，这世间，人与人之间相处，不在于时间的长短，而在于彼此对不对眼。

魏静怡跟严曼如也有一段时间没见面了，而今碰到，自然彼此都很亲热。"魏老师，我每每在校园里走，就想着是不是可以碰到魏老师呢，今天到底还是碰到了啊！"曼如笑得开心，"您还是那么忙吗？"

"有点小忙。你们也很忙吧？明年就上大四了，你有什么打算呢？还打算考研吗？"

"原先也想考研，但家里条件不允许，我妹妹马上要参加高考了。我还是早点出来工作，减轻家里的负担。"

"你要真想考研，我建议你还是考一下，要不然以后总会感到遗憾的。经济方面的事，总是能想到办法的。到时候需要老师帮忙的，你也尽管说一下。不要不好意思，老师会尽最大能力帮你的。"

"谢谢，谢谢魏老师！我想还是先工作两年，缓解一下家里的经济负担。等家里的境况好转之后，我再考虑考研。"

"你这想法也还务实，能时时为家里人着想，很好。"

"肯定要这样啊。血总是浓于水的啊。"

师生二人边走边聊，一直聊到图书馆门口，严曼如突然想起一个小疑惑，"魏老师，我昨天帮期刊社的老师整理杂志社旧稿，看见'干嘉考据学的终结'这样的一篇稿子，'干嘉'是指什么？因为我平时对考据这种东西还是比较感兴趣的。"

"干嘉考据？还真没什么印象。"魏静怡稍微琢磨了一下，"我觉得，所谓干嘉学派，应该就是指乾嘉学派。乾嘉，你肯定是知道的，是指乾隆、嘉庆时期。之所以出现这样的误写，大概缘于'干'的繁体字是'乾'。'干'的繁体字还有另一种写法：幹。你也知道的，对吧？"见严曼如有点迟疑，她从包里掏出纸笔写了一下。严曼如哦一声，"平时没注意这些。谢谢魏老师！"

"你想想，有没有这种可能？'乾嘉'被简化为'干嘉'了？忽视了'乾'本身为八卦之一，代表'天'，跟'坤'（代表'地'）相对。"

严曼如扑哧一声，大笑，"真有意思，照这样看来，乾隆皇帝该改读'干隆皇帝'了！"

魏静怡也笑出声来，"地底下的乾隆皇帝该作何感想呢？"笑谈几句，一起坐电梯，学生去三层的报刊部，老师去五层的阅览部。

魏静怡打算写一篇（二十世纪）四十年代新感觉派代表穆时英的论文。她在阅览室的书架前查找，找到几本新感觉派作家的小说，比如穆时英《上海的狐步舞》《南北极》《白金的女体塑像》和刘呐鸥的《都市风景线》，这些作品集她基本上都看过。在她看来，刘呐鸥偏向于意识流，写上海那样光怪陆离的东方大都会的病态生活和病态心理；相比之下，穆时英的小说更耐读，穆时英小说叙述的视野也比较开阔，他早期将目光投注到底层民众生存状态，后来关注洋场中纷繁复杂的现代都市生活，在艺术上，他更讲究叙事技巧和结构，善于捕捉都市男女那种敏感、复杂的感受，人物心理描写细腻生动。这样一个富有文学才华的人一生却很短促，他在一九四〇年夏季的一天傍晚，乘坐人力黄包车外出，遭遇暗杀身亡，年仅二十八岁。关于穆时英的死因，有不同的说法，一种说法是他死的前一年投靠汪精卫伪政权，为汪伪政府的新闻宣传效力，被视为汉奸，暗杀他的是国民党军统特务。这种说法在他死后流传了相当长的一段时间，有不少人认为他当汉奸，是个"附逆文人"，被暗杀也是"罪有应得"。直到一九七三年，有人在香港发表悼念穆时英的文章，文中称穆时英是被军统误杀的，他的真实身份是"国民党重庆方面卧底的军统特工"。由于缺乏证据，穆时英的死成了一个谜。

魏静怡在文字堆里翻阅穆时英的相关信息，联想他那文思飞扬的作品，感喟不已，真是可惜了一身才华，可惜了！学校图书馆的资料很有限，她想哪天还要去国家图书馆再扒扒，希望能扒点有关穆时英的其他资料。

出图书馆，魏静怡脑子里还在萦绕穆时英的不幸，可叹他生逢乱世，假如他生活在当下呢？他该是什么样的情景？……

肚子明显有些饿，魏静怡还是决定先去教工食堂填饱肚子，然后去教工宿舍楼找黄鹂。

黄鹂正在吃面条，一见魏静怡，问："吃了没有？"

魏静怡说："吃过了。你怎么不去食堂吃啊？"

"上午办完事回来有点晚，估计食堂也没有什么好吃的了，就懒得去。自己弄点鸡蛋面，也不费劲。电饭锅里还有一点。你帮我消灭一下？"

"我哪里还吃得下？还是你吃吧。"

"嘿，瞧你，都快成高粱秆了，还不抓紧多吃点？你那体型，就是吃撑了也不会长多少肉。"黄鹂哧溜完最后一口面条，拿着空碗，掀开电饭锅，将锅里的面条全倒进碗里，"你不吃，我可吃，管它长不长肉。昨天在学校食堂吃饭时，那个潘向丽还说要送我几张瘦身卡，我当时就想，你这潘向丽说话幽默得不对路，不就是说我太胖了吗？"

"你是太多心了吧？人家潘向丽说不准真有几张卡要送你呢。"

"就是有卡送我，我也不稀罕，什么东西！她以为她苗条呢，到处拈花惹草，别以为别人不知道。"

"人家是开玩笑的嘛。潘向丽其实也没有什么恶意嘛。"

"没恶意？她就不要那样说！你不知道，食堂里有好多的人，汤老师也在。"

"也没有人将她的话当回事。你一向大肚大量，不计较她就行了嘛。"

"计较她？她这人不值得我计较。我今天不过随口说说而已。"黄鹏看看魏静怡，"今天我看见你家那位了，（他）跟人谈生意是不是？"

"不知道。"魏静怡淡然地说。

"你都不知道？卫岩干什么你都不知道？"

"我干吗要知道？"

黄鹏盯着魏静怡的脸，"你说话怎么这味道呀？你们没闹别扭吧？看你怎么一副有心事的样子？"

魏静怡轻笑着撇了撇嘴说："哪里啊！"她不想提自己不愿意提的事，朝屋里环视了一下，"你现在还是一个人住？"

黄鹏说："不一个人住，还能怎么着？"

魏静怡问："你那事怎么样了？"

黄鹏倒了一杯热水，做出一副不知情的样子，"什么事怎么样了？"

"哎呀，还装蒜呢，你跟中医院的那位医生的事嘛。我上次听汤老师说，她要将中医院的那位医生介绍给你。"

"哦，那事，早就解决了！汤老师好心是好心，可是，有点乱点鸳鸯谱。我跟那人不适合。别说那大块头形象——你不知道，人家说我胖，可他的腰围至少是我的一倍半。"

"个头一定很高吧？"

"嗯，他倒是比我高一个头。那身材姑且就不说罢，令人可气的是，他跟我一见面就打哈欠。你说，要是你，那种场合你会打哈欠吗？至少表明那种人是不认真的。还说他是大夫，怎么看上去，一点都不健康？我还理会这种人，我有病！"

魏静怡想笑，可是又笑不出来。黄鹏比自己还大三岁，个人问题一直耽搁着，院里的同事私下说，黄姑娘将自己给挑拣成剩女了。黄鹏倒不觉得自己有多掉价，还一直奉行她的原则：要找就找未婚的，已婚的免谈。

魏静怡觉得黄鹂这个原则未免太古套，现在都是什么时代了？能有几个黄花女，又有几个青春郎？别说你黄鹂戴着一副眼镜，就是戴着两副眼镜，恐怕都有些难找了。就算那些名义上没结婚的，事实上也经历过男女之事，不过就是少了张结婚证那一纸契约罢了！汤老师也这么认为，她为黄鹂多次牵线，总希望能有一个成的。上个月她给黄鹂牵的那个中医院的大夫没有看上黄鹂，她也有些心灰意冷了。平心而论，那光棍大夫长得也不咋的，人家黄鹂姑娘配他还是绰绰有余的，就他那样的居然还挑人家黄鹂，这事真是没谱了。黄鹂这姑娘除非找个二婚的，死老婆或是离婚的，要不然，真是老大难嫁哟。

上周汤老师还在劝黄鹂将标准降低一点，其实二婚又有什么嘛？我一个发小的侄女，跟你年纪差不多大，就找了一个快六十岁的大学教授，你看女孩子都快赶上做人家的女儿了。想通了，就什么障碍都没有，照常领结婚证。黄鹂微微皱了皱眉，说那女孩子是不是瞧中他的身份和名望？没意思！汤老师说："你说没意思，可人家觉得有意思就行了嘛。你呀，不是我说你，你这丫头太拗！这不好，找对象最怕定什么标准，有个差不多就行了。你要知道，你再怎么找，找的都不是最好的，最好的那个永远在某个地方晃悠，你就是没机会找到他，如果你真的找到他了，那他就不是最好的了。你明白我的意思吗？"黄鹂笑着摇头，"您这给我上哲学课呢。"汤老师说："你现在不明白，总有一天你会明白的。"

黄鹂将汤老师的话跟魏静怡说了，问魏静怡："'最好的那个永远在某个地方晃悠'，你明白她的话吗？"魏静怡说："不大明白。"

黄鹂说："就是，这话真让人有点费解。老太太大概想卖弄自己说话有水平。"

魏静怡浅浅地笑，"看样子你对汤老师还不大满意，其实汤老师是为你好。"

"我知道，她是出于好心好意。可她太热心了，好像我这辈子不结婚就活不成似的，非得凑合着将我给嫁出去。我还真有点受不了她的热心。你说，谁愿意跟一个二婚的呀。我一想到让我跟一个结过婚的人再结婚，我就浑身上下不舒服。我也知道这其实没什么了不得的，但就是感觉不行。要是换成你，你愿意吗？"

魏静怡说："我没想过。"

"上次我跟汤老师说，我说能找个合适的当然更好，如果没有合适的，我就一个人过得了。汤老师一听我这话，就着急呀，竭力劝我，一个女人不结婚，不成个家要个孩子，将来老了病了，连个探望的人都没有，可怜！我说这很简单，将来老了动弹不得的时候，就上敬老院去呗。汤老师就不停地对我摇头。"黄鹂说着吁了口气，神色有点凝重，"不管怎么说，我内心里还是很感激汤老师。像她那样的热心肠，真是不多。你说，现在的人，谁都忙着管自己的事，谁还有心思搭理别人的事呢？"

"就是嘛。你刚才还在发汤老师的牢骚，不应该的。"魏静怡又上下打量着黄鹂的房间，"你这小窝收拾得真干净利落。"

黄鹂笑笑，"这还叫干净啊？你没去人家汤老师家，她家那才叫干净呢！她家边边角角都弄得干净得不得了，据她说，她以前也不是太在乎卫生，自从'非典'之后，她就开始重视了。她们家里人吃饭现在都实行分餐制，用的东西都严格分开。她每天都要拿自制的消毒巾，擦桌、椅、窗台，连门把手她都要仔细地擦一擦。"

"用自制的消毒巾？消毒巾怎么自制？你知道么？"

"这个简单。汤老师当初跟我一说，我就记住了。你家里有厨房纸吧？拿一卷纸从中拦腰切开，装在一个干净的密封盒里，再拿75%药用酒精兑纯净水，一般50毫升酒精兑上250毫升纯净水就可以，接下来，就把兑好的酒精溶液倒进密封盒，将厨房纸中间的那个筒芯抽出来。你看这个制作起来，是不是简单又经济实惠？你想汤老师每天都那样细心搞卫生，那多费消毒巾啊！"

"汤老师真是太讲究卫生哦，一般人做不到的。"

"就是，汤老师家里卫生搞得精心，办公室的卫生她也上心得很，她每天总要提前半个小时到办公室，做的第一件事情就是搞卫生。开始我还觉得汤老师是不是洁癖啊，每天都这样边边角角地弄个遍，不嫌麻烦吗？我后来才知道，汤老师的表姐对她的影响太大了。她的表姐在'非典'期间不幸被感染，虽然侥幸保了命，但因为当时激素用得太多，有不少后遗症，骨关节坏死，肺功能也不好，隔三岔五地跑医院，活得实在痛苦。汤老师上次跟我说的时候，不停地叹气，差点掉泪了，说她表姐原来那么健壮乐观的一个人，如今成了重度抑郁症。"

"那真是不幸！"

"唉，人生无常，有什么办法？表姐的遭遇让汤老师有心理阴影。她说她有强迫症，总觉得到处都有可能隐藏病毒。跟她一个办公室，我也跟着受影响，也开始爱干净了。"

"爱干净也是好事。"

"前段时间我一个亲戚的女儿到这边找工作，就暂且住在我这里，哎，你不知道，那丫头草草糊糊的，不爱整洁，东西随手乱放，提醒她，她就注意一下，不提醒她，她还是原样，真是有些别扭。现在她走了，我感觉放松多了，还是一个人住整洁，自在啊。"

听黄鹏这么一说，**魏静怡**不便开口说租床铺的事。其实她在学校原是有宿舍的，跟外语学院的潘向丽合住。自从她住在卫岩租的房子里，学校宿舍基本上就没再光顾，她也没有效仿别的同事，将属于她的那一半场地出租。没想到那宿舍如今成了潘向丽及其男朋友的浪漫小巢。在潘向丽的眼里，她反倒是不受欢迎的外客。

魏静怡跟黄鹏一说起这件事，黄鹏一撇嘴说："那个潘向丽，她们学院就没几个人说她的好，私心太重。上回听柳叶青提起她，直摇头。你别太当好人了，你的床铺不住，也轮不到她占着整间宿舍！你还是要跟她说，你要住宿舍。"

魏静怡皱皱眉，"真是无法说的，第一次见她，还觉得这女孩漂漂亮亮的，说话轻声细语，看上去还挺温柔的，觉得很好相处。真没想到她是这种人。"

"知人知面不知心。老古话说得不假啊。对待这种人，不能太客气的，该怎样就怎样！要是换成我，早就跟她杠上了，根本不会让她得逞！"

魏静怡决定去跟潘向丽交涉交涉。

　　来到宿舍门前，里面隐约有声响。魏静怡轻敲宿舍的门，半晌却没有回应，魏静怡有点敏感，大白天的关门闭户，还拉着窗帘，会不会在裹毯子？别自讨没趣。她在宿舍门前逡巡了一下，便走开了。

　　隔了一日去学校上课，午间再去找潘向丽，还是门窗紧闭，不过，这次没有拉窗帘，魏静怡便放心大胆地敲门。

　　里面传出冷冰冰的声音：谁啊？

　　"我，魏静怡。"

　　"有事吗？"

　　"是有点事，想跟你说说。"

　　门这才开了。

　　一听魏静怡要将床铺给她妹妹住，潘向丽脸上的几丝淡笑荡然无存，浑身不得劲，"你这突然说起这事，我们一时半会上哪儿找住处？"

　　魏静怡说："这宿舍本来就是学校分给我们俩合住的，对不对？"

　　"你自己不是不来住嘛，我们就先住一下呗。"潘向丽脸色有点阴沉，"照你这样说，也应该是你自己来住，你现在让你妹妹住，是不是也不合适？"

　　"那我自己来住，可以了吧？现在想尽快住。我们之间好说好解决，也不想这事闹出去。说出去也不好听的。"魏静怡也是绵里藏针。

　　后来在魏静怡的一再婉言交涉下，潘向丽勉强答应让床，也是拖了两周才搬走，并且将原有的双人床换成高低床。潘向丽刚踏出宿舍，就进来两个女孩子，说是潘老师的亲戚。魏静怡私下一问，方知她们是外地来京考研的学生，租住潘向丽的床铺，每人月租各三百元。就算这样，潘向丽还对魏静怡一肚子意见，校园里偶然碰见魏静怡，那张粉嫩的桃形脸绷得跟张鼓皮似的。

　　虽然最初跟潘向丽交涉宿舍的目的是给卫鸾住，但魏静怡要回宿舍后，却又改变了主意，她有些不太乐意跟卫岩同居，也省得跑路到学校上课，索性自己住学校宿舍。只是住宿舍，同样不踏实。租住潘向丽上下高低床铺的两个女孩子没一个自觉的，一个喜欢晚归，另一个喜欢挑灯夜读，半夜睡着睡着，突然啪的一声响——电灯亮了，稀里哗啦的翻书声搅破了静谧的睡夜。虽然魏静怡一再提醒，两个小女生表面应承着，之后照旧。

魏静怡终究没有在学校再住下去。不只是她自己住着不舒畅，卫岩也极度不乐意，说我们俩算什么？分居？在卫岩的再三干预下，那宿舍就让卫鸾住了。这也正合卫鸾心意：住学校，那样能有更多机会去接触陈华茂。

1

自从来京之后，卫鸾给陈华茂打过好几次电话，每次陈华茂都推说自己忙。如今一天到晚待在学校里，她想方设法都要见见陈华茂。她上网将陈华茂的相关信息（包括图片、文字、视频等）搜罗了一个遍，越发觉得陈华茂是一个有才学、有风度的教授院长，陈华茂做学术报告时的音容笑貌胶印在她的心底，竟挥之不去了。

魏静怡总以为卫鸾初来乍到，考博又很辛苦，时常买点补品给小姑子，关照小姑子要注意劳逸结合。直到有一天，她发现自己的关心似乎没有必要。

那天下午魏静怡泡图书馆，泡到很晚。天上没有月亮，也没有星星。魏静怡从馆里出来，看看黑黢黢的夜空，料想八成要下雨，坐车到家得一个多小时，第二天还有早课，而且她有些厌烦跟卫岩同床共眠，所以还是决定在学校找个地方过夜。自己的宿舍她不愿意去，那里被睡觉磨牙的卫鸾占着。办公室支一张折叠床，倒也是可以临时歇息的，隔壁办公室的两个女同胞，平时就是这么做的。但她这边有点不合适，因为她跟新来的男同事共用一个办公室，支上折叠床歇息，万一男同事来了，那不就有些尴尬了么？她在校园里转了转，最后转到黄鹂那儿。

黄鹂给魏静怡开门时，嘴里嚼着泡面，手中还提着一本厚厚的"博士英语应试指南"，她有点惊讶，"这么晚还不回去？"魏静怡说：我晚上挤你这儿行不行？黄鹂没多问，说行。顺手在旁边的工艺篮子里拿了一个苹果塞给魏静怡，埋头继续做她的套题。

魏静怡不想打扰黄鹂，就跟黄鹂说先去办公室上网查点资料，睡觉时再过来。黄鹂点头说好。魏静怡就轻轻带上门出来了。

校园里晃悠着不少搂肩搭背的情侣。路灯幽暗，给校园爱情增添了些许浪漫的色调。魏静怡对这种浪漫并不欣赏。这种浪漫她也曾经有过。浪漫的结果怎么样呢？也不过是现在这种景况。她浪漫的爱情被如流的岁月淘洗掉了，剩下的如同裹了强力胶水的鸡肋，无味却又让她纠缠其中。

文学院办公区在文科大楼的最顶层。魏静怡坐电梯上去。偌大的文学院，只有院长办公室还亮着灯。魏静怡不由自主地想，陈华茂真够用功的。她所在的文学组的办公室跟院长办公室斜对门。魏静怡不想惊动陈华茂，蹑手蹑脚地开门进办公室。

文科大楼的对面是尚在施工的新理科大楼，满楼灯光，散布着星星点点的朦胧。魏静怡平素跟陈华茂关系疏淡，她不想让陈华茂知道自己也来办公室，进屋也就有意不开灯。

她坐在靠窗的办公桌边，静静地注视着对楼朦胧的灯光，戴上耳机听手机播放的教堂音乐。渐渐地，她感觉那些灯光在逐渐幻变，幻变为酒盏儿和殷红的繁花，花儿慢慢落进酒盏，盏儿却无端地破碎了，那花汁酒液如血般地泼溅……魏静怡似乎身悬于茫茫夜空，直到乐曲终了，她那欲出窍的灵魂才复归原位。

她摘下耳机，轻轻地走到门口，开了个门缝，探看陈华茂办公室的灯还亮着，看样子他一时不会离开，她打算去操场走走。正准备开门出去，斜对面的门开了，传来说笑声："真的给陈教授添麻烦了！以后有什么问题再来烦扰您。耽误您时间啦。……"——有点故作娇柔的莺啼，将魏静怡弄得有点发晕，竟然是卫鸾！

随后楼道里响起一阵脚步声，高跟鞋发出的橐橐声尤其响亮。很快，那脚步声伴随电梯门的开与关，鬼魅般地消失了。

魏静怡心里不甚自在，这个小妮子到底还是跟陈华茂套上了近乎，这大晚上的来请教陈华茂，就不怕被别人撞上说闲话？

回到黄鹂那里，将近十二点。魏静怡瞅着黄鹂一边泡着热水脚一边啃着复习资料，不免暗自叹息，这人跟人，真是不一样的！她劝黄鹂歇息歇息，现在又不是高考，犯不着往死里用功。

黄鹂苦笑说："我高考还没有这么紧张呢。原来指望着专业课能从院长那里套点题，没想到他严肃得要命，我差点挨批了。今年报考院长的考生不少，计划内的招生名额才两个。听说你那小姑子也考院长的，她底子很好吧？"

魏静怡无言以对，只冷冷地说："也就那样。"黄鹂察觉出魏静怡跟小姑子之间并不润滑，又不便多问，就笑笑说，你这是替你小姑子谦虚呢。

卫岩不断打来电话，魏静怡均按机不接，后来索性关机。

黄鹂直勾勾地看着魏静怡满脸不悦的模样，"哟，端架子啦？你那位的电话吧？"口吻中夹带羡慕。

在卫岩的眼里，魏静怡突然夜不归宿，多少是有点不正常的。他想起最近跟她亲热，她总是一副不情愿的样子，不觉有些生疑。第二天，他就上学校来找魏静怡，等魏静怡一下课，他板着脸将她拽到校园的僻静处，"你跟我说清楚，昨晚上哪儿了？"魏静怡蔑视着他，一言不发。

魏静怡的态度让卫岩很不受用，"你是不是背着我干见不得人的事？"

魏静怡努着眼珠子，狠狠捆了男友一个嘴刮子，"不准你侮辱我！"愤然离去。卫岩摸摸火辣辣的腮帮，愣了愣，这才意识到事态有点严重，不管怎么样，这个长得体面、职业体面的女朋友他是不能轻易弄丢的。他快步跟上去，将魏静怡拦腰一揽，说："对不起！刚才是我不好！"魏静怡忍着的泪终于下来了。

卫岩揩揩她的脸，哄劝说："好歹我们都这么多年了。你有什么事，不能跟我说吗？非得跑到外面去？"

魏静怡只顾无声地哭。偏偏这时哥哥魏静安的电话又催命般地打来，不理会都不成。魏静安想借二十万块钱，说是入一个建筑装饰公司的股份，股金最少五十万。他东拼西凑最多凑上三十万，余下的就指靠妹妹了。

魏静怡咽咽泪，嗓音有点变调，"我哪来那么多的钱嘛？"

"小卫不是有吗？"

"那又不是我的钱！"

"你们是一家子，他的钱还不是你的钱？再说，我又不是不还！"

"反正这事我管不了！"

"你这是怎么了？怎么这样跟你哥说话？"

"我心情不好。"

"什么心情不好？你说说，你一个大学老师，上班体体面面，一年差不多有半年在放假，多舒服，找的又是一个能挣钱的老公。你还有什么不满足的？我说你呀，别身在福中不知福！"

魏静怡浑身发酸，她的心，哥哥魏静安永远不懂。她语气干涩地将话题转了，"拉活儿的事，我问过瞿晓芳，她已经找她舅舅了，有指望。"

魏静安的口气柔和了不少，"那太好了！要是在大学里拿下工程，那你哥可就有得赚了。哥还是那句老话，求人办事，一定要打点打点，舍不得孩子套不了狼。静怡呀，你帮哥做的，哥都记在心里呢。"

魏静怡听得耳朵疼，"晓得晓得！没别的事，我就挂了（电话）。"魏静安追着将刚才借钱的事又强调一遍，"你一定要帮我想想法子。这个月底就得交的。你跟小卫商量商量。啊？"

魏静怡说："你自己跟他说吧！"魏静安哈哈一笑，"静怡呀，这事呢，你说比我说管用。（你们）同床共枕的，什么事都好商量的嘛。这事就这样了。改天我再给你打电话。挂啦。"

魏静怡有点烦躁地合上手机盖。卫岩早就听出电话的大致内容，"你哥是不是借钱？"

魏静怡没好气，"二十万，你舍得借吗？"卫岩一反常态地大方起来，"大舅子借钱，就算没钱，但看在老婆的面子上，这钱也得借嘛。"贴着魏静怡的脸讨好说，"我还是够通情达理的吧？"魏静怡将脸扭向一边，懒得搭腔。

两周后的周末，卫鸾过来了。魏静怡拉着脸，不想搭理她。卫鸾并不介意魏静怡对自己冷淡，一进门，她就忙不迭地上前来搂魏静怡的肩，"姐，这些天没见姐，真的很想姐呢！"变戏法般地从自己的口袋里掏出一块玉佩，说是蓝田玉的，名叫翡翠冰种玉观音，"姐喜欢玉佩，我一个要好同学家经营玉器，托她挑的这款。"

小姑子过于八面玲珑，魏静怡一点不喜欢，坚辞不收她的玉佩。卫鸾以为魏静怡跟自己客气，"姐，你不要客气嘛。这是我的一点心意。"顺手将玉佩塞到卫岩手里，"哥，姐客气不收，你替她收着吧。"卫岩接过玉佩，"行了，你姐不收，我替她收着。"卫岩将玉佩揣在自己兜里，给妹妹沏了一盖碗八宝茶，"专业课复习得怎么样啊？"

"还行吧。"

"考试有把握吗？"

"不出意外的话，应该有点把握吧。"

说话间，卫鸾又拿出一个很精致的包装盒，当着魏静怡的面打开，"姐，还有这个呢，你应该喜欢的。"

魏静怡一见盒里的东西，脸上更加挂不住了。

那是一幅"丝画"，两只憨得可爱的熊猫正在津津有味地吃青翠的嫩竹。

几周前魏静怡在黄鹂宿舍就见过这幅画。黄鹂说这是她老家马鞍山的名特工艺品。她想把这画送给陈华茂，问魏静怡合适不合适。魏静怡说，这丝画很雅致，有品位。只是我觉得送不送，倒不是主要的。别人知道了，还认为你这是巴结头儿呢。黄鹂盯着丝画淡笑，没言语。她到底还是将东西送了出去，她大概不会料到，东西最后竟辗转到了魏静怡这里。魏静怡不禁为黄鹂抱不平：唉，你白巴结了人家，你的东西在人家眼里一文不值！你又何必枉费心思？

对卫鸾这个脸上泛着油彩的小妮子，魏静怡既鄙视，又"佩服"：公关手段一流，将来任何事都能干得成的！小妮子不了解她的内心，还兴高采烈地比画着将丝画摆在哪里更上眼。魏静怡抑制不住怒气说，哪儿来的，拿回哪儿去！

卫鸾怔了怔，不解魏静怡为什么发脾气，她有些尴尬地将目光投向哥哥卫岩，希望从哥哥那里找台阶下。卫岩有点不悦，魏静怡这是怎么了？怎么能这样对待他的妹妹？他劈手夺过丝画，"你姐不要，我要！"

卫岩的言行更是激起魏静怡的反感。她气恼地穿上大衣戴上帽子，从壁柜上抓过自己的小包，摔门而出。

来到大街上，目及处，不是了无生气的高楼大厦，就是聒噪不止的人流车流。魏静怡沿着人行道缓缓地走。天空游移着薄薄的灰色云团。太阳似乎大病初愈，没情没绪。携带利刃的朔风一阵一阵打着呼哨。魏静怡的脑袋胀热，浑身却有点发冷，她掀掉了头上的八角黑绒帽，将皮大衣的领子立起来。

迎面走来一个中等身材的老者，她浑身一震，老人的面容竟酷似她硕士研究生导师钟老先生！她不由得恭敬地冲老人点点头，老人也朝她微笑示意。目送老人离去，她心生伤感。假如那真是她的导师，该多好！三年前，钟老先生不幸病逝，她像失了慈父一样悲痛。她这一辈子，最敬重的师者当数钟老先生，那是一位从孔夫子的故乡走出来的老人，衣衫朴素，谈吐儒雅，他朝你甩一甩袖子，你感受到的会是一股带着书香的清风。说起来，钟老先生原本只带博士，魏静怡也算是跟他有师生缘，硕士研究生复试一结束，她鼓起勇气去拜访钟老先生，磕磕巴巴地表达自己渴望钟老先生收自己为徒，钟老先生笑眯眯地答应了，复试时他对这个小姑娘印象就很不错。钟老先生不但教她如何做学问，还教她怎样做人。她始终铭记钟老先生对自己的谆谆教诲：为学不过是一方面，最重要的是做人。你要记住，人，不管什么时候，有三点不可丢：一是良心，二是骨气，三是雅量。

手机响起来，瞿晓芳美滋滋的鸟音传过来：王明仁来了。他现在终于开通啦，决定报考博士。我原来要他考我舅妈的，我舅妈这边名额太有限了，他要考你们那儿的文学院……魏静怡哦哦应声，更多是沉默。她越来越感觉，她跟这位高中要好同学之间，似乎越来越有距离感了。

魏静怡的默寂丝毫不影响瞿晓芳的兴奋，"明天有空吗？我带王明仁过去看看你。"魏静怡忙说："不好意思，晓芳，我明天还真没空。我有时间去看你们吧。"

打发了瞿晓芳，抬头看看天空，惨淡的日头已经偏西。魏静怡在街头漫无目的地闲走。她逐渐冷静下来，自己似乎没有必要为卫鸾的事动怒。追究起来，每个人秉性不同，走的路是直是曲，自然也就各异，至于结局如何，那就看各人的造化。毕竟卫鸾是自己未来的小姑子，好歹也算是一家人，她想来想去，自己还是要给卫鸾一点提醒。

魏静怡在十字路口站立片刻，吁吁气，想起钟老先生说的雅量，最终还是踅回住处。

厨房里，卫鸾正扎着围裙在锅灶前转悠，她似乎忘了嫂子对她的冷淡，一见魏静怡，热情地唱喏："姐，你回来得真及时。我饭菜全做好啦！"魏静怡抬了抬眼皮，算是回应。看着小姑子讨好卖乖的样子，她有点不是滋味，"你累不累？"卫鸾粲然一笑，"做点饭算什么呀？不累！"

吃完饭，卫鸾说要回学校，魏静怡有意送她下楼。在楼门前分手时，魏静怡说："卫鸾，有的事，你自己要注意点，不要让人背地里说闲话。"看卫鸾有点不自然的样子，魏静怡加重语气，"你心里该明白，学校那边人多嘴杂的。"

晚上就寝时，卫岩跟她套了一会儿近乎，以一种商量的口气说："我想请陈华茂吃顿饭。好歹卫鸾要考他的博士。"

见魏静怡默不作声，卫岩说："其实，吃顿饭也没什么嘛。"

"她跟陈华茂关系好得很，还用得着你请吃饭？"话是从魏静怡的牙缝间迸出来的。

卫岩一时没品出魏静怡话里的咸味儿，"她跟陈华茂，能好到哪里去嘛？"

魏静怡哼哼鼻子，缄口不语。卫岩却误认为自己对妹妹的事上心让她不快，便疏导说："我是做哥哥的，有什么办法呢？妹妹的事我不能不管嘛。你看，我对你哥也不差。他说借钱，我没说二话就借了，是不是？"

"那钱，我哥很快会还你！"魏静怡不免有点恼火，"你对我哥不差？以前我哥求你拉点装潢活，你都不肯出力。"卫岩马上解释："不是我不帮忙。你说你哥那种临时拉起来的街头（装修）游击队，能让人放心吗？他要是将人家的房子装砸了，那怎么好给人家交差嘛？"

"你少说这些！你这是瞧不起我哥，瞧不起我哥就等于瞧不起我！"

"瞧你，又说哪里去了嘛！"卫岩老母鸡拢小鸡般地将魏静怡往怀里一拢，无限温存，"我打算下个月去看新房，大约一百四十万吧。老租住这种小一居，也真是委屈你了。我到现在才考虑弄新房，是想买好一些、大一些的房子，一次到位。新房一弄，我们就去登记扯个红本子，好不好？"

卫岩每一根肠子上的花点魏静怡都是清楚的。他用这种软糊糊的口气跟自己说话，不过是他想做性事的前奏。上次自己跟他较了一回劲，实际收效并不大，充其量让他多了一点耐心。一想起这点，魏静怡就感觉脑后勺有点抽风。

卫岩开始给她做起按摩，还别说，他按摩还挺得法的，魏静怡长期伏案，颈椎有点小问题，经他按按摩摩，的确舒服不少。"宝贝，你帮我约约陈华茂，看看他哪天有时间？"

魏静怡呼了口浊气，"我可没那么大的面子！"

卫岩咧咧嘴，有点无奈地一笑，"哎呀，看你看你，你不愿意出面就算了，犯不着生气嘛。我自己去约，好吧？"

5

周末，卫岩要请陈华茂吃晚饭。白天他去公司上班，早上临走时招呼魏静怡：下午五点半我（开车）回来接你。

魏静怡坚决不去掺和那顿饭局。她正寻思着去逛书店，瞿晓芳打来电话，说她舅妈希望她们俩过去帮着校对书稿。魏静怡轻轻地应了一声。瞿晓芳说，我忘了告诉你，你哥的事，我又跟我舅妈舅舅提了一次。我舅舅说，看在静怡和卫岩的面子上，这个忙怎么着都要帮一下。哪个周六或周日我舅舅舅妈他们有空，就让你哥过来，大家一起见面聊一聊呗。

魏静怡一听很高兴。哥哥魏静安总惦记着装潢工程的事情，前些天还催促她问问瞿晓芳可能约个时间，拜访一下那个贺科长。魏静怡说："哥，这事别老催，催多了会招人家烦的。看晓芳那边的安排。"

魏静安不以为然，"你这是求人家办事，怎么能等着人家来找你？人家会将你的事情搁在心上？我们还是主动一点才好。要不，你将晓芳的电话给我，我跟她说。"魏静怡说："算了，哥，还是我跟她说吧。"

如今瞿晓芳主动提起这事，自然是最合意不过的了，"好好。晓芳费心了。时间你这边定好，我就跟我哥说。"魏静怡话锋一转，"你舅妈那边，我是不是现在就过去？"瞿晓芳说："当然是现在啦。你要知道，多帮舅妈干活，只有好处没有坏处的。我舅妈说要给我们开劳务费。"魏静怡说："开玩笑吧？要什么劳务费哟！我马上打车过去。"

去贺家之前，魏静怡想着空手进门不太好，必要的礼节还是要的，便花了一百五十元钱拎了一个水果篮。邹辉还像上次那样嗔怪魏静怡不应该带东西来，然后她拿出一大摞打印稿，说晓芳，静怡呀，这些稿子，你们帮我整理校对一下。我这杂七杂八的事头太多了，实在没有办法，出版社催得紧喽。

瞿晓芳有意亮音对魏静怡说："哎哟，静怡，舅妈学术上可厉害了，今年出了好几本书啦。我们的楷模！"魏静怡附和说："是得跟舅妈学学。"

邹辉爽声笑笑，"嗨，哪有好几本？也就两本。也不是什么楷模，都是逼出来的！弄了三年的项目结项，不出一本书，也对不起人，是不是？戴着博导的小帽子，没办法哟。"她将水果盘端过来，沏上茶水，"你们先吃点水果，喝点茶水。就当是在自己家里，随意啊。好啦，我还要写个后记。"带上大书房的门进隔壁的小书房。

瞿晓芳和魏静怡对视，说："我舅妈真是个快言快语的人，做什么都风风火火，效率高。"

校对稿子不是好差事，特别费眼。魏静怡平素看书习惯于一目十行地速读，这校对稿子可得一个字一个字地细看，时间一长，眼睛难免酸胀。弄到黄昏，魏静怡感觉有点发晕。瞿晓芳也说脑袋涨。

五点左右，贺立纯回来了，一进门就嚷："老婆子，晚上有饭局，人家非得请邹教授也入场。"邹辉正好从小书房出来，有意问："哪路的？"其实请客的东家早打电话邀请过她了。贺立纯大大咧咧地说："管他哪路的，不吃白不吃。"

邹辉瞪了他一眼，"说什么呢！"朝书房努努嘴，"晓芳和静怡在帮我校对稿子。"

贺立纯马上严肃地咳嗽了一声，走进书房，一见瞿晓芳和魏静怡，"哟，俩丫头，给你们舅妈打工呢？"

瞿晓芳和魏静怡都笑着叫：舅舅，您好！

"你们舅妈给你们劳务费没有？"

"那还用说啊？肯定得给！"邹辉笑说。

魏静怡忙接话，"这芝麻大的小事，还要劳务费，那不招人骂吗？"

瞿晓芳说："就是！再说，看舅妈稿子，也是一个很好的学习机会嘛。"

大家说笑一阵，该去赴宴了。邹辉说："晓芳，静怡，一块儿去吧。"

瞿晓芳笑了，"跟着舅舅舅妈，又能捞点白食吃了。"魏静怡借口自己有事，不想去，"舅妈，这稿子我带回去校吧，校完我再给您拿过来。"

邹辉看出魏静怡扭捏，"稿子的事先放一旁嘛。你得先跟我们一块儿去吃饭。"贺立纯说："静怡呀，你该学学晓芳，随意一点啊。"瞿晓芳说："就是！静怡，我们就陪舅舅舅妈去呗。"

话说到这个份上，不去是不合适的。魏静怡只好捺住性子，跟着他们去凑热闹。

瞿晓芳看看小安紧闭的房门，"小安也一起去吧？"

"小安就不去了。"邹辉敲小安的房门，"小安！"

没有回应。邹辉又敲了两三下，才听见小安应声，他将门开了一道缝，探出脑袋，"Yes？（什么事？）"邹辉嘱咐说："外面有个饭局，爸妈跟两个姐姐要出去吃，你自己就去旁边的饺子馆吃点，好吧？吃完就回来好好看看书。"

小安说好。房门又啪嗒关上了。实在是求之不得的事，小安最不愿意跟大人们一起出去吃饭，大人聊的那些事情他一点都提不起兴趣。何况眼下他跟那个叫薛小菲的女生聊得正酣，最近他跟薛小菲之间的同学关系得到质的飞跃。薛小菲为了他，跟那个讨厌的摩西公开叫了一次板，让他深为感动。

事情说来一点也不复杂。那天课间他跟薛小菲聊"二战"的一些历史，摩西又来骚扰，斜眼说，贺小安，你跟人家废话怎的那么多啊？他还没来得及发作呢，薛小菲先发作了，说我们课间谈论问题，碍你什么事了？！你不爱听一边站着去，塞上你的耳朵！摩西嘿嘿一笑说，哟，大小姐，我可没说你，你倒是先帮起腔来了？薛小菲横眉怒对，说你别老阴阳怪气的！别没事找事，好不好？摩西自感没趣，一摆手，说行了行了，大小姐，好男不跟女斗，不跟你一般见识了！摩西自行退缩，小安心下很舒坦，越看薛小菲越觉可爱。

从那之后，一有机会，他就找薛小菲聊天，两个人你来我往，居然很默契。游戏照玩不误，人很惬意，只是想到学习，一堆的作业，就心生烦恼，好歹目前还能应付，有的作业在网上能查到答案，自然大大减轻了压力。之前什么预习、复习之类的环节统统被他省略了。他并不担心考试。他已经了解父母的计划：将他送出去念书，不是送到美国就是送到澳洲念书。不管怎么样，反正他都是有书读的。让他兴奋不已的是，薛小菲的父母好像也有这样的打算。他听说她父亲开的公司名气还不小，她家应该比他家有钱。他甚至想到两个人到时候合计合计一起出去念书，那一定是很爽的事情。

贺立纯开车将大家拉到一个叫金华轩的酒楼，请他们吃饭的东家早已恭迎在门口，魏静怡脑袋都有点大了，真是活见鬼！弄半天还是他请客！

东家卫岩热情而又谦恭，"贺科长，邹教授，我恭候多时啦！"邹辉指了指瞿晓芳和魏静怡，"我还给你带来两位女客。介绍一下。这位是我侄女瞿晓芳，这位是——"

瞿晓芳笑着插话，"舅妈！静怡是他女朋友！"邹辉嗔怪魏静怡，"呵，好你个静怡！还真会蒙人呢！刚才你还死活不来，原来你们是故意做盒子的！"贺立纯说："等会儿，罚酒罚酒！"卫岩笑哈哈，"没问题。只要科长和教授高兴！"碰了碰魏静怡，示意她主动热情一点。

随即陈华茂也到了，他从小车里一钻出来，贺立纯就兴奋地扯着嗓门喊，老陈！

卫岩猜定这就是妹妹说的陈华茂。以前跟贺立纯一起喝酒，贺立纯提过陈华茂，说陈华茂这家伙有点胆子，敢跟（S大学）校长拍桌子干架，干完架屁股一扭，就坐到了京中大学文学院院长办公室，说这人要是有了牛皮的资本，到处都是退路。

在卫岩的印象中，陈华茂大概是有点刚气的大个子，如今一见，果然如此。卫岩马上笑迎过去，"陈教授，您好！我是卫鸾的哥哥卫岩，跟贺科长也是老交情。今天能请到您，真是万分荣幸！"

陈华茂摆摆手，"你这样说，就太客气啦。老贺跟我打电话，说几个老朋友一起聚聚，正好今天也有点空，我就来了。"

贺立纯向陈华茂介绍卫岩，"这位是商业界才俊，某国际商贸集团总经理卫岩。"卫岩忙纠正，"承蒙科长高抬，学生我还没有扶正。"贺立纯呵呵一笑，"迟早要扶正的嘛。"卫岩笑笑，他其实只是口头上说说而已，他在他们那个商贸集团，永远不需要扶正，总经理就是他自己多年的铁杆兄弟叶天宇，跟着老叶大哥干一辈子副职，他也心甘情愿。出身优渥家庭的老叶大哥为人沉稳、睿智而又厚道，创业之初，资金主要是老叶大哥出的，他几乎没出一分钱，但老叶大哥一点不亏待他。念及兄弟深情厚谊，他这辈子就跟定老叶大哥了。

谈笑间，卫岩将大家迎请到楼上的雅座。高档酒水很快送了过来，名贵菜肴也陆续上桌。

一开席，卫岩说承蒙科长和两位教授赏脸，给三位算得上有头脸的人各敬了一杯。邹辉提意见了，"可不要冷落了我们的两位小女士喽。"

瞿晓芳嘻嘻一乐，"舅妈您不知道，我们三个门生早已合计好，今天一定让三位大人尽兴。"魏静怡心下嘀咕：晓芳真会见人说话，什么时候三个门生合计好的？

席上的这些人，除了魏静怡酒精过敏不能喝（征得大家的许可，以柠檬汁代酒），其余个个都算得上酒桶子。这样你一杯我一杯地一路喝下去，不觉一瓶就见了底。

人们都说酒是滋阴壮阳之物，随着觥筹不断交错，调笑喧哗得几近肆意。贺立纯喝得尤为亢奋，散布幽默逗人的段子，不时地提提垮到肚脐下的裤腰带。他打着酒嗝，朝陈华茂端起酒杯，"来，老陈，都是自家人，今天在这酒桌上，咱们'唯酒瓶是瞻'！"

"人生得意须尽欢，莫使金樽空对月。"陈华茂眯着微醉的眼，说话时却偏头笑看魏静怡。魏静怡赶忙拿餐巾纸，低头假装揩鼻子。陈华茂转脸笑看邹辉。邹辉摸摸微红的脸颊，豪气地说："喝就喝呗！巾帼不让须眉！"瞿晓芳撒娇般地往邹辉身上偎靠了一下，"舅妈是女中英豪，晓芳要紧随舅妈左右。"

邹辉抬手轻轻朝瞿晓芳扇了一下，嗔笑："丫头贫嘴哟！"

卫岩喝酒海量，脸不红耳不热，频频离座举杯劝酒，这回杯举到陈华茂跟前，不巧陈华茂的手机响了，陈华茂冲卫岩做个稍等的姿势，手机贴到耳朵边，声腔开始有些慢条斯理，"哪位？……哟，老王！"口气马上变亲热了，"这不是你的手机号哇，你换号啦？……你老兄倒好，搞神秘，还弄几个手机号！……我这边？跟你一样，混着呢！……咱们说话就不绕弯子，老兄突然打电话来，可是有什么事？……唉，老兄啊，你有所不知，今年名额实在太紧张了哇！报考的人太多了！……回头我再帮着联系别的地方，要是万一不成，老同学也莫怪罪啊！……嗯，好，我就知道你老兄通情达理。……好，多联系！"这边通话刚结束，手机又响起来，陈华茂接了，"喂，哪位？……博士报考？我们校网上有，你上网查一下招生简章。"陈华茂皱皱眉，断了通话。

老贺抹抹油光光的脸，瞅瞅陈华茂，"博导，博导，你老弟可真吃香啊！"陈华茂一摆手，哼哼鼻子，"什么博导？虚名！你老弟搞基建，才他王母娘娘的实惠呢！"

"你可知道刚才打电话是哪位老兄？"看贺立纯摇头，陈华茂垂垂嘴角，"王大炮！"

"哦，是他啊。他还在他们省财政厅混吧？他哥不就是他们那边省作协副主席么？上次闹得沸沸扬扬的桃色事件，据说还被刑拘了。"贺立纯很不屑。

"听说是老司机，栽在一小姑娘手上了。那小姑娘是个业余作者。"陈华茂有些愤慨，"怎么能干这等害人的事呢？人家小姑娘不愿意，竟然还强迫人家小姑娘！坏得很，也蠢不可及！"

"那新闻出来的那天，我们几个老同学正好小聚，大家中心话题就是'老王'。"

"常在河边溜，总有湿鞋时啊。这主子在舞台上算是灭灯了。"贺立纯连连摇头，"此人乃老流氓。我跟他处过几天，喝过几顿酒，我一学生是他下属，说他口碑很差。"

"所以他是咎由自取！或者叫罪有应得更合适！"邹辉说。

"是这么回事。"陈华茂点头。

"王大炮也好不到哪里去。惹他，小心惹一身骚。尽量少招惹。"贺立纯直视陈华茂，拿筷子点点桌子，"老兄你还是离他远点，根本就不必搭理他。"

"老王遭遇滑铁卢，也成了大家的谈资。估计他肠子都悔青了。热血都渴尽了。一切都如坠入噩梦中！"卫岩大致听出了原委，一旁插话。随后招呼大家吃菜，喝酒。一时间，又是推杯换盏，成对的竹筷活跃于菜盘间。

卫岩起身朝陈华茂举起杯，竭力作诚恳状，说："陈教授陈院长，您是实诚人，客套话我就不多说啦。我家小妹，就麻烦您多训导训导。还有我家小魏，还要指靠您多栽培栽培呐！"

陈华茂两眼红得如同兔眼，说话舌头有点打卷：卫经理呀，你就放心好啦！你家小魏，就不用说了。你家卫鸾呀，知理懂事的，顶顶真真一个好学生！

魏静怡瞟着陈华茂那黑黢黢的后脑勺，一块蜂窝煤——不知怎么的，她在心里突然迸出这么一个词语。

包厢里酒烟混合的气味让魏静怡头晕，席间她不时出去透气，旁边的卫岩拿脚轻轻敲她，你干吗呢？出出进进的？魏静怡憋着气，低声回敬：我闹肚子！待了几分钟，她索性以此为借口提前下席。

夜色阑珊，街头的路灯在寒风的抖索中散着惨白的光，灯光将魏静怡孤单的影子拉得老长。没有谁能理解，此刻，在京都定居八年的魏静怡居然有一种流落街头的漂泊感。

那晚卫岩酒喝得有点高，酒店的服务生为他代驾，将他送回来。到家已经快凌晨两点，烂醉的他倒在床上，咕噜着翻了个身，很快就酣睡了。她忍受不了他那熏人的酒气，索性到沙发上睡。一夜倒也相安无事。

第三章

1

博士考试结果揭晓，黄鹂如愿以偿，念在职博士，跟她一起拜到陈华茂名下的自然少不了卫鸾，她是全日制在读。此外还有柳叶青，也是念在职博士。王明仁也被录取了，导师是白玉老师。他跟卫鸾一样，全日制在读。大致说起来，卫鸾和王明仁属于计划内名额，黄鹂和柳叶青属于计划外名额。

柳叶青在外语学院教英美文学课，顺带给全校本科生开设跨专业选修课。她因酷爱文艺学，报考陈华茂的在职博士。陈华茂招的这三个博士，就数柳叶青没有跟他套什么近乎，充其量路上见面打个招呼，陈华茂却对她印象最好，心甘情愿地招录她，在面试时给了她最高分。

得知自己被录取，柳叶青心情舒畅，特意约上魏静怡去学校西门坐了回馆子，顺便也聊一聊。

魏静怡嗔笑说："之前没听你说过要考博，这不声不响地考，一考就考上了，保密工作做得够到家的啊。"

"看你说的，哪里做什么保密工作呢？我本来就没打算考上。现在咱们国内考博士，照坊间流传的说法：专业课是小头，大头是英语。考前跟导师套套近乎，专业课必定无大忧。你看外界都这么传考博士要拉什么关系，我就不信那个邪，偏不去活动，凭着自己

119

的真本事考，考上就好，考不上就拉倒，心态一放平，结果真如愿了。事实证明，外界传言未必都可信啊。"

"一点关系都不拉，凭自己的真本事考，那你真厉害啊！"

"其实也不是什么厉害，我本身是英语专业出身，考英语不费劲，我英语考了 93 分。跟别的考生比，你说我考英语是不是占便宜了？"

"那是，你一个专业英语教师，英语棒那是自然的！"

"再说那些文艺学专业课，我平时就喜欢看，也多少有点底子。就算我考上这个博士，也不足为奇吧？"

"考上是自然的。"魏静怡颇有同感。

"陈华茂这个人，应该还可以吧？"

"你是说他哪一方面？"

"比如说学术方面，我看他也有不少成果，还挺有影响的。人，看上去也还比较儒雅。"

魏静怡浅笑笑，虽然自己跟柳叶青关系很好，但在她跟前谈陈华茂的个人隐私，似乎也不合适。

两个人又聊聊个人的事，聊得尽兴。起身离开时，柳叶青说："我想去健身房，多久前我大姨给的一张卡，再不用，都快过期了。你要不要一起去？帮我用一用？"

魏静怡欣然同意。两人一起坐了三站地的公交车，去康泰健身俱乐部。刚下车，就看见穿着很时髦的潘向丽从健身俱乐部出来。潘向丽是健身发烧友，有空都要将自己往健身房里撂一撂。当然，潘向丽健身是不用自己掏钱的，总是有人愿意送给潘向丽健身卡。

魏静怡冲柳叶青努努嘴，"看，你们学院的潘向丽。"

柳叶青撇撇嘴，看见潘向丽钻进事先停在俱乐部门前的宝马车里，没等她说话，那宝马就刺溜进了车的河流中。她知道那车里一定坐着某位男士，她能肯定那男人不是潘向丽原先的男朋友，他没有这样高级的车，以前他带着潘向丽兜风也不过是车族中的"下士"——几万元就能从市场上提回来的奥拓。

"潘向丽过得真是洒脱呢！"魏静怡说。

120

"洒脱倒是洒脱，只是有点太过度了。"柳叶青依然撇嘴，"好像又换男朋友了。"

"哦，倒是她自己高兴，别人也无权干涉。"魏静怡耳闻潘向丽私生活不太检点，以前她是不太赞成的。可是现在她的这种看法有点动摇了。像她这样，几年来一直守着一个男人，守来的是什么感受？你在乎他，他不在乎你，他仅仅将你当成可以重复使用的老婆，用过就撂一边去，你有牢骚吗？你要是有牢骚，他还觉得你不体贴他，在现代商业化的竞争时代，他的压力有多大？他得成天在外辛辛苦苦挣钱，为着买房子买车，为着让所谓的老婆过上舒服的生活。他的粗心总是有这种无可辩驳的理由，他没有时间精力来想着将所谓的老婆当情人来哄。

"老换男朋友，好吗？感情是用来消费的吗？"柳叶青摇头，"你不知道，听说上次她之前的那个男朋友差点揍她了。"

"这样就不好了。"

"当然不好。要是碰上性格偏执的男人，怕会做出更过激的事情来。"

"也没人劝劝她。"

"这种事怎么劝啊？谁吃饱了饭没事干，管她的闲事？再说，她那人，跟周围人的关系都很淡，你要是管，她还会甩你白眼呢。"柳叶青正眼看着魏静怡，"像你这样就很好，感情生活严肃，一直以来就那么一个男朋友。"

"不想折腾，太麻烦啊。"魏静怡笑了笑，真心的牢骚话不便说出来，怕柳叶青有想法，毕竟人家还没找男朋友呢。何况卫岩也有优点啊，老盯着人家的不足，也不地道是不是？这样一想，魏静怡释然不少。

进健身房，确实很爽，健身过后，浑身感到轻松。

柳叶青约魏静怡下回再一起来。魏静怡爽脆地应允。

柳叶青准备回家，想起自己的手机充电器落在办公室，回学校拿充电器。

出学校西门的时候，柳叶青碰见理学院的郭育德，郭育德脸上带着笑意，她的心头不由自主地涌起一股别样的感觉。

两个月前，副院长陈家星在柳叶青跟前提他的小老乡郭育德，说小伙子很不错，因为很上进，连对象都耽误找了。改天介绍你俩认识认识。看柳叶青脸有点红了，陈家星说，小柳呀，别不好意思啦。男大当婚，女大当嫁。这事也得要抓紧喽。

郭育德是两三年前应聘到理学院的一个数学专业的博士。柳叶青开始跟他不大熟悉，听陈家星特意夸赞他，她多少有点上心，暗地里也留意郭育德。郭育德长得虽不算出众，但很精神。她就想象着自己要是跟郭育德面对面地坐着，该说些什么。她记得郭育德笑的时候，两眼像弯弯的小月牙，还是挺可爱的一个人。她很想主动找找郭育德，可又抹不开面子。长期以来，深受母亲的教诲，她的脑子里总有那么一种意识在作祟：女人不能主动追男人，要不然会掉价的，男人一般对送上门的女人不会珍惜的。

柳叶青一直等着陈家星给自己牵线。这一等又是一个多月。学校搞教学评估，陈家星很忙，柳叶青不好意思在陈家星面前提这件事，只好耐心地再等。

眼下郭育德脸上挂着笑，冲柳叶青点点头，从她的身边经过，柳叶青似乎嗅见了一股玫瑰香的气息。她就这样怀揣着心事回到家。

一进家门，柳叶青就听见母亲柳云在乐哈哈地打电话：行！明天上午九点？国泰大饭店？……没问题！就这么说定了。哎，老姐，再见再见！

搁了电话，柳云招呼女儿，“回来啦？没堵车吧？”柳叶青说：“还行。”

柳云将女儿随手搁在茶几上的小包挂到衣帽架上，数落说：“你呀，东西总是乱扔。”见女儿没反应，摸一下女儿的头，“你看你，妈一说你，你就不高兴。”

柳叶青拢拢头发，噘噘嘴，“谁不高兴啦？”柳云笑了笑，转身去厨房端来一果盘新鲜樱桃，在女儿的身旁坐下来，“这上了一周的课，累不累呀？"

柳叶青接连打了两个哈欠，没精打采地说："都习惯了。"柳云拣了一颗樱桃，塞到女儿嘴里，"看你这样子，也够辛苦的。这工作嘛，也别太累了，该悠着时就悠着点。不过，你自己的事得抓紧点。不是妈妈老说你，你也太不把自己的事当事了！"

柳叶青不由得暗自叹气，又来了！

每次柳叶青一回家，母亲总免不了要揪住女儿的终身大事唠叨个没完，有时唠叨到激动处，撞击女儿心的急话都蹦了出来：都过三十岁的人了，还像个光杆子一样竖着！你王姨的闺女跟你一般大，小孩马上要上幼儿园喽！

这会儿母亲再说，柳叶青竭力不吭气，听得实在不想听了，就朝母亲扔两句："妈！您能不能不说这事，说点别的好不好？"母亲白了女儿一眼，"你这孩子，说的什么话！我不说这事，说什么事？你还有什么事值得我说？"

柳叶青瞥一眼满脸挂霜的母亲，垂了头，恢复一贯的缄默。上了年纪的退休老太太，身闲，心闲，话就是多，除了爱唠叨，她们似乎没有别的事干。

柳云说："青儿呀，不是妈成心要干涉你的事。你的事一天不落实，妈这心里就一天不舒坦。我一生就守着你这么一根独苗，我吃过多少苦，受过多少累，可都为了你哟。"喝了两口绿茶，继续唠叨，"你现在要是十七八岁，妈不会为你的事发愁。可你晃悠来晃悠去，都晃到这么大了，事情还没个着落。妈能不着急吗？这女人比不上男人，男人三四十岁还能找到十八九岁的黄花闺女，女人行吗？你看这周围有哪个三四十岁的女人能找到十八九岁的青春郎？过了三十，女人就不大行销。"

柳叶青耷拉着耳朵，只顾埋头拣樱桃吃。柳云瞧了瞧馋吃的女儿，缓了声调说："青儿，妈跟你说件事儿。你王姨近日又为你介绍了一个对象，条件相当好，有车有房。人长得不难看，在银行工作，比你大两岁。小伙子很精明，已经干到副行长的位子上去了。我看，以前你王姨介绍了那么些，只有这个最适合你。你王姨一说，我就答应下来了。"

柳叶青眼皮抬都没抬，"您也不问问我同意不同意？"

"我想你会同意的。"

"我要是不同意呢？"

"没有什么不同意的，人家这么好的条件。"母亲以一种教训的口吻说，"不要老耍小孩子脾气。妈都跟人家约好了，明天上午九点，让你跟他在国泰饭店见见面。"

对于母亲的包办行为，柳叶青由衷地反感。母亲恨不能马上就将女儿给嫁掉，恨不能将女儿顶在头上，当着商品叫卖，不管女儿愿意不愿意。老太太兜里始终揣着自家的联系方式，见到别人，三两句一聊，就聊上了女儿的婚事，还会留下电话号码，托人家帮着给她的女儿牵牵线。王老太就是她上公园早锻炼时拉呱上的。王老太倒也是个热心肠，受柳云之托，给柳叶青介绍了一堆对象，可惜没有一个让柳叶青看得上眼的。

如今，只要听母亲说是王姨给自己介绍对象，柳叶青就有些烦。她将拣起的两颗樱桃扔回盘子里，"妈，这种事您还是这么草率！您这不是让人难堪吗？"

"什么难堪不难堪的？还不应该找对象？"

柳叶青没再说话，起身拉开门。柳云有点急了，"你要去哪？"

"我还能去哪？"柳叶青没好气地说。

柳云沉下脸，"你都三十一岁的人，还像以前那样不懂事！妈为你操心，人家王姨也为你操心，你就一点儿情都不领？妈没有逼你非得嫁给人家，只是想让你跟他见见面，你觉得合意就跟他交往，实在不合意，也没有谁勉强你嘛！"

柳叶青在门口站了片刻，呼一口气，"好啦，妈，您别说了！听您的还不行吗？"

柳云说："那就定下来了？可不要反悔哟。"上前牵了牵女儿有点褶皱的上衣，口气温和了许多，"出去别转得太晚，早点回家，妈等你吃饭。"抬头看看对面墙上有条不紊走动的挂钟，"六点半回家吧，啊？"

柳叶青心情烦闷时，就一个人上街转转。平时她是没有时间这样东晃西晃的。作为京中大学外语学院的教师，柳叶青有许多事情要做，除了写讲义，上课，还要做课题，写论文。

说起教师这行业，是有一定弹性的，搁在不求上进的人那里，上课马马虎虎，不要让学生有太多意见，似乎也能过得去；但搁在负责任的人那里，教学科研工作总是做不完的，时间总是不大够用的。柳叶青算得上一个求上进的教师，不论是教学还是科研，她都不想落于人后。她这一点，似乎是遗传了母亲身上的好强因子。别听母亲现在说工作方面的事可以悠着点，可在她刚工作的那阵，母亲成天在她跟前唠叨年轻人要求点上进，不要成天忙着谈情说爱，要努力做出点成绩，否则会让人瞧不起的。如今她的终身大事成了问题，母亲才变换着唠叨的话题，追着要她首先必须解决个人婚姻问题。

柳叶青不是独身主义者，她也想找人结婚。可是茫茫人海中，她要找的这个人并不容易找。她不大赞同母亲的婚恋观，母亲认为跟谁结婚都是结婚，只要差不多也就行了。当初母亲跟父亲结婚，就是这种"差不多"的样板。可是母亲跟父亲磕碰了一辈子。母亲老埋怨父亲没能耐，不上进，不会建设小家庭，混了一辈子，也还是那个熊样。父亲总说母亲是母夜叉心肠，不温柔，不体贴，他跟母亲结婚多少年，就压抑了多少年。直到临死前，他还说他的肝病有一半跟母亲有关。这种夫妻间的磕碰一直延续到十多年前父亲病逝才告结束。

柳叶青不希望自己步父母的后尘，在不和谐的婚姻圈子里过日子。她要找的人必须是她真正喜欢的，而对方也必须是真正喜欢自己的。美好的婚恋应该是两情相悦才行。

柳叶青一直相信一见钟情，相信感觉。母亲总批评女儿幼稚，这世间原本就没有什么爱情。爱情是什么玩意？是吃饱了没事干的男男女女干的事，他们兜里揣上几个钱，上这个咖啡屋喝喝，上那个酒吧坐坐，上这个歌厅转转，上那个舞厅摇摇。没有钱作底垫，爱情什么都不是，什么天长地久？哼，哼！全是假的！柳叶青就觉得母亲有些庸俗，不过，母亲的庸俗又是情有可原的，母亲毕竟没受过多少教育，一个在街道居委会干了一辈子的老太太，能指望她有什么浪漫的爱情追求吗？

柳叶青在大街上晃悠了一会儿，看见前面有个年轻女子，很像魏静怡，快步走过去，叫声"静怡"。女子仿佛没听见，兀自继续走路。柳叶青这才意识到自己喊错人了。

柳叶青在街上胡乱地逛了一会儿，觉得也没什么意思，就回了家。母亲的晚饭已经做好，见女儿回来，有些高兴，"我正准备打你手机，喊你回来吃饭呢。"

饭菜很可口，都是柳叶青平素爱吃的，但柳叶青怎么吃都吃不出什么滋味来。

晚上的觉柳叶青睡得也不安稳，一夜的梦。花上萦绕着无数的蜂蝶，草上带着晶莹的玫瑰香露。十年前的那个叫曾明仁的人朝自己走过来，走到近前，突然消失了。当他再出现时，他的左手被一个长头发的女人使劲攥着，右手被一个周身浑圆的小男孩紧紧拽着。她很想给他打个电话，但是理智告诉她，这个电话怎么打都是不合适的。他似乎跟她说了一句话：错过的，也许永远都找不回来了。

曾明仁是柳叶青在大二时一眼就喜欢上的一个男生。当时曾明仁在文学与新闻传播系读大三，也很喜欢柳叶青。两人甜甜蜜蜜地好了一段时间。后来柳云知道了这事，毫不犹豫地将两个小年轻的爱情之蜜给搅和掉了。做母亲的是绝对不允许女儿在大学期间谈恋爱的。她"搅蜜"的手段很干脆，直接到学校找曾明仁谈话，说她家青儿还小，不能让青儿犯糊涂。曾明仁好歹算得上有自尊的，之后就避着柳叶青，不再跟柳叶青来往。

经历了那么一个甜蜜而又短暂的初恋，柳叶青就再也没有遇上自己喜欢的人，直到最近见到了郭育德，她才有那么一点感觉，可是在她的梦里，郭育德的影像始终是模糊的。

在母亲的执意操持下，柳叶青跟银行小伙子朱德鑫见了面。

见面那天，柳云为了谨防女儿中途变卦，要亲自将女儿陪送到国泰大饭店，柳叶青不乐意，"妈，我多大了？还要你陪着？"

柳云笑笑，"妈就是送你去，也不碍你的事嘛。我只不过想瞅一眼小伙子真模样，光看照片是不大可靠的。当年我跟你爸，看他照片还蛮像个人的，可一见面，就觉得原来不是那回事。"

柳叶青没应声，走进卧室打开衣橱，拿出那套黑色的套裙，换上了。柳云平时就不大喜欢女儿穿黑衣服，老气横秋的，觉得女儿穿颜色鲜亮一点的衣服耐看。眼下女儿跟人家小伙子初次见面，更是要讲究一点，柳云忍不住又说："青儿呀，你还是穿妈给你买的那套桃红色的裙子，那套好看。"

柳叶青在穿衣镜前边照边回应母亲，"妈，说了你不要不高兴，你买的衣服没有一件不俗气。"

柳云说："好啦。俗气就俗气。你现在呀，脑子里不管绕什么，跟妈都是唱着反调的。"她又就陪送问题跟女儿纠缠。柳叶青这回下了跟母亲对抗到底的决心，坚持说："你要去，我就不去！"柳云也没有办法应付女儿的执拗，只好对女儿让步。不过，这回柳云比以前要放心一点，女儿积极主动地换衣服，收拾得端端庄庄的，这一点至少表明女儿对这事也还是上心的。

柳叶青第一眼见到朱德鑫，感觉跟见了街上的任何一个男士没什么两样，说实话，她不大喜欢朱德鑫那双眼睛，那双眼细小，笑起来像米线。

王姨将柳叶青跟朱德鑫做了简单介绍，朱德鑫首先朝柳叶青伸出了手，"柳小姐，你好！"出于礼貌，柳叶青也伸出手让他握了一下，她觉得朱德鑫的手软和得很，有点像女人的手。

王姨笑哈哈地提意见了，"小柳，小朱，你们俩，可不要再称什么小姐先生的了，太生分嘛！直接喊名字的好。"说着一手抚柳叶青的背，一手拍朱德鑫的肩，"你们俩，好好聊，啊？我这老太太就不掺和了。我先走了。"朱德鑫客气地说："王姨，您还是喝点饮料再走吧？"柳叶青抿嘴点了一下头，算是附和。

王姨将姑娘和小伙子的手抓在一起，"王姨今天什么也不喝，只希望早点能喝到你们的喜酒哦。"

目送着胖老太离去，朱德鑫转身对柳叶青笑笑，朝侍立一旁的女服务生扬了扬手。面带微笑的女服务生马上过来，微躬着腰问："请问您二位，要点什么？"

朱德鑫目光柔和，探身问柳叶青："小柳，平素喜欢喝什么？"

"随便吧。"柳叶青矜持地笑笑。

朱德鑫说："咖啡，怎么样？"柳叶青点头，"也行。"

朱德鑫朝女服务生说："就来两杯摩卡咖啡吧。"

这当儿，朱德鑫的手机响了，朱德鑫抚了一下板寸头，"不好意思。"

柳叶青身子往后仰了仰，做出一副无所谓的样子说："没什么。"朱德鑫满怀歉意，"真是不好意思。"离座到一边接手机去了。

柳叶青咬了咬嘴唇，喝了两口咖啡，觉得咖啡味道有点怪怪的，想这种咖啡自己是喝不下去的，招手叫服务生换了清亮的绿茶。

大约过了十来分钟，朱德鑫接完电话，回到座上。柳叶青交叉着双手，支着自己的下巴，说："你要是有事，你就走吧。没关系的。"

朱德鑫笑着搓搓手，"哦，也没什么紧要事。"顿了顿，又说："难得我们有这么一次相见的机会。"

正说着，朱德鑫的手机又凑起了热闹，朱德鑫报以抱歉的一笑，又到一边接电话了。

柳叶青有点不习惯朱德鑫接电话那副神秘兮兮的样子。待朱德鑫电话接完，她直截了当地说："看来你真是太忙了。正好我也有点事。今天就到这儿，好吗？"

朱德鑫面带遗憾，"真是抱歉，电话总是那么忙。哎，有时候真是没有办法，人家打电话，你又不能不接。"

柳叶青微微颔首，表示理解。

朱德鑫若有所思地看着柳叶青面前的绿茶，从包里掏出自己的名片，双手递向柳叶青，"小柳，认识你很高兴。我们今后能保持联系吗？"

柳叶青略作犹豫，接过那张巴掌大的淡绿色的纸片，将它放在绿茶旁边，她将自己的手机号也给了朱德鑫。

朱德鑫提出送柳叶青回去，要是换成一般女孩，恐怕不说二话，会钻进朱德鑫还算气派的奥迪车里，但柳叶青执意不肯。她对交男朋友一向是严肃的，在没有了解对方之前，她要跟对方保持一定的距离。这些年来的实践证明，这一着还是比较管用的，至少能避免自己受伤害或少受伤害。

可朱德鑫感觉就不同了，在他看来，女孩子拒绝自己送她，至少表明她对自己不大尊重。再交往下去，还有必要吗？这个朱德鑫自视自己很优秀，是那种时刻都希望得到别人捧举的人，他不能容忍柳叶青轻视他。

当那天王老太打电话问朱德鑫跟小柳谈得怎么样，朱德鑫声音有点涩涩的，"人家忙得很，没待多长时间，没说几句话，就走人了。我想开车送，她死活不让。这事就这样。"王老太说："你怎么不主动呢？"朱德鑫干笑一声，"我已经够主动的了，可人家好像没那意思。"

王老太遗憾地说："哎，我原先以为你们俩十有八九有个谱儿。没想到——"朱德鑫忙打断她，"王姨，没事的。跟您说实话，条件好的女孩我也不是找不到。找个大学当老师的，是我妈的意思。好了，谢谢您。改天我有空，请您上长江大戏院看戏去。"王老太觉得小朱真是知事懂理，事情不成，也还记着自己的好，相比之下，柳家闺女就很不懂事。

于是王老太打电话给柳云，发了一通牢骚：你家这个闺女我可真闹不明白，人家小伙子这么好的条件，长相也不赖，她怎么那态度！以后谁还敢给她介绍对象呀？她也老大不小了，怎么一点不明白自己哪是哪呢？算了，以后再也不管这档子事了。你上心她不上心。河里人不急，岸上人急也没用！

柳云气得肚皮都快撑破了，这个死丫头！我跟她招呼多少遍，叫她别老使着小性子，她就是不听，真是气死人了！更让柳云生气的是，女儿的电话打了半天也没通，传进柳云耳边的是那令人生厌的"两只蝴蝶"流行曲。电话不知拨了多少次，那"两只蝴蝶"终于停唱了，柳叶青若无其事地叫了声"妈"。柳云气喋喋地说："你今天到底是怎么一回事！"

柳叶青淡淡地说："我今天没怎么呀？"

"没怎么？那王老太打电话说你对人家态度不好！我跟你说过多少遍，你不是小孩子了，你得拿捏分寸，可你就是拿你妈的话当放屁！"

"什么我态度不好？他左接一个电话右接一个电话的，有他这样跟人约会的吗？"

"人家是副行长，自然电话忙。"

"我可不管他是什么行长不行长的！"

"还有，他要开车送你，你为什么不让他送？"

"我不能自己坐车吗？我为什么要让他送？"

"你别再给我拗！你到底要拗到什么时候？"

柳叶青索性跟母亲把话说绝了，"我不喜欢这个人。"柳云如今最听不得女儿说什么喜欢不喜欢，"这样的人你都不喜欢，那你到底喜欢什么人？你带回家给你妈瞧瞧！"

柳叶青实在听不得母亲说这句话。当初她跟曾明仁彼此之间那么喜欢，母亲却偏从中横插一竿子，竖插一杠子，而且还做得那么决绝，要不是母亲搅和，她和曾明仁现在应该是合一个门头里出入，共一张餐桌吃饭，拢一张床上同眠，唉，想这些又有什么用呢？过去的那些美好记忆都随着时间的流水，悄悄地溜走了！但怨艾总还是积在那里的，她忍不住回怼母亲："要不是当初您从中使棒子，您现在怕也当姥姥了！"

母亲愣了愣，旋即怒道："难道全都是我的问题吗?！那个小子要是真在乎你，他就应该坚持来找你，他要是坚持来找你，我能将他吃了吗?！"

柳叶青也略一愣，照母亲那样说，问题还是出在曾明仁身上？曾明仁为什么不再坚持找自己？她母亲的态度并不等于她的态度，都什么年代了？她母亲反对，就能管用吗？不管用，只要她坚决要找曾明仁，她母亲是没有办法的。可是他却一直避着她！这种事情是不能猛想穷究的，一穷究，她就心生怨恨，曾明仁为什么那么软弱！他是不是从骨子里就不在乎她？他分明是抱着"天涯何处无芳草"的心理！看看他不跟别人成家了嘛！

不过，如果再站在曾明仁那边想，当初母亲那样直截了当地扫他出局，他也是有刚气的人，换成她，她也会选择退出的。反正，说来说去，她的初恋都是母亲给搅掉的。也不想再说什么了。如今为相亲的事，她跟母亲也是说不清的，柳叶青索性将电话挂了，在街上转转，然后再坐车去学校。

黄昏时分，柳叶青下公交车，刚走进京中大学的大门，就接到母亲的电话，问她什么时候回家？母亲特地清蒸了鲈鱼，还做了她爱吃的"炒三香菜"（胡萝卜、白菜、芹菜和羊肉酱一起炒）。柳叶青淡淡地说："不回去了，睡办公室。"便断掉电话。旋即母亲的电话又来了，有些不满，"你怎么这样对你妈？你之前那样跟妈较劲，妈都不计较你了，你怎么说话还跟吃了炸子一样？妈又哪里惹你不高兴了？"

柳叶青没好气，"我什么时候又不高兴了？"

"你现在不就不高兴了么？"

"好了好了，我高兴，我高兴，妈，行了吧？"

"那你要是高兴就回家吃饭。妈费劲做好饭菜，你不回来吃，妈一个人吃，有什么意思？"

有一对母女模样的人，有说有笑地从她身旁经过，那温热亲近的情景让柳叶青心里不由得有点触动，自从父亲过世之后，母亲跟她相依为命，这样处处跟母亲闹不和谐，也实在有点为难母亲了。

那天晚饭，柳叶青还是回家吃了。她进门的时候，母亲像见了贵客一样兴奋，又是帮她拿下肩上的包，又是替她拿拖鞋。柳叶青说："妈，您将我当客人待啊？"

"你不就是家里的客么？不将你侍候好，弄不好你跑掉就不回家了。"母亲嗔笑，"别的人都可以得罪，只有你这个小祖宗得罪不得的！你是妈身上掉下来的一块鲜活的肉，想想我这心底里就软得发酥啊。"说着说着，动情起来，"为你做任何事情，妈都是心甘情愿的！"

柳叶青心里颇不是滋味。母亲对自己百般的好，她也不是不清楚。可是母亲眼里的"好"却每每"成就"她的难堪。她的婚姻不就是这样的吗？

柳叶青也有点心神不宁。想起跟朱德鑫见面，自己是不是真的太那个了？潘向丽曾直言不讳地说自己"少有的古板"。谈情说爱，要的就是浪漫。什么叫浪漫？如今的"浪漫"这词儿解释起来，就是不要太较真。什么好的事情一旦较起真来，就变得索然寡味。人家提什么要求，不要拒绝，一拒绝，你就不温柔了，容易失去机会，没有男人不喜欢温柔的。晚上睡在床上，柳叶青将自己的事想了又想，最后定格在郭育德那里。

2

　　周一上完课，柳叶青特意带了自己以前写的一篇论文稿（一家学报来通知说"拟发"这篇论文），送给副院长陈家星，请陈老师提提批评意见。其实柳叶青的希望点不在论文上，而在她的个人问题上，她料定陈家星还会提他以前提的那件事情：介绍她跟郭育德"认识"。

　　果如她所想，陈家星接过论文翻了翻，搁在一边，说他会抽空看的，接着就提到柳叶青的个人问题，"小柳呀，你这业务干得不错，上课和搞科研都很认真。不过呢，个人问题，也要匀出时间考虑考虑哟。"

　　柳叶青忙道谢，"您总是对我这么关心。"

　　"应该的嘛。我瞧着我们院里这帮年轻人，就你干事还像样。近两年来的那几个，都没有多大上进心，忙着谈恋爱，结婚，生孩子，只有你到这里，一待好几年，一心地搞工作。女孩子像你这样，也是很难得的。小柳呀，"陈家星挠了一下稀拉的头发，有些语重心长，"这人呀，事业要搞，小家庭也要建设，忽视哪个都不好。我呢，干不了几年就要退休了，我干什么都离不开我那老伴的支持哟。我现在深刻地体会到，找个合宜的人过一辈子，比什么都重要。"

　　柳叶青不住地点头。

　　陈家星端起小茶壶，呷了两口，继续说："理学院的那个小郭呀，跟你情况差不多，也是成天忙着上进，弄到现在还是光杆儿一个。唔，这事我好像跟你说过，是不是？这个小郭呢，虽然是个理

133

科生，可跟别的理科生有点不同，就是他骨子里还有一点文学情怀的，这么说吧，小伙子人不古板，还有点小浪漫，他没事的时候还写点随笔呢，写得还真不错！改天让他将他的作品给你看看。小伙子人灵活，也稳重。真不错！我瞅来瞅去，就觉得你跟他挺合适的。"

柳叶青说："谢谢陈老师记挂我的事。我妈成天追着要给我介绍对象，我只惦记着陈老师的关心——陈老师上次说的那个小郭的事，弄得我妈很不愉快，总觉得我在骗她。"

陈家星一拍脑袋，"你瞧我，这记性，人真是老啦！我将这么重要的事都给耽误了。应该早点介绍你俩认识。这样吧，小柳，我今天晚上就打电话找郭育德，将你们的事定个时间，等定好时间，就跟你通气，好不好？"

柳叶青说好，原先悬着的心稍微往下放了放。

陈家星晚上就跟郭育德通了电话，说起他单位有个小柳，人挺不错的。郭育德说："小柳——柳叶青是吧？我知道。"

"我看你们俩挺合适的。小柳对你也很有意思。你愿不愿意跟她见面谈谈？"

郭育德说："谢谢陈老师还惦记着我的事。其实周五那天我在西门碰见她。没好意思跟她说什么。"

老头子听出小伙子的话意，笑哈哈说："这小柳真正不错，做事也很认真，又很上进，今年也开始念在职博士，你们俩真的很配啊。"

"谢谢陈老师！"

"你看看你哪天有时间？约她出去喝个咖啡什么的，好好聊聊。我就将她的手机号发给你，也将你的手机号给她，我也跟她事先通个气。你们俩就联系去啊。我这个老头子就不出面了。没有问题吧？"

"哦，好好。谢谢陈老师！"小伙子声腔都溢着喜悦。他也有三十二岁了，念博士当助教期间，跟一个念大本三年级的女孩子处过一段时间，那女孩长相清纯，活泼大方，大概觉得他有点风度有点才华，他们之间算是循了男才女貌的那一套，但处着处着，他就发现这姑娘太不靠谱了，她虚荣心太强，花钱大手大脚，每次约他出去逛街购物，都是挑那种上档次的买，要他掏腰包，他是小县城工薪家庭出身，没有多少票子这样供她消费，想到以后居家过日子，这样的姑娘实在养不起。他自生怯意，但他不能以这个理由提分手，那不显示他小气么？何况她正在热头上，要是他突然提分手，会让她感到很伤心。他开始以忙为借口不去赴她的约会，姑娘也就渐渐地对他没了兴趣，最终又跟另一个男孩有意思去了，来一个短信就打发掉他，说咱们不合适。他居然很高兴，如释重负，她主动提分手，正中他心怀啊。

"小伙子啊，你一定要主动一点。人家小柳毕竟是女同志，脸皮还是要薄一点的。我年轻时找我家老婆子，可是费了不少心思的啊。"老头子哈哈笑起来。

郭育德也忍不住笑了，"好好，听陈老师的吩咐！谢谢陈老师啊！改天请您喝酒！"

"好，等着喝你们的喜酒！"

跟陈老师通完话，郭育德给柳叶青发短信，第一次发这种短信，总还是斟酌又斟酌的，他怕发得不好，编好话先发给自己，看了又看，感到还算得体，这才发给柳叶青：小柳老师好！不好意思打扰你了。晚上跟陈家星老师聊天，陈老师聊到你，很喜欢你的为人处事，不知小柳老师可能给育德一个面子呢，一起坐坐，可好？时间由小柳老师定。为盼！

柳叶青看到短信，激动得不行，几乎要秒回：愿意愿意！转念一想，不能这样表现得太迫切，女性要矜持一点才好，她故意延迟十分钟才回复：谢谢育德老师看重！

两个人一来二往地就聊起来，聊个人的爱好，聊各自的专业，一聊竟然聊到十点多，郭育德说，不好意思，打扰小柳老师这么长时间。小柳老师是不是该休息了？看看明天小柳老师可有空，一起见面坐坐，可好？

"好。我明天上午上完课就有空。"

"巧了，育德也是明天上午的课。中午找个地方，地点小柳老师定一下啊。"

"就在西门饺子馆吧。"

"哦，饺子馆？有点太简单了。那地方也只有饺子之类，没什么像样的菜肴。要不要换个地儿呢？"

"就那里吧。咱们主要是借午餐的工夫聊聊天，不挑地儿，好不好？"

"好好。明天中午见。"

郭育德心头一热，柳叶青有意挑这么个地方，餐费便宜，两个人几十块钱一餐就能打发掉。他跟之前那个大本三年级的女生出去逛街吃饭，那女孩子偏偏要找那种大饭店就餐，一顿下来，怎么着也要消费他好几百块钱。细节能见人心，柳叶青真是实在人！他铁定了找她的心，道晚安时自然多了几分亲切，"叶青老师晚安好梦！"

"育德老师晚安好梦！"

实在是没有比这更爽性的事了，或者说实在没有什么比幸福来得快了！柳叶青做梦都没有想到，缘分这东西说来就来。以前母亲为她个人的事四处折腾，也全是白白浪费工夫。

翌晨，柳叶青特意起了个早，精心化妆，化完之后，照照镜子，感觉妆容浓艳，并不满意，怎么看上去跟个酒吧女一样啊！这样不行的，让人家看了会误会自己轻浮，其实自己平素都不怎么化妆的，今儿干吗要弄成这样呢？干脆将妆洗掉，重新抹了护肤品，上了个淡妆，再对镜子打量，自感这才比较合适，看上去也还得体，大方。

母亲在一旁瞅着，觉得闺女今天举止有点不同寻常，忍不住提醒说："还不吃饭呢？"

柳叶青扭头冲母亲笑笑，从衣橱里挑出衣服换上：上身是不久前新买的卡其色西装外套，内搭一件白色带领衬衫，下身再配一条卡其色长裙，又从鞋柜里拿出坡跟黑色皮鞋穿上，站在穿衣镜前转两转，比较满意。母亲催促说："别磨蹭了，赶紧吃早饭。要不你上课就要迟到了。"柳叶青说："不吃早餐了。还是早点去学校。"

"不吃怎么行？不能饿着肚子上课啊。"

"妈，放心，我到学校吃。学校西门就有卖早餐的。"柳叶青拿上黑色小提包，拉开门，"妈，走了啊。"

柳云见女儿笑得开心，猜想准有什么好事，是不是找对象了呢？便追出去，说："青儿，你今天是不是跟人出去参加活动啊？"其时女儿刚挤进电梯，只是将背影留给母亲，很快电梯门就合上了。

柳叶青第四节一下课，就去了饺子馆，郭育德已经先到一步。两人相见，像久别的老熟识一样惊喜，彼此会心地笑笑。饺子馆的小伙计走过来，将菜单放在他们面前，又转身招待别的客人了。这个濒临大学的饺子馆也就二三十平方米开外，饺子做得个大，馅儿新鲜，味道也地道，生意火爆，伙计也就三两个，招呼客人从来没工夫弄客套。见客人进店，递上菜单了事，余下的都是客人自己张罗自己。

郭育德翻翻菜单，"叶青老师有没有什么忌口的呢？"

迎着郭育德温煦的目光，柳叶青笑笑，"没有忌口。胡萝卜馅的就可以。"

"好。我也爱吃胡萝卜馅的。"

郭育德点了两大盘胡萝卜馅水饺、一盘热菜（娃娃菜）和两个凉菜（酱牛肉、凤爪），柳叶青说："恐怕点多了。"她拿过点菜单看了看，说："留一个热菜就够，那饺子个大，我吃四五个管饱。"跟小伙计说："酱牛肉和凤爪就暂时不要了，可以吗？"小伙计说可以。

郭育德搓搓手，说："这也太简单了吧？"

"吃，不过是形式，管够就好，主要是聊聊。"

热气腾腾的饺子上来，两人边吃边聊，很适意。

进饺子馆的顾客越来越多，其间有不少是学生。仇自力带着一个女生进来了。那女生叫燕南飞，是外语学院的学生，因和仇自力共同选修柳叶青的课而互相认识了。两人都勤奋好学，每次上课，都早早进班，坐在第一排，他们课上认真听讲，积极参与课堂讨论，课下两人也经常就学习方面的问题互动，时间稍长，互动的范围由学习扩大到生活，进而扩大到情感，由相识到相知，选修课结束，两个人正式交往。柳叶青看在眼里，为他们感到欣慰。大学校园里，两个品学兼优的学生谈情说爱，能够在学业上互相鼓励，互相帮助，属于强强结合，如果没有外来因素的干扰，基本上都能修成正果，最终进入婚姻殿堂。

仇自力和燕南飞一见柳老师，忙过来跟柳老师打招呼。柳叶青不忘介绍郭育德，"这是我们学校理学院的郭老师。"

"郭老师好！"仇自力笑着朝郭育德弯弯腰身，"我是文学院的仇自力。"大大方方地介绍身旁的女朋友，"这位是外语学院的燕南飞。"

燕南飞也微弯腰身，笑着说："我们都是柳老师的学生。"

仇自力点头哈腰地笑说："请郭老师以后多关照！"典型的学生腔。郭育德笑笑，"客气客气。你们有座位吗？"

"有。我们坐那儿去了啊。请柳老师和郭老师慢用。"仇自力拉着燕南飞的手，到内间落座了。

柳叶青笑微微地目送他们，说："这两个孩子，都非常棒！"

郭育德点头，"是很不错！"环顾周围，轻声说，"这地方还是有些嘈杂了。"

柳叶青说："家常小馆，大都是这样的。"

"待会儿用完餐，我们出去走走，可好？"郭育德轻声问。

柳叶青会心地微笑点头。

两人吃完，便去附近的紫竹公园转转。中午的公园人也不多，比较安静，天高地阔，和风拂面，随处可见各种花草绿植，养眼得很，说说实心话，也是很惬意的。

两人都是奔着成家的主旨而来，很多话都不藏不掖。郭育德首先坦诚地谈及他这个人的性情：不是那种八面玲珑，照北京人说的，不会"来事"，人虽然拙，但还是想努力将自己的事情做好，对自己、对家庭负责任，也尽力对社会做有益的事情。他也告知他的家庭状况——小县城的工薪阶层，最普通不过的小市民家庭出身，他的个人前途主要靠自己奋斗。还老实交代了他念博二的时候，跟一个本三的女孩子处过一段时间，那女孩不靠谱，也就算了。

柳叶青见郭育德这么坦诚，她也就敞开心扉，说自己跟他性情差不多，从来都相信自己的生活全靠自己掌握，她也一直很努力提升自己。她念大二的时候，跟一个男生有那种意思，但很快就被她妈给棒打掉了，她妈不准她谈恋爱，这么多年，一直没碰到合适的。她也提及她的家庭境况，父亲早年病逝，只剩母亲跟她相依为命，母亲成天为她个人的事操心，严重的时候，兜里揣着她的照片和家里的联系方式，逢到合适的人就请人帮着为她牵线搭桥，可惜她一个也没感觉。她摇头叹息，"我妈也真是的，就好像我嫁不出去，我让我妈不要操心我的事，她不听。"

郭育德笑笑，"我家里人从来不管我的事。我爸说，有本事自己找，没本事就打光棍。我妈跟你妈也不一样，她不急，说两个人要随缘。有缘分，本来八竿子打不到一起的人，也会凑到一起过日子。"

"你爸妈看得开。你就没有压力了。"

"我有压力啊。每次我一个人回家，我爸妈也会问，什么时候带一个回来？我老大不小了，耗来耗去，也三十二岁了。而立之年，成家立业总是分内的事。"

"理解啊。我跟你一样，三十一岁了，也难怪我妈急呢。"

郭育德很认真地看着柳叶青，"陈老师说我们俩合适，我也觉得我们俩合适。你什么感觉？愿意么？"

柳叶青到底还是有点矜持，羞涩地抿抿嘴。

"我可以握握你的手么？"郭育德将手伸出来，柳叶青脸一红，不好意思地一笑，也将手伸出来。两个人紧握握手，互相开心地笑起来。

等后来结婚有了孩子，柳叶青每每回想起跟郭育德的第一次约会，就觉得很有趣，有点傻傻的，哪像成年人在交往？倒像两个小学生初次见面一样，不过，确实也算得上纯朴真切，都什么年代了？还是难得啊。

对于郭育德来说，跟柳叶青第一次约会就感觉很投缘，这天算是他开年来最愉悦的一天。之前大半年来他都少有好心情，院里的那些同事也都有察觉，这个小郭不再像以前那样不上课就耗在办公室，不再随意地张着笑脸，不再大着嗓门说话。明眼人都看得出，这个刚工作两三年的小伙子有心事了，而且是比较重的心事。好事者和关心他的人都不免要猜测，郭育德是不是家里出什么事了？是不是跟女朋友闹别扭了？——可是好像没有见过他有女朋友。

郭育德在单位算是"利用率"最高的一位教师。教的课节是最多的（排的课节也是最差的，别人不愿意上的时段都扔给他了），还当着一个班的班主任，每天忙着上课，忙着履行班主任的职责。这还不算，只要他在办公室现身，时不时会被教学秘书叫过去弄这弄那。大家一说郭育德，都夸小郭好小伙子，勤快，随和，有很强的团队合作精神。也有老师为小郭打抱不平的，说咱们这里，就喜欢欺负老实人，将人家当劳役使！不管别人说什么，郭育德都付之一笑，自己年轻，多上点课，多干点事，也无损于什么，权当是一种锻炼吧。

郭育德工作敬业，备课狠下功夫，计算机又比较在行，他的多媒体课件在整个院里做得是最棒的。去年十一月末，学校举行"青年教师教学基本功暨多媒体设计大赛"，郭育德自然跃跃欲试。可是参赛名额有限，学校规定，每个教学单位按十分之一的比例推荐教师参赛，理学院有三十位教师，只能有三个名额。院里派别的教师去参赛，郭育德想报名都没门，不免有点扫兴。接下来，院里却又让他指导那三位参赛老师做多媒体课件。对于刘老师和汪老师参赛，郭育德没意见，人家好歹工作也有五六年了，教学经验比自己丰富。至于院里派那个庞飞燕参赛，郭育德肚子里是鼓着气泡泡的。庞飞燕比自己还晚来一年，她的教学能力怎么样，院里不清楚？她有什么资格参赛？管教学的副院长居然提出要他将教案给小庞老师作参考，还希望郭育德帮助小庞做多媒体课件。副院长看出郭育德有点情绪，开导说，小郭呀，派哪些老师参赛，我们领导班子是通盘考虑的。你要沉住气，以后机会多得是。郭育德盯着副院长，做了个深呼吸，头似点非点，没言语。

那前后一些天，平素对郭育德不屑一顾的庞飞燕动不动就来找郭育德，又是送吃的又是带喝的，郭育德不接受都不行，索性屈了身腰，帮这个长头发的女流之辈！由于郭育德的帮忙，那回比赛庞飞燕得了个二等奖。赛后，庞飞燕对郭育德又恢复了原先的姿态，要理不理的，把郭育德给气得够呛。事后，有老师私下就说郭育德"太那个"（犯傻），你还不知道庞飞燕是什么人？她是咱们本校的硕士毕业生。你张眼看看，本校有几个毕业生能留校上教学岗的？本校毕业的硕士生留校的十有八九上行政岗。人家庞飞燕就能例外。据说她跟新调来的校长有点瓜葛。咱们这里的小领导都是马屁精，不关照关照庞飞燕，他们心里哪过得去呢？这些话听得郭育德吃饭都没滋味。好在郭育德心底不窄，不想跟这种"小片子"事件长久计较。庞飞燕什么模样什么姿态，他视而不见。

除了偶尔刮风下雨，太阳每天照样升起，按时落山，月亮也一如既往地或盈或亏。对于郭育德而言，一切似乎照旧，他的日子如同一盘早已排好的棋局，该走哪步还是要走哪步。

不久，郭育德所在的高等数学教研室需要进一名教师。几个来应聘的博士生到院里依次试讲。大家应该有目共睹，S大学的那个严博士讲得最好（这个博士学术成果也很多，只是在所有来应聘的博士当中，他的相貌最不扬）。讲得最差的当属来自R大学的邱博士。邱博士拿着讲稿在讲台上念，还一副感觉良好的样子，板书糟糕得如同小学生的书写。之后，院领导组织高等数学教研室的老师们开"碰头会"，要大家发表看法，确定一下人选。郭育德跟其他老师都倾向于那个严博士。身为教研室主任的东方蓝老师呢，倾向于邱博士，说R大学的那个年轻人很活跃，可塑性强，可以调教的。（郭育德翻过那个邱博士的简历，人家都是三十岁的人，还能让你调教吗？）其他行政人员如副书记、教学秘书等人都说那个邱博士活跃。主管教学的副院长始终若有所思的样子，但他就是不开口明确表态。院长呢，倒也还肯定 S 大学的那个严博士讲得好，美中不足的是南方人的口音太重。这事暂时无下文。

过了两周，院里又组织教研室的老师们开了一个会，院长说，原来准备上报 S 大学的那个严博士，人事处一翻我们这边的档案，说高等数学教研室有十一位教师，就有八位是 S 大学毕业生，这涉及"学院问题"，不合适。所以这个严博士就没法考虑。我们再看看有没有别的更合适的人选。

郭育德后来听说，院里报上去的人选就是那个邱博士。所谓的"学院问题"恐怕也是他们在胡扯，学校进新教师还规定同一个学院不能进同一个学校的毕业生？哪条文件规定的？郭育德根本就没有找到这种白纸黑字的东西。他不免有些疑心，这事是不是私底下早就已经串通好的？郭育德倒不难理解院里那些行政人员的态度，他们混行政都混得像精油般润滑。但对于东方蓝老师，他怎么也不能理解，在他的心目中，东方蓝老师应该是一个透明的、表里如一的人，身材高挑，面容姣好，又会保养，根本看不出她已到知命之年。她性情直爽，不是那种藏着掖着的人。可这回她怎么会有那样的表现？难道她真的发生质变了吗？

其实说起来，郭育德是孤陋寡闻的，院里的很多事他居然都不大知晓。即使知晓，也是事后才偶尔从别人闲谈中旁听来的。比如最近管教学的副院长病了，东方蓝老师就买了很多东西前去探望。郭育德还听说，院行政班子要换届，院长该退了，副院长有望升迁为正院长，那他的位子该由谁来接呢？外界小道传言，论资历，东方蓝老师似乎最有希望。

郭育德听闻这些传言，心里很不舒爽，积极性大挫，从此也不再泡办公室，对于那些让人心生蓬草的乱七八糟的事，他也懒得再去理会，调整心态，专注个人的事情。

如今郭育德幸逢跟自己同乡的陈家星老师给自己介绍女朋友，心情自然前所未有的大好，跟柳叶青见面交谈，真是越谈越有感觉，恨不得马上就将她给抱回家。

那天跟柳叶青话别后，郭育德便给陈家星老师打电话，刚一开口，老头子就问："小郭，你跟小柳谈得怎么样啊？"

"谢谢陈老师，很谈得来的！"

"那就好！你们俩都过三十岁了，要加紧谈，谈好了，就赶紧领证。我们就候着喝你们的喜酒啊。"

"我也希望早点请您和白老师喝喜酒。"郭育德说，"只是，这才刚开始呢。"

"小郭啊，茫茫人海，看中一个人不容易哟，你看中小柳，你就一定要主动。"老头子呵呵笑起来，又有意要给小老乡支招，说起自己的青春往事，说白老师就是他千主动万追逐地给抱回家的，惹得一旁的白老师小声嗔怪他人老脸皮厚。

老头子手捂了一下话筒，冲老伴说："都是事实嘛，又没编排。"又对着话筒说，"小郭，你是说白老师么？她那是开玩笑的。白老师跟我一样，也很希望你尽快成家立业。"话筒递给白老师，示意老伴也说两句。白老师说："小郭，周末有时间，带小柳过来玩玩啊。小柳这姑娘很不错，你要能将她娶回家了，那是你的福分。我们都等着吃你们的喜糖呢。"

郭育德笑得响，"谢谢陈老师和白老师，我一定努力！"

说到做到，他的确很努力，每天晚上都跟柳叶青通电话聊一聊，白天总是找机会跟柳叶青一起去公园走走。柳叶青忙的时候，中午总是要去学校食堂吃饭，他就趁机跟她在食堂餐桌上聊聊。

岁月如跳丸，一溜烟的工夫，期末考试到了，紧跟着放暑假，郭育德回老家，暑假也是天天跟柳叶青煲煲电话粥。

不知不觉中，新学期开学。作为在职博士，柳叶青开始了繁忙的教与学：一方面要承担外语学院这边的课程，另一方面要赶着去上博士生的专业课。一繁忙，难免会出纰漏，让人焦头烂额。

这天早上七点，柳叶青才睡醒，蓦然想起上周宋如意老师跟自己换课的事，不由得心里一惊，头两节课该自己上的！这比平时晚起那么半小时，出门坐车就堵得厉害！

柳叶青没多想，赶紧给班长燕南飞发了一条短信：南飞好！路上堵车，老师可能要晚点到，如果老师晚到，你就先组织大家看碟，没有问题吧？燕南飞是个脑瓜灵动的小女生，平时学习认真，班级组织能力也很强，关键时刻还能为老师打圆场，柳叶青对她比较放心。

燕南飞很快回复：柳老师，没问题的。平素柳叶青让燕南飞帮她保存几张影碟，以备必要时应急。她这一招是跟别的同事学的。大学的英语课堂上，偶尔放一两场根据文学名著改编的英文电影，总也在情理之中。不论是院里管教学的人还是学校教务处的人，就算知道，大概也不会对此横加指责的。

八点十三分，柳叶青气喘吁吁地进了北主教学楼的教室。

教室里窗帘一律没拉开，光线幽暗，影片《傲慢与偏见》正在播放。学生们看得津津有味。

燕南飞瞅见柳老师从后门进教室，猫着腰过来，低声汇报：柳老师，刚上课时，邢老师进来过，问课表上不是宋如意老师的课吗？看什么电影？我说换成柳老师的英美文学课了。邢老师问您哪儿去了。我说柳老师临时有点急事，马上就到。柳老师让我们先看完电影，然后组织讨论。

柳叶青赞许地笑笑，"邢老师还说什么了没有？"

燕南飞说："邢老师没说什么，在教室里转了一下，就走了。"柳叶青点头，说："有劳南飞了啊。"

燕南飞粲然一笑，说："老师，这是我应该做的。"又猫着腰回原位，继续看电影。

燕南飞帮自己应付得不错，不过柳叶青还是有点不自在，宋如意也真是，要调课也不事先跟学院通个气，弄得教学秘书还以为是她要调的课。邢米兰也不常来教室查岗，这回她查到自己和宋如意私自调课，还迟到，八成要跟院长他们汇报的。只要没被学校教务处的人发现，院里对这种事的处理一般止于口头警告：在全院的例会上点名批评。对好面子的柳叶青来说，那也够让她难堪的。柳叶青自然有点后悔，昨晚不该去同学聚会上凑热闹，不该受同学怂恿喝那么多啤酒，不该回来得那么晚，最不应该的，是差点忘掉调课的事。人家宋如意那天还特意提醒：小柳呀，我周三上午头两节的课，你可要记着呀。要是宋如意知道自己办事不给力，还不将自己给骂晕呢。

柳叶青在座位间转了一圈，坐到教室空着的最后一排。她头重脚轻，两眼酸涩。这人疲惫至极，哪里都能眯瞪的。实在熬不住，柳叶青胳膊肘支撑着脑袋，索性闭目小睡片刻。

在有声有色的影片播放中，两节连堂的课很快就耗掉了。临下课时，柳叶青给学生留了一个作业，要求大家谈谈观后感，课后先分组讨论，然后由组长将讨论的结果汇总一下，下次课堂上发言。柳叶青这样做的目的，是为了给学生一种感觉：看电影也是上课的一种形式。

离开教室时，柳叶青习惯性地朝学生们扬扬手，算是跟学生再见。她出了北主楼，往文科教学楼赶，她要去听导师陈华茂的课，陈华茂上的是博士生的专业必修课程，本学年所有文学院刚入学的博士生都要去听他的课。

柳叶青挺直腰身走进文科楼。为了保持头脑清醒，她去一层楼道的开水间冲了一杯浓咖啡，乘电梯到第四层的教室，从后门进，习惯性地坐在最后一排。王明仁随后进来，冲她笑笑，坐在她身旁。柳叶青也冲他报以一笑。因为这个王明仁跟她之前交往的曾明仁同名，最初见了王明仁，就不由得想起曾明仁。自从跟郭育德交往密切之后，她倒也渐渐淡忘了曾明仁。如今再见王明仁，也就坦然很多。

紧接着，黄鹂急匆匆地进教室，看见柳叶青，笑嘻嘻地小跑着过来，在柳叶青另一旁的空位子坐下来。"柳老师什么时候来的？""刚到呢。"

黄鹂朝教室前面张眼看了看，小声说："魏静怡的小姑子怎么没来？"不想正说曹操，曹操就到了，这个曹操还非常落落大方，将包搁在前排座位上，径直上讲台，拿起黑板擦，转身擦起黑板，打开多媒体电脑。此时，陈华茂出现在教室门口，她接下来就是转身向导师问好，样态非常自然得体。

黄鹂啧啧轻叹，卫鸾情商就是比我们高，会"来事"，会拍（马屁）。柳叶青朝讲台那边瞟一眼，哂然一笑，不置可否。其他课程的老师来上课，卫鸾可从来没有这样殷勤过，反倒是她柳叶青有时候顺手擦一擦黑板。她突然想起上次陈家星说起的笑话，说拍马屁也要讲究艺术，拍得不好，会适得其反啊！要是给拍到马蹄上了，那就让人硌得慌啦。陈家星还特意提到某年某地发生洪灾了，高层领导前去慰问，当地官员赶忙列队迎接，还特意弄来红地毯铺在领导的车驾前，领导眉头大蹙，命撤去红地毯，方才下车。你说周遭都是一片汪洋，良田村庄遭遇水淹，人家领导下来是慰问灾民，又不是开庆功会，那种情境下，他能走红地毯吗？这地方官拍马屁就拍错了地方，给拍到马蹄上了！转头看这卫鸾，不是一般角色，模样清纯，心思却是缜密，拍导师的马屁，拍得滴水不漏。

离上课还有几分钟，陈华茂端起保温杯呷了几口茶水，拿手机看了看短信，快速回复，将手机调成静音，提醒大家将手机一律调成静音或关机，别在中途上课的时候手机突然唱歌啊。陈华茂说话有意带点调侃，顿时教室的气氛变得活跃起来。

要说陈华茂给博士生上课的最大特点，那就是讨论加闲聊。他提前给学生布置跟他研究的课题有关的讨论题，要求学生自己看书，写讨论提纲，课上讨论。

上课铃一响，坐在讲台上的陈华茂搁了手机，直直腰身，站起来朝教室环顾一下，慢条斯理地开了腔："老规矩，今天解决上一次我留给大家的论题——说说张爱玲小说的叙事话语或者谈谈张爱玲小说。由于受时间的限制，大家就择谈自己对这个论题的关键见解。"说到这里，陈华茂打住了，又朝教室环顾一周。

这个时候，大家就知道，讨论正式开始了。卫鸾冲导师抿嘴笑笑，举了举手，跟往常一样，她照例第一个站起来发言。

为了表明自己对这个论题有过深入的研究分析，在发言中，卫鸾不时引用美国学者华莱士·马丁的《当代叙事学》及保加利亚学者托多洛夫《叙述的结构分析》等一些著作中的经典原文。她从容自如，侃侃而谈。大家却听得有点晕乎乎的，卫鸾说的很多话他们并不怎么明白。然而，观察导师对卫鸾的发言时不时地点头，他们又觉得，卫鸾对张爱玲小说的叙事话语的分析不是胡说八道，而是头头是道。看来这个卫鸾又要占他们的上风了。

卫鸾之后，黄鹂发言，其次是王明仁，再其次是其他博士相继发言，柳叶青总习惯于最后一个发言。柳叶青对于导师指定的每个讨论题，都要预先准备一番，钻研陈华茂的相关文章，吸纳他的重要观点。尽管有不少人说陈华茂的文章深奥难懂，但悟性不低的柳叶青还是能把握住陈文的一些特点，比如引经据典，所谓文艺学的智慧就融在这些经典当中。她认真学习导师的这种研究思路与方法，每逢讨论，引用一些西方文艺学理论的经典语句，来佐证自己的观点，绝对差不到哪里去的。

柳叶青毕竟是在职的教师，她每每谈完老师指定的话题，还会谈及一点自己的个人感悟，比如今天她谈完张爱玲小说的叙述话语，还顺便提及她读张爱玲小说的悟得：我想起张爱玲曾说过的那句韵致精准的话——"生命如一袭华美的袍，爬满了虱子。"不能不佩服张爱玲对生命深刻的洞察和敏锐的感受。在这个孤高清冷的民国女子看来，生命躯壳华美，但其间却充满了许多令人难以摆脱的阴影，或者说人生外相如金玉般光鲜，而内囊却似败絮般枯残。张爱玲的这种人生观更多缘于她独有的人生体验。她的那些带着苍凉底色的过往历史，末世大家族那裹挟西风残照般的气息对她的浸染，她的情感世界（包括亲情、爱情和友情）都有太多的残缺，自童年时期开始，她就没有得到应有的关爱和温情，父母不睦直至离异带给她的心理阴影始终没有消弭，直至影响她的婚恋。随后的岁月她虽然也试图去找寻，但终究没有找到真正属于自己的情感归宿，直到孤独地走完她凄美的一生。每个人的人生历练不同，感受自然也就各异。相较于张爱玲孤独苍凉的人生，我深切地感到我的人生底色应该算得上明黄——带有温煦的那一种，时感生命的袍华美，亮艳，即便也会沾染一点外来的污尘，但只要用心荡涤一下，那污尘也会剔除，袍依然还光鲜。

陈华茂听了直点头，其他师弟师妹们听了，也颇感得益。

不知不觉中，一节课就结束了。

休息十分钟。

第二节课讨论接着进行。

像往常一样，等所有学生发言完毕，陈华茂就作简要总结：今天讨论进行得很不错，大家准备都比较充分，观点也都比较明晰。尤其是小卫和小柳的阐述，有理有据，很有自己的见解。接下来，他又给大家提出要求：你们呢，回去将这个论题进一步深入展开，写成具体的小论文。

至此，所谓讨论课，算是正式 OK。在余下的课时里，陈华茂就开始闲聊，扯扯段子，扯得声情并茂，引起大家不小的兴趣。

柳叶青至今还记得那天陈华茂扯的两个段子。

一个段子是关于婚姻恋爱中道德与不道德的问题。婚外情在某些人看来是不道德的，但有人反驳说，伟大导师恩格斯说过，没有爱情的婚姻是不道德的。我以前爱你，可现在不爱你了，这就不能叫喜新厌旧。我已经不爱你了，如果再维持这种没有爱情的婚姻，那才是不道德的呢。陈华茂进一步发挥说，表面上看，这种论调似有诡辩之嫌。但从文艺学角度来说，这是对恩格斯婚姻论的一种解构。

另一个段子是关于老鼠和猫恋爱的奇闻。一只另类的老鼠小姐爱上一只年轻英俊的猫先生，但苦于找不到机会向猫先生表白。有一天，她在猫先生主人家的厨房里偷吃油时，猫先生来了。鼠小姐很激动，羞羞答答地对慢慢靠近自己的猫先生说，看见你，我心跳得无比厉害，不知道该不该悄悄地走开。猫先生笑了笑说，你怎么能走开呢？鼠小姐有些兴奋，娇滴滴地说，我为什么不能走开呢？猫先生从容上前，将鼠小姐往自己的怀里一拢说，因为牵挂你的人是我。

讲完这个段子，陈华茂身子往后仰了仰说，不要以为我无聊，才给你们讲猫鼠恋爱。其实这故事是意味深长的，它完全可以作为我们研究时的一个短小文本。至于怎么利用这个文本，那就是你们自己的事了。……归根结底一句话，也是我经常跟你们讲的，搞文艺学研究，脑子必须灵活，要善于活用文本，还要善于由此及彼。……

在陈华茂抑扬顿挫的点拨中，时光自然很容易消磨，很快就到十二点。下课。

别的同学陆续跟导师打着招呼，离开教室。柳叶青没能走。陈华茂将她单独留下。卫鸾在讲台旁边逡巡了一下，说陈老师，有什么事需要我帮忙吗？陈华茂笑笑，说没什么事情，有事需要你帮忙，我回头再找你。卫鸾满脸欢喜，扬手说，好的，陈老师。那我先走啦，再见。

陈华茂意味深长地冲卫鸾扬手点头，从公文包里拿出一沓英文打印稿，问柳叶青有没有时间，帮他将这份文稿翻译一下，他急用。

柳叶青心里不免咯噔一下，我的乖，又来了！但她还是爽快应承下来，笑吟吟地接过那份文稿，免不了自贱一番："陈老师，就怕我水平不行，翻译得不好，让您失望呢。"

陈华茂微笑着拍拍她的肩，说："你就别谦虚啦，要相信自己。上几次那些材料，你不就翻译得很不错，而且翻译得也很快嘛。"又对柳叶青叮嘱再三，要柳叶青抓紧时间将东西译出来，星期六给他。末了，陈华茂对柳叶青慰问一句："辛苦你了。有时间上我家吃饭。我让阿姨给你做好吃的!"每次陈华茂给柳叶青稿子时，差不多都要这样说，只是柳叶青从来没有在他家吃过饭。他家那个明艳老师对人总是冷冰冰的。柳叶青在他家多坐几分钟都不自在，浑身犹如爬满小毛虫，要是再在他家吃饭呢，那还不让人别扭死!

不过，对于导师的客套，柳叶青还是表现出喜悦的样子，说谢谢陈老师啊!

谈笑间，师生坐电梯下楼，在教学楼前的小广场上道别分手。

目送陈华茂有点发福的身影，柳叶青不由自主地唉声叹气。自从博士复试之后，陈华茂就开始"重用"她，只要有什么外文翻译材料，就找她，她差不多被他当成翻译机器了。说实话，她对这种没完没了的翻译活儿烦透了! 毕竟自己不是专职搞翻译的，有些东西翻译起来并不那么顺手，这是其一。其二，自己是个在职博士，身兼学生与教师双重身份，脚踏两条船呢，乱七八糟的事一大堆。可是，这又怎么说呢? 柳叶青不由得对自己懊恼起来，每次陈华茂问她有没有时间，明明自己很忙，可偏偏在他跟前说不太忙。这能怪谁呢! 现在陈华茂又拿东西让自己弄，还要求两三天就交给他，柳叶青感觉身子软得像酵面。她什么时候也要学学怎样得体地拒绝陈华茂!

柳叶青还懊恼自己"认真得发馊"。每次给陈华茂翻译材料，她煞费苦心地译一遍，又生怕自己的翻译不到家，还要找师兄阎博文帮着再修改一遍。人家阎博文目前在 W 大学高级翻译学院念博士后，也忙得不可开交，能偷闲帮她看译稿，那是他讲同学之谊。同学归同学，人情总不能老欠着；所以柳叶青每次去阎博文那里拿修改稿，都要答谢阎博文，不是送点小东西就是请他下馆子。

正午的阳光有些耀目，照得人两眼发花。柳叶青揉揉额头，从包里拿出墨镜戴上。顷刻脑子里冒出一个念头，反正都是要找师兄阎博文的，不如找他直接帮自己翻译好了。他水平比自己高，翻译起来，想必也不太费劲。这样一想，她居然感觉心头的包袱轻了一点，去教工食堂吃自助餐。

校园里金灿灿的银杏树叶满地都是。

旁边有其他学院的两位老师也去食堂吃饭，她们边走边闲聊，赞叹说这红叶真是美，很多人大老远地跑到香山看红叶，其实不出校园也能欣赏这么亮丽的红叶。还说最近上面又要来专家组对学校本科教学质量进行阶段性评估。为了保持秋季校园的美景，这两天，后勤部门分管校园环境的领导，每天的任务是盯着清洁工叮嘱：千万别把落叶扫了。清洁工高兴得不得了，这不是省事了？

柳叶青听了不禁觉得好笑，领导也真是个领导，该管的不好好管，对这种鸡毛蒜皮的小事却上心得很！事实上根本没有那个必要，落叶是一时扫不尽的，前面扫了，后面风稍一吹，那灿黄的银杏叶子便飒飒地飘落下来。有必要还专门盯着吗？她又觉得那两位老师大概说的是玩笑话。

进教工食堂。这钟点吃饭，人不少，一溜儿排着队取食。柳叶青刷卡时，卡机显示余额不足。她只好去食堂旁边的"一卡通"处排队充值。

柳叶青回到食堂，人稀少了一些。她端着饭菜找座时，不巧碰上邢米兰。

没等柳叶青开口打招呼，邢米兰一脸严肃，说："小柳，你怎么能私自调课呢？学校不允许，你又不是不知道嘛！"

柳叶青略一愣，有点歉意地笑笑，"那天准备跟您说调课的事，唉，瞎忙，就给忘了。真对不起啊，邢老师！"课是宋如意老师要跟她调的，宋如意不跟学院通气，她还是一个人揽着算了，不想出卖宋如意。

邢米兰略作沉吟状，说："这事就不提了。那你今早怎么回事？我上教学楼巡查时，你那个班在放片子，怎么没见你的人影？"

柳叶青咬咬嘴唇，正想找借口解释呢，却又被邢米兰抢了话头："小柳呀，我跟你说这些，没别的用意，就是想给你提个醒。你以后一定要当点心喽。"她拿筷子朝柳叶青点了点，"今天这事幸亏落在我这儿，什么话都好说。要是被学校教务处的人抓住，你这可是严重的教学事故哟！全校通报是必定的哟！还要扣课时费！现在管得比过去严多了。"稍作停顿，她夹了一片炸鳗鱼，"院长他们那里，我也没有声张。"

柳叶青道谢："难得邢老师对我这么关照，谢谢您！"

邢米兰咬一口鱼片，边嚼边说："小柳，这没什么的。人跟人之间，都是你关照我，我关照你的嘛。"

柳叶青听出她的弦外之音，迟疑着说："邢老师，您有什么事，不妨说说？只要能帮得上的，我一定会帮的。"

邢米兰顺势提起她侄子考博的事，说这孩子想考陈华茂的博士，打算在下周来京，想请柳叶青从中帮帮忙，给他传授点考试经验，方便的话，帮着引荐引荐导师。柳叶青说能帮的肯定帮，没问题。邢米兰问陈教授有什么爱好，到时候，人情必定是要感谢的。柳叶青若有所思地说："第一次见面，最好不要带东西的罢。"邢米兰哦了一声，说："你跟他熟，我们就全听你的。反正这事就麻烦你了。"

柳叶青笑笑，"邢老师，都不是外人，您还用得着这么客气？"柳叶青嘴上虽这么说，心里却擂着小皮鼓。她自己考博并没有怎么费劲，靠的还是自己的厚底子，考博经验实在谈不上。至于将她侄子引荐给陈华茂，也是有点烧脑的事。陈华茂总表现出一本正经的样子，那些跟他不沾不搭的人上门找他，他并不见得高兴。可邢老师要求托办的事，似乎也不出自己的能力范围，柳叶青是不好拒绝的。那时刻，她低头嚼着饭菜，没再说话。（其实她也是多虑，后来邢米兰的侄子并没有来京，他也只是跟自己的姑姑说说而已，并没有铁心要考，他和自己的女朋友一起双双考公务员去了。）

邢米兰话篓子封不住，"陈华茂是不是有个女博士，叫卫鸾的？"她见柳叶青点头，就凑到柳叶青耳边，压低声音，"听人私下里传，陈华茂跟那个卫鸾有暧昧关系，真的还是假的?"

柳叶青看了看邢米兰，笑着反问："可能吗?"

邢米兰浅笑，"无风不起浪呢，要是真没事，人家会平白无故地造这种谣? 张三不说，李四也不说，单单说他们?"

柳叶青一脸茫然的样子，"那就不知道了。不过，我总觉得不大可能。我导师应该不是那种人。三人成虎，人言可畏啊。"

柳叶青和邢米兰是坐在自助餐台旁的餐桌边用餐的。一位中年男老师经过她们身旁，到餐台旁取餐，他手中的饭盘不小心掉到地上，许是受了惊吓，突然倒地抽搐，周身僵硬。如此突发事状，着实将大家吓了一大跳。

柳叶青慌忙站起身，拿手机准备拨打120。邢米兰也受惊不小，怎么这种样子啊? 很多不明就里的人都说赶紧去校医院找大夫，找大夫! 一位看似了解他病情的老师说，没事的，他这是老毛病。然后沉着冷静地蹲下，猛掐他的人中。跟柳叶青同桌吃饭的一位中年女老师，赶紧拿了根筷子塞到他的上下牙之间，又回来吃饭，冲柳叶青和邢米兰说，没事的，不要担心，不是很严重，过一会儿能缓过来。

柳叶青觉得这位女老师面熟，跟她聊了聊，才知她原来是校医院的张大夫。张大夫说，那倒地的老师是教育学院的，癫痫病发作，这病严重起来很危险的，病人牙关紧咬，弄不好会将舌头咬断的，所以她赶紧拿筷子隔开他的上下齿，防止咬坏舌头。如果病人不停地严重抽搐，有可能缺氧窒息而死。

"这病的确很可怕!"邢米兰说，"要是在水边或在车来车往的大街中间，突然发病，那该是多么危险!"

"这病不能治吗?"柳叶青问张大夫。

张大夫说没有什么好的药物能治，它是因为大脑异常放电引发的。柳叶青听得有点懵懂，不由得想起她喜爱的俄国作家陀思妥耶夫斯基，他也是癫痫病患者。得了这种病，就注定一生很难跟痛苦分开。

"生命的脆弱，人生的多舛，往往是由不得自己的。很庆幸自

153

己没有这种可怕的病苦。"柳叶青感慨，"即便偶尔有点小病小恙的，比起癫痫之类的病，也实在是稀松平常的事，实在是不值一提的。"

"话可不是这么说呢，谁也不知自己将来会得什么病！有的病开始看起来是小病，但那是假象，其实发展起来可能就是要命的。不想还好，一想，就觉得挺恐怖的。"邢米兰叹息，"随着年龄的增长，像我这样的，身体就开始有状况了。"

"您有什么状况吗？"张大夫停了筷子，关切地问。

"上次学校体检，做 B 超，查出我胆囊囊肿 0.2cm，右肾囊肿 0.7cm，大夫说没什么大问题。谁知道以后有没有可能病变呢？"邢米兰脸上明显地有了愁容。

"这个您不用担心，这种囊肿一般长得慢，咱们年年都体检，可以比较比较。如果长得快，有压迫症状，可以上医院处理一下，做囊肿开窗引流手术。"张大夫抚慰说，"您真的不要有什么心理负担。没什么事的。保持好心态，这很重要。"

"我曾经听人说，平时不要吃剩饭剩菜，吃剩饭剩菜容易长囊肿。张大夫，是真的吗？"柳叶青问。

"身上长囊肿，原因很多，有先天因素，也有后天因素。像肝上或肾上长囊肿一般是先天因素居多，甚至有的人出生的时候，肝肾就有囊肿。保持良好的生活习惯，经常锻炼，有利于身体健康。剩饭剩菜尽量少吃或不吃，每餐尽量吃新鲜饭菜。实在吃不完的，也要注意冷藏，时间一般不要超过八小时。"张大夫还提了一些日常养生的建议。

三个人聊得热乎，往常的午餐半个小时就能结束，今天一直吃到饭堂关门。

回到办公室，将近下午两点。柳叶青揉揉发胀的太阳穴，打电话给师兄阎博文，说翻译稿子的事。

那边阎博文有点为难，这些天他累得不行。译文出版社催命鬼一样催着他交稿子，他刚将那些稿子弄完交了差事，导师派的活儿又来了，导师月底要去开一个国际会议，要他帮着拟一个英文发言提纲。那提纲他刚刚写好。现在好不容易松了点，他想好好休息两三天。阎博文要柳叶青自己先翻译，他可以帮她将稿子过一遍，校对校对。

阎博文既然这样说了，柳叶青不好再勉强。没过一会儿，阎博文又打来电话，问："稿子多不多？"他思忖着柳叶青大概太为难了，要不然也不会找他帮忙，这个忙他不帮好像有点不合适。

柳叶青说："跟上次差不多。"阎博文说："有电子版吗？发到我邮箱也行。"

柳叶青说："是打印稿。我送过去啊。实在不好意思，老烦扰师兄。"阎博文说："我们之间，不是外人，不必客气的。"

柳叶青觉得这样有点亏欠师兄了，就说："我导师是要给劳务费的。"事实上，她已经给陈华茂翻译过多次，陈华茂从来没有给过她一分钱，其实他可以从他的课题费中开点劳务费出来。陈华茂对她不讲人情，但她对师兄，是必须要讲人情的，否则她总觉得心里不安畅。人跟人之间，哪怕是同胞亲兄妹，都是要讲究一点人情物理的，不能做灶台上的抹布——只知道揩别人的油水！

阎博文所在的 W 大学不太远，乘坐公交车三四站便能到。柳叶青拿上两盒亲戚寄她的名茶，又顺便在水果摊上挑了几斤水果，连同文稿一起送给阎博文，顺手接了师兄最近出版的一本译著。

她内心比较佩服师兄阎博文。阎博文其貌不扬，说话木讷，但忠憨实在，肚子里有货，迄今为止，他已出版了五六本译书。柳叶青再检视自己，毕业几年来，虽然写过几篇论文，翻译过一部童书，但自感水平很一般，至于学术方面的著作，她还一本都没出过呢！她准备将她的博士论文做扎实一些，好走学校的"博士文库"系列，至少出版费不用自己掏腰包，那至少是三年之后的事了。

老实说，她原来是很喜欢涂鸦的，在报刊上也发过几个豆腐块，有段时间也就信心十足，想在写作这条道上走出点名堂，耗了不少时间写散文、小说，稿件投给一些名刊名报，没人搭理，都是白投。没见辛苦的写作有任何收益，慢慢地，她的心也就冷了。周围的人都在忙着搞实惠，刺激着她也将目标转到最现实的追求上来，比如积极参加学校各种教学大赛，拿学位啦，弄职称啦。现在柳叶青的心总静不下来。跟人家阎博文比，她不得不承认自己太浮躁，一天到晚都在忙，实质上在混，只是混得不轻松。

回来的路上，柳叶青想得最多的，还是该给阎博文多少酬劳的问题，钱给少了，不合适；给多了呢，自己又亏大了。现在她对陈华茂无甚好感，但为了博士能顺利毕业，还是要努力让师生关系和谐一些。

街灯不知是什么时候亮起来的，都市的一切在灯光的笼罩下，给人一种华艳而又虚浮的感觉。

柳叶青回到学校，发现钱包找不到了。是途中遇到扒手了？还是在 W 大学旁边的水果店买水果时丢的？柳叶青脑子里仿佛满是糨糊，竟然想不起来，糊涂透顶！钱包里倒没有多少钱，也就一两百元现金，但上次上银行取钱，身份证用过就顺手放在钱包里。钱丢了也就丢了，身份证可不能丢。身份证就如同符号化的自己，手机、各种卡件都跟身份证绑定，出门办事，没有身份证根本不行。

翌日上午，柳叶青上完头两节课，就去户口所在地的派出所补办身份证。

她记起刚考上大学的时候，陪着一个外地亲戚去过那个派出所办暂住证。这如流的日子恍然间一过，就过掉了十多年。印象中有一座小石桥，过桥走几步就能看到派出所。方向感实在有些差，过了桥朝前走，走着走着，竟然到了一个立交桥，她明显地觉得不对。路在嘴上，询问路旁穿黄马甲的交通协警，才知自己真是昏头，走过了！

柳叶青又踅回，找到派出所。办理证件（身份证、户籍、出境证等）的人屈指可数。办理身份证的窗口只有一个高个子小伙子在照相，也要不了几分钟。接下来轮到柳叶青。她整整衣襟，捋捋头发，坐到摄影机前，负责照相的女孩子抬头瞄了她一眼，面无表情，说你这衣服颜色太浅了，照不了。

柳叶青稍一愣怔，怎么就没注意到衣服颜色的问题？以前那个

156

身份证就是穿着那淡黄色衣服照的。眼下她身上外罩的是一件浅红色的风衣，说真的，这颜色跟那淡黄衣服比，可一点也不比它淡呢。她脱了风衣，指指身上粉色羊毛衫问，这样照行不行呢？女孩说也不行，得回去换身深色衣服。

她原本打算上午将补证的事弄好，下午抓紧时间将堆压在办公桌上的一沓作业批阅掉，准备查查资料，写写陈华茂布置的小论文。

实在不想浪费时间跑第二趟，可衣服得换，她一急，也不知轻重，看看旁边一位跟她年纪相仿的女孩子穿着黑色风衣，就试探着问能不能借一下外套，让她照个相。那女孩看都不看她，表情冷峻，斩钉截铁地说，那绝对不行！

柳叶青讨个没趣，也自感自己没脑子，人家跟你是陌路人，凭什么要借你衣服？可是，要是换成她，她会愿意借的。不就是借穿一下照个相吗？好歹也是助人为乐的事。这是以己心比她心，却忽视了人与人是不一样的。不过，那女孩看上去也不像是个清高的人，莫非是有忌讳的？她这样一想，也就理解人家了。

她对这个派出所有点"腹诽"，作为"为人民服务"的基层机构，负责办理身份证的窗口是不是应该备用男式、女式两种深色外套，好给需要的民众提供一点方便？为民服务要体现在日常工作的细节之处，不是仅仅贴在墙上，挂在嘴上。她印象中，她大姨那边的基层派出所就做得很不错，她有一次陪大姨去派出所办证，办证照相的窗口旁专门挂着男女式样的蓝黑色外套。人家怎么就那么细心呢？

柳叶青不想再在这地方耗时间，赶紧打道回府，下午预备着再跑一趟。

过那白石小桥，收到一个学生的信息，跟老师道歉，说她忘交作业了，想补交一下，老师，可以不可以？柳叶青回复说可以，加一句：顺祝开心！不想旋即收到学生的卡通图，是一个哭得稀里哗啦的小熊，附字：宝宝今天不开心！一问，才知她的移动硬盘找不见了。那盘里有很多珍贵资料。柳叶青安慰她一番，说老师也不开

157

心，钱包丢了，里面的身份证也跟着丢了。学生发来一番安慰，说老师不要不开心哦。

师生都丢东西，又互相安慰，柳叶青突然觉得有点意思。

不经意间放眼四望，街道两旁的银杏树排列有序，灿黄闪亮的叶子随风洒落下来，那飘飘扬扬的悠然风姿有些撩拨人心，让人玩赏骋怀，意绪轻漾。柳叶青突然有一种写诗的冲动，多少年都没有再写诗了，以前少女时期还爱写几句诗，那时是靠一支笔将一个可心的字、一个悦情的词码垒起来的，现在呢？只需用眼，看上一看，瞥上一瞥，满眼都是诗情画意。

如此天朗气清、惠风和畅的光景，白跑一趟又何妨？柳叶青索性溜达回学校，顺便欣赏一下沿路的绝色秋景，也自有一番惬意所在。

她豁然自释，说起来，生活中若有不快，多半与不善自我调节有关，不快堆积久了，堆积多了，生活难免会裹覆灰暗的釉色。

下午，柳叶青又跑了趟派出所，将身份证补办了。约上魏静怡去康泰俱乐部健身。她大姨给的那张健身卡这一周就要过期，邀魏静怡帮着再用一用，两人也好趁这机会一起说说话。她回头还要去看看郭育德弄的小房子。

1

　　郭育德原先在校外租房子住，来去耗在路上的时间要两个多小时，总觉得诸多不便，希望能在学校里有个住处，有时就跟陈家星老师提一提自己这方面的意愿。

　　陈家星也很理解，一个小伙子，不弄个固定的小窝，找对象的时候，跟人家女孩说话都没有底气。他就热心地帮郭育德打听公租房的事。恰巧他熟识的一个老师要调到别的院校，所住的房子就腾了出来，陈家星就私下找学校房产处的熟人说了说，房产处就让郭育德过去填张表，那房子就归郭育德使用了。这事弄得干爽得很。要知道，没有陈家星的帮忙，这房子怕是很难申请得到的。京中大学房产管理不力，有的教师明明有自己的房子，学校的公租房也照样占着，甚至私自以市场价出租，等学校房产处来查，就扯谎说是亲戚暂时借住。而一些年轻教职员享受不到学校公租房待遇，只得在外高价租房住。

　　郭育德的这套房子不大，属于安居公寓的小户型居室（一室一厅一厨一卫），三十五平方米，月租一平方米四十元，一个月下来从工资直接扣除一千四百元。郭育德是博士学历，属于无房户，学校每月补贴一千元，他实际掏的腰包是四百元，比原先在外租房实惠很多。

　　放暑假前，郭育德一拿到房子的钥匙，蓦然有一种家的感觉，他让柳叶青过去看看，征询房子怎么装修才好。那时期柳叶青正忙得团团转，也无暇顾及，说你自己看着弄呗，装修好了，我再去参观罢。又提醒说，一定要注意环保啊。郭育德就自己设计，找装修

159

师傅，陪着一起去买装修材料。听外人说，装修这种事，户主需要到现场盯一盯，防止师傅偷工减料。他每天都要去房子里看看。

前前后后弄了不过一个月，房子装修完毕，真是人要衣装，房要精装，经师傅们一弄，原先那灰土土脏兮兮的房子光鲜亮堂，上下焕然一新。郭育德抑制不住内心的喜悦，打电话向柳叶青汇报，说房子已装修好啦。柳叶青就过去看了看，夸赞一番，说难得的是没什么味儿。

郭育德说："我牢记你的吩咐，材料都挑最好的买，环保得很。我还在边边角角放了不少活性炭。"指着几盆绿植，"还有这些吊兰，应该也能净化空气。"

柳叶青点头，说："还要再敞开窗子通风晾一段时间，才能住。"

郭育德说："那是肯定的。开窗通风最管用。"

等这房子晾得差不多了，郭育德就买了点原木家具，配了家电，添了生活必需品，在那个周末下午正式入住。郭育德在自己的小暖窝里转了又转，激动不已，打电话给柳叶青，邀她过来看看，如果可以的话，再一起出去看场电影。

柳叶青说等有空就过去。彼时，她跟魏静怡刚进健身房。

郭育德说："大概什么时候呢？"不待柳叶青回答，又说，"要不你先忙，晚上一起吃饭，可好？"

柳叶青回应说："也好。就去西门的饺子馆。"

魏静怡见柳叶青接听电话时神情有点娇羞，便猜出大概，打趣说："又约会呢？很吃香啊！"

"哪里吃香哦？"在好朋友跟前也没有必要隐瞒，柳叶青就实话实说，"郭育德在安居公寓弄了个小一居，刚搬进去住，让我过去看看。"

"现在还能在学校弄上房子，那太不容易了，肯定托人通融了吧？"

"是陈家星老师帮的忙。"

"陈老师人真的很不错！"

"是啊，很难得的一个人，不论在家，还是在单位，都很得人心。当初白玉老师真没看走眼。他们家的家务活儿也主要是陈老师在做。"

"他们俩性格互补，配得也对路，白老师急性子，陈老师性子缓。白老师发脾气时，陈老师就跟没事一样。"

两人边健身边闲聊，怕吵了旁边的人，有意放低声音。

在健身房待了两个小时，柳叶青又跟魏静怡到对街的书店逛了一下，各自挑了两本书，去收银台付款，魏静怡要抢着刷卡。柳叶青赶忙制止说："你别抢，还是我来我来。咱们不见外啊。"魏静怡笑着说："不是见外，我这边能报销啊。"柳叶青会意地笑，"好啦，你来就你来。"魏静怡付过款，让收银员开张发票，好找白老师报销书款。

两个人说笑着出了书店，左顾右盼地穿越车水马龙的街道，去对面的公交车站，各自坐车离去。

柳叶青在京中大学站下公交车，又接到郭育德的电话，郭育德此时站在自己的小家中，兴致勃勃地问她到了哪里？说我迎你去。柳叶青说，快要到了，不用迎。

原先柳叶青说两人一起上附近的饺子馆吃点便餐，但郭育德私下改变主意，特意买些食材，照着菜谱精心做了几道菜，专候柳叶青来吃。自从跟柳叶青熟识以来，他越来越认定，她就是今后跟他一起过日子的人。

小屋里收拾得干净利落，窗台上又摆上柳叶青很喜欢的君子兰。柳叶青一进门，抬眼就看见三角橱柜上摆放着自己的彩色照片，真不知道郭育德什么时候将自己的照片放大镶嵌在镜框里的，柳叶青瞬间心动，没有想到郭育德还是很细心的人，也懂得浪漫。

郭育德扎着围裙，拿纸巾擦擦手，拥抱了她一下。然后他回厨房，先后端上他做的菜：鲫鱼豆腐汤、双瓜拌红豆、素什锦、蜂蜜鸡翅。柳叶青有些惊喜，"不是说上外面的饺子馆吃吗？这都是你自己做的？"

郭育德重重地颔首，扮个鬼脸，"没想到吧？我还会做菜。"

"不错不错！"

"陈家星老师教导我说，当好男人，就得要学会做菜。要上得了厅堂，下得了厨房。讲真，陈老师做的菜比他家白老师做的菜要好吃很多。"

柳叶青赴过陈老师的家宴，很认同："陈老师就是个好妇男。他学术也做得好，在学院搞教学管理也有一套。家里家外都是好手。"

"所以我要以陈老师为标杆，向他看齐！"郭育德满脸钦羡。

柳叶青被他认真的样子逗乐了。她不知道郭育德其实是存着心思的，他今晚要跟她正式求婚。

吃完饭，柳叶青说："你做菜辛苦，我来刷碗。"

郭育德说："我们好像很自然地开启小家庭模式了。"柳叶青红了脸，"你开始贫嘴了？"

"我的感觉是这样的。今天还是我来刷碗，你是第一次来，还是算作客人啊。"

"我们俩一起刷好了。"

厨房收拾妥当。郭育德将围裙解了，进内屋换了套蓝色西装，柳叶青说："要出门啊？"

他诡谲地笑笑，变戏法一般地从身后拿出一朵玫瑰，单膝跪在地上，"亲亲，嫁给我，好不好？"

柳叶青掩面笑起来，"你还来这个？"

"我是认真的。"郭育德敛了笑，他将鲜花举过头，等着柳叶青接花。

柳叶青接过鲜花。郭育德站起身，从身后拥住她，"我真的很喜欢你。你应该也喜欢我的吧？我们都过而立之年了，岁月也不饶人了。我们结婚好不好？"他从口袋里掏出一个戒指盒，打开，拿出一枚钻石戒指，"我正式向你求婚，你愿意嫁给我吗？"

柳叶青没有说话，回转身，将头埋到郭育德怀里。曾经初恋的那种感觉又悄无声息地回来了，她眼含泪花，没有想到她等了这么久，还能等来一个令她如此心动的人。

郭育德将戒指戴在柳叶青的左手中指，两人相拥亲昵一番，说些体己话。

柳叶青也忍不住说到自己念的这个在职博士，并不是自己想要的那种，上陈华茂的课，实在没什么劲，他还时不时就让她翻译东西，她又不好拒绝。

郭育德说："你也不必太委屈自己。我以前也跟你一样，别人让我做什么事情，我总觉得不好回绝，总觉得能帮帮人，就帮吧，以为助人真的能让自己快乐，其实不是那么一回事，有的人值得你帮他，而有的人根本不值得你去帮。人一味善良，未必就好，有的人不识相，会把你的善良当作软弱可欺。我领教了多次，现在我也想明白了。人活着本来就不容易，不能老委屈自己。"

"话是这么说，但我现在跟他念博士，关系弄僵了，是不是也不好？"

"我想不至于弄僵的吧？你好歹是本校的老师，他也不会太为难你，你有空就帮他译一译，没空就直接跟他说清楚，想他也不至于不理解的。现在也有翻译软件，利用翻译软件，比较便利。"

"那软件翻译只能参考，不是特别靠谱。"

"你还是太认真了啊。"

"既然答应了，肯定还是要将事情做好。"

"你念这个在职博士实在辛苦，你又在校外住，来去也不方便，要不你就在我这里住？"

柳叶青摇头说："那不合适的。我不喜欢搞同居。"

"我们赶紧结婚好不好？我真的想早点就将你娶进门。我们可不可以考虑先领个证呢？"郭育德目光炯炯，他恨不得眼下就跟她结婚。

柳叶青笑着摇头，"你太急了啊。"

郭育德咕噜说："我这还算急么？我们都认识好几个月了。我的那个师弟，跟他女朋友，相识那天就在一起了。"

柳叶青依然笑，"我们要的是长久。匆匆促促地结婚，发现两

163

个人不合适，又匆匆促促地离婚，可是这时候情境大变了，因为可能要拖上一个小油瓶，你说最伤害谁？男的会再娶，女的也会再嫁，不管再娶，还是再嫁，还是单身，最受伤害的都是无辜的孩子，孩子很难得到来自完整家庭的温暖和关爱，你说是不是？"

郭育德点点头。

"我身边最现成的一个例子，就是我的一个高中同学，她就是这样。我看着她现在的境况，就为她难受。她当时跟那个男孩子认识不到一周，就在一起。我劝过她，我说婚姻是一辈子的事，一定要慎重！你对他了解多少？他的性情、他的志趣、他的家庭状况等等方面，你都了解吗？其实她并不了解。那男孩是她在网上认识的，认识没几天，就约着见面，因为长相很不错，就将她给吸引住了，我怎么劝她，她都听不进去。很快两人就弄出小毛头，奉子成婚。等孩子出生后，她才意识到自己找错了人，男孩子懒散，没有责任心，对她和孩子不顾不念，她还不能说他，一说他，他的拳头就过来了。那日子实在过不下去，只得离婚。她现在一个人带着女儿，日子过得萧条不堪。那小女孩，叫人见了心疼，见人不爱说话，默默寂寂，根本就不是一个小孩子应该有的样子！"

郭育德很安静地听柳叶青说完，有点失落，"人与人是不一样的嘛，我认定你是我要找的那个人，我会负责任的。"他恳求她留下歇夜，她没有答应，但也不想让他太失望，临走的时候，她又拥抱了他一下，"育德，我很喜欢你，但我还是要在新婚之夜才能给你，你要耐心地等一等。结婚的事，我得回家跟我妈妈商量一下。你能理解吧？"郭育德紧拥她，说："理解理解。你是严肃的人。你这样更让我安心！"

柳叶青的手机响起来，她从包里掏出手机，"妈，我在学校，准备回。"

两个人又彼此温存一番，这才恋恋不舍地分手。郭育德送她去学校西门的十字路口打车。碰巧陈华茂腋下夹着公文包，从校园里出来，一见柳叶青，有点意外，"小柳这么晚还没回去呢？"

柳叶青笑笑，"正准备回去，陈老师，您忙啊。"陈华茂目光落

164

在郭育德身上，"这位有些面熟啊。"

"陈老师好！我是理学院的郭育德。我们应该在校园里照过面。"郭育德伸手跟陈华茂相握。

"你们俩很般配啊。郎有才貌，女也有才貌。"陈华茂耳闻柳叶青跟郭育德在谈恋爱，也就打趣一下。

"看陈老师说的！"郭育德舒心地笑笑。

柳叶青提起翻译材料，"陈老师，那翻译稿子必须周六要吗？我下午将那翻译稿子看了看，不太好译，周六恐怕不一定能译好。"本来想实话实说，说稿子请她的师兄帮着翻译，又觉得自己这样推脱，会招致陈华茂不快，还是不提为好。

"哦，周日可能译好？"

"我尽量。"柳叶青说。

"稿子的事，就让小柳费心了啊。改天我请小柳到我家吃饭。"陈华茂还是那句客套话。

"陈老师又客气了啊！"

"好，不跟你客气。你们还要等车，我就先回去了。再见！"

目送陈华茂离去的背影，郭育德嘀咕说："当博导的，老叫自己的博士免费干活，而且这个博士还是本校的老师，这个博导，真不咋样！"柳叶青摇头一笑，"你是这样说。可人家那意思，你能者多劳，器重你呢，你要感到荣幸才是。你说，现在的博导，有几个不叫学生干私活的？"

"你还别说，真有！我导师就不喜欢让学生给他干私活。我们有时想给他干点活，他不让，说我的活你们干不了。你说这人也有些奇怪，他越不让我们干，我们越渴望给他干活。说来也好玩，我跟我导师读了三年博士，唯一为他做过一件私事，是帮他去邮局取包裹，送到他家里，结果导师给了我一袋甜栗子，那栗子还是师母刚从附近的炒货行里买的。现在逢年过节，我去看他，顺便带点小礼物，每次他都要回赠别的东西，我不收都不行，他说礼尚往来，这是必须的。"

"你导师是个正派人。"

"我导师的确很正派，以现在的时髦话说，是一股清流。他很有个性，从不参加什么这团体那团体，也不喜欢搞逢迎，平素跟我们也说，不要搞虚套子。"

说话间，出租车过来了，郭育德抬手招停了，瞧瞧那司机，彪形汉子，有些山大王的气质。他瞅瞅那车牌号，想一想，还是不太放心，干脆自己也钻进车里。

柳叶青说："你也到我家么？你就不要去了吧？我到家就给你发短信。"之前郭育德提出上她家拜见她母亲，柳叶青没有同意。她担心她母亲从中掺和，她母亲向来看重物质方面的东西，也倾向于找一个北京本地小伙子做女婿。郭育德来自外地的小城镇，无私房无私车，并不合她母亲的心意。她还是要先晾晾母亲，并不急于让母亲知晓她找人了，母亲现在最着急的是将她嫁出去，自然会降低对女婿的要求。这种小隐秘不便跟郭育德说，郭育德也是一个自尊心很强的人，他要知道未来丈母娘的这种"眼光"，弄不好先行退缩了。柳叶青吸取当年初恋失败的教训，格外注意照顾郭育德的自尊。

"我还是送送你哟。"郭育德攥紧柳叶青的手，将柳叶青往怀里拢了拢。柳叶青将头靠在郭育德的肩上，恍若回到二八少女时期，心动而又甜蜜。

郭育德送柳叶青到家，又坐出租车原路返回。路上，不知怎么地跟司机攀谈起来，感觉这个彪形大汉其实还是个很不错的人，很有股正义气，也很有自己的想法，对一些时事颇有主见，说自己从来都是独自站着做人的。

到学校西门一下出租车，郭育德就给柳叶青发了个短信："亲亲，我到住处了。晚安好梦！"

柳叶青秒回："Darling（亲爱的），晚安好梦！"

柳叶青和郭育德是那年寒假领的证，两个人合计半天，还是决定不搞那种烦琐的结婚仪式，到欧洲去旅游一趟。郭育德的父母倒没有什么太大意见，一切都由儿子自己决定。只要两个年轻人高兴，怎么着都行。但柳云并不赞成，说人一辈子好歹结一次婚，总得要办个像样的仪式，向亲戚朋友们宣告一下。柳叶青说，那好办啊，等我们旅游回来，请亲戚朋友们到饭店里吃一顿，不就解决问题了？

女儿一再坚持，柳云也莫能奈何，毕竟今非昔比，女儿不是十年前的小嫩葱了，当初她这个当妈的就算成天翘着尾巴挑拣未来女婿，也不碍女儿多大的事，小嫩葱的花季还很旺盛，即便错过一站，还有下一站可以等。如今女儿这朵花儿也差不多快过季了，她不能再翘尾巴横着鼻子竖着眉毛地挑拣了。不管怎么样，女儿好歹是嫁了出去，小伙子虽然不是很满她的意，只要女儿自己喜欢，她也是能将就的。

那次柳叶青和郭育德旅欧归来，在母亲柳云的操持下，在国泰大饭店办了几桌酒席，宴请至亲密友吃了一顿大餐。魏静怡和卫岩也在被邀之列。早在魏静怡听说柳叶青要旅游结婚，就提前给柳叶青送了一条白金项链。她知道柳叶青对别的首饰没什么兴趣，唯独对项链还比较钟爱。

娘家这边人情一了掉，柳叶青又接受公公婆婆在电话中的盛情邀请，跟着郭育德去了趟川蜀之地，让她这个久居京都的北京大妞第一次体验地道的川蜀风情，颇有新鲜感。而最让她大开眼界的是那院坝上一溜排开的坝坝宴。

郭育德父母都是乡村中学退休教师，近年也在距家三十多里的县城买房定居，这次给儿子办喜宴依旧遵循老家的传统，回自家的院坝大摆坝坝宴。

早在暑假，他们就听儿子汇报找定女朋友的事情，并透露争取年前结婚的设想，可把老两口乐坏了，他们看到儿子发来的女娃子照片，长得真是没得说！原来还一直惦记着独子的终身大事，亲戚们也时不时地问起他们家育德耍朋友（谈恋爱）了没有，问什么时候请吃酒，这一不留神，这娃子就变戏法般地要给他们变出个儿媳妇回来。

儿子偕同儿媳妇回来的那天，郭家老两口喜气洋洋地坐着堂侄新买的小轿车，亲自到车站迎接，带着他们一起回自家的院坝。父母最初的意愿是在院坝再办一场婚宴，说要请城里的婚庆公司下来筹办一下，办一场有风味的坝坝宴。

郭育德赶忙制止，说我们已经在欧洲旅行结婚了，就不要再办什么婚宴了，请亲戚邻里们吃顿饭，就行了。母亲问，小柳什么意思呢？郭育德说，小柳也是这个意思，她不喜欢铺张。父亲接茬说，那就这么办了。只要小柳安逸就好。

郭家至亲中有好几个叔婶都是掌勺好手，做菜手艺在本乡是小有名气的。他们也经常受邀给别人办流水席。郭家这顿迎接北京来的儿媳妇的大餐自然由他们全包了。乡下的至亲们有不少自家种菜的，都纷纷贡献一些新鲜蔬菜。郭家老两口本意要尽量将宴席办好，要主厨的本家帮着列出一系列食材清单，统一去镇上的农贸市场采购回来，菜肴制作都是在自家的院坝。

要是按以往的老规矩，这种宴席一般要吃两顿，头天晚上吃"副席"，第二天中午十二点再吃"正席"，郭家老两口常年住在县城，儿子儿媳妇又都是在大城市工作，他们家的院坝也不过是个寄托而已。

为首掌大勺的是郭育德的堂叔，是个实在人，对郭育德父母建议说："老哥老嫂，你们一家常年在城里住，这回也是走礼节过个场。我看不如省掉副席，只办正席。"

郭父说："你们不要想着给我们省钱哦。我们这点钱还是有的，该花的还是要花的。"

堂叔说："老哥，不是省钱，是免得太麻烦。"

郭育德一旁说："叔叔说得对头，正席菜肴弄得更丰盛一些，大家吃得也会一样安逸。"

郭育德很清楚，办这种大宴席，掌厨的堂叔堂婶们是最辛苦的。他们一般要从半夜开始，就得着手准备第二天中午的蒸菜，事先要在院坝拐角（用火砖）搭灶生火。这次来客比较多，包括所有的亲戚朋友和邻里，估算起来，差不多有二百五十人，十人一桌，得准备开二十五桌酒席，搭一个灶恐怕不够用，得搭上两个灶。在灶里生火，等火旺之后，就开始往里放蜂窝煤，一层一层地码放，前前后后大约需要几百个煤块。

灶火准备就绪，差不多天也蒙蒙亮，堂叔堂婶们忙碌着洗菜、切菜，装盘或装碗，放在蒸笼里面，然后将蒸笼放在灶上蒸煮，为图吉利，上的都是九层蒸笼。蒸煮的菜一般需要几个小时，十二点开席，先挨张桌子上卤牛肉、卤凤爪、凉拌鸭、凉拌鸡等之类的凉菜，半小时后，蒸煮的热菜出锅。开吃之前，先放了一柄响炮，然后管厨的将蒸笼抬起，从蒸笼里拿出香气四溢的蒸菜，诸如夹沙肉、软炸蒸肉、清蒸排骨、粉蒸牛肉、蒸甲鱼、蒸浑鸡（蒸全鸡）、蒸浑鸭（蒸全鸭）、蒸肘子、咸烧白等，其间，也上一些炒菜。

柳叶青不懂乡下的规矩，之前也听郭育德聊过他们老家的坝坝宴，说这"坝坝宴"原先叫"九斗碗"，"斗"呢，在他们那边的方言里，指大的容器，用九斗碗装菜来招待客人，有称许主家宴客菜品多、分量足的意思。以往这种筵席上的菜多是蒸煮的肉菜，他们当地的行话叫作"三蒸九扣"，所谓三蒸是指锅蒸、笼蒸、碗蒸。有的地方还流传着有关九斗碗的民谣。

柳叶青向来对民谣感兴趣，催他说来听听。郭育德当即就摇头晃脑地唱起来：

主人请我吃饷午，九碗摆的胜姑苏。
头碗鱼肝炒鱼肚，二碗仔鸡炖贝母。
三碗猪油焖豆腐，四碗鲤鱼燕窝焯。
五碗金钩勾点醋，六碗金钱吊葫芦。
七碗墩子有块数，八碗肥肉啪噜噜。
九碗清汤把口漱，酒足饭饱一身酥。

柳叶青听着听着，不禁乐了，"还挺押韵的呢。"

"我嘎婆——你们那里喊姥姥，最喜欢哼这种民谣。我记得小时候喜欢到嘎婆家去，她总跟我们渲染'九斗碗'如何如何解馋，亲戚家有办九斗碗的，她总要带上我。那热闹场景，至今还记得清清楚楚。"郭育德还告诉柳叶青，做这种"九斗碗"的乡下厨师常常腰系一截油腻腻的围裙，所以被大家称为"油厨子"。"我叔公，也就是我祖父的弟弟，那时就是方圆几十里响当当的油厨子。叔公的儿子，也就是今天帮我们家做菜的堂叔，后来子承父业。"

柳叶青看郭育德的堂叔腰系的围裙并不油腻，一看就是新围裙。堂叔也收拾得还利索。郭育德说，那是他堂叔特意提前买的，说育德要的女娃子这么乖，他不能弄得太褛㳩了。柳叶青听不懂土话，郭育德解释说，"乖"在我们这里，是漂亮的意思；"褛㳩"呢，意思是邋遢。我堂叔说我找的女朋友这么漂亮，他不能弄得太邋遢了，太脏了。夸你呢！柳叶青听了有些不好意思。乡下的堂叔真是憨朴。

柳叶青觉得自己这回真是没白来，头回亲眼见识坝坝宴的热闹场景，体味川地浓郁的民风民俗，真正是大开了眼界！郭家的亲朋邻里能来的都来了，聚集在郭家比较开阔的院坝，在鞭炮的青烟缭绕中，大家开始坐席，大致按辈分的高低，男客女客的区别，分别在一张张铺有红色塑料桌布的八仙桌旁落座，欢声笑语，举箸大快朵颐，杯觥交错，自在开怀。

柳叶青看着不远处随地搭建的火灶上叠起高高的蒸笼，正冒着香喷喷的热气，不由得想起小时候在姥姥家附近的包子铺吃包子的情景。那时包子铺的生意火爆，蒸笼也叠得很高，姥姥还让她数数有多少层，她仰起小脑袋，将蒸笼从上到下数了一遍，说有十层。姥姥就呵呵笑起来。姥姥的音容笑貌如今依然清晰地印在她的脑海中。一晃已经二十多年了！

"小柳，我们的菜怎么样？你吃得安逸吗？"旁边的一位郭家叔叔笑看柳叶青。他试图用普通话的腔调，来跟这位京城来的侄媳妇交流。

"安逸，安逸。"柳叶青忙笑着点头，刚学会的方言，听起来竟也像那么回事。

"回北京，让育德做我们的蒸菜给你吃。"叔叔指着育德说，"没有问题吧？"

"没问题。"郭育德望着柳叶青，满眼含笑。其实他根本没蒸过菜，现学总还是来得及的。

郭家老两口满脸洋溢着喜悦，不停地招呼大家多吃菜，说人手少，招待不周，大家多多谅解！

这种露天的流水席洋溢着热闹和喜庆，一直吃到下午三四点，大家平时普遍忙碌，借这次喜筵，凑在一起畅快地拉拉家常，彼此感觉很亲切。

从川地回京，柳叶青对坝坝宴还意犹未尽，便跟母亲柳云提起，柳云也饶有兴趣。郭育德说："等下回有机会，您也到我们那里看一看，亲自体验一下。"柳云欣然点头，说是得去走走。

寒假过后，郭育德和柳叶青商议了一下，给各自的同事都送一个喜糖包。他们特意准备两大箱糖果包。念着两人一辈子结一次婚，糖果包一定要上档次，特意挑紫红色铁质的心形小盒子装糖果，糖果也都是要有品牌的，每个盒里装十颗：巧克力、奶糖、硬糖、太妃糖、软糖、棉花糖、酥糖、牛轧糖、夹心糖和水果糖各一颗，寓意"十全十美"。两人趁开学第一周各自学院开例会，分别给大伙儿发了一通喜糖包，向大家宣布自己结婚了。

为了感谢陈家星从中牵线搭桥，柳叶青和郭育德特意从欧洲买了地道的红酒和纪念品，送给大媒人陈家星。老头子乐得合不拢嘴，说等着吃他们小宝宝的喜宴。郭育德老老实实地说："还没有啊。"

"婚一结，孩子就快啦！我是有经验的。"老头子笑得光秃秃的头顶放亮。

柳叶青脸红起来，掩着嘴窃笑。

第四章

1

当初得知柳叶青结婚的喜讯，魏静怡叹息半天，婚姻这东西真是没法说的，柳叶青跟郭育德交往不过半年，就紧锣密鼓地结婚，组建小家庭，看柳叶青心满意足的样子，她就有些羡慕。其实还是找大学同行成家比较合适，就算经济上清贫一点，成天厮守，感情总还是容易保鲜的，她找卫岩这样到处出差的商人，聚少离多，他满脑子装的主要是钱，钱！他们之间已经没有什么共同语言，每次他匆匆回来，除了解得他一时的生理饥渴之外，他和她也没有多少知心话可说，他说得最多的就是房子的问题，说等房子装修好了，他们就准备结婚。

她能想象，她跟卫岩结婚之后，会是什么样子，越是临近结婚，她就越焦虑。她没有勇气跟他提分手，毕竟两人在一起好几年了。她耗费了宝贵的几年光阴，他也是。照世俗的观念，她早已是他的人了，他也那么对她负责任，努力给她创造好的物质生活条件，那个大三居的房子便是最好的证明。她还有什么不满足的呢？哥哥魏静安不止一次地责备她身在福中不知福！

魏静安越来越觉得卫岩很有能耐，也越来越显大气。上次拜见贺立纯，起先是妹妹请托瞿晓芳引见，后来主要还是卫岩从中张罗，那金华轩大酒楼的一大桌子美味佳肴，少说也要花两千多啊！

172

八十万元的楼层装修的活儿他能拿到手，主要依仗着卫岩从中帮忙，其间的打点都是卫岩埋单，他是一分钱都没有掏的。常红跟卫岩客套几句，说不能让小卫破费太多，多少钱呢？说话间她还拿出包里的钱夹子，要付钱给小卫。其实她那瘪瘪的钱夹子里才几张票子？小卫还看不出来？小卫大气就是大气，手一挥，说都是一家人，嫂嫂就不要计较了啊。只要生意好，这点小钱不算什么的。事实上，请贺立纯帮忙拉活儿，卫岩也的确没花多少钱，也就是请上一顿饭，外带着送两瓶好酒。这也算正常的人情往来。平素他跟贺立纯算得上关系很铁的老熟识，魏静怡又跟瞿晓芳是要好同学，有这两层关系，贺立纯帮着从学校的装修大工程中，匀点活儿给魏静安做一做，也觉得是分内的事。贺立纯说静怡哥哥来北京打工，也确实不容易啊！能帮就帮点。

有这么有用的姑爷在背后托着，魏静安走路腰板都挺直了不少。S 大学的那个装修工程他好歹能赚上十来万，搁在以前，他要花多少力气才能赚到手呢！农村人来城里扒生活，光凭单打独斗，没有一点人脉，根本不行。邻村的老曹也在京城打工，打电话找他弄点活儿，说上次那家活儿做完了，这都一个礼拜了，还没接到任何活儿。他就让老曹到他这边做做小工，好歹挣点小钱。老曹顶羡慕他有个好姑爷。

每每妹妹对卫岩有什么微词，魏静安都要一棒子打压下去，百分之百要向着卫岩说话。他一个劲敦促妹妹赶紧领证结婚，说两个人也在一起厮混了这么久了，都过三十岁了，房子也马上到手了，该考虑办事了。这世间诸事难料，像卫岩那样常年在外跑的人，又精明又灵活，保不准有别的女孩子喜欢的，要是被人抢了去，你怎么办？

他以为这样能刺激一下妹妹，不料妹妹淡淡地说："他被人抢去，我才高兴呢！"

"活猪胚！"魏静安阴了脸，"你那书都念腿肚子里去了啊？你不吃亏吗？你以为你一个过三十岁的女人，跟人家混了好几年，说没结婚也跟结婚没两样，你以为你回头还好找人吗？"

魏静怡微昂着头，"我还找人干什么？我自己一个人过，好得很！"

"发孬了！发孬了！！"魏静安气得直呼粗气，"你哪根神经出毛病了？"

"哎呀，你看你，静怡不过是说玩笑话。你还当真？你的神经才有毛病呢！"常红气恼地甩魏静安一个白眼，剥了个蜜橘，换了笑脸，递给小姑子。小姑子没接，说自己牙酸。常红说："不酸，蜜橘甜得很。吃一个啊。"硬是将蜜橘塞到小姑子手里，"别跟你哥哥一般见识。他的话你也就听听而过，你要都听他的，怕是盐都卖馊了！"

魏静安冲妻子直蹙眉，"头发长，见识短！跟你没什么可论的！"

"这是当着咱亲妹的面，我不必抬举你！你是什么人，谁不清楚？再说，一家人说话，至于那么呛鼻子吗！"常红不依不饶。

魏静安直点头，"你说得是，说得是，好吧？"扭头看着妹妹，语气缓和不少，"是不是玩笑话？你自己清楚。我做哥哥的，还是要劝你几句，人生在世，也就那么回事，你这对人家小卫总是牢骚满腹的，你不想想他在外打拼也很辛苦的。才三十出头的人，打拼成现在这个样子，你不想想他要付出多少努力？你哥哥虽然没念多少书，但这世间的大道理还是懂的。"

常红哼哼鼻子，"你懂什么道理？你要是真的懂世间的大道理，你早发达了！"

魏静安瞪了常红一眼，"没跟你说话！你又插什么嘴！"

常红也不示弱，"你别端着架子，在那里教训人！教训人也要有教训人的资本！这些年你都干什么了！你现在也还是靠着静怡和小卫帮衬！小卫帮衬你都是看静怡的面子！"

魏静怡站起身，忙压嫂嫂的火气，"嫂嫂不说了，不说了啊。你们俩都别争，哥哥说的，我都听着。"转向魏静安，"嫂嫂说的，哥哥你也听着。就像哥哥你说的，人生也就那么回事，争争吵吵的没必要。大家说话都要心平气和的。我说的，就算是玩笑话吧。哥

174

哥别当真就是了。"

常红冲魏静安白一眼,"你看你看,我说静怡讲的是玩笑话,你还在不识相地给静怡上课!"

魏静安咧咧嘴,"我做哥哥的,说说妹妹两句有问题吗?是玩笑话当然好。"

魏静安心里明白,妹妹说的不像是玩笑话。他心思再粗,也还是能看出静怡跟小卫之间不是那么回事。作为亲哥哥,他清楚妹妹是有点"捂蛋"脾性,不开朗。在别人那里高兴的事情,到她那里,不见得让她愉快。他担心她要是真跟卫岩掰了,她怕真是就不嫁人了,对他也是莫大的损失,以后上哪里找小卫那样好的帮衬?他要千方百计地督促他们赶紧结婚。他早就不希望他们俩搞同居,搞这么长时间的同居,两人之间的新鲜感全没了,甚至会感到腻味,现在妹妹已经明显地腻味了,不在乎小卫,好在小卫还表现出对静怡有些兴趣。也难怪,他的妹妹长得不赖,又还是个体面的大学教师。这年月,大学女老师还是比较吃香的吧,工作体面,稳定。像卫岩那样成天东跑西颠地做生意,骨子里应该还是希望有一个稳定的家庭后盾的。如今小卫买的仙居苑期房也到手了,还是带精装修的那种,放放味,怎么着也要将婚事办了!

魏静安跟小卫一提,小卫说:"肯定的,大哥,就是等房子,结婚才拖这么久。"

魏静怡那边,一提结婚,她就莫名其妙地感到焦虑。

腊月底,魏静怡和哥哥嫂嫂一起回家过年。

吃过晚饭,一家人围坐在饭桌边,重点谈论的就是魏静怡结婚的事。

魏静安说,开年后怎么着也要将婚结了。母亲也说,得将婚事办了,不能再拖了啊。常红说,这事还是让静怡和小卫两人商量。小卫说正月要过来一趟。魏静怡说,我让他不要来了。

魏静安瞬间脸色变了,"你为什么不让他来?过三十岁的人,你可不要开玩笑了!"

175

常红忙制止魏静安，"你看你，又来了！静怡话还没说完呢！"

母亲满脸狐疑，"怎么回事？好好的，为什么不要他来？姑爷正月来拜年，也是应分的，为什么不要他来啊？"

魏静怡皱皱眉，"你们都紧张干什么！我让他正月里不来，以后来不行吗？"

常红看一眼小姑子，又瞪一眼魏静安，"我就是说，静怡话没说完，你这个当哥哥的就一惊一乍的！"

母亲目光转向女儿说："你跟小卫商量，定个具体时间，将事办了嘛。妈这身体是一天不如一天的。早看到你成家，妈才心安啊。"

魏静怡说："妈妈不要操心我的事情，我又不是小孩子啊。"

母亲叹息说："你再怎么长，在妈的眼里，都还是小孩子。你不要妈操心，除非你的事都如妈的愿。"母亲顺手往暖桶里添了些炭火。

常红说："妈真的不要操心，静怡会安排好自己的事的。我们这个家，就数小妹最有见识。"

"我哪有什么见识？我其实最傻的了。"魏静怡叽咕。

"看小妹这话说的，谦虚得都没有度啦。要是像你这样都是最傻的话，那我们恐怕傻得都不能叫人了，是不是？"常红笑起来。

魏静安说："都说什么呢！你们都是聪明人。我也不傻，就是有时候不走运。"

"别老说什么不走运，好不好？自己不好好把握，能怪自己的运不好吗？"常红怼道。

母亲看一眼儿媳妇，并不乐意儿媳怼自己的儿子，也不便为儿子抢白儿媳，便转换话头，"天气预报说今夜有雪。"

一家人聊天也渐渐聊得不合意，便彼此洗漱安歇。

天气预报还真准，到半夜，雪真的下了！又连着下了整整一天一夜。翌日，天格外赏脸，放晴了，天地间一片洁白，在阳光的灿照下，熠熠闪着光，地上的雪厚厚的，踩上去，发出柔柔轻轻的咯吱声，那种美是言语所无法表达的。魏静怡的心不由得打了个颤，那是一种幸福的闪电，瞬间传遍她的每一个毛孔。

她梦寐以求的那种场景实现了：阳光照耀下的雪地，素洁高雅的白丁香装饰的花车，穿黑礼服的新郎和穿着洁白婚纱的新娘挽着手，在人们的祝福下，走向婚礼的殿堂……

风掠过雪地，迎面吹来，新娘魏静怡突然觉得冰彻透骨，薄如蝉翼的婚纱怎么能抵御得了零下十几摄氏度的天寒！魏静怡这才意识到自己并不适合站在雪地里，她转身四处寻找新郎，新郎卫岩早已跑到大酒楼的客人堆里，放肆地喝酒，粗鲁地说笑……她怎么叫他，他都不应。她只好一个人回到新房，先睡下了。

新郎卫岩是午夜时分才回到新房的，他周身散发着一股浓烈的酒肉气，一进新房，上了趟卫生间，回头就直奔魏静怡来了，样子很饥饿，像是几顿饭没吃的一头雄狮见到寻觅已久的猎物。魏静怡心头掠过一丝难言的荒落感，她想推开身上的这个男人，可是男人已经像块超强力的大胶布，粘得她透不过气，直到他履行完做新郎的义务，直到他解了饥渴。他的睡意哗啦袭上来，翻过身，他要睡了。魏静怡使出浑身的力气，将他扳过来，卫岩伸手胡乱地摸了一下魏静怡的脸，咕噜了句：舒服吧？没过两分钟，房间里就响起他的呼噜声。

魏静怡狠狠地挥拳捶卫岩，没有打疼他却打疼了自己，手疼心也有些疼。

我是在结婚吗？她颓然地问自己，怎么没有一点结婚的感觉呢？她记得第一次跟卫岩肌肤相亲的那个晚上，她有着一种难以言说的新奇感颤栗感快乐感，可是现在没有，她只感觉自己被当作工具一样使用着，使用完了，就被弃在了一边。魏静怡委屈万分，伏在床上使劲地哭，任凭她怎么哭，卫岩都一直打着呼噜，那呼噜声很响，也很有节奏。

魏静怡忍无可忍，穿好衣服，自己一个人跑到茫茫雪地里，这时候，父亲蓦然出现了，朝她走过来，她不顾一切地奔过去，扑到父亲的怀里，放声痛哭。等她哭够了，父亲抚摸着她的头，意味深长地说：生活就是这个样子的啊，孩子，有阳光，也有阴影；有干爽平坦的路，也有泥泞陷人的坑。过日子，不要总带着太多的沮丧，也不要抱过多的希望，保持平常心，就行了。她抹抹眼，说爸在那边还好吧？父亲说还好还好。每天该干什么就干什么，吃饭睡觉也还香……

后来一切都消失了。屋是那么的狭小，周围的一切是那么熟悉而又陌生。魏静怡睡在并不宽大的木质床上，神志有点恍惚，一时弄不清楚自己在什么地方。她的目光移向窗外，天的确是在下着雪，魏静怡这才意识到自己做了一个梦，梦中的景况已经支离破碎，很难拼凑完整，倒是父亲在梦中的劝慰还能记得清晰。父亲虽然才高小毕业，但他平时爱看书（尤其爱看一些通俗小说），也比较有见识，他对人生是有自己的感悟的。可惜父亲过早离世，如果他还活着，他应该是家里最体谅她的人。

魏静怡跟卫岩的婚礼是在那年五一节举行的。

她原先很希望像柳叶青那样，不要弄那种累人的结婚仪式，两个人携手到欧洲旅游一趟，瞻仰令人浮想联翩的名胜古迹，欣赏让人心动的自然胜景，稍微顾及一下人情物理，旅游归来，在比较像样的饭店里将亲戚朋友们招呼起来聚个餐乐呵一番，给各自的单位同事发一发喜糖，这样的经历会让她感觉轻松惬意。

很遗憾，这只是她的一厢情愿，卫岩断然没有同意，说等以后有时间，再出去旅游也不迟嘛。我娶你这样可心的人儿，哪能那样简单了事？哪能一声不吭地娶回家？那会让人戳脊梁骨的。我怎么样也要让我老婆好好风光一回。说到动情处，将魏静怡抱着亲了又亲，亲不够，还要抱到床上去亲，亲来亲去，就折腾起来，让魏静怡烦得不行，烦到最后，哭了。卫岩以为她是因为太激动了才哭得泣不成声，越发怜爱，"宝贝，实在抱歉，让你等了这么多年，我才给你一个名分上的婚姻。能娶到你，我实在觉得太有福了！我们终于可以考虑要个小宝贝了。我们的小宝贝一定很漂亮……"

还没正式结婚，他就计划着要孩子，他总是那样务实。魏静怡在心里忍不住叹息，她实在是无法跟这个男人沟通，也实在无法拒

178

绝这个男人的要求，他的一切都是以爱的名义，她不怀疑他对她是出于真心。只是他已经习惯于按常规思维来看他和她之间的感情。她真正要的东西其实不多，也就是要一点自在和适意，但他总是忽视，或者说，他总是误解她的心意。

在外人的眼里，他们的婚礼的确很盛大，卫岩将能邀请到的人都邀请了一遍，连她那边的亲戚朋友能邀请到的，都邀请来了，满满六十桌子嘉宾，包了金华轩大酒楼整整两层来开筵席，专门请了很专业的婚礼司仪，举行有规格的现场婚礼，也彰显亲情的浓厚，她的母亲和侄女小菲儿特意被哥哥从皖西南的老家接来，姐姐魏小叶和姐夫万山带着儿子万里也一起随行；卫岩也特意将自己的父母从西北的老家接来，双方的亲属代表轮番被请上台发表感言和祝福。

魏静安作为魏静怡娘家人的代表，早早就准备好祝福妹妹妹夫新婚大喜的发言稿，他对自己的发言稿斟酌又斟酌，自感很满意。在常红的建议下，他事先将稿子背得滚瓜烂熟，预备现场侃侃而谈一番。只是上台后并不如愿，他接过司仪递上来的话筒，面对台下黑压压的人群，不免很激动，加上有些紧张，一时忘了词儿，只好长话缩成一两句话说：今天我作为静怡的哥哥，很激动，啊，激动得不知说什么好，千言万语就化为一句最真心的祝福：衷心祝福我们的静怡和卫岩婚姻幸福美满，白头到老！谢谢大家！

事后魏静安对妹妹妹夫还是表示遗憾，说他在婚礼上本有很多真心话要说，结果太激动了！卫岩说，很好很好。魏静怡说，哥哥说那句话就够了，不必多说。

卫岩的父亲代表新郎亲属也上了台，老爷子拿出一张红纸，照着上面写的一字一顿地念起来，那略略嘶哑的声音铿锵有力。

各位嘉宾、各位亲朋好友：

大家好！欢迎和感谢各位的到来！

今天是我的儿子卫岩和儿媳静怡喜结良缘的大喜日子。非常感谢大家在百忙之中参加他们的婚礼，你们的到来让他们的婚礼更加隆重，更加充满喜庆！

作为父亲，此时此刻，当我看到我的儿子和儿媳携手步入神圣的婚礼殿堂，心情很激动！我由衷地希望他们在今后的人生旅程中，能够各自承担起为人夫、为人妻应尽的责任。美满的婚姻需要双方用心经营，需要互敬互爱，相互包容。我相信只要他们努力，他们未来的小日子一定能过得和美红火！

在此，我还要衷心感谢静怡的慈母、至亲，感谢你们的辛勤付出，养育了一位性格温良、善解人意的好女儿，也感谢你们对卫岩的信任，肯把女儿交托于他。从今天起，我们两家就变成一家人了，我为此感到很开心！

最后，再一次衷心祝福我的儿子和儿媳婚姻幸福美满！祝愿各位嘉宾、各位亲朋好友心想事成！谢谢大家！

这个祝福辞是卫鸾替父亲写的。父亲一念完，卫鸾率先带头拍巴掌叫好。父亲生性内向，在家里向来是听从母亲的，他也不愿意抛头露面，今天能在大庭广众之下致辞，真是相当不错！连平素有点嫌弃父亲木讷的母亲也很认可，说老头子这回挺像那么回事的！

老爷子在大家的热烈掌声中，挺着腰板，下台回到自己的位子上落座，他对自己的表现很满意，原先他担心自己上台出丑，也有意推托让女儿上台发言，女儿说，爸，这绝对不合适。这祝词必须由您来说的。他这才鼓励自己积极参加，将女儿代写的祝福词念得呱呱叫。他刚一上台，感觉脑子里乱嗡嗡的，腿肚子都有些发软，太激动，太紧张，转念一想，这是我家卫岩的大喜日子，怕什么！来了这么多的客人！那是我儿子有出息，有面子！豁出去了，给自己壮壮胆子，放开嗓音念！呵呵，还行！

在新娘新郎亲属致辞之前，由邹辉教授作为证婚人，首先上台为两位新人证婚。邹教授毕竟有很丰富的上台经历，从从容容地上台，落落大方地发表讲话。

各位嘉宾、各位朋友：
大家好！

今天是卫岩先生和魏静怡女士喜结良缘的大喜日子，担任他们的证婚人，我非常高兴，也非常荣幸！

卫岩是一位非常努力、非常优秀的青年才俊，智商和情商都很高，因为努力，因为优秀，他本科毕业即被直接保送到知名大学读硕士研究生，又以优秀的成绩毕业，自己创业，工作也是兢兢业业，为人处事也很低调谦和，对父母很孝顺，对妹妹很关爱，有很浓重的家庭观念，总之，我们的卫岩先生是一个帅气、有才华、有担当的好小伙子！

与我们的好小伙子卫岩携手前行的静怡更是百里挑一的好姑娘！她温柔大方，性格开朗，心地善良，教学科研能力很强，是一位受领导器重、同行瞩目、学生爱戴的骨干教师。

我们的卫岩和静怡五六年前相识，相知，相爱，一路携手走来，今日走上红地毯，可喜可贺！

作为证婚人，我今天郑重宣布，卫岩先生和魏静怡女士已达到并超过法定婚龄，并且已经领取了国家民政部门颁发的结婚证书，其婚姻真实，合法，有效！我提议：让我们大家为他们热烈鼓掌！

我相信两位新人：有了小家会更加重视大家，干好工作的同时也会孝敬两边的长辈，祝愿他们早日孕育健康快乐的宝贝，全家幸福齐笑哈哈！

最后，再一次衷心祝福我们这对新人生活幸福美满！祝愿各位嘉宾、各位朋友事业有成，前程似锦！谢谢！

邹辉话音一落，全场掌声一片。由邹辉这样知名的教授为新人证婚，也提升了婚礼的热烈气氛。

整个婚礼仪式前前后后弄了两个小时。魏静怡在台上，像个木偶一样，机械地挽着她那意气风发的新郎，按照司仪的安排，接受来自各方的祝福，麻木地听新郎当众讲述她和他充满浪漫的恋爱经历，款款深情地向她表白，她穿着卫岩特意给她挑的细高跟的红皮鞋，感觉小腿肚子抽筋，脚指头疼痛，她难受得泪光莹莹，可是，几乎所有人都以为新娘是因为激动而落下幸福的泪。

她那堪称盛大的婚礼给很多人留下深刻的印象。吃喜宴的时候，瞿晓芳一边举筷子吃菜，一边啧啧称赞魏静怡的婚礼办得过劲，"静怡真是找到了一个懂她的人，你看看卫岩给她操办的婚礼，就是最好的明证！"她拽过一旁的王明仁，半嗔半笑，"你笑什么笑什么！你当初给我的婚礼，要多寒酸就有多寒酸！请的车居然还有敞篷车！想想都有点丢人哟！"

　　王明仁依然笑，笑里有几分无奈。当初照他自己的真实想法，他压根儿就不想结婚，瞿晓芳却说自己怕是有了，趴在床头嘤嘤哭起来，哭得他心里有点发毛。他跟她也不就才两次吗？那么快就有了？老实说，他最初也不想跟她有那种事，偏偏她从头到尾都是主动得不得了，或者说她就直接将自己送到他跟前，他都回想不起来他们之间的第一次是什么样的来龙去脉，好像是他们几个校友一起小聚，他喝醉了酒，然后她打车送他回他租住的地方，第二天早上醒来，他发现她和他裹着一床毯子，吓得有些发蒙，结结巴巴地说："你怎么在这里？"她说："问你自己啊。你昨晚喝多了，不让我走，我只好留下了。怕你有事。"他哑口无言，之后她便公开以他女朋友的身份来找他。

　　那时他的心里还经常晃着那个曾经的初恋，她是无论如何都无法跟他的初恋相比的，他对她实在没什么感觉。让他很懊恼的是，他的确也不为自己争气，当那晚她过来时，说些温柔的软话，抱抱他撒撒娇，他又丝毫没有抗拒地跟她在一起了，她跟他有过第二次，就直截了当地提出要跟他结婚。他有点沮丧地说，太快了吧？她就变了脸，捶着他的胸脯哭起来，又趴在床头，边哭边说，是不是不想让她活了？他有些招架不住了，小心翼翼地说，就算结婚，也不要这么快吧？她抹一把眼泪，说可以先领个证，以后再补办婚礼。他只好同意。两年后补办了婚礼，都是大哥一手给操办的，乡村特色，有什么问题吗？她当时也没什么话说。如今见人家魏静怡婚礼排场，她的牢骚话就来了！王明仁只当没听见。其他人将她的牢骚话当玩笑话听，说有敞篷车的婚礼也很有特色，有特色就不错！

当然，王明仁也承认，魏静怡这婚礼也确实风光，连同桌吃席的邹辉教授都赞叹："现在这年青一代的婚礼真是不一般啊！像我们那时候，结婚也只是到照相馆照个结婚照，去民政局扯个红本本，办几桌酒席，就算结婚了！"

瞿晓芳一旁笑笑说："舅妈和舅舅是不是快到银婚了呢？可以补办一个时尚婚礼。我们要到场恭贺热闹一番！"

"那不就成老妖精了么？"邹辉笑着摇头。

"你想要吗？你想要，我带着我们的儿子，给你再办一个！"贺立纯哈哈乐起来，扭头问旁边的小安，"儿子，你同意不同意？"

小安正拿着筷子在挑"温拌蜇头"，咧咧嘴，一副不以为然的样子，"爸，开玩笑吧？"

邹辉乜斜贺立纯，"凑什么热闹！一边去，口味重！"

满桌子的人都笑，大家的筷子相继忙活起来。

卫鸾穿着非常得体的紫红色旗袍，沾着哥哥嫂嫂婚庆的喜气，端着高脚酒杯，过来敬酒，首先要感谢邹教授和贺科长百忙之中来参加哥哥嫂嫂的婚礼，然后给满桌子的人都敬上一敬。邹辉一副认真的样子，"什么时候喝你的喜酒呢？"

卫鸾有意妩媚地一笑，"等着邹教授给我牵线呢！"

"不会吧？这么聪明伶俐的漂亮姑娘，还要等着我们邹教授牵线？"贺立纯完全一副不信任的神情。

"真的没有呢。"卫鸾又抿嘴一笑，"贺科长那边可有合适的人，也帮着给卫鸾牵个线嘛？"

"没问题，你说说你什么条件？"贺立纯两眼炯炯有神。

"说说什么条件？"瞿晓芳也一旁帮腔，"我们也帮你留心留心啊。"

"我要找像邹教授那样的，可以吗？"卫鸾一本正经地说。

"咦，像我们邹教授这样的？"贺立纯有意瞅着邹辉，"这是什么条件？搞同性恋？"

"多大年纪了？还这么贫嘴！"邹辉夹起一块牛肉，放到贺立纯面前的小碟子里，"吃吃，堵堵嘴。"

贺立纯端坐了一下身子，"邹教授这话虽然说得糙了点，但心意还是蛮真诚的，就冲这点，我还是很欢喜吃。来来，这是喜宴，大家都吃，别光顾着说笑啊。"

满桌子的人哄笑起来。只有黄鹂没怎么笑，她只顾一个人埋头吃喝。这场喜宴，她完全是冲魏静怡的大面子而来的，她并不情愿跟这几个人同桌用餐（她跟他们没有一点共同话题，听他们聊天就有些别扭），无奈她的席位也是事先被安排好了的，她只想赶紧吃完就走人，想想出于礼貌，还是要等人家新娘新郎挨桌敬过酒，她再提前下席。她瞥瞥卫鸾，心下有点不爽：看你那搔首弄姿的架势，弄得好像是你卫鸾结婚一样！

卫鸾也察觉到黄鹂的不悦，特意过来跟黄鹂招呼，"黄老师多吃点啊。"黄鹂抬抬眼皮，点点头，心里却更不爽：让我多吃点，是想让我多长肉？

卫鸾回头喜气洋洋地招呼大家慢饮，吃好喝好啊。

喜筵渐近尾声，吃宴的人已开始散席，剩下的只是一片杯盘狼藉。酒楼的服务生推着小餐车收拾那些剩菜残羹，菜肴实在太过丰盛，有些菜肴都未动过筷子，也同样被服务生当剩残物倒掉，实在是浪费了。

常红看着美味佳肴浪费实在可惜，还是找服务生要了一些餐盒，挑了几个菜，打了几个包。魏静安一旁冲她皱眉，说你看看谁还打包？别弄那个小气劲！

常红不满地瞪他一眼，她最看不惯他装阔，"浪费也是天打雷劈的罪过！"

母亲说："哪能这么浪费呢？"

魏小叶和万山皱皱眉，说不带了吧？

卫鸾笑笑，"还是嫂嫂节俭好。"她也动手帮着打包。邻桌的两个阿姨也附和，"太浪费，确实可惜。"

常红说："老姐姐，你们也带点吧。用的是公筷，很干净的。"她将装好的餐盒让她们带走两个，她们推辞了一番，最终还是拿了。

卫鸾看一些桌子上还有剩的烟酒没有开封，也拿了一些，装在两个大塑料兜里，递给魏静安，"大哥抽烟喝酒，这些大哥就拿上啊。"魏静安说："不合适吧？吃了还要带着。"

"大哥不要客气的。这些你不拿，也被别人收走了。那不是浪费可惜了吗？"

见卫鸾说得诚恳，魏静安也就笑微微地接下了，"那也就不客气了啊。"卫鸾又拿了好多糖果包装在塑料袋里，给小菲儿，摸摸小菲儿梳得齐整的小辫子，"长得真漂亮，几岁了？念几年级了？"

"谢谢小姑！我十岁了，念四年级了。"

大人们的目光都落在这个文文静静的小女孩身上，都夸小菲儿乖巧懂事。

卫鸾看着长得高高大大的万里，夸赞说："姐姐家的公子真是个帅哥啊。上大学了吧？"

万里头似点非点，样子有点心不在焉。

魏小叶数落万里："你这孩子，小姑问你话呢，也不知道回一声。"转脸对卫鸾说："也在北京读书，明年就要毕业了。"

"在哪所大学？"卫鸾问。

"考试时发挥失常，考得不理想，学校也很一般。"一旁的万山蹙蹙眉，又冲卫鸾淡然一笑。

"哦，那没什么，可以考虑考个研究生。我以前本科也没考好，我就努力考研究生。"卫鸾由衷地说。

常红忙插话，"你可不简单啊。听我们孩子爸说，小姑子现在又在念博士，很厉害的！"

"哪里厉害啊？"卫鸾摇头笑笑，"也是被逼的，原先的单位待着不舒服，也只有努力考个博士，往上走一走，希望重新找更好一点的单位上班。"

"要是我们万里像你这个小姑一样用功就好了！"魏小叶羡慕不已。万山看着自己的儿子，勉强地笑了笑，没吭声。

稍微收拾停当，常红和魏静安带母亲和小菲儿准备回租住地，魏小叶夫妇住他们附近的宾馆，万里回自己的学校。出于礼节，卫鸾挽留说："你们还是住酒店的好。我们已经安排妥当了。"母亲不愿意，说住不惯酒店。卫鸾挽留不住，无奈地笑说："你们都不住宾馆，我哥哥会说我不会待客的。"常红夸赞："小姑子这么知事懂理，待人接物有礼数。"

一家人走之前，特意跟魏静怡和卫岩打招呼。卫岩还是坚持要他们住酒店，魏静怡也劝母亲留下，但母亲怎么说也不愿意，魏静怡也不好再勉强，她知道母亲其实是不想花她的钱住宾馆。常红说："我们住得也不远，也已经叫车了，车马上就到。你们也累得够呛，好好安歇啊。"

魏静怡说："好多剩的东西，烟酒什么的，你们能带，就带些回去。"常红将手中的包装袋向上提了提，舒心地说："带了呢。"魏静安说："小姑子要我们带，说不带浪费了可惜。"卫岩说："带了就好。还有一些礼物，等回头我们再送过去。"

卫鸾叫来两辆小轿车，魏静怡目送母亲和姐姐他们分别上了车，目送两辆黑色的大甲虫一般的车相继刺溜着远去，心中陡然一下子空落了很多。母亲到的那天，她就提出留母亲住一段时间，她家那亮丽宽敞的新居，母亲应该住着也还舒心，但母亲不肯，说要带小菲儿回去上学。嫂嫂贤惠，马上接茬说，小菲儿上学的事妈妈不用操心，我送她回去，待一段时间，没问题。母亲依然不肯，说以后有空再过来呗，现在坐车来回也方便。静怡啊，你好歹成家了，妈总算落愿了，心里开豁了。她想自己从此是真正嫁出去了！照老家的说法，嫁出去的女儿，泼出去的水。在母亲心里，住她家其实也是做客。

其时，魏静怡和卫岩站在酒楼门楼前恭送客人离去。她早已疲倦不堪，却还要竭力摆出微笑的样子，跟客人一一道别。

柳叶青和郭育德过来打招呼。魏静怡说："你们也要走了?"卫岩说："招待不周，多多担待啊！"

柳叶青说："招待得很周到。你们今天也累了，回去好好休息休息。"执着魏静怡的手，"实在难为你了，穿着那么细高的鞋踮来踮去的，怕是脚踝都肿了吧?"说得魏静怡又湿了眼眶，"肿了啊，疼得很。"

"回去让卫岩给你好好揉揉。"柳叶青毫不掩饰地说，"这婚礼排场是排场，倒也是够累人的哟。"

郭育德笑笑说："累但幸福着。"卫岩一握郭育德的手，笑着点头，"郭老师说到点子上了！"魏静怡浅笑了笑。

柳叶青和郭育德刚走，卫岩所在公司的总经理，也是他多年的好兄弟叶天宇过来道别，"老卫，你多年的梦想终于成真了！为你高兴！"笑微微地看着魏静怡，"弟妹，你和卫岩是天造的一对啊，祝贺你们喜结良缘！"魏静怡说："谢谢叶大哥！"

卫岩说："这么多年，多亏老叶大哥关照！"

"自家兄弟不说客套话啊。这两周你就好好陪陪弟妹。公司的事你就不要操心了。有什么事，由我来安排。"

"那就有劳大哥啊。"卫岩笑说。

"又客套了不是？"叶天宇拍拍卫岩的肩，冲魏静怡笑笑扬扬手，告辞而去。

喜筵结束之后，一切繁华胜景归于记忆。剩下便是收拾随身物品，清点礼单和结账。这些事都由卫岩兄妹去办。魏静怡的脚有些肿痛，便坐在酒店大厅的沙发上歇息。卫家老爷子和老太太笑盈盈地在大厅里四处看看，也在儿媳妇旁边的沙发上坐下了。

两位老人是第一次来北京。卫岩特意提前几天将他们从老家接过来。父母一辈子都没有坐过飞机，他想让父母坐坐这种空中大铁鸟，体会一下穿越云层的感觉。有些遗憾的是父亲和母亲心脏都有点不太好，坐飞机还是有点风险。而且老家到北京没有航班直达，要到兰州转一趟航班，中途还得候机，考虑又考虑，最终他还是放弃这个打算，带父母坐火车，到达北京，需要一天多时间，好在是卧铺，父母随时可以躺卧休息。

父母到京的这几日，卫岩和卫鸾抽空带他们看了看天安门，到故宫里走了走，去雍和宫和地坛转了转。两位老人一辈子待在西北乡下，平生第一遭被儿女带着逛京城，那感觉不亚于《红楼梦》里的刘姥姥进大观园，兴奋无比，见什么都感觉新鲜，心情愉悦。儿子和女儿都是通过念书跳出农门，落在大城市，在他们那个濒临县城的小村镇，像他们儿女这样有出息的，很少见。如今他们的儿子娶了一个如花似玉的儿媳，儿媳不仅模样好，肚子里还有学问，在响当当的大学里当老师，不简单喽！他们为此很感骄傲。只是他们平素跟儿媳接触太少，在儿媳面前，多少还是感到有点拘束。老太太好歹性情偏于外向，主动跟儿媳攀话："小魏，今天站了那么久，脚累吧？"

"还好。"魏静怡笑笑，也有意跟他们聊聊天，"爸，妈，你们在北京多住几天啊，新房子也大，住得下。"

"小魏，我们明天是一定要回去的。家里羊羔放心不下的。老烦扰人家邻居照看也不好。"

"好不容易来一趟，爸妈还是再多住几天吧。让卫岩跟邻居说一下，请他们再帮着照看几天，回头我们买些北京特产送给他们，应该也是可以的。"魏静怡诚恳地挽留。

"我们以后还会再来的。"老爷子说。

"小魏，你今年放暑假和卫鸾一起回来吧？我们那里夏天比较凉爽。每天还可以喝新鲜的羊奶哟。"老太太笑眯眯地说，"前两年我们将房子翻盖了一下，家里也还干净，应该也很好住。"

"北京大城市发达是发达，就是太吵了。还是我们那里安静，适合过日子。"老爷子说。

"我和卫岩还想着，以后将爸妈接过来住呢。"魏静怡说。

"哦哦，难得你们孝心。我们还是在乡下住习惯呢。"老太太笑起来，眉眼盈盈，风韵犹存。想必年轻时也是个俏佳人。卫岩和卫鸾长得像母亲，模样周正，也都是遗传了母亲的良好基因。

"小魏，暑假去我们那边，多待一段时间，周边玩的地方也多，我们那里的嘉峪关很有名，'天下第一雄关'不是吹的。让卫鸾陪你好好玩玩。卫岩忙，估摸着没时间。"老爷子话明显多起来。

"是的，我们那边的确有很多玩的去处。保准让小魏玩得尽兴！"老太太笑得开心。

"嗯嗯，好的好的。今年暑假一定回去看一看。"魏静怡有点不好意思，跟卫岩相处这么久，她还没有去过他家，也不让卫岩去她家。说起来都有点不合情理。两位老人以为她是嫌弃他们农村人，其实根本不是，她自己也是农村出身，有什么资格嫌弃他们那里的农村呢？她只是潜意识里担心她跟卫岩不一定能成正果，如今到底还是跟卫岩正式结婚了，两位老人又如此盛情邀请，她也决定暑假去他们那边走走。

来自黄土地的两位老人都很质朴，跟自己的母亲一样，今后，她就将他们当成自己的父母一样对待。魏静怡跟他们聊天，感觉也是比较亲切的。

等卫岩和卫鸾处理完事，魏静怡和两位老人跟卫岩兄妹一起回仙居苑小区，已是黄昏时分。一家人在附近的粥品店吃了清淡的晚餐。餐桌上，魏静怡又提出留公婆多住几日，卫岩说："他们非得要回去，我也没办法。"

卫鸾说："姐诚心诚意，爸妈，你们就多住几日，怎样？车票可以退掉。"

两位老人坚持要回去。他们口头上说是要照顾家里的羊羔，其实是不想给孩子们增添负担，孩子们各有各的事。

魏静怡看出这两位老人跟自己的母亲性情差不多，也只好作罢。

晚餐后，一家人回到新居，又聊了一会儿天。卫鸾帮着父母收拾了一下行装，魏静怡特意将事先买好的两盒西洋参片和两瓶深海鱼油放在箱包里。

老太太见状，过来拉扯着不让她放，说："我们不需要吃保健品。小魏不要那么见外啊。"老爷子跟着说："给你妈吃哟。"魏静怡说："我妈也有。"卫鸾一旁说："这是姐姐的心意。爸妈就收下好了。"

卫岩说："小魏都已经买了，爸妈就带回去，都是好东西。"老太太老爷子这才不拉扯了，笑着说："小魏那么费心！"

魏静怡说："爸妈记着它们的吃法：鱼油每天一粒，饭后吃；西洋参片吃法多，最简单的吃法是直接泡水——拿几片放入水杯中，加开水浸泡一会儿，当茶水喝，可泡多次，当天泡的要当天喝，泡过的西洋参片不要倒掉，可以嚼嚼吃掉。"

两位老人连连说好好。卫鸾说："姐姐真细心！"

卫岩看着妻子，两眼满是爱意，说："明日早上我们去大哥那边一趟，给妈和大姐他们送些礼品。回头我再将父母送上火车。"魏静怡说："来得及吗？"

卫鸾说："哥，要不明天我送爸妈吧。"

卫岩说："来得及。明天我们一起送。"

忙碌了一天，大家也都累了，闲话一会儿，彼此洗洗漱漱，早点安歇！

跟公婆和小姑子他们在一起闲聊，魏静怡感觉比较放松，可是一关上新房的门，和卫岩进入新婚之夜，她就有些不自在。对她来说，新婚之夜没有丝毫的新鲜感，也没有多少温馨感，她和卫岩不过从此多了一纸契约而已。但卫岩感觉完全不同，冲完澡，进新房，很激动，"我们到底办成了人生的大事了！"他如释重负。为了筹办这个婚宴，他费了很多心思，还花了不少钱。

"我们今天的婚宴有些太铺张了，其实真的没有必要。"魏静怡忍不住嘀咕。

"钱并没有浪费多少，参加婚宴的客人送的礼金总算起来，收支差不多平衡了。"

"我们今天收人家的礼金，都是欠人家的人情，礼尚往来，下次他们办什么事，我们送的礼金要超过人家送的礼金才合适。我当初就不希望你这样大操大办的，费钱费心思，还将人累得要死。"她伸出她的两只脚，"我的脚踝都肿了！看你买的这种细高跟鞋！"

"哦，是肿得不轻。"卫岩有些心疼，拿来热毛巾帮她敷敷肿的部位，又找来两张活血的膏药让她贴贴。

"都是你，不听我的劝！真的没有必要大操大办，人家柳叶青和郭育德结婚到欧洲游一圈，舒服得很！"

"哎呀，老婆，你不能这样说嘛，我们好歹结一次婚，不大操大办一下，那像样吗?"他开始亲她，"我终于履行了我对你的承诺，我们是正式夫妻了！我们得考虑要个孩子了。"还是以前的那一套程序。她烦，但已经习惯了。他提出从今晚开始不再避孕，她坚决反对，"从今天开始，你必须戒掉烟酒，三个月后才能考虑要孩子。"

"有那么严重吗，老婆?"他嬉皮笑脸地说，"我父亲一辈子抽烟喝酒，也没影响我这个娃的质量。"

她嗤之以鼻，冷着脸，背过身，不理他。

他感觉有点无趣，哄劝说："行行，听老婆的还不行吗?"

他说了些甜蜜话，但在她听来，全都是干涩的，仿佛风干了的桃花瓣，仅仅是一种陈设，没有了鲜润。她很勉强地配合他，完事了，婚房里很快就响起卫岩那熟悉的呼噜声。

今后，真的要跟这样的人过一辈子？她心里有些发虚。男人的呼噜声实在有些恼人，但没有办法，今晚她必须忍着。她不能在新婚之夜将他推开，也不便抱着毯子到客厅沙发上睡，要是让两个老人知道了，会非常尴尬，他们会怎么想？她还是要顾及老人的感受。

脑子里乱纷纷的，她怎么也睡不着。她依稀记起那个惨淡的雪地婚礼——那个令人茫然若失的虚幻的梦，想起梦中父亲实实在在的劝导，心意越发寥落。人生真的就是这么一回事吗？她总还是有点不太甘心，只是不太甘心又能怎样？似乎已没有重新再来的机会了。她从此大概就是凑合着过日子罢!

2

魏静怡跟卫岩结婚的那天晚上没睡安稳，而她的小姑子卫鸾更是辗转难眠。

白天在哥嫂的婚礼上，她戴着光鲜的面具示人，人前人后，笑靥如花，迈着轻快的步子往来于谈笑喧响中，她真是表现得快活无比，她也出色地完成了哥哥交代的重要任务：招待好嫂嫂娘家的客人，殷勤招呼大家吃好喝好。一散席，客人陆续四散而去，她心里的失落感升腾起来。她去了趟洗手间，对着镜子补了唇妆，牵牵裙装，抚了抚额前有点凌乱的发丝。等从洗手间里出来，她又理理心绪，重新做出一副愉快的样子，逢迎客人——见到熟悉和不熟悉的人，一律言笑晏晏。但在人稀的地方，一转身，一低头，便没了笑，其实她心里是倍感落寞的。

一个月前，她纠纠结结地跟原先的男朋友——那个地方师院的男同事南天分了手，她嗔怨他没什么上进心。她开始决定考博的时候，也要他跟她一起考，他模棱两可，她一说再说，他说回头再看看吧。等到她博士考上了，再劝他考博，两个人好一起在京城打拼，她相信，凭他们两人的能力，他们会有一个很美好的未来，京城的各方面资源都是非常优厚的。一旦坐拥京城，人生便有不一样的风景！她向他描述着可以预知的未来图景，期待着他的呼应，可是，他偏偏泼她冷水，非常明确地说他不想考什么博士，他觉得他现在的状态就很好，平时教教书，写写画画，闲暇时间挎着一个单反相机，走乡串村地拍各种风景，或者背着画架画画乡村的别样风情，他喜欢那种自在闲适的生活。

192

她最初看上他，是因为觉得他有几分才气，他应该是很有前途的，她曾经建议他加入美术协会、摄影家协会之类的机构，觉得那样他出头的机会会更多，他的字画、他的摄影会引起更多人关注，但他根本没兴趣，他写字也好，画画也好，摄影也罢，不过都是他闲来打发时光的消遣而已，他只满足于找点生活小乐子。

他的不求上进让她有些生气，说你就不能为我考博吗？他说，你这话说得奇怪，我即便考博也是为我自己考，也不是为你考。你想留京城我也不拦你，你为什么非要强人所难呢？最后一次的电话交涉让她感到失望透顶。"说白了，你骨子里并不爱我，你要真爱我的话，你会考博的，会想办法跟我在一起的，对不对？你是不在乎我，你才这样！"

那边男孩无奈地干笑一声，说："你非得要这样绑架所谓的爱，我又有什么办法呢？志趣不相投，硬生生地绑在一起，过那种了无生气的日子，是不是对我们短暂人生的最大辜负？"他说得一套一套的，貌似高深有理，让人听不入心，却又没有办法去反驳，她只觉异常委屈，她找的这个人根本就是不懂世俗人情的木头人，她算是看走眼了，跟这个人白白浪费了两年半的宝贵时光。早知如此，还不如两年前就着手考博，那时候早看清他的真面目，早作了断，也省却如今的难言苦涩。

跟男朋友分手的那天晚上，她一个人龟缩在宿舍里，看了一晚上的国产肥皂剧，都市男女的情感、三角四角恋爱纠葛缠绕在一起，好歹她们还有爱的人，还被人爱，再怎么桃花梦残零落，终究真正地体会到爱。她呢？她没有，她原先自认为爱她的南天其实并不爱她。一个真正爱她的人，是会愿意为她做一切事情，何况仅仅是邀他一同到京城打拼他都不乐意，他对她的爱从何谈起？

一集连着一集的肥皂剧看下来，看得她头昏眼花，看得她不知身在何所，看得她泪水滂沱。走过的那段路是不堪回看的。她为了考这个博士，为了实现自己的京都梦，她变着法子接近导师，她很仰慕他，觉得他是风度翩翩，有才华有学识的，甚至萌生找导师献身的念头，只是导师要做正人君子，才让她掐灭了那个要不得的念

193

想。她的最大愿望是想成为京城某所高校的一个有点名望的教授博导。她清楚，要想实现自己的愿望，她必须打到学术圈子里去。导师在学术圈里是有很丰厚的资源的，他就是一棵非常值得她去攀附的大树，她这棵藤萝怎么着都要好好攀附这棵大树。

那天哥嫂的婚礼上，没有见到导师陈华茂的身影，她有些怅然若失。她有意精心挑选的优雅的新装其实有一半是要穿给他看的。之前他说没有特殊情况，他会来凑热闹的。可是临到场，他有了特殊情况，他的女儿生病了。不知道是什么病，看样子病得不轻。她想要不要去探望一下？可又怕引起他夫人的不快。她到过他家一次，那是去年刚入学不久，八月中秋前夕，她带着精致月饼和铁观音茶去拜访导师，他的夫人明艳满脸凛霜，眼神满带霜气，甚或说带有敌意，她浑身不自在，坐了没几分钟，她就借口逃离了。外界传言他的夫人不喜欢他招的那些漂亮女博士，她终于亲眼证实。也相信黄鹂说的是真的，黄鹂说明艳老师人其实挺和蔼的，黄鹂登门拜访，明艳老师还客气留吃饭呢。明艳真真切切不喜欢她这样的女博士。她记起那天她特意穿了一套显身材的包臀裙装，如今想来真是失策，在他夫人面前，应该穿着松松垮垮，也不要化妆才是！

哥哥给嫂嫂的这个婚礼实在是体面、像样，她想自己以后能不能有这样的一个婚礼，实在没有底气。她预感自己没有嫂嫂那样的福气，她今后怕是很难遇上像哥哥这样上进又专情的男人！

再次想起前男友南天，她就感觉整个人掉到冰窟窿里。

他们在一起两年多，相处本还比较和谐，也留下不少浪漫记忆。但前男友一点不念旧情，在确定将他和她的那些浪漫故事彻底翻篇之后，他将她的名字从通讯录中删除，更换手机号码，铁着心要将她从他自己的生活中彻底抹去。而她曾经希望他们还可以做做朋友，某天在夜深人静孤独难耐的时候想起他。甚至她还试图给他打电话，得到的回应是：您好！您拨打的号码是空号，请核对后再拨。她无从去核对，也就幽怨地将他的号码删掉，她也要竭力将那个喜欢穿白色对襟褂、戴着黑色宽边眼镜的方额宽脸的男人从她的记忆里移除，但一时难做到，她充其量将他屏蔽。说不好哪天他又从她记忆的某个旮旯地冒出来了。

他曾对她提出要将他们过去的一切都埋葬掉，这怎么可能？实际上，只要关系已经发生了，瓜葛已经有过，即便想埋葬，也还是有坟墓摞在岁月的风尘里，想彻底消弭，那么容易吗？连她自己也说不清，她对这个男人是不是残存着一些感情？

这年的暑假，卫鸾和嫂嫂魏静怡回了趟老家，带着嫂嫂四处游玩。这期间，她特意单独去了一趟师院。师院好歹还是有了点变化，原先她居住过的那排二层青砖老筒子楼不见了，取而代之的是一幢颇有气派的淡蓝色楼宇，大约有三十多层，她想她要是不离开这里的话，一定也是住在这幢楼里的一个住户。

她拜访曾经关系很要好的同事小徐，小徐就住在这幢楼里。小徐曾多次在电话里诚挚邀请：暑假回老家一定过来坐坐啊。她还是要跟小徐一起坐坐，其实还是想通过小徐了解一下南天的近况。南天就住在小徐家的隔壁。

听小徐说，南天在跟一个女孩子交往，那女孩子职高毕业，喜爱摄影、绘画，在市里的繁华地带开着一个画廊，跟他志趣相投，她想他算是找对了人。

不过，小徐还是为南天感到遗憾，她说，卫鸾，他应该找你才比较合适，那个女孩子虽喜欢摄影、绘画，但是没有学到家——职高生，你也是知道的，有几个念三年职高能学到真本事的？毕业出来基本上就等于失业了。据我看，这个女孩子也是讲究享受型的，花钱也没有什么节制，自己又没有固定职业，基本上靠南天来供养，整那个小画廊，光是店铺租金、画廊布置，一下子就砸了好几万。我们现在住的这幢住宅楼，上半年入住的，算安居楼，好歹也要掏点钱出来，我和南天都是两居室，连装修在内，也花了不下十万，你知道我们都是靠死工资过日子。我这边不饥不饱，南天那边就有点经济压力。上次好像还从他父亲那里拿了点钱。当初他跟我说他要开画廊，我就劝他慎重，咱们这个小城，比不上北京，开画廊能有多少顾客？就是北京，开画廊也不一定赚钱。他自己又不是那种有名气的画家、摄影家，他画的画、拍的摄影图片，能有多少人来买呢？他不听我的建议，只说他要圆一个梦。小徐笑笑说："他一说圆梦，我就赶紧闭嘴。圆梦这种事情，说白了，就是豁出来玩一玩。玩砸了，也无怨无悔。问题是，你圆完梦，又怎么样呢？到头来还是要过家常小日子的。你说你将家底都倒腾没了，小日子过起来是不是紧巴了？这种事情，搁在我这里，我是不会干的。"

"他喜欢折腾。"卫鸾终于开了口，之前她一直安静地听小徐说他的事情，其实，她自己也是喜欢折腾的。两个人折腾来折腾去，都没有折腾好，没有达到自己想要的那种理想状态。"我现在倒是觉得，还是不要折腾的好。"

"要说折腾，就看怎么折腾了，像你这样，怎么不好呢？从我们这个小城，折腾到京城，总是令人羡慕的。"

"可是南天不稀罕。我当初希望他也往北京这边发展，他不愿意。我们之间闹矛盾了。结果你也是看到了，就这个样子。"

小徐不以为然地笑笑，"那是他那么说罢了，其实他内心还是很稀罕的。他其实是怕自己考不上，索性不考。"

"人各有志。我也不能强迫人家。"卫鸾有些无奈地浅笑。

隔壁传来开门的声响。小徐欠欠身说："他们应该回来了。要不要邀他们过来坐坐？"

"我坐一会儿，就要走的。"卫鸾摇头。想想他和自己四目相对，会是什么样的情境？是不是有些尴尬？一想他那样有意要遗忘她，她的心里又生出几丝怨意，她又想出去看看他南天，让他尴尬一下。

从小徐家出来的时候，隔壁的门半开着，她忍不住朝屋里瞟了瞟，那个熟悉的人依然穿着她熟悉的衣衫——白色的对襟褂，白色的长筒裤，一点没变。身旁的小徐有意无意地冲屋里招呼：小南还在忙呢？

屋里的人应声侧过身，"哦，徐老师出去啊？"

小徐朝卫鸾看一眼，径直说："送一下小卫。"

小卫？他愣了愣，还是从屋里出来了，站在门口看向她，带着疑虑的目光在她脸上停了几秒，"什么时候过来的?"

他假装平和的声腔让她有点不适，没等她回答，小徐说："上午过来的，我要留她吃饭，她非得要走。"

"进来坐坐?"他推推眼镜，表情有点复杂。

她摇头，"你忙。"他分明比以前憔悴了些，看来，跟她分手之后的这些日子也不是如他自己所愿，他曾经跟她标榜他要找所谓的"志趣相投"，如今找的人"志趣相投"了，又怎么样? 过的是不是就是富有生气的日子? 是不是真的没有辜负短暂人生? 她很想问问他，又一想，他已经跟她没有任何关系了，如同一个路遇的陌生人，跟他说什么都没有多大意味。

原先还在梦里为跟他分手的事纠纠结结，还有过那么一丝幻想，幻想着他有一天回心转意，找她一起打拼，一起去看人生四季的风景，如今他那么快就找别的人，她在他心里早已没了丝毫留恋。她还留恋他干什么?

自从在师院跟前男友照过面之后，她就将他彻底抛开了。她竭力让自己的情感回归正常状态。可是，一开学回到京中大学，逢到陈华茂，她的情感又鬼使神差地变得有点不正常起来。甚至走在学校的甬道上，她也会下意识地想起他，她希望自己在他的视线之内，希望在他的心底占据一个角落，她不贪心，只要他心里有她就行，她的论文写作、就业问题等他都能惦记，并能给她提供力所能及的帮助，她就很感满足。只是这不过是她的一厢情愿，她嘲笑自己: 怎么能有这种非分之想!

这学期没有导师的课，平常日见到他不容易，因为外面有些流言蜚语，他曾经提醒过她，没有什么事情不要单独找他。——她很懊恨，她跟导师之间并没有那种见不得人的男女关系，不知道外面的人为什么乱嚼舌根!

她知道他很希望自己的学生用功，他是名师，名师自然要出高徒。她不能太拖他的后腿，她总也要努力写写论文。暑假期间，她精读了他推荐的两三本中外文艺学方面的经典著作，也写了两篇论文，修修改改，开学的时候，她就送给他看，他说等有空看完，再跟她交流。

导师的确忙，她很理解，一直期待到国庆节前夕，她终于忍不住发短信询问：陈老师好！不好意思又来烦扰您了！我的论文哪些地方需要修改呢？陈华茂半天才回复，说等有空的时候跟你说一下。

她说谢谢陈老师！但内心有些沮丧，这是不是导师的托词？

晚上躺在床上，检点过往的种种事情，卫鸾就心生懊恼，她现在念博士念得一点不舒心。同门师姐师兄们似乎都不怎么待见她。尤其是那个黄鹏，几乎就没有正眼看过她。导师陈华茂骨子里似乎也是不看重她的，他曾经当面说她的底子还是有点薄，还是需要再努力加厚点。他有需要翻译的资料也从来不找她翻译，总是找柳叶青翻译，她的英语其实很不错，翻译他的那些资料，应该也是没有太大问题的。他分明是小瞧她的！诸如此类的事情叠加在一起，让她很不舒爽。

她念及以前的男朋友，更是生出无限的落寞。听小徐说他跟那个职高毕业的女孩子已经领证结婚了，他们的画廊也在国庆期间开了张。不管他们能不能赚到钱，但至少他们还是志趣相投的，他们还是有些期待的。回头看她自己，已经奔三了，婚姻的事情还没有动静，她是不敢有动静的。真要是铆着劲儿去找，也不是找不到。开学初参加一个学术研讨会，认识 B 大学的一个博士后，三十八岁，主动过来要她的联系方式，那眼神熠熠闪着亮，分明对她很有意思。那段时间，两个人网聊频繁，来来往往，关系也渐次亲密，只差没有同居了。

陈华茂知道她和博士后交往的事，特意提醒她：注意一下这个何平林，离过婚，有家暴倾向。她心下有点闷闷不乐，带着几分不甘，"哦，您是怎么知道的？"

陈华茂移动着手中的鼠标，目光在校园网信息门户上游移，漫不经心地点击查看，虽然学生的这种问话让他感到有点不快，但他还是要如实告诉她大致详情："他是我师兄的博士。你表面上看他看不出来，很温文尔雅的一个人吧，学问也做得很努力，我师兄曾经跟我谈过他，对自己的这个学生不是特别理解，很复杂的一个人。我师兄说自己作为导师，学生的私生活也不便过多干涉，因为女方找过自己，希望导师能说说他，所以又不能不过问，也只能是善意提醒他。要说三十多岁的人，道理都很懂，但就是控制不住自己。打人的时候不管不顾，过后就悔恨、道歉，如此循环，循环到最后，女方彻底死心，男方不同意离也不行，闹上法庭，看你离还是不离？离婚后很失落，才选择读博士后，企图让自己走出感情的泥潭。"陈华茂说到这里，目光投向她，很正色地说，"你呢，找人一定要看中了。不要跟什么人都去交往。"

听导师的意思，她是滥交男朋友了？她觉得很是委屈，泪不争气地在眼里打转。陈华茂缓和口气，"卫鸾，老师跟你说的都是实话。找人结婚一定要擦亮眼。有个画家讲过，婚姻就跟穿鞋一样，合不合脚，只有自己知道。你要找，就要找一个合你脚的人。你是我的学生，老师打心里都希望你以后婚姻如愿。婚姻不如愿，一辈子都是伤害。"

他的婚姻就不如愿，但不便跟自己的女学生说。他的妻子明艳，真的说不清是怎样一个女人，她好的时候，温柔如水，不好的时候，跟母夜叉无异。她好歹也是一个教授，还研修法学，怎么一点都不理性？她喜怒无常，喜欢猜忌、多疑，尤其是对他招收的那些长相好的女学生，简直如见瘟神，她总疑心他跟漂亮女学生有染，动不动就找茬跟他闹别扭。她三闹两闹，还跟闺蜜诉苦，连她的闺蜜都以为他私生活不检点，传来传去，传到外人耳里，以为他陈华茂就是一个花心大萝卜。想来就令他十分烦闷。

终于忍无可忍，他跟她摊牌离婚，两人吵得很凶。女儿将自己关在房间里，等他们吵够了，开门出来，"你们离婚，要等我走了之后。"那声音轻轻的，带着哭腔。他和明艳都愣住了，这才意识到他们争吵、闹离婚极大地伤害了孩子。

没过两天，班主任老师也找家长单独谈话，说陈惠茹最近一段时间学习状态不太好，上课老走神，老师跟她交流，她说晚上经常睡不着觉。孩子以前不是这样的，是不是有什么事？孩子正处于青春期，你们做家长的要多关注关注孩子的心理健康。

从那之后，为了女儿，他跟明艳之间，再怎么不睦，也尽量不在女儿面前吵闹，两个人经常背地里冷战，当着女儿的面，却还是装作和好的样子，维持表面上的和谐，家庭于他，如同打着补丁的船帆，他还是要和妻子站在船头船尾，各自摇着桨橹鼓风前行。但女儿依然成天情绪低落，郁郁寡欢，也不愿意跟父母交流，这样的日子过起来，让他甚感郁闷。如果时光能回流，一切还可以重来，他宁可选择独身，即便再孤独难耐，也比现在深陷婚姻的泥潭要强得多。

他听闻卫鸾跟何平林交往，有些不安，卫鸾要是跟这样的人成家，等待她的必定是千疮百孔的婚姻生活。作为导师，他是真心希望她以后有个幸福的家庭，不管她愿意不愿意听，他都要提醒她一下，"何平林这个人，你还是要好好看看，交往还是要慎重为好。"

卫鸾抿抿嘴，"我知道。谢谢您！"她拿起自己的包，快速走出他的办公室。穿越走廊，眼角的余光瞥见一个胖胖的身影从楼梯口闪过，好像是黄鹂。她有点倔强地昂昂头，嫌恶地冲楼梯口乜斜一眼，偷窥？哼！她有点讨厌这个黄鹂。

她刚出办公楼，那个何平林打来电话，约她晚上去看电影。她推说自己有重要的事要处理，没空。何平林说，那就改天？她说，根本没有时间看电影，很忙，就这样吧。何平林不甘心，说那就等你有空的时候？她没有回复。何平林的短信刷地又来了，回复一下？她依然不回，何平林又直拨她的手机号，她接了，但不等何平林开腔，她就迅速地挂了机。

她渐渐疏远何平林，何平林还是不时来找她，她索性说我们不合适。他还是要厚着脸皮打她的手机，她干脆将自己的手机号也给换掉了，掐断跟何平林的一切联系方式。

她也尽量不去找导师。她说不清自己怎么对导师也心存幽怨了？那两篇原本请导师指教的论文，导师将近两个月都没有给她反馈修改意见，看样子导师根本就没将她这个学生放在眼里！她就不指望他了，自己将论文改了改，自个儿分投到两家期刊。一周后就收到一家杂志用稿通知，要求作者交五百五十元的版面费才能发稿，这杂志也只是个省级二三流刊物，她犹豫着没有交钱。不到万不得已，她不愿意花钱买版面费。

她原是预备赌着气，下着狠劲苦读点书，写点像样的东西，也要让导师陈华茂看看，她并不在意他的冷落，离了他所谓的关照，她的地球还是照样要转！她要让白日属于她的太阳照样东升西落，要让夜晚属于她的月亮照样皎洁迷人。虽是这样想，但人多少还是有些不自在的。她奇怪自己怎么变成这样，她到底要什么样的生活？以前不是渴望到京城读书生活吗？不是有那种大干一番的厚望吗？怎么都萎缩了？

人一旦精神不济，干什么都没有冲劲。每两周师生举行一次小型的博士论坛，她也不再积极发言，除非导师点她的名，要她发言，否则她绝不轻易开口。

陈华茂也感觉到女学生有意在对抗他，跟他明显地有了裂痕，她跟他说话的腔调、看他的眼神都带着丝丝怨气。这让他有点惴惴不安，觉得不是什么好兆头。女孩子的心似乎是玻璃做的，稍微遇到外来一点震动，就容易破碎。他有点担心她的心理出问题。他还是要主动关心关心她，想起她那两篇被他遗忘的论文稿，也觉得自己实在有些慢待人家小女生了，学生写论文请导师提提意见，老拖着不回复，作为导师，是不是有些失职？

第二天在学校西门外的报亭旁碰见卫鸾，陈华茂主动温和地打招呼，"卫鸾，最近怎么样？人好像都瘦了？"

她微微打了个激灵，哂笑一下，"挺好的啊，陈老师。"他点点头，"那就好。多注意身体。"他特意提到国庆前她送给他的那两篇论文，"这些天老师实在忙，你的论文给拖了这么久。有点抱歉。这两天老师抽空给你看看，润色一下。看看能不能推荐到期刊发出来？"

卫鸾的神情分明变愉快了，说："给陈老师添麻烦啦！"导师要是能推荐发表，那是最好不过的了！一般是不需要交版面费的，可能还有点稿费，更主要的，那期刊档次决不会低。

"上次老师跟你们说的那些论文选题，你可以从中挑选自己感兴趣的，查查资料，写一写。另外，也要多看看书，做做笔记，有心得随时记下来。有问题随时跟老师沟通。"

卫鸾连连点头，说："好的好的，谢谢陈老师！"

导师一转身离去，她的眼里不知怎么地有点潮潮的。导师还是很关心自己的。之前都是自己多虑了！曾经生发的诸多好感豁然回归，如果说之前她对导师的那些好感掺杂有暧昧的倾慕成分，但现在好感中更多掺杂的是敬意。

她在报亭买了一本文学期刊，坐在校园的藤架下翻看。一篇名为《女博士》的中篇小说立刻吸引了她的眼球。小说写女博士梅和桃跟导师太山之间的恩恩怨怨。梅很励志，凭借自己的实力考上博士；桃喜欢玩手段，靠主动献身导师而上的博士。太山骨子里很欣赏勤奋好学的梅，并不喜欢懒惰虚荣的桃，但最初因为经不住桃百般诱惑，跟桃发生不正常的关系，使得他这个导师在桃面前威信尽失，桃也以此为筹码，要求导师帮她发论文，帮她拿奖学金，提种种要求，让他甚感头疼，但他又不得不一次次地满足桃的要求。后来太山组织发起"学术之星"博士论文比赛，梅的论文被评为一等奖，桃的论文则为三等奖。桃很不满，找导师哭闹，撒泼。但获奖名单已经公布于众，不能更改。桃怀恨在心，以"正义涧"网名在博客上大爆导师太山和梅的黑料。太山很懊丧，也很无奈，对学生梅坦露他的悔恨———一时糊涂造了孽，他对桃这个女学生失望透顶！

梅很气愤，写博文反击桃：……真相就是真相！你以为你很聪明，却不知道你这样做，其实是杀"敌"自损的不明智行为！你自己干了见不得人的丑事，却来诬陷别人，你敢不敢将你那些见不得人的隐私公布于众?！……你必须删帖，跟我道歉！否则，我要告你诬陷！桃一看架势不对，灰溜溜地删了帖……

卫鸾看完小说，颇有感想：导师太山对美色的免疫力低，也是自找麻烦！而这个叫桃的女博士，聪明反被聪明误！为了名利主动投怀送抱，要求没有被满足，就撕破脸皮，像花狗一样咬人，实在卑鄙！如果是有点头脑的女人，对于自己跟导师之间这种见不得光的过往，应该清醒反思，告诫自己不要再掉到那个腌臜地里！

卫鸾想起自己曾经也生发过那种要不得的念头，不免有些羞愧。好在她的导师免疫力强，什么也没有发生。她为此感到异常庆幸。

晚秋的风袭来，丝丝凉意，卫鸾的衣裙实在有些单薄了，午间的秋阳照得人还是没有什么暖意，她还是要不自觉地走在有阳光的地方。

想起考博前哥哥卫岩对她的忠告："这个尘世，有阳光，必定有阴影，你要挑有阳光的地方走。""路，要靠自己来走，不要指望别人给你铺路，虽说人际关系重要，但前提还是你有没有自己的实力，要是你一点本事没有，谁会在乎你？"

她之前对哥哥说的话不以为然，如今想来，哥哥说的，分明就是处世箴言啊！

小说《女博士》中的那个梅，她由衷地欣赏，她想自己应该努力成为积极上进而又傲然自立的一枝梅！

3

　　卫岩跟魏静怡领证结婚之后，满门心思都想要一个儿子，魏静怡都有点佩服他的忍耐性。三个月一过，他就不折不扣地实施他的造人计划，他想在一年之内造出一个小人儿来，切切实实地掐着日子戒烟酒，也算是下了很大决心，他都尽量不出远差，争取每晚回家住。只是计划终究是计划，未必就那么如期如愿。他开始有点急了，"是不是我们俩身体有什么问题？"

　　魏静怡说："你跟我结婚，就是为了生孩子？"

　　"你这话问得是不是有点怪了啊？我们结婚，当然要有孩子。"

　　"万一我们不生孩子呢？"

　　"不可能的。"

　　"万一呢？"

　　"没有万一。"瞬间的沉默，"我们去医院好好查查，好吧？"

　　"我不想去。"

　　"为什么？"

　　"我不喜欢。"

　　"你说谁喜欢去医院呢？"

　　魏静怡不再吭气。

　　卫岩最不堪忍受的就是妻子的沉默，但两人在一起这些年，他也了解她的脾性，她一沉默，便是表示抗议。他曾经看见她的一本笔记本的扉页上赫然写着鲁迅的那句名言：惟沉默是最高的蔑视。

　　他一再劝说，几乎是恳求了，"我真的是喜欢孩子。我们爱情总得要有个结晶吧？要是没孩子，进进出出就咱们俩，大眼瞪小

204

眼,也没有什么意思。你说是不是?"

"我没说不要孩子,我是想顺其自然,有,咱们就要;没有,也不要强求。"

"万一我们身体有问题呢?"

"我们婚前都做过体检,没有问题。你何必要多此一举?"

"哎呀,老婆,不就去检查个身体嘛?就算多此一举,也不妨多大的事嘛。"卫岩开始跟她亲昵了。

"我烦,你难道不知道吗?你成天就惦记着要孩子,晚上就不断折腾人,我真的很烦!"

"看你看你,又来了不是?本来是很愉悦的事情,非得被你说成折腾人。"

"真的就是折腾人!一点也不愉悦!"她没好气地说。

"我们结婚才多久,你对这事就这样冷淡吗?"他认真地看着她,"总觉得不太对劲。我还真想带你去看大夫,看看心理医生。"

她顿时感到脑部有热血上涌,脸分明地有点涨红了,恼怒地推开他,"我对劲得很!我请求你不要天天晚上折腾人!我真的受不了!"多日聚集的不满索性全喷发出来,"你每次只顾着满足你自己,你满足了,就顾着自己呼呼大睡,你顾及过我的感受没有?!"

他有点吃惊地望着她,"你不满足吗?我以为你也跟我一样,很满足的。"

她直视他,不说话。她怎么跟他说呢?她对情感方面的要求是远远超过生理方面的要求的。他是真的不懂吗?他不应该是那样的人啊,他应该理解她才是!

"那你要我怎么做呢?"

"不要天天晚上折腾人!你要经过我的同意才可以!"

"你是我老婆,我想要你,还要经过你同意?"他蹙蹙眉头,无可奈何,苦笑笑,"我要是特别想要你,你又不同意怎么办?"

"那你必须忍着!"

"我要是忍不住,怎么办呢?"

她看他撇着嘴的样子,突然觉得很好笑。

"我真的很喜欢你，才这样的，不行么？"

"反正你要顾及我的感受！"

夫妻两个人，就这么拉锯一般地谈来谈去，最终总算达成协议：每周不超过三次。但双方必须好好配合。

妻子一再强调：要孩子，顺其自然，不能强求。丈夫心下有点怏怏不乐：要是"自然"不来，怎么办？他似乎是天然地喜欢孩子。见到朋友聪明伶俐的孩子，总要上前摸摸头，跟小不点逗逗乐，他还会不由自主地想，以后我要有这样可爱的孩子，也就心满意足了。他之所以死心塌地地找魏静怡结婚，其实也有出于对未来的孩子考虑。他相信母教对孩子有至关重要的影响，魏静怡优雅、聪明，她从事的职业也有一定的弹性，特别是有令人羡慕的寒暑假，不像他成天泡在公司里，身不由己，未来孩子的教育，他怕是有心无时，十有八九是做母亲的占主导。没有结婚之前，他的确没有顾及她的感受，现在结婚了，他得让她高兴才好，他看了一些优生优育方面的书籍，了解夫妻之间的和谐和愉悦有利于孕育聪明的孩子。他向来是个很理性的人，他做事总是要顾及结果，生育孩子是一辈子最重要的事情，必须认真对待。

自从跟卫岩谈妥协议以来，魏静怡感觉轻松不少。但是学校的事情却越发不轻松。京中大学上上下下都在忙于迎接教育部"211工程"本科教学质量评估验收。对于教师来说，压力不小，每堂课都要求当成公开示范课来上，而且大会小会还多。

这天上午，魏静怡刚下最后一节课，就收到黄鹂发来的短信："下午院里要开会，记着准时参加啊。现在是要考勤的。"魏静怡回复说："好的好的。中午去食堂，约饭？谁先到谁占座。"黄鹂说："OK！"

早上为了赶时间，来不及好好吃饭，也只吃了一个小面包，不到十二点肚子就开始闹事，不时有咕咕肠鸣声，魏静怡自感尴尬，还是提早去食堂解决肚皮问题。

黄鹂取来自助餐的时候，魏静怡餐盘的饭菜已少了一半。她忍不住问起下午院里开会的事，"下午的会，是不是又要说那教学评估的事？能不能帮我请个假呢？"

"院长说这个会很重要。任何人不能无故请假。"

"哦，最不喜欢开会了。"

"谁喜欢开会呢？你还好，坐在那里带着耳朵听听就行，你爱听就听，不爱听你就不听。我还得跟着做会议记录。你说我容易吗？"黄鹏将一夹青菜塞到嘴里，边嚼边说，"你说这评估，前前后后搞了这么长时间，容易吗？"

"哪里容易呢？"

"我们这里还算好的。你知道咱们这儿的评估原本在去年秋季进行，延到今年秋季，好歹多一年时间准备，不至于那么匆促。我最近在某个私人博客上看到一篇博文，作者是一所地方院校的老师，吐槽他们的学校为了迎接评估，生造以前的教学改革成果，光造前三年各科的试卷，就够煞费苦心的，发动他们那里在读的学生答几年前的试卷，写以前学生的姓名。"

"哦？那试卷是不是还得要老师们批阅？"

"肯定要啊。这位老师在博文中牢骚满腹，说他们那些老师还一个个傻瓜一般，装模作样批改打分，那都叫什么玩意？公然唆使学生造假，怎么能让学生讲诚信讲道德？想想浑身都起疱疹！"

"确实很不好！"

"没办法啊，要是评估不过，影响他们学校的社会声誉，影响今后招生，拨款那块也会受影响，反正坏处不少。领导帽子也戴得不稳。上面的初衷应该是好的，但一到具体实施，就不是那么回事。"

魏静怡不再言语，低头喝起小米粥。黄鹏到底是搞行政的，说来说去黄鹏都是能理解。但她就是不理解，各个高校各有自己的学科特色，各有不同的优势，为什么非得搞这种大而全、面面俱到的评估机制？到头来搞得大家都心头长茅草，烦躁。

"话又说回头，上面搞这种评估，有弊端，但好处也还是不少的。"黄鹏咬了一口炸小黄鱼，咂巴两下，"不说别的，就说咱们这教工食堂，平常日供应中餐，大家这么自在地吃自助。如果上面不来搞评估，你说，这食堂能这么快建起来吗？"

"这倒是真的。现在的这个食堂真不错！"魏静怡深有同感，这个学校，目前最令人满意的恐怕就是食堂伙食好。民以食为天，首当其冲的是得解决大家的口腹需求，方能让大家安心工作。

她记得她刚毕业到这里任教的时候，还没有专门的教工食堂，像她这样住在校外的老师上完课，中午就得去跟学生们一起扎堆排队买饭，学生们普遍跑得比老师们要快，等老师们赶到食堂，往往集结着黑压压的吃饭大军。好不容易打上饭菜，还得端着餐盘张望着找座儿，实在有点破坏吃饭的好心情。有时特意晚点去食堂，饭菜都凉了，品种也所剩不多。总之，在学校食堂吃午餐，成为魏静怡们的一大负担。

她有点纳闷，这么大的一个学校，怎么就不能给教职工弄一个专门的地方吃饭呢？这点事，做起来应该也是不难的。或许正如汤正茵老师所说的，关键还是在校领导那里，要是他们有这个需求的话，恐怕教工食堂早就建起来了。你看他们都住在学校的家属院，每天可以回家吃饭，才不管你们校外的老师有没有饭吃呢！再说，你看师生同堂吃饭，多么其乐融融啊，也体现师生平等，不搞特殊化。校领导们的思维总是形而上的。

那时，不少老师都不愿意到乱哄哄的食堂扎堆，索性结伴去学校附近的饭庄、面馆解决中餐，只是外面下馆子的费用还是比食堂要贵得多。魏静怡性情有点内向，她刚入职的第一学期，跟其他同事不太熟悉，也不太愿意跟他们出去吃饭。她每次去学校上课，索性提前备好面包或饼干、酸奶之类，中午在办公室就着温开水，吃点干粮，就那么对付着吃一顿。后来黄鹏来了，她跟黄鹏还聊得来，两人偶尔一起去坐坐馆子。随后在学校组织的歌咏比赛中，她又认识了外语学院的柳叶青，两人一谈二聊，觉得比较投缘，要是碰巧同一天上课，中午就约着一道去旁边的饺子馆吃饺子，偶尔也去拉面馆吃拉面。一顿吃下来就是几十块钱，那时工资也不高。魏静怡还是有点心疼钱的。

如今上面兴起搞本科教学质量评估，督促学校硬软件建设都要跟上，其中就有一条，必须有比较完善的后勤保障体系，更好地服务于全校师生，细化到教工服务这里，像样的教工食堂必须有。以领导的行话来说，要以评促建。这个教工食堂总算堂而皇之地建了起来，算是比较圆满地解决了校外老师们的中午膳食问题。每天中餐十几个菜，有热菜、凉菜、汤羹，菜肴多样，荤素搭配，猪排（牛肉）、鸡块、红烧鱼等荤菜食堂里常有，主食也丰富多样，有白米饭、什锦炒饭，有馒头、包子、花卷、煎饼之类的面食，后来还加了水果和酸奶，大家吃自助，吃得干净，也吃得惬意。

　　一说完教工食堂的好处，黄鹂说："凡事都有利有弊。有时我们还是要往两头想，可能更客观一些。"魏静怡对这话也比较认可。

　　下午的会，果然是迎接教学质量评估再强调动员会。魏静怡注意到，该来的教职工都来了，只有白玉老师没到。

　　提起白玉老师，实在是有一番说头的。她是学校出了名的"刺儿头"。这几年来热衷于搞检举，譬如检举学院财务问题，检举学术虚假问题，检举职评搞猫儿腻，这种检举也不知耗了她多少心力。她先生是外语学院副院长陈家星，陈家星的性情跟她完全不同，凡事他能隐忍，曾多次劝过她，别折腾了，有些事不是你能撼动得了的。她偏不信。

　　上半年白老师很不愉快，总是心意沉沉。特别是六月初她的两个关系要好的老同学相继离世，对她打击很大。她顶着惨淡的日头，先后奔赴哭得稀里哗啦的两个葬礼，一回到家，她就一头栽倒在床上，再也不想爬起来。

　　陈家星摸摸她有点发烫的额头，说不舒服吗？她闭着眼，有气无力，说老陈，将我的桌子理一下。陈家星说，去看看大夫吧？她摆摆手。

　　其实桌子是没什么可理的，上面摆着的不过是一些检举材料。陈家星微皱着眉，将这些东西塞进抽屉。在他的暗自叹息中，疲惫至极的白老师感觉身子在渐渐下沉……

恍惚中，她见到自己的至交。她们一起读书，插队，回城。那一个又一个场景交互闪现，放电影一般。印象至深的是在安徽农村插队的那段岁月。那时一天到晚牵肠挂肚的就是吃。为了可怜的肚皮，她们趁着月黑偷过树上的桃李，顶着风雨扒过地里的山芋，甚至冒险溜进集体食堂洗劫了残存的锅巴。……岁月的拂尘不经意地拂来拂去，当年的小姑娘全给拂成了老太太。她的至交，也就那么三五个，这一下子就丢了两个！一个患肝癌，折腾了三个月，走了！另一个，脑充血，没见折腾，也走掉了！下一个，是不是该轮到她自己？

　　一梦醒来是早晨。空气中弥漫着桂圆莲子粥的味道。陈家星扎着围裙，来到床前，端详着憔悴的老伴，说你要不要喝点粥？白老师一叹气，说了一句从未说过的话：老陈呀，我想提前退休。

　　陈家星盯着老婆子，提前退休？白老师闭了眼，说你替我写申请。陈家星站着没动，开玩笑呢？

　　白老师抬抬眼皮，有点不满，说我又不是小孩子！陈家星也就顺了白老师的眉眼，替她写了个退休申请。

　　交退休申请的那天下午，白老师在办公楼的过道碰见陈华茂。尽管他比原先的那个稀眉细眼的曹正仁要有派头，总是一副深沉的模样，但她依然有点瞧不上他。

　　以前曹正仁在任，她一向白眼瞧他。正规的学术专著他拿不出手，有自己创见的论文他没有，就靠着几篇乌七八糟的文章以及主编的几本书，他也成了教授，也当上了院长，也混上了博导！哼，不客气地说，一个校园老混混！尽管以前她对曹正仁有多不屑，但一想到那个活蹦乱跳的曹正仁此刻正躺在冰冷的公墓里，她又不由得心生唏嘘，谁也没有想到曹正仁竟会因心梗猝然走掉，他那样成天玩日子的一个人，挖空心思地为自己捞到了该有的名利，可还没来得及好好享用，就撒手人寰了。实在是他的莫大缺憾。

　　眼前的这个陈华茂，没了平时那种严肃姿态，而是朝她颔首，笑笑，嘴里露出几颗白中泛黄的老玉米，说："白老师，下午好！"

　　"好。"白老师的头歪了歪，勉强地笑笑，肚子里却不由自主地哼哼，笑面虎！这个笑面虎几天前还是黑脸虎呢，是什么触动他的笑神经？

第二天，副校长高俊星打来电话，盛情邀请白老师上他那里坐坐。

白老师对高俊星也没什么好感。当初曹正仁凭什么青云直上？还不是高俊星从中运作，将曹正仁给拽上去的？

白老师想这个姓高的从来没有主动找过自己，这回犯了哪门子的邪？他脖子上顶着的那个圆葫芦瓢——装的是什么瓢？她倒要细细瞧瞧！

白老师一进副校长办公室，高俊星笑漾漾地请白老师坐，给她泡了一杯西湖龙井，说了一通话：白老师呀，你的退休申请一转到我这儿，我就第一时间看了。学校非常需要你这样德高望重的老师，既有丰富的教学经验，又有很强的科研能力。尤其是这一年，学校正紧锣密鼓地为"211工程"评估验收做准备，真的需要你这样优秀的老杆子，来为学校支撑门面喽。

只要对京中大学稍有了解的人都知道，"211工程"评估验收之于京中大学，是压倒一切的头等大事，只允许成功，不允许失败。为了强调其重要性，京中大学还特意在学校大门旁竖立一块高大的"评估倒计时"的牌子。

白老师曾不止一次在公开场合扬言，等教育部验收组一进校园，她就将所有问题捅出去！面对高俊星的胁肩谄笑，白老师的身子不由自主地往沙发上靠了靠，没吭气。

高俊星的手指在桌面上轻叩了叩，语调极其温和，"白老师呀！一直想找机会跟你交流交流。……我们学校在各项建设过程中，也确实存在一些不完善的地方，需要不断调整，不断改进，不断优化。你大概也知道，有些问题还是历史遗留下来的，也不是一下子能解决的。这得需要一些时间，也有一个过程，我们一口也吃不成一个胖子，你说是不是？我们领导班子非常希望全校教职员工齐心协力，出谋划策，一起将我们学校建设得更好！白老师，你有什么想法，有什么好的建议，不妨提出来，交流交流，好不好？"

白老师一脸正色地说："除了想提前退休，我没别的想法，更没什么别的建议可提。"

高俊星看了桌子一眼，说："不会吧？白老师！以前学校也确实对你关心不够。你放心，我们会对你这样的老教授予以必要补偿的。比如房子、工资什么的，在政策许可的范围里，能考虑的，学校肯定会考虑的。"

白老师眯缝着眼说："你们的好意我哪领受得起？我该退休啦！"

不识相。高俊星心下嘀咕，面上笑容依旧，说："白老师呀，不管怎么说嘛，学校是不同意你退休的。"

早在两周前的校行政班子的内部会议上，高俊星就将白玉问题作为一个重要的议题提出来，他极其严肃地说白玉是个危险分子，她跳蚤般地四处叮人，检举这个检举那个，会严重干扰学校评估的。包括校长、党委书记在内的学校高层都一致认可高俊星同志的看法，评估前，千万不能让一个白玉坏了学校的大事。白玉吃软不吃硬。强压不是办法，怀柔才是要领。

从高俊星那里出来，白老师有点扬眉吐气。

一进家门，白老师就跟陈家星说起高俊星找自己谈话的经过。陈家星垂了垂嘴角，说你真的信他们那一套说辞？他们越是挽留，就越表明他们巴不得你走。老白呀，我真想你早点过清闲日子，你也五十五岁了，脾气又急，处处受气，何苦呢？

老伴说得也很有道理，白老师又不由自主地想起两个至交，她们别了这个尘世，一了百了。她们走的那条路，自己注定也是要走的。人生的这个终极问题可以让"有"化为"无"，让"实"归于"虚"。这么一想，高俊星的邀见与谈话对于白老师来说，也就没有多大意义。白老师三天两头去校办，要求提前退休。

高俊星竭力忍住烦躁，朝办公桌一摊手，说："白老师，你不看看，我们现在为评估忙得焦头烂额，真的没时间，也没心思过问你的事哟！你就顾全点大局，好不好嘛！还有啊，白老师，你放一百个心，学校不会亏待你的！"

白老师暗自冷笑，忙得焦头烂额？忙你的官帽子还差不多！

倒让白老师没想到的是，她的那个月额外工资竟然翻了倍。白老师将工资条递给陈家星，嘴里嘬着酸酸甜甜的草莓汁，声调清亮："你看，真是西山顶上出来个红太阳！我以前多少次交涉过待遇问题，都不搭理我！现在倒好，这么爽快地给我加钱了！"

陈家星推推老花镜，拿着那工资条看了又看，两眼放光：呵，有意思！

陈华茂在白老师的面前也一反常态地谦恭起来。新学年伊始，他在全院大会上，特意褒扬白老师，说白老师是我们学院的一大楷模。凡是院里的课题，他都将白老师给拉上，亲切而又豪气地说："老白，你需要什么，钱也好，人也好，尽管提！"他私下对白老师透露："白老师，要是弄得好的话，学校要考虑让你当学术委员会的主席呢。"

好事似乎都赶着往白老师这里跑，这一届院里的教代会代表也轮到她了。白老师俨然成了整个学院最出风头的人物。陈家星打趣说："你这叫老来俏，夕阳红喽。"

白老师说："谁都知道，他们那是想拉拢我！我一不胡来，二不蒙混，教学也好，科研也好，哪一样我落在人后？论资质，论能力，这些好处早该轮到我了！你以为我稀罕呢！"

陈家星摇头笑笑，嘴上说不稀罕，心窝子里稀罕得很哩。老婆子这些天干什么都拧着一股子劲，心情也前所未有的开朗。她还说给他这个老头子过过生日。——结婚三十多年，这还是头一遭哟。陈家星想她不过兴头上说说而已。

到陈家星生日这天，白老师还真是郑重其事，不顾陈家星劝阻，将原本设在家里的生日宴拉到星级大饭店，菜净挑好的点。等到点酒水，白老师说："给你来点茅台怎么样？"陈家星一摇手，"不喝那玩意，弄不好喝的是二货，费钱，不自在。还是来现榨的葡萄汁，实惠。"

这一餐，吃喝带卡拉 OK，消费了二千一百块。

陈家星有些心疼了，不知老婆子是发神经，还是从哪个宝贝窟里捡了能吐钱的金蛤蟆，也学着烧起包来！他正冲老婆子直翻眼，老婆子从容地要服务生开张发票。

陈家星恍然一悟，"有地方报销？"老婆子似乎赌着气，说："看你那小气劲儿！你就不能换个思维方式？这回学校破天荒地给我加了八千八，从中抽两千吃喝，有什么不可以？"

满桌子的至亲都笑。

陈家星冲老伴挤挤眉，"我认为你是拿课题费报销呢！学校一下子拨给你们十五万啊，可不是小数目！你们文科专业，课题能有那么多钱，可真不容易！"他对校内拨经费这种事情，很清楚，拨多拨少，主要还不是看领导？校领导们一门心思地抓评估，必须确保评估不节外生枝，多拨点钱给老婆子，让她忙于带头做课题，搞研究，好让她消停消停，似乎也是领导们的下下策。老婆子以前口口声声地说坚决跟他们斗到底，她这一受"器重"，不但头上的棱角自行软缩，不再冲出去拿角顶斗了，而且连舌头似乎都变软了，狠话也不怎么说了。对于白玉的这种变化，他并不觉得好奇，这才是真实的人性。他周边有不少这样的人，成天牢骚满腹，说这也不公平那也不公平，等到自己得了好处，就什么牢骚都没了。虽说他一点也不欣赏这种人，但对白玉，他还是要欣赏，他跟她从大学同窗到毕业后同床，走过这么多年的风风雨雨，她的血液似乎已经跟他的血液融到一起了，他年轻时追求她的时候，就肉麻地说他是她的另一半，很多时候，两人在路上走，一些人说他们有明显的夫妻相，大概是长期彼此影响的结果。

他对老婆子向来是有意逢迎的，这也是他们三十多年婚姻保鲜的一个不可或缺的因素。何况今日是老婆子张罗着给自己过生日，老头子自然要夸夸老婆子，他呵呵笑得灿烂，顺手接过服务生开好的发票，递给老婆子，说："你这人越老，脑子倒是越灵动啦。"

白老师不以为然，"我这算什么灵动？"

陈家星打着哈哈说："昨天碰见你们院的郝奇，扯了扯现在的一些腐败现象，郝奇说每个人都有可能搞腐败，有的人不是不腐败，而是没有机会腐败，一旦有机会腐败，也往往不由自主地腐败起来了。所以单靠个人自律是不行的，必须有制度约束，才能防止搞腐败。老郝说的话，我还是比较赞成的。"

　　白老师说："这些话其实还是我先对郝奇说的呢！他又转给你说了！"

　　陈家星冲老伴笑，"有意思哦！"

4

　　白玉老师秉行好事大家都应该有份的原则，这样相处起来才和谐，大家工作才有积极性。作为课题组成员之一，魏静怡清晰地记得，在课题组的第一次"碰头会"上，白老师公布了十五万元经费的具体预算，还发了一通牢骚，说这预算规定实在不合理，要求我们项目启动前，什么差旅费、会议费、国际合作与交流费、专家咨询费等等之类，每一笔经费都要写得清楚明了，你说，我们怎么能确定我们要参加什么会议？我们要到哪里出差开会，我们又跟谁搞国际合作？你要我们现在就填报，我只能现编，我不想作假，但不作假，又没法通过！你说叫我们怎么做！

　　提到劳务费，老师们说，白老师，您将我们的劳务费多开点呗。白老师说，我原先也想多开点，陈华茂那边打招呼，说劳务费有限制，不能多开，开三万顶破天。平均起来，五个成员每人可得六千元，余下十二万，到时候看情况，大家需要报销的，能报的咱们都尽量报。还有一点也得要明确：钱给得到位，大伙儿干活可要下点劲啊。可不能拿钱不干活哟。

　　拿钱就得干活，那是必须的。大家都很兴奋，白老师够爽快，跟着白老师做课题，沾光。当场就有老师感叹："要是白老师能当院长，就好啦！"魏静怡也跟着表示赞同。

　　白老师马上严肃地说："可不能这么咋呼！要是被陈华茂、高俊星他们听见，疑心我在收买人心呢。下回再跟他们要经费，容易吗？"

　　魏静怡笑笑，"白老师，我们也只是私下里说说的。"其他几位老师也一起附和：白老师放心，我们不会在外说的。

　　魏静怡一直想买几套作品全集，比如人民文学出版社的《鲁迅全集》，季羡林编的《胡适全集》等。全集价格都不菲，她想用课题费买一买，跟白老师一说，白老师一锤定音：买书是正当需求，我们研究需要，绝对没问题！只是学校有个规定，凡是拿课题费购买的书籍都算作校产，先在学院图书资料室登记，然后才能拿回去，只要你不调离学校，这书都可以归你自己使用，不过，要注意不能弄丢啊，弄丢了要照价赔偿的。魏静怡说书自己保管，肯定不会丢的。

　　那个星期六卫岩在家，魏静怡让他开车一起陪她去书店买书。卫岩说："出来一趟不容易，要不多买几套你想要的书？"

　　魏静怡说："买多了，怕不好报。"卫岩说："要是不好报，我给你报呗。"

　　"你这话，说了等于白说。"魏静怡一撇嘴，乜斜他一眼。两个人结婚合伙过日子，不论是谁的钱，还不都是小家庭的共同财产？当初卫岩好面子，非得买个大房子，办婚礼，非得讲排场，借钱给大舅子，一出手就是二十万。原先她以为他真是挣钱有方，是个小富豪，等到一抄他的钱底子，发现原来也是个空壳子，现在这个小家还有债务，三十万。卫岩解释说，三十万不是债，是该他得的钱没有到账，借出去的钱没有还回来。所有钱回笼，两相扯平，还有二十万余钱。另外，他还有五十万入了公司的股份，年底有分红。她不跟他争论，反正手头没有什么现钱。之前哥哥魏静安借卫岩的钱，是一时半会儿还不过来的，甚至能不能还——都不好说，哥哥也是胡刷子，有点钱，弄不好就给他刷掉了。

　　魏静怡自从正式成家，就开始抓小家庭的财政大权。她的工资基本不动，存起来，日用花销都是卫岩的钱。卫岩也没有异议，挣钱给自己的老婆花，也是他当初承诺的。男人说话总得要算数。结婚之前，魏静怡还不时有点杂念，甚至还生过跟卫岩分手的念想，如今婚一结，那张婚姻契约一领，她反倒心里平静下来，心思也变得单纯了，安心跟卫岩过日子。拿世俗的眼光来比照卫岩，卫岩逢迎她，也还顾家。她发点脾气，他也能隐忍，还有什么不满足的呢？她不是那种不识相的女人，懂得拿捏分寸。

魏静怡将买书的发票拿给白老师，也就两套全集，竟花掉将近五千元，她心下还是有点忐忑，"白老师，这发票是不是偏多了呢？"

白老师说："没事的，买书，课题研究需要，名正言顺的，何况还是做校产。"她将其他四位同事的发票拿出来，摊在桌子上，"小魏，你看看，他们几个报的名目都是办公用品，其实哪是什么办公用品啊？这种事反正大家心知肚明。也不能怪大家，工资老不涨，成天整月地拿那点死工资，也确实难为人。小魏也不要不好意思，下回你要有别的什么发票，你也拿来报一报。不碍事的。"魏静怡哦哦两声，说："好的，白老师。"嘴上虽这么回应，但骨子里她还是不太愿意弄这种报销，占这种小便宜，也发不了财，没有多少滋味。她就买点书，拿课题费报报销，心下踏实。

课题组的几个同行报销都不含糊，不到一个季度，每人都给白老师送上厚厚的一沓发票。白老师将所有发票拿给陈华茂签字。陈华茂瞧也不瞧，就挥笔刷刷地签上大名，签完之后，爽朗地一笑，"白老师，还有没有？尽管拿来。"

见白老师不太上心的样子，陈华茂说："白老师啊，咱都是实在人，说话就说实在的，课题费该花的就花，不花的话，过期就作废了。"他推推眼镜，样子有些无奈，"一些老师对我这个院长有意见，质疑院里的钱都是怎么花的。你说，钱还能怎么花？还不花在该花的地方啊！"由衷地一声叹息，"白老师，不瞒你说呀，无官一身轻啦。方方面面的事都得要去操心！我那年过八旬的导师劝我不要搞行政，说搞行政，做学问就分了心，而且行政水太深，弄不好就被淹。我也是没有办法，上了摇船，能不搞吗？总得要将船摇到岸吧。要是'211工程'验收不通过，我们大家就甭想安生！牛校（长）和高校（长）他们也都这么说。"

陈华茂从办公桌的抽屉里拿出一本名叫《菊花与剑》的书，递给白老师，说这本书剖析日本人的民族心理和民族性格的复杂性，很有意思的。白老师要是有兴趣，就拿去翻翻吧。

这书白老师看过。陈华茂推荐自己看这类书，什么意思？白老师目光在书上停留片刻，有点狐疑地瞧瞧陈华茂。

陈华茂说："唉，我也算想通了，人生也就那么回事。我要多多栽花。还希望白老师将我栽的花——当作花来欣赏喽。我有做得不妥的地方，还望白老师多担待着点。"

好歹是明白人，白老师算是听懂他的话意。为表示同情，她点点头，样子有点由衷。连她自己都有点搞不清楚，之前她视陈华茂如敌，她对陈华茂也总是看不惯，连陈华茂走路的姿势、说话的腔调她都嗤之以鼻。现在她好像并不怎么讨厌陈华茂。

那天白老师跟陈华茂谈的时间不短，不只谈院里一些敏感的话题，也谈你儿子、我女儿之类的家事。陈华茂还主动透露他女儿身体不大好，他以后要将精力多放在孩子身上。

面前对坐的是陈华茂，白老师却鬼使神差地想起曹正仁。如果这个位子上坐着的还是曹正仁，她会是什么心态？以前她跟曹正仁之间总是处于敌对状态，除了冷眼相对，除了拍桌子吵架，两个人从来没有这样心平气和地坐下来交谈过。白老师不免觉得，人与人之间，还是需要加强交流的。

白老师跟陈华茂一同出西校门，在十字路口客客气气地分手。那一幕，被站在阳台上望街景的陈家星瞧见。白老师一进屋，陈家星就说："看样子，你现在跟陈华茂处得还不错嘛。"

白老师一屁股坐到沙发上，说："我这人活着，就是为了争张脸皮。这老脸皮要回来了，还跟人家再争死争活的，又有什么意思？"

陈华茂的确处处器重白老师，哪里有什么研讨会，他不想去的，就第一时间动员白老师去开。

今天的评估动员会，白老师不在，就是因为她又外出开研讨会去了。魏静怡也注意到，现在的白老师比以前更繁忙，她的牢骚似乎也越来越少了。

魏静怡想起前几天她跟柳叶青在食堂吃饭时闲聊的事来。当时同桌共餐的还有经济学院的顾老师和法学院的钱老师，大家吃饭期间，不知怎么地聊起学校领导现在调整用人策略了，学会对老师们进行"怀柔"——想办法拉拢人。钱老师说原先学校有几个刺儿头老师，现在都被拉拢得差不多了。特意提到文学院白玉老师，"原来多难对付的一个人啊，敢到高俊星办公室指着高俊星的鼻子斥骂的，现在消停了吧？"顾老师说："以前白老师没有得到重用，自然满心不平，现在得到重用，还有什么不满意的呢？"柳叶青说："学校早就应该厚待白玉老师这样的老教授。"钱老师说："以前总以为白老师是个很正直的人，她这样的人是不容易被拉拢的，现在看来，也不是那么回事啊。"魏静怡不太爱听这种话，便说："不管怎样，白老师还是一个正直的人。"钱老师扫了魏静怡一眼，"我也没说白老师不是正直的人啊。"语气似带不快。魏静怡不再搭腔，有些人是不必与之聊天的，聊不了三句，便不投机。还不如不聊！

评估动员会实在无趣，说来说去无非还是以前的那些老话、套话，魏静怡面无表情地端坐在最不起眼的角落，低眉垂眼，在笔记本上乱写乱画，或者悄悄地玩手机。

会议快结束的时候，魏静怡还是听了两耳朵，陈华茂极为严肃地对会议予以小结，再次强调：在未来两周，评估是重中之重，一切都要让路于评估。各班辅导员、各任课老师、行政办公室老师，对学风要齐抓共管。对于这两周的课堂教学，各任课老师务必要高度重视，要狠下功夫备课，将每一节课当成公开课来上，课前要提前三十分钟进班级，……不得有任何闪失！

一散会，魏静怡提包准备离开，陈华茂叫住她，表情严肃地看了她一眼，让她去一下他的办公室。

她有点狐疑，"陈老师，有什么事吗？"

陈华茂微微颔首，缓和口气，说：小魏，以后一定要注意，上课千万不要迟到，你看你那次上课迟到，正赶上教务处检查，捅那么个大娄子。你这一迟到不打紧，学生那头就不好说了，你当老师的迟到，那他们学生是不是就更有理由迟到了？这两周，你可千万

220

千万不要再捅娄子了！要是你再捅娄子，学校那边恐怕要直接开除的！……

魏静怡有些心虚，忙说："您放心，肯定不会的。"

从陈华茂办公室出来，魏静怡心下有些别扭，那次自己上课迟到，也是自入职以来唯一的一次迟到，那都是什么时候的事了？都过去那么长时间了，陈华茂竟然还记着。看来好事他不见得记得，坏事他倒是记得清清楚楚！

魏静怡去公交站等车，碰见白老师从另一辆车上下来，笑盈盈地上前打招呼，"白老师好！这几天都没见您啊。"

白老师一脸无奈，"这不又出去开会了嘛！我是不想去的，陈华茂非得动员我去！那会开得其实也没多大意思，多是些空筒子，不去呢，又不行，要我发言。"

"白老师发言，肯定受人瞩目。"

"不就是胡乱说几句呗。"

"您又谦虚了啊。"

"这几天学院有没有什么事情？"

"也没有什么事情，说来说去都是迎接评估的事情。"

"现在学校上下都为着评估转圈，你说有意思吧，也有意思，你要说没意思吧，也没什么意思。上头要搞，你下面的人也没有办法啊。尤其那些戴帽子的头儿，不跟着上面一起搞，帽子恐怕就掉了，你说，让他们敞着头兜风，哪里有戴帽子舒服呢？"白老师说着说着，自个儿笑起来。

魏静怡也笑笑，抬头见不远处来了公交车，"车来了，我先走了。白老师您也忙，回头您有空再跟您聊啊。"

白老师说："好，改天咱们课题组碰个头，商讨商讨这课题中期汇报的事。"

魏静怡点头说："好好，白老师再见！"

那天白老师回到家中，喝了陈家星递过来的温开水，又坐到书桌前，打开电脑。陈家星看到老婆子一天到晚急风急雨的，有些不忍，老婆子以前老说看透了看透了，其实她半边都没有看透啊，偌大一个京中大学，少了她白玉一个，地球照常滴溜溜转得欢，学校重用她的真正用意是什么？她难道不懂么？他劝她别把自己当小姑娘使劲，日子怎么越过越回去了？之前还一个劲地叫嚷要提前退休呢。陈家星说这些话时眉眼都带着笑。

白老师大不以为然，说退与不退，不是问题的关键，舒心才是界限。现在自己不像以前那样窝囊，干得好好的，身体又还许可，干吗要退下来？多做点贡献有什么不好呢？老头子一辈子没追求，总愿意日子过得跟水一样淡，侥幸当了外语学院的副院长，以为自己眼前一片光明了！她骨子里不乐意。

有时候，躺在床上，想起另一个世界的那两个至交，白老师会觉得自己的日子苍白苍白的，只是这样的感觉很快被如潮般袭上来的倦意卷走。

有时候，白老师在家属院碰见高俊星，会主动跟高俊星打招呼。高俊星半认真半开玩笑地说，白老师，干得累不累呀？累了，学校准许你退休的。

要是在以前，白老师会警惕高俊星的每一句话，如今在她听来，高俊星说什么似乎都无恶意。她也就颜色如常地笑笑，难得学校这么器重我，我要是就这么退下来，总有点不好意思吧？

那天陈华茂开过动员会之后，没过几日，教育部验收组就进了京中大学美丽如画的校园。

整整两周时间，学校气象万新，可圈可点的佳景实在不少哇，别的姑且不说，单说早晨那大操场上学生们集体出操，伴随着雄壮的乐曲，齐刷刷的"一二三四"，其壮观也不亚于国庆节天安门广场集体舞表演呢。要知道，以前京中大学的学生是从不做早操的。有一点须作说明，评估工作一结束，验收组从学校一撤，壮观的早操表演也就结束了。

那两周的课堂教学井然有序，讲台上的教师精神抖擞，讲台下的学生朝气蓬勃，师生互动频繁，课堂气氛生动活泼。

没过多少时日，校广播台播送"特大喜讯"：在学校各级领导的有力领导下，在广大师生员工的积极支持和配合下，我们学校的"211 工程"评估验收顺利通过！

第五章

1

对于**魏静怡**来说，日子一如既往，过得也还平常。只是烦恼的事还是会有的。最令**魏静怡**烦心的恐怕还是外甥万里。

姐姐魏小叶打来电话，一上来就怨气满天，带着哭腔："万里这货，真不晓得该怎么弄哟！"班主任黄老师打电话，说找不到万里。他六门课没补考。这都快要毕业了，该怎么弄？现在给家长通个气。别到时候说学校不言语。

魏静怡又气又恨，她也找不到万里，万里手机关了。八成又上网吧里混去了。**魏静怡**有些后悔上周一下子给万里六百块钱，他准是拿着这钱去混了！

当时万里为了要钱，抓耳挠腮了半天，说："小姨，真不好意思，我还有几门课要补考，老师说这周必须交补考费。"**魏静怡**盯着他，"你上次不是说你都补考了，怎么又来补考？"万里低了头，咕噜着说："不好意思，小姨，补是补了，又没过。"

魏静怡忍不住训斥：你脑壳里装的也是红瓤瓤的脑子啊！你能不能给我们争点气啊！

斥来斥去还是那些老话，**魏静怡**觉得很无味。这好歹是姐姐的孩子，要是自己的亲生小子，早给他掌到门外去了。你看他那德行，任凭怎么受骂，他都死鳖一般。**魏静怡**不由得唉声叹气，钱最终还是甩给了他。"万里，你给我听好了！你要再这样下去，小姨是懒得管你！"这话说过无数遍，都做粪土了。

关于万里的事，魏静怡不想跟姐姐魏小叶说。姐姐那心眼，细得跟蛋缝似的，这边要是说找不到万里，她准得发疯。

魏静怡跟姐姐魏小叶其实还是有点隔阂，大概缘于两人年纪相差太大（整整差了十九岁）。她们同母不同父。母亲早婚早育，十七岁那年就由家里人做主嫁了邻村的后生魏明生，第二年就生了姐姐小叶。不幸的是，十年后，魏明生突然得急病过世了，撇下母亲孤儿寡母地熬日子，家里人看她年轻守寡总不是事，就张罗着给她找人家，她没有答应，她已经不是十年前的那个小女孩，她不会随随便便地再嫁人。三年后，经亲戚介绍，母亲认识了魏文。魏文也很不幸，他的妻子和女儿在一次山洪暴发中被冲走，几天后先后找到，妻女均已面目全非。母亲跟魏文还是能谈到一起，两人惺惺相惜。魏文也很愿意接纳魏小叶，跟母亲重新组建家庭，说到底母亲还算是老魏家的人。一年后，母亲生了哥哥魏静安，又过了五年，有了魏静怡。其时大姐姐魏小叶已经是大姑娘了，正处于喜欢憧憬的曼妙年岁，她对这个迟来的小妹感情还是有点复杂的，既喜欢又有点厌烦，母亲的心思都放在小妹身上，根本就无暇顾及她的心理感受。姐姐念书很聪明，母亲再苦再累都要供她上学，无奈后来搞运动，姐姐念书也就给耽误了，好在姐姐还是比较幸运，当上了民办教师，又通过努力，到县师范学校进修了三年，成为正式的小学公办教师，婚姻也比较顺利，跟中学时的同班同学万山结婚。据姐姐说，万山从中学就开始暗恋她。听起来也是很浪漫的事。两个你情我愿的人结婚，小家庭的日子过起来也是比较和谐的，只是后来这和谐被儿子万里不成器给破坏了。

万里从小被姐姐惯坏了性子。每回万里犯错，她总是找各种理由为儿子开脱。有时万里犯的错实在太大，她就举一举细竹条，却又不住口地要求万里"招认"。时间长了，万里知晓他妈的脾气，只要那细竹条一举，他马上举手投降，招认得又乖又快。姐姐的火气顿时全消，说这才是好孩子。为了避责，万里做了错事，还转着

225

眼珠子，死活说不是他干的。姐姐明明知道孩子撒谎，也就随他去，她是不想责罚万里。轮到万里上学，每逢念书写字，万里就哭丧着脸。说起来，姐姐自己还做着小学老师，也拿自己的儿子没法子。

现在魏静怡要是说万里现在这样子是当妈的给惯出来的，姐姐就激动得不行，说哪家的孩子不惯养？姐姐还拿魏静怡小时候来做例证，说你穿开裆裤时，坏事都干尽，别人要是说你，娘老子还护着。你忘没忘记，你偷八爷家的桃子？那整棵树的桃子都被你弄得一个不剩！八爷揪着你找妈，妈当着八爷的面责骂你，背地里却又怪八爷不留面子，小孩子不嘴馋，那还叫小孩子？你长大懂事了，就好了。现在呢，魏家的三个儿女，就全仗着你给娘老子长脸呢。唉，说来说去，万里这货，归根结底一句话，太不受惯！

魏静怡对姐姐的家教素来不欣赏。现在发这个牢骚没用。是虫子是虾子，到娘老子那里，都是宝贝龙子，这宝贝龙子要是找不到，姐姐那边还不翻江倒海了？魏静怡就打电话给姐夫万山。

虽然万山当着镇长，在镇上可以呼风唤雨，但拿自家儿子没招。对万里念书，他不可谓不严厉。万里上初中期间，偷偷玩起游戏，心思根本不在学习上，初三参加中考，学科平均成绩三十分，万山狠着心让儿子吃了一顿皮带，花高价将儿子送进县二中。高中阶段，万里依旧迷恋网吧游戏，学习更是一锅糊饼。万山没少训斥甚至拳脚相加，问儿子下回还进不进网吧？儿子满脸愧疚，说再也不进了。这孩子也真是橡胶脾性，老爸一转背，老毛病又犯。万山委实气不过，就封锁儿子的一切经济来源，想你没钱，总该上不了网吧。不想坏事很快临门，学校一个电话将家长招去，要开除万里，理由是万里偷同学的钱包，被当场抓住。做父亲的死要面子，黑着脸一声不吭地将儿子领回家，关起门一顿猛揍。揍完了，还得要他继续念书，给他找了一所私立高中。念到高考，万里所有的科目加起来，总共考了二百三十分，也只能上那种民办大学的专科。

高考后考生填志愿那阵，万山的电话不断往北京打，要魏静怡留心哪所民办高校可靠。魏静怡实话实说："姐夫，民办大学念不得的。像万里那样的，上哪所大学，都不可靠。我倒是觉得，万里动手能力还马马虎虎，干脆让他学汽车修理什么的，更适合一些。"万山哼哈着，没说什么。倒是魏小叶对小妹掏了心窝："你姐夫好歹在这四方混得有点头脸。让万里学修理？说出去多丢脸喽。这个脸我们还是要的。"魏静怡心里嘀咕：要脸，要脸，只怕到时候，你们要不起这个脸！

过了几天，万山的电话又来了，问小姨子："K大学怎么样？我给万里报了计算机应用专业，我估摸着这专业现在挺实用的。"

魏静怡说："姐夫，我还是建议让万里去学电器维修。"

小姨子的话不合万山心意，他闲扯了两句家常，就挂了电话。

这边K大学一开学，万山还是将万里送了过来，一学年学费一万，加上添这买那的，单是开学那一档子，就消费了一万五千。

将儿子入学安置妥当，万山带着万里到魏静怡这里，揩揩额上的汗，也没怎么松口气。

当着儿子的面，万山要魏静怡多监督万里，"静怡啊，我就将万里托付给你了，你就当万里是自己的儿子，该骂的骂，甚至该打的都要打！"万山还将儿子全年的生活费都交给魏静怡保存。"万里那货，钱不能搁他那里，一两个月的钱会被他一天给花掉。你这做小姨的就多费些心了，控制控制他用钱。"

万山还要万里每周末都来小姨家，防止万里在学校没事干就去泡网吧，毕竟在小姨的眼皮底下，万里想犯怪，还得掂量着点。回镇上之后，万山的长途电话没少打，短信没少发，督令儿子要听小姨的，学习上要抓紧。

每逢周末，万里就来小姨家，周日下午走。万里很不乐意这样的，又没办法，小姨只给他一周的生活费。

开始几周，万里在小姨这里，表现得还凑合，也还翻翻书。时间稍长，万里的猴皮精面目就逐渐露出来。他来时两手插在裤兜里，连书都不带，即使带了，也当摆设。一天到晚，不是看体育频道，就是蒙头睡觉。魏静怡要他看看书，他就要死不活地说自己头昏。魏静怡有些生气，"大小伙子，什么头昏！你在学校，是不是也这样懒懒散散，成天混日子？"他就咧咧嘴，"小姨，看你说的，我在学校学得累了，在你这里休息一下，也不行吗？"

那些天，卫岩非常繁忙，几乎都在外出差，万里在小姨面前，也就没有什么顾忌。要是卫岩周末在家，万里就稍微收敛一点，卫岩也不时劝导他学习要用功。万里觉得在小姨这里待着很不自在，总是找借口不想来。有时，接连两三个周末都不在小姨跟前露面，手头缺钱，就暂时跟同学借用一下。

魏静怡想了解万里在学校的真实表现，就去找班主任黄老师。

黄老师是个模样忠厚的小老头儿，个子不高，说话慢条斯理，见了魏静怡，直言不讳："咱们这里，管理比教学重要。这些孩子，来自全国各地，五花八门，什么样的都有的。首先得管住他们，不要出岔子。万里这孩子呢，客观地说，跟别的学生比起来，还算比较乖的，喝酒、打架之类的事他从不掺和。他就是有一点，我行我素，你说他，他听着，下次，还这样。说得实在一点，跟橡皮条一样。"黄老师半自嘲地笑起来，"你还真拿他没辙。"

跟黄老师交流之后，魏静怡就拨打万里的手机，将他叫出来，狠狠地批了他一通："老师说什么，都是关心你。你做得不好的，下次必须改！别老死鳖一般，拉不长，放不拢！"

万里一脸委屈，"什么呀？我又没做坏事。"魏静怡说："晚自习你怎么不上？是不是在网吧里混？"万里一翘嘴角，"我想玩，也没钱啦。一个星期才二百来块钱，你到我们班上了解了解，哪个像我这样穷酸呢！"

看着外甥那吊儿郎当的模样，魏静怡就浑身长脾气，"你啊！身在福中不知福，只有饿你三天，你才懂得什么叫生活！你还穷酸？你晓不晓得可怜人家的孩子，连饭都吃不饱的！"万里这才畏缩了一点。

管万里，魏静怡感觉很累。说起来，她也教学生，在京中大学，她教过的学生，还没有谁像万里这样的。也许真像黄老师说的，跟公办大学的学生比起来，民办大学的学生普遍底子差，又大都不爱学习，不良习气多。魏静怡总觉得问题的症结并不在此。一个十八九岁的小青年，应该是充满朝气的，可万里时常蔫头耷脑的，如同霜打的丝瓜。有时，魏静怡心平气和地跟万里聊天，问他有什么爱好，答曰看球；再问看球有什么意思，他说玩儿。问将来有什么打算，他就挠头，说没想那么多。问他想不想谈恋爱，他莫名其妙地笑，谈什么恋爱啊！他说他们学校那些忙着谈恋爱的男生，一个个傻不拉叽的，人家女生将他们当钱包，他们都不知道！万里对亲情很淡漠。家里人跟他打电话，他根本就不想接，也从不主动打电话回家。要是不看球，也不睡觉，他就常常一个人坐在那里发呆。魏静怡非常担忧，这是一个情商不高、没有目标、没有追求的孩子。这样下去，以后怎么得了？

唉，不要说以后，就是现在，已经不得了。混了快三年，居然还有六门课没补考，绝对是毕不了业的。魏静怡想万里那死要脸的父母，还不知道成什么样呢！

万山一得知万里的境况，就有些急了，再三给魏静怡打电话，要小姨妹去找找万里班主任，通融通融。想指望万里那货解决补考问题，恐怕也是枉然。万山的意思，该打点的要打点，只要将事办好了，不管花多少钱。

魏静怡实在为难，她平素最憷求人办事，何况办这种歪门邪道的事。作为一名高校老师，为学做人，高尚姑且不敢说，尺度好歹是要有的。前些日子有个学生家长来找过魏静怡，魏静怡心安理得地将人家给打发走了。

那学生叫郝思齐，迟到旷课，抽烟喝酒，广交男友女友，对老师总是嬉皮笑脸的，是班上最不像学生的学生。这个郝思齐还挺世故，将从社会上学来的那一套拿来疏通老师。上学期期末考试前一周，郝思齐说找魏老师请教问题，魏静怡信以为真，以为郝思齐这回开始好好复习了，便答应单独辅导他一下，郝思齐倒是按时到魏老师办公室，背上的书包鼓囊囊的，魏静怡开始也没在意，郝思齐请教了她几个小问题，从书包里拿出一个精致的山参礼品盒，搁在办公桌上，说这点小土特送给魏老师。魏静怡有点变脸，"郝思齐，你这是要干吗！"郝思齐说："一点心意，请老师收下。"便转身要走，被魏静怡一把拽住，说："郝思齐，你这东西老师不能收！老师不能收学生的东西。你还是拿回去！"

"魏老师，只是一点点心意，你就给思齐一个面子呗，收了吧。"

"这个绝对不能收！你回去好好复习，有什么问题可以发短信或打电话给老师，老师随时会解答的。"

郝思齐还磨蹭着要魏老师收下。魏静怡生气了，"你是学生，不能给老师送东西！赶紧拿走。待会儿有别的老师要来办公室，让他们看见，影响多不好！"郝思齐只得灰溜溜地拿着东西走了。

魏静怡还是有点不愉快，现在的学生真是没法说的，好的东西没学会，不良的习气都给沾染了！跟学生打交道，要小心谨慎为妙！前不久外语学院宋如意老师就吃过一个大亏，被全校通报批评，还差点被停课了。照通报上说，外语学院教师宋如意利用职业便利，组织学生举办英语文艺沙龙，强行收取学生入会费；私自要学生请吃饭；要求学生家长送葡萄酒等礼品，严重违反教师职业道德。……魏静怡当时听了觉得有点不可思议，之前听柳叶青说过，她们学院的宋如意为人豪爽，人很不错的。宋如意会做出那样的事情？她便私下问柳叶青，宋如意到底是怎么回事？

柳叶青连连摇头，说现在有的学生品行实在没法说！课不好好上，课程小论文写不出来，抄袭，被老师批评了，判零分，挂了科，就怀恨在心，伺机来整老师！入会费都算作活动经费，明明是大家自愿的，非得说是老师强迫交。

"要学生请吃饭是什么真实背景？"

"这个说起来都有点可笑。我跟你说过，宋如意这个人大大咧咧，心跟针管一样粗，那次她进肯德基吃快餐，碰巧她的几个学生也在那里，他们说要请老师吃饭，顺便给老师也买了一份，也就一个鸡肉汉堡和一杯可乐。宋如意跟我说，她平时有什么吃的，也都分给学生吃，那天学生点餐顺便给她点了个汉堡和一杯可乐，她也没觉得有什么不妥之处，反倒觉得学生懂事，心下还有点欣慰。"

"唉，这真不是什么事！不过，她还是大咧了一点。当时她要是将餐费给了学生，估计也挑不出什么事。"

"要再说那葡萄酒，那更冤了。她原是托学生家长买的，那家长在葡萄酒厂工作。她以为托人从原厂买葡萄酒，应该更纯正。她开始跟那家长说好，从他厂里买葡萄酒，是一定要收她的钱的，结果葡萄酒送过来了，家长死活不收钱，她只好买了移动硬盘之类的电子产品给那学生，算是抵家长的人情。没想到这些事被那个别有用心的学生利用了！宋如意因为跟覃少游（新上任的教务处处长）曾经有点过节，你想，他正愁没小鞋给宋如意穿，这学生直接将小鞋送上门来，这正中他下怀，他可不就要趁机做做文章！正好学校在抓师德师风，也是在风口上。要不是陈家星老师从中竭力斡旋，宋如意恐怕还要被停课呢！"

"真是的，本来没什么了不得的事，非得兴风作浪，给弄出大声响来，这学生怎么这样阴损！这种学生，以后不管到哪里，都不是省油的灯，都是喜欢搅事的主。"

"宋如意现在算是吸取沉重的教训，以后对学生要存点戒心，跟任何学生家长都要保持距离！"

魏静怡重重颔首，颇为认同。从那之后，她跟学生之间相处，尤其对郝思齐这样的学生，不跟他有任何含糊的地方。没想到期末考试之前，他的家长还是找来了。

魏静怡知道郝思齐的家长来访，十有八九是来为儿子托门子的，就以自己太忙婉拒。那家长并不罢休，非得要见魏老师，而且还将电话打到教学办去了，汤正茵老师劝魏静怡还是要接待一下，学生家长亲自来学校，说明对孩子念书也很重视，人家家长点名要见你这个老师，你不见，恐怕不合适。

魏静怡拗不过，只好同意见面。郝思齐的妈妈——很显年轻的一个女人，很快就过来了。女人手中只拎着手包，没带礼品，魏静怡也就放了点心。两个人就郝思齐的学习情况聊了一会儿。女人拿出手机好像发了一个什么短信。没过几分钟，有人就送了两箱包装精美的东北大米上来了。魏静怡有点狐疑。女人说，魏老师，我知道您是个正直人，我这次来，没敢带别的东西，只带点家乡的特产。魏静怡皱眉，您这是干吗呢！女人语气很诚恳，说我家思齐不争气，让老师费很多心。魏老师呀，一点心意。您怎么着也要收下。

魏静怡向来不愿收家长的东西，一收取，自己的手就短了。这沉甸甸的大米，叫人家再背回去，似乎也有些不近人情。收了，回对方一些礼物，也就罢了。但一想到宋如意的遭遇，她还是一再坚持不收。女人尴尬得几乎快要哭了，"魏老师，您真的不要这样见外啊，我大老远地带点大米，也确实是拿不出手的贱货，您看不上，也是情理之中，但您念着我的一点诚心，请您还是收一下，好不好？"

魏静怡见她说得恳挚，实在也不好再推拒，想起家里橱柜里还有两盒未开拆的家乡名茶，价格也还不菲，她将茶拿出来，索性回赠那女人。起先女人一再拒收，魏静怡拉着脸，说："礼尚往来。你要不收我的东西，你的东西我也不收！"说着，就动手将那大米往门外推。女人见状，不迭声地叹气，"魏老师，我拿一盒可以吧？""不行，两盒都要拿的！要不然，大米你得背回去啊！"女人只好接了两盒茶叶，黯然离去。事后，魏静怡很坦然，等到期末考试，郝思齐的成绩该多少还是多少。

魏静怡跟万里的班主任黄老师也就见过一两回，那老头子看上去有板有眼，不像是那种没原则的人，就算自己抹着厚颜面去找，就算不碰一鼻子灰，也未必能办得成事的。他要是像自己对郝思齐的妈那样，送他礼品他收了，回个什么东西给自己呢？

对于这件事，魏静怡完全是没有底气的，索性跟姐夫直说："这事有些难办。"

万山说："静怡啊，我跟你姐，养这么个不争气的脓包货，有什么法子呢？万里要是连个毕业证书都没有，没法对外交代啊。就算我能承受，你姐会弄得跟神经病似的，她日子没法过了。你就去试试吧。死马权当活马医。"

魏静怡依然一边摇头，一边说不好办，她从来没办过这种事，总是不好意思去拉关系。万山一声重叹说："小妹啊，我自己不好直接跑到北京找人。这事只能难为你了。你也不要不好意思，说实在话，这年月，只要不是杀人放火那种伤天害理的事，都是不难摆平的。找班主任，上办公室，送东西有点扎眼，送红包比较合适。送多少你拿主意，我不晓得那边的行情，钱你先替我垫一下，回头我将钱再给你。"

"姐夫，都是家里人，不计较钱的，只是送红包不妥吧？"

"没什么不妥的。红包他收了当然好，他要是不收，至少对你印象不坏，这至少表明你很在乎他。你想，民办大学，进去是没有门槛的，只要交钱就行，这不明摆着在做生意吗？学校该清楚，学生来这里，多半就是为了混一纸文凭的。至于那些老师们，又有谁那么死心眼呢？"姐夫是在社交圈子里混的人，对拉关系这种事是有经验的。

话虽是这么说，但真正办起来真不是那么回事，魏静怡心里还是不踏实。万里的事，她不能跟任何外人透露，甚至在卫岩面前，她也只字不提，这种事情毕竟不光彩，知道的人越少越好。

2

那些天，万山的电话不时地打来，问万里的事有没有进展。魏静怡没法子，只有硬着头皮给黄老师打电话，说想去拜访他。黄老师似乎知道她的意图，总推说没有时间。魏静怡不免有些火气，人家摆架子呢！都怨那个没心没肺的臭万里！弄得她这个做小姨的如此憋屈。尽管如此，给黄老师的电话还是要接着打，好歹黄老师最终还是给了面子，跟魏静怡约好，周一晚自习六点，在办公室见面。

魏静怡没有听从姐夫万山带红包的建议，将卫岩上次出差带回来的铁观音茶拿上了。她是以自家之心度人家黄老师之腹，送钱是多少有点践踏人格的，毕竟人家跟自己一样，身上都罩着件教师的大褂，不过，这话只能在心里说，要是被外人听到，准会讥笑自己太正经，太正经等于假正经！

还好，办公室只有黄老师一个人。趁黄老师找万里的档案时，魏静怡不动声色地将铁观音搁到黄老师的座椅旁边，不想被黄老师瞟在眼里，黄老师语气有点凝重，"您这是干什么？"

魏静怡不觉脸上一热，有些难为情地说："黄老师，也就是几片茶叶——我姐姐让人捎过来的。万里太让您费心了。他爸妈都有点过意不去呢。"黄老师说："哎呀，太客气了。"见黄老师没有拒礼，魏静怡稍微放了点心。

黄老师翻开万里档案中成绩那两页，指着一溜空白，"您看，整整六门课没成绩，万里根本就没考。我还找过他几次，要他参加补考，他像没这回事一样。唉，这孩子！也真是没辙。别的同学也

234

在混，但人家拿成绩当回事，考试都积极得很，没有他这样的。"

魏静怡长叹一声，"这孩子，真是烂泥涂不上墙壁！黄老师，您说该怎么办呢？"

黄老师说："没别的办法，只有补考。这是最后一次机会了。跟您说实话吧，咱们这里呢，也知道学生底子差，对于补考，也就睁只眼闭只眼，补考基本上还是上次的题，安排的又是本班老师监考。只要他这次参加了，稍微放精明一点，应该没什么问题的。至于什么时候补考，让他等通知吧。"

黄老师也算是仁至义尽。谢过黄老师，魏静怡回头就找万里。万里到底晓得利害，手机开机了，魏静怡说什么，他都唯诺是从，说他一定好好复习。

半个月过去了，魏静怡思忖万里补考的事，就跟黄老师联系。一通电话，魏静怡差点没气晕过去，补考三天前就过了，万里还是没参加！她觉得这孩子脑瓜绝对是进水了，没得救！

魏静怡实在郁闷，跟姐夫说自己不想再管万里。万山说："静怡啊，我上次就说过，万里那货，补考肯定是不行的。"

魏静怡提了声调，"补考不行，那能怎么样！你不考试，总不能叫人家老师给你直接填分数吧！"电话那头暂时沉默了，传来粗粗的呼哧声。魏静怡说："姐夫，不是我不想去找。这事真的不像你想的那样简单。"

万山清咳一声，"静怡啊，我看，还是，还是麻烦你再去跑一趟。我晓得，这事也够让你为难的。没法子，谁叫你这个外甥是不争气的脓包货哟！"

魏静怡心中的闷气不知道该往哪里出。原先姐夫跟姐姐总将万里当条龙看，后来慢慢当蛇看了，现在，只能当虫子来看。以魏静怡原有的性子，这条虫子她真想一脚踢到八国九州去！

当姐姐在电话里一哭诉，魏静怡的心又软了。魏小叶哭她下半辈子算是完了，人家儿子上清华，上北大，上科大的，就她家的儿子念下瘪的民办大学，念下瘪的学校不说，连个毕业证书都弄不回来。说出去，她这张老脸往哪搁哟！魏静怡说："姐姐，你要这个虚名做什么？就算给万里弄个证书，怕也是废纸一张。"

魏小叶说："就是废纸，那也得要哇。要不然，三年学费花了好几万，就是扔水里还能漂上一漂，这算什么啊？静怡，你怎么样也要把这事管到底啊。就算姐求你了！你在那边就近，方便一些，就劳顿你了。唉，姊妹间就不说这虚套话罢。"

摊上魏小叶这么个姐姐，摊上万里那么个外甥，魏静怡也只有认了。只是怎样再去找人家黄老师呢？怎么好意思跟人家直接要分数？怎么能开得了这个口?! 这本来就是在搞歪门邪道的事！魏静怡想着满脑长霉花——闷胀得很，就跟老家的母亲打电话诉说烦恼。

老太太也有些起恼，"你那姐姐姐夫，脑子都有些不开通。孩子不把自己的事当回事，你们大人再折腾，也是白搭！静怡，你也别太烦扰，不能办就不办，也不怨你！"

"妈，这事确实不能办的。一个学生，不好好上课，不参加考试，再怎么样玩花招，也别想毕业。我也在教学生，我的学生要是这样，我根本就不去搭理！"

"静怡啊，"母亲深深地一叹气，"你说的理是那么个理。只是呢，你姐跟你不一样，她打小就喜欢跟别人比高比下的。哪一样都不能比别人差。她那个脑子，一根筋，又往死里要那张脸皮，要是万里这事就这么撂下去，不如她的愿，我就怕她受刺激太深，脑子一迁，神经错乱了，那可怎么好呢！咱俩这一说起头，我就想起你那大表哥，原先是那么标致、那么精干的一个小伙子，念书没考上大学，没如愿，又加上找对象没如愿，再加上你那大姨夫成天骂骂咧咧，他受了大刺激，到头来成了精神病，成天就浪荡着瞎唱，火气一上来，就摔东西打人，在大路上，见了留长头发的姑娘就撵，你说哪个人不讨厌他？"稍作停顿，"你晓不晓得你大表哥是怎么死的？"

魏静怡也是一叹气，"不是突然得病死的？"

"唉，那是对外那么说。死之前被人打了一顿，估计打中身上的要害了。唉，也是造孽啊，光天化日下，他到人家村子里，撵人

236

家姑娘，将人家姑娘给吓得半死，被村子里的人围起来一顿猛揍，唉，可怜又可嫌！"

母女俩彼此又是一番吁叹。

"静怡啊，你大表哥的事就不说了，都是过去的事了。现在还是说说你姐，我就怕她也坏脑子。想一想，万一她也坏了脑子，她后辈子是不是就废掉了？她要是废掉了，那可怎么好呢？再怎么弥补恐怕都难弥补哟。"母亲声音带有明显的幽忧，"静怡啊，照说这事是不能这样办的。学生不考试，肯定就没有分数，没有分数，肯定是不能让他毕业的。但这事，我寻思寻思，还是要顾及顾及你姐那边，不能让她坏脑子。你还是要掂量掂量，啊？"

魏静怡不好再说什么，只是叹着气，"妈，这事我也不晓得怎么办，我跟人家班主任也不太熟悉，你想办，人家愿不愿意给你办？这个真不好说。"

"你就跟班主任老师照直说，实在不行，你就干脆将万里妈的情况说严重一些，你就说万里妈精神有点问题，实在没有办法，请班主任老师帮帮忙。"母亲听小女儿不迭声地叹气，挂电话前还是一个劲地抚慰，"妈也晓得这事委实太难为你了。你就尽力而为吧。我想班主任老师也不至于一点面子不给你的。"

母亲也是将事情看得简单了。魏静怡暗地里自嘲，我还有什么面子呢？去替自己的外甥找人家黄老师要分数，这是需要厚起脸皮才能开口的事，多么没面子的事，无耻的事！

这边的电话刚撂下，手机就响了，是黄老师打来的，说万里人又找不到了，现在要填毕业生登记表。魏静怡一赌气，"黄老师，那孩子我真是不想管了！"黄老师说："不管怎么行呢？总不能驱到社会上去流浪吧？这些孩子，学好不容易，学坏可是很容易的。要是学坏了，怎么办？"

魏静怡嚼嚼黄老师的话，觉得黄老师是实在人。到这个时候，什么话都不要窝着，干脆照母亲的意思跟黄老师直说，说万里毕业证要是没有的话，他妈会发精神病。

哦？黄老师有些意外，"他妈有精神病？难怪这孩子性格有点怪。"叹气说,"只是这事,恐怕还是有点麻烦啊。"

"黄老师看怎么办才好呢?"

黄老师一沉吟,"这样吧,我跟教务处商量商量,像万里这种情况,应该怎么处理?回头我们再联系,好不好?"

"太不好意思啦,老让您费心!"

黄老师到底是实诚人,上午说的事,下午就给魏静怡反馈了,"我跟教务处沟通过了,我们学校原则上,学生能毕业的,还是尽量让他们毕业。但学生不参加考试,没有成绩,实在发不了毕业证。像万里这种特殊情况,教务处决定还是破一次例,再单独给万里一次补考的机会。您让万里今晚必须来见我。我需要跟他详细说说补考的事。"

"好好,万分感谢黄老师!"

魏静怡试着打万里手机,好歹通了!她语气竭力平和,"万里,你妈最近精神怕是有点问题,恐怕要送精神病院了!她成天就念叨你毕业的事。你要是毕不了业,你就等着送你妈去精神病院!我跟你说过多少遍,你再怎么混,你也得要重视各科的考试,怎么着都要混个毕业证书吧?你还想不想毕业?"

"已经没有机会了。"万里咕噜着说。

"我求你们的黄老师找了教务处,破例给你最后一次补考机会,你今晚去找黄老师,具体怎么考,黄老师会跟你说。你就照黄老师说的去做,另外,去黄老师那里领一下毕业生登记表。"

"嗯嗯。"

"小姨最不喜欢求人,为了不让你妈妈精神出问题,小姨厚着脸皮多次求人家黄老师,黄老师也很给面子。你这次再不好好珍惜,那小姨就一点办法都没有了!你现在就去找黄老师,听见没有?"

"嗯嗯。"

"我会随时跟黄老师联系,如果你不去联系黄老师,我现在就打车去学校揪你,听见没有?"

"嗯嗯。"

"别老嗯嗯！！ 说完整的话！听见没有?！你现在就去找黄老师！"

"听见了，小姨。我现在就去找黄老师。"

大约过了一刻钟，魏静怡跟黄老师联系，黄老师说："万里到我这里了，这回速度还挺快，态度也很好。您那边放心，我会让他照常补考的。"

"真的异常感谢黄老师，太让您费心了！"魏静怡稍稍舒了口气。只要万里去补考了，这毕业证的事问题就不大。两周后她又去了一趟K大学，专门向黄老师表达谢意。

那天风雨大作，昏天昏地的。魏静怡打车到K大学。她背了个双肩旅行包，里面装着的是从大商场买的两瓶极品五粮液。为防止包装被淋湿，出门前她特意又在外面套了两层塑料袋，内层的是红色塑料袋，外层呢，是黑色塑料袋。

在K大学的东门前下车，雨依然在下，地面随处是小水洼，魏静怡撑着雨伞，小心地踮着脚，走进比较冷清的校园，找到中心教学楼。在楼门口，她将淋着水的雨伞收起来，甩了甩，拿一个塑料袋裹紧，塞进双肩包的外兜里。她稍微整整衣襟，给黄老师打了个电话。黄老师请她到三层办公室。

魏静怡刚上三层楼梯，就看见黄老师站在办公室门口等着。

黄老师将魏静怡让进空无一人的办公室。魏静怡将书包打开，拿出里面的东西。不待黄老师开口，魏静怡说："万里的事给您添的麻烦太大了。我姐姐姐夫本来要过来感谢您的，实在抽不出时间，我这就代他们一下。一点点心意，请您务必收下啊！"

黄老师说："您太客气了！这大雨天的，您还非得要大老远地跑来。我说万里那孩子，稍微争点气，也不用您这么麻烦。"

魏静怡说："我这个做小姨的跑点路是应该的，只是太给您添麻烦啦。"

等到拿毕业证书，万里却拖拉着不肯去，说什么不好意思见老师。魏静怡沉了脸，"你还会觉得不好意思?！"

万里坐在电视机前，屁股像是钉牢在椅子上，两眼盯着体育频

239

道，就是不挪身。魏静怡催了多遍，万里只哼哼而已。做小姨的被惹恼了，啪地关了电视，"万里，那证书，你到底要，还是不要?!"

万里的脑袋软塌塌地垂到肩上，"小姨啊，其实，我根本就不想要什么证书。那一张纸，能顶什么用啊?"

费半天劲，居然是这种结果。魏静怡恨不能叫万里滚出她的家门，又一想不是亲儿子是外甥，咽咽怒气，给姐夫打电话。万山那边已经动心思在给儿子联系工作。一听万里竟蠢到连证书都不想拿，不免发了急，在电话里将儿子骂得狗血淋头，喝令万里今天就去学校拿证书!拿了证书滚回家来，不要老烦扰小姨!万里咕哝着，似应非应。

那证书终究还是魏静怡去拿的。证书装帧很精美，十六开，青色封面，里页白底蓝细条纹。二寸彩照上的万里，很阳光，很帅气的一个小伙子。

魏静怡端详着那照片，不禁摇头叹息，将证书扔给万里。

万里鼓着腮帮子，朝证书封面瞟了一眼，漫不经心地将证书撂在身旁的小马扎上，继续看他的电视。

不多时，卫岩回来。万里这才站起身，叫声："小姨夫好!"

卫岩忙说："万里你坐，你坐。"看到马扎上的毕业证书，顺手拿起来，打开看了看，"这证书挺大气的啊!看上去挺有档次的。日子过得真是快，万里这么快就毕业了啊。"

魏静怡瞅瞅万里，没好气，"毕业了，马上就要工作了，就得全靠自己了!"

3

两天之后，万里拖着行李箱坐火车回家。魏静怡将他送到北京西站，站在熙熙攘攘的人群中，魏静怡忍不住又要一番训导：你也老大不小了，要踏踏实实地工作，你不能靠你父母养你一辈子，你以后还要成家，还要养家糊口。……

万里嘴里哼应着，若无其事地左顾右盼。魏静怡看他那无所谓的样子，不免又来了气，说了也白说！他以后也不在她的跟前，眼不见也就心不烦了！便叹叹气说，道理你也都明白，小姨也不想再跟你啰唆，说多了你也听不进去，你还烦。一句话，你一定要学会管理自己。

到检票的时间，电子屏已经闪出"北京西到安庆"字样，魏静怡示意万里也跟着人群排队等候检票，她站在队伍外侧，也跟着一起移行。人多，随身携带的箱包之类的行李也多，也有些急躁的乘客往前扎堆，队伍一度出现混乱，万里也跟着挤，魏静怡说，别挤，别挤。

万里听不进，依然使劲挤，小伙子力气大，将身旁一位正忙着打手机的三十岁左右的男子给挤歪到一边，那男子人高马大，体格壮实，穿着花格子衬衫，留着一小撮短山羊胡子，眉宇间有一股冷肃气，一看就不是个善茬。男子挂了手机，那拳头似乎攥起来，弄不好事情就来了！一旦动起手来，万里保不准要吃亏。魏静怡忙呵斥外甥，让你别挤！你还想挤，你看将大哥都给挤到外面去了！

见这个愣头青还没有领会自己的意思，魏静怡一发急，索性将万里拽过来，说排队要文明！听见没有？原本要发作的男子瞟一眼

241

魏静怡，扬扬脖子，轻吹两下口哨，用脚推着自己的旅行箱，旁若无人地往前走。

万里被拽出来，老大不高兴，说："小姨，大家都在挤，又不是我一个人挤！"魏静怡压低声音说："你又不是没票，你犯不着去挤。你没看刚才那个人，要举拳打你吗？你碰上这种人，还是要小点心！没必要跟他纠缠，纠缠出个好歹来，还不是你自己吃亏？"

万里嘀咕说："那家伙看上去跟个痞子一样。"魏静怡说："既然看出他像个痞子，你还跟他一起挤干吗？不是找事吗？"

检票队伍越来越短，变得稀稀拉拉的，万里才过去。

看着外甥检票进站，那瘦高的身影在眼前消失，魏静怡才回转身，说不出什么感觉，如释重负？每当万里不听劝，她就烦闷，巴不得他离得远远的，可是他现在真的走了，她并不感到轻松，她实在有些担心，三年的宝贵光阴愣是被他给胡混掉了，还是她扛着厚脸皮帮他弄回一张专科文凭，这样不学无术的孩子，拿什么本事到社会上谋生？姐姐魏小叶和姐夫万山心思还大，还希望万山将来在大城市里上班安家。倒是母亲看得透，说万里那孩子怕是一时半会儿改不了性子，就让他在县里找个地方磨炼磨炼。

让万里磨炼是肯定要的，这点姐姐姐夫也认同。问题是让他到哪里磨炼呢？做父亲的在镇里当一把手，在镇里给儿子安排一门差事，在自己的眼皮底下，盯管自己的儿子，也是可以的。只是担心影响不好，外界多半会评说镇长万山以权谋私，他还有往上走的愿望，不能让自己有任何负面的评价。他的人脉也有，找关系为儿子在其他乡镇政府系统里谋一份职业，也不是不行，又怕儿子不争气，到头来只会给他丢脸。

思来想去，万山还是决定找自己的表侄帮帮忙。表侄是清华大学本科毕业，有的是知识厚底子，毕业后跟人合伙在海淀中关村办了一个科技公司，请托一下表侄，让万里到他们那个公司上班试试。万山总觉得儿子电脑专业也学了三年，再怎么混，电脑方面总还是懂一点的，再加上表侄带带他，教教他，让他在业务方面从最基础的做起，也还是比较合适的。

起先万里不愿意到表哥的科技公司上班，他知道自己几斤几两。万山狠狠地将儿子尅了一顿，说你不上班，在家干耗着？谁来养你？！娘老子不会再养你！魏小叶也不再像以前那样护着儿子，也在一旁帮腔：万里呀，你总不能一辈子靠娘老子吧？娘老子总有死的时候，娘老子不在了，你怎么办？你肯定要去上班啊。你现在去的是你表哥公司，怎么样都好说的，只要你好好学，他也会赤心赤意地教你。这么好的机会你都不好好把握，那你想干吗呢？

　　万里被父母一顿数落、教导，也蔫不唧的，顺从了。就这样，八月底，万里又拖着行李箱到北京，进了表哥所在的公司。

　　表哥给他安排了免费的住处。公司给单身的男员工统一租的带小窗的半地下室，实际上就是一个大通铺，摆放着十来张上下高低床。万里住最里间的一个上铺。

　　地下室住的都是年轻人，也大都不爱收拾，室内整体看上去有点脏乱，弥漫着一股汗液味和男性荷尔蒙的味道。万里好歹还是比较爱干净的，待在这样带有污浊气的半封闭空间里，实在是一种煎熬，他实在有些不习惯这里的环境。员工们吃饭都是自己在外面解决，早餐上旁边的早点铺买点包子、鸡蛋饼之类，喝碗紫米粥或豆腐脑，中午和晚上就吃那种十块钱的外卖套餐。外卖干净不干净不用说，他头天吃中餐，就从饭菜里扒拉出半截拇指长的细钢丝来，八成是刷锅用的钢丝球上的钢丝，裹到菜里去了，大大破坏了他吃饭的兴致，但肚子饿得不行，还是皱眉将剩下的饭菜吃下去。万里仅仅吃住了两天，就生发出落寞的感觉来。

　　魏静怡得知万里来北京的科技公司上班，第一反应是十有八九干不了多长时间，不过她也不能泼外甥冷水，便打电话鼓励外甥好好学，说有时间上小姨家来，小姨给你做好吃的，小姨最近专门买了一本菜谱，学了好几个拿手菜。那边的万里就嗯嗯着说好。

　　万里终究没有来小姨家。在表哥那边的公司也只干了三周，万里就卷起铺盖，拖着行李箱打道回府了。说出去真是脸上无光，科技公司的活儿，他实在干不了，没有那个本事。开始一周表哥也还是耐心指点，只是表哥实在太忙，就让下面的员工小郝带带万里，嘱咐万里不懂的就问小郝。

对于领导交代的事，小郝很上心，对万里也很热情。万里心里却是虚巴巴的，因为他连一些基础的编程都不会，人家小郝想教他，不知从哪里开始教起。小郝很遗憾，说你不是学计算机的吗？这是最基本的啊。大一就该学会的。万里不觉红了脸，大学专科三年，他几乎就没好好上过编程课，也委实没有什么兴趣。

表哥也看出这个表弟真真切切不是学习的料，公司也不是他一个人开的，对于不能干活的闲人，不管是谁，公司都不会供养。只是顾及表叔万山的面子问题，他又不便直接开口让万里离开，琢磨又琢磨，还是找万里单独谈谈，问万里到底有什么打算。

万里也知道表哥的意思，他自己也委实在公司待不下去，一天到晚人的心都是虚的，头都是低的，吃饭不香，睡觉不安，每天透过办公室那落地大玻璃窗的灿烂阳光，在他的眼里都是苍白虚浮的。他特别羡慕小郝，这个精明的小个子成天自信满满，表哥当着他的面多次夸小郝活儿干得又快又好，他要是有人家小郝的一半就好了！他几乎什么都不会，这样憋闷下去，他迟早会闷出抑郁症来，还不如早点让自己解脱出来。当着表哥的面，他不想再含糊，便直截了当地说："我还是到别的地方找工作吧。这里的事我干不下。"表哥说："我看还是先跟你爸妈商量一下，你再作决定。你看怎样？"

万里摇头，"不要跟他们说。跟他们说了，就不是那么一回事了。"表哥看了看他，沉吟了一下，点头说："好吧。尊重你的意见。工作是你自己的事情，还是要你自己做主。想想你自己能干什么，你就根据你自己的实际情况，找份适合你自己干的工作。"

万里决定离开的那天，表哥给他开了一个月的工资，另外还多给了一千块钱，给他订了硬卧票，买了烤鸭、果脯、糕点等北京特产，送他到火车站。一路上，表哥只顾自己开车，也没多话，万里心里七上八下的，这一回家，不知道会是什么样的场景。

表哥将万里送上火车站，想想还是给表叔万山打了个电话，说了万里的大致情况。其时万山正跟几个老同学小聚，席间闲聊各自的孩子，万山谈到自己的儿子，说自己的儿子正在北京一家大公司上班，月薪还不错。言谈间满是自豪，意想不到地接到表侄的电话，惊得脸色都有点变了，那餐饭吃得全然没味，找了个借口，早早地提前退席。儿子将他的脸打得太狠了！

万山也早知自己的儿子痴玩游戏，荒废了学业，但没有想到自己的儿子会那样差劲，就算在学校里没有学到真本事，这毕业出来从头学不行吗？表哥手把手地教也教不会他吗？！要是他真是铁着心想学，下大气力去学，持之以恒地去学，怕是铁杵也能磨成针的！说来说去，还是万里这个货不想真心学好！

儿子灰头土脸地一进家门，万山便将儿子一顿猛训："你这才干了几天？！你以为娘老子还像以前一样供养着你？！你已经二十岁了，你能做什么像样的事？！"万山像暴怒的狮子一样低吼。他是镇长，住的左邻右舍都是他们镇政府的人，他大发雷霆，也要抑制着声腔。

魏小叶两眼噙泪，哽咽着说："你什么时候能给我们争点气啊？你看这周围，哪家的孩子像你？你以前不好好学，那是你不懂事，你现在都这么大了，还不懂事？"

万山恼怒地说："你必须给我出去找工作！"万里垂着头，任凭父母责骂，在家闷了两天，硬着头皮跟一个关系还算铁的高中同学联系，同学在深圳一家物流公司打工，说那里需要人。两天后，万里就双肩背包，手拖拉杆箱南下深圳。这一去，就是大半年。

这期间，为儿子的事，魏小叶私下里不知哭过多少回，万山也不知叹过多少气。他还是告诫魏小叶，万里那东西是不能心疼的，你现在心疼他，就等于害他一辈子。

魏小叶说，儿子在外，万一有个好歹怎么办？

万山说，那么多人家的孩子都在外打工，能有什么事？他的嘴上这么说，心里却还是有点发毛，这年月，什么样的事都有可能发生，人生无常，谁又能保证他的儿子任何事没有呢？

1

　　万山和魏小叶经不起对儿子的担忧和思念，忍不住轮番给儿子打电话，儿子多半不接，看样子是怨恨父母了。儿子这态度也让父母心生怨艾：这小子，还是心疼不起来！生死由命，富贵在天，想管也管不了，只好随他去吧！

　　魏静怡也有些为万里担心，万里性格有点毛躁，她怕他跟别人交往不注意方法，容易起冲突；他那游戏瘾能轻易戒掉吗？还有作息饮食方面，都是需要注意的。不能天天熬夜，不能天天吃廉价的快餐。她必须嘱咐嘱咐万里，她知道电话打多了无用，也就一周打一次，而且一般在周六晚上打，听万里说他在一家物流公司上班，白天很忙，晚上还要经常加班。

　　小姨的电话万里还是会接的，以前小姨说什么他听不进去，但在异乡打工，有一种漂泊感，父母一打电话不是教训就是叹气，听得他满心生霉花，但小姨不一样，小姨现在基本上都是推心置腹的开导，说的也是实在话，而且小姨每每都是鼓励，他万里其实不笨，以前都因为父母娇惯，总以为有指望，稀里糊涂地过日子，现在好歹也渐渐明白，凡事要靠自己。小姨说得没错，只要努力干好手头的活，不愁没饭吃。当然，目前只能干点苦力。他不能一辈子干这卖气力的活，他还得挤时间多学点东西，游戏那东西实在害人，他现在竭力不去碰。

　　他甚至萌生了开网店的想法，不跟父母提，怕他们又是一顿数落，他只跟小姨提过，小姨也比较赞同，说网络时代，网购成为时尚，可以尝试着做做。但一定要踏踏实实地去做。那天跟小姨聊的时间不短。

小姨真是认真的人，他不过是提提想开网店，小姨却上了心，一番嘱咐："万里啊，你要做买卖，一定要守着一条底线：要讲信用。要卖真货，不能蒙人。你这回蒙人家，做一锤子买卖，下回人家不搭理你了，不上你这儿买东西，不给你赚钱的机会，你想想你蒙人家一次，值不值得？要想生意做长久，做好，你就要靠诚信吸引顾客，是不是？"

"那是肯定的。小姨，这点您放心。"

魏静怡能感觉到，万里真的在变，变得务实了，开始有目标了。最初是她给他打电话，慢慢地，都是万里主动打电话来，不时发来一些现场工作照，看着外甥发来的一些照片，她很欣慰，这个原本就比较帅气的小伙子，变得越来越可爱了！像万里这样的年轻人，只要能触动他内心柔软的那根弦，他就比较容易成为一个感情丰富的人。

魏静怡忍不住跟姐姐姐夫交流，劝他们以后跟孩子沟通时要注意方式，要多鼓励，说万里现在开始在变好了啊。做父母的当然听了也比较宽心。只是一听魏静怡说万里想开网店，万山就有些不乐意了，他对开网店很不看好，开网店，当个体户，风险太大，弄不好连本钱都捞不回来，他和妻子的忠实想法是希望儿子能有份稳定的工作，旱涝保收。

在儿子很小的时候，他们夫妇二人对儿子寄予美好愿望——本科念北大或清华，再努力念硕士、博士，出国深造，毕业后有一份高薪而又体面的工作。等到儿子上学之后，他们渐渐发现，这个愿望似乎渐行渐远。上小学时，儿子成绩还能在班上前十名晃悠；到了初中，偷偷玩起游戏，等到他们发现，儿子已经玩上瘾了，管教、开导，硬软兼施，都不大管用，儿子的成绩一路下滑，由前十五滑到前二十名了；到了高中，成绩更是快掉到底线了。他们不得不直面现实，对儿子高考的期望值越来越低，由名牌大学降低到普通大学，直至降到有大学上——哪怕是民办大学，也得让他上，混那么一个大专学历，总比没有强，跟外人说起来，万里也是大学毕业。

魏小叶每每碰到有人问起儿子的学历，不由自主地将"大学"后面的"专科"省去，只说儿子是北京一所大学毕业，碰上有不太识趣的人追问是北京哪所大学，她心里烦，就干脆转换话题。

万山不避讳谈儿子的读书状态，别人要是问起来，他就叹气说那小子脑瓜子倒挺灵活，就是不将心思放到学习上。他每一想起儿子以前那样胡混，就满心恼火，肚子里没货，只能给别人卖苦力，还胡思乱想要开什么网店！他甚至怀疑小子八成又是想借开网店玩游戏，不识好歹的货色！小姨子却在盲目地鼓励万里，这无疑助长万里的歪心思！他便打电话提醒小姨子，"万里开网店的事情，你不要从中助他啊。那不是长久之计。我和你姐将他驱出去打打工，也是想磨炼磨炼他，让他晓得一点生活的滋味。这都是暂时的，等有机会，还是要让他参加那种内部招考，弄一份安稳的工作做。"

魏静怡说："姐夫，有的话可能不当讲。你和姐姐这种想法还是要改一改。你们要相信万里，他现在真是想变好，他不是没脑子，他这种想法也不是行不通，现在互联网越来越发达，网购越来越时兴。开网店有什么不可以？万里在这方面有兴趣，你和姐姐应该鼓励才好。"

跟小姨子沟通不畅，万山有点怏然不乐，"不管怎么说，我和你姐姐是不支持他开网店的。他真要捣鼓，那就让他自己捣鼓去，反正我们经济上是不会支持他的。"

"姐夫，万里都跟我说了，他就猜到你们会反对，他压根儿就没有指望你们经济支持。他也不是盲目地开店，他同学的妹妹在开网店，那女孩子很精明，网店也开出了一些经验，他先上她那里取取经，同时他也在努力攒钱。你和姐姐真不要为万里担心。"

话说到这里，万山也没什么好说的，但依然还是叹气，倒不是什么担心的问题，他儿子不傻不痴，他也相信，就凭他儿子一双好手好脚的，只要不懒，在这个世间，他儿子再怎么混，一碗饭还是能混到嘴里的。问题是他和魏小叶丧失了骄傲的资本。俗话说，上辈子看父母，下辈子看儿女。父母早已没法看了，都已经归入黄土，每年也就在清明和腊月带着祭品去坟前祭奠一下；现在能看的就是儿女，他和魏小叶也只有万里这么一个儿子，看来看去，也就是看这根独苗了。如今独苗长得不壮，自然让他们越看越急。但是急又有什么用呢？又无法"揠苗助长"！

魏静怡跟万里交流时，有意使用激将法，说你父母也不是不同意你开店，他们就怕你头脑发热，不务实，赔本不算，还耗费宝贵的时间，你妈还说你什么时候得考虑找女朋友了。

其实姐姐魏小叶的原话是他们得考虑帮万里找个女孩子了，姐姐和姐夫的本意是想给儿子找个有稳定工作的姑娘，可是自己的儿子没有稳定工作，上哪里去找这样的姑娘？自感条件好的姑娘也是眯缝着眼挑拣一番的。魏静怡觉得姐姐和姐夫成天做着梦，梦一醒就发愁，一发愁，对儿子就满怀怨气：不争气的东西啊！她还是希望万里跟父母之间关系能够和谐一点，有意充当他们之间的润滑剂。

万里听小姨说母亲希望自己找女朋友，马上兴奋起来。他最初本着开店取经的想法跟同学的妹妹海容交往，渐渐发现，那女孩对他很有意思。同学也从中有意撮合，甚至还跟他一起规划未来蓝图：利用电商平台，他们一起做物流，开网店，只要大家齐心，一定能发展得好。女孩目前在网上卖童装，卖得很不错。他跟小姨说起这事，还将女孩的照片发给小姨看，"小姨，您帮我参谋参谋，您觉得这女孩子怎么样呢？"

"不错不错！挺耐看的。眼睛尤其好看，跟杏核似的。"

"就是个子不高，比我要矮一个头多。"

"女孩个子小点没事，小巧玲珑嘛。关键是你们能不能谈得来。"

"谈倒是谈得来。我就怕我爸妈不同意。我现在做什么他们都看不上。"

"你爸妈那边倒不是最主要的，主要还是你们这边，你们要是真有缘分走到一起，能齐心协力将日子过得红红火火，你爸妈他们也肯定高兴。"

"那倒也是。"

"你们以后要是需要小姨帮忙的，比如资金周转不过来的，就说一声呗。小姨虽然不是有钱人，但多少还是能凑一点的。"

"谢谢小姨！还是小姨好！"

"不是小姨好，主要还是你自己好。你要是像以前那样成天混日子，不成器，小姨恐怕也不会理你的哟。还有，人家女孩子心明眼亮的，你要是不踏实，她也看不上你。你再想想，人在社会上混，主要靠什么？还不是靠你自己有没有谋生的本事？如果你什么本事也没有，谁还瞧得上你？你想想是不是这个道理啊？"魏静怡声腔开始溢着笑，"你想想，你在北京念书的时候，小姨是不是也经常对你没有好脸色，是不是也老骂你啊？"

"说得也是啊。那不能怪小姨。那时候我也确实不懂事。净让小姨操心。现在想想，挺后悔的，自己那时候怎么那样糊涂？"

"年少糊涂，也在所难免。小姨现在教的学生当中，就有稀里糊涂混日子的——猫在寝室里打游戏，一打就是通宵，第二天白天补觉，假装生病跟老师请假。你说你有什么办法？这样的孩子，自己不想好，老师也没辙。只能寄希望于他自己将来醒悟了。就像你一样，一旦醒悟，他身上的闪光点就会渐渐显现出来。"

"是这样的，小姨。"

"有人老说什么人情似纸张张薄，自古以来不都是这样吗？为什么人情似薄纸？这个问题是需要好好思量的。人与人之间相处，其实并没有那种纯粹的美好感情，就说你和你爸妈之间，照理说是浓于水的血脉亲情，感情应该很纯粹吧？但不一定就代表你们之间相处时感情美好。你作为他们的儿子，他们对你是寄予很大的希望的，他们希望你努力学习，考上名牌大学，找一份薪水高、体面的工作，娶一个家庭背景不错、温柔贤惠的女孩子，即便这些愿望不能实现，但你能够立志，非常努力地工作，将自己身上的闪光点都激发出来，你能成为那个最好的自己，你也能成为他们的骄傲。一旦你成为他们的骄傲，你们之间的关系就很和谐，感情也必定是美好的。相反呢，如果你不努力，不争气，你们之间的关系自然好不了。你再想想，是不是这样呢？"

"是的是的，小姨说得一点不错！"

"所以啊，万里，小姨今天跟你絮絮叨叨了这么多，是想让你明白一个基本事实：一个人在这个世间活着，能不能活出人样，主要还是靠自己，你自己必须先将你自己当人，你必须要有自尊心，要有自立、自强的决心，你才能让你自己活出人样，你在别人眼里，才会是一个堂堂正正的人，否则，你在别人眼里，什么都不是的！"

"是的，小姨说的我都明白！"万里笑起来，"小姨真不愧是大学教文学的老师，讲的这些都挺入人心的！"

"那是自然的嘛，文学这东西，本来写的就是社会和人生嘛。我上课经常跟学生讲文学，很自然就讲到社会、人生上面去了。要说这些道理学生也都懂——但懂，并不等于都能做到，很多学生缺乏自律，管不住自己，那也不行啊。万里，小姨又要啰唆两句了，你自己一定要管好自己！这话我以前跟你说过很多遍吧？那时候你哼应归哼应，但实质上一点也不改。那就不行喽！"

"哎，那时候，小姨说的，都被我当成耳旁风，左耳进右耳出，根本就没搁在心上，我想起那时候的自己，确实令人讨厌，也难怪我爸妈老骂我，小姨你也老尅我。"

"那时候你自己根本就不想改，别人再怎么说，差不多都是白说，你根本听不进去。现在你自己想改变，就好办了，根本不需要别人来督促你。"

"我都这么大了，实在不应该再让家里人操心。"

"有这种想法就好。"

姨甥二人聊来聊去，聊了整整一个半小时。瞿晓芳电话一打进来，就问："静怡，你跟谁聊呢，聊这么长时间？"

"我姐家的万里。"魏静怡声腔里带有笑，"这段时间也没顾得上跟你联系，你怎么样？还好吧？"瞿晓芳上半年硕士毕业，下劲考公务员考到省司法厅，想必她感觉不错。

"不好不坏。刚到一个新单位，遇到的都是些生人，光人际关系这一头，就得要好好经营经营。"

"是的，人际关系确实很重要。你看上次我哥哥搞装修工程，要不是你和你舅舅费心，恐怕也轮不到我哥哥这里。我哥嫂他们一说起来，还是很感谢的。"

"咱们之间，不说客套话。我现在不在北京了，我舅舅那边的关系，你们也算是打通了，以后经常保持联系就好。要是老不联系，也就生疏了。就当一门亲戚处吧。他们也都很大方。"

"这个是肯定的，舅舅那边有什么喜事，我们肯定要去恭贺的。逢年过节什么的，也还是会表示表示的。"

瞿晓芳也知道，光暑假小安出国读书那一趟，魏静怡和哥哥魏静安就各送了一万礼金。

"说起来，我舅舅舅妈最大的遗憾事，就是小安迷恋游戏，不好好念书，原本他们希望儿子能到美国有点影响的大学读书，无奈小安学得太差，只好到另一所没什么名气的大学就读，听说那学校百分七八十都是中国学生，有不少课程也都是华人老师授课。我觉得花一二百万到这样的学校留学，还不如在国内读书。"

"怎么感觉这种大学像是圈钱的？可是正规大学？要是那种野鸡大学，那可就上当受骗了呃。"

"不知道啊。也不好直接问舅舅舅妈。他们都好面子。"瞿晓芳叹息，"唉，小安那孩子不争气，不成器。我比较担心他在国外也孬混，光混不说，还有可能学坏。"

"养孩子，辛辛苦苦养十多年，养成这样，也是令人伤心的。"

"我分明觉得我舅舅舅妈他们心情不好，最近给他们打电话，他们话明显少多了，以前他们还老爱说玩笑话。自从儿子出国留学之后，他们玩笑也不怎么开了。"

"现在这网络游戏，毁掉一大批孩子！我姐姐家的万里，中学时期也是因为迷恋游戏，考试也是一塌糊涂，差到极点，将他娘老子气得要死。好在我姐姐姐夫还是有点远见，让他独自出去谋生，受受苦，才能知道生活不易，现在他也开始懂事了，开始懂得努力。他以后还是不会令人担忧的。"

"万里还算不错。"

"我觉得对小安这样的孩子，也应该让他受点挫折，书不好好读，家里又花一大笔钱送他出国，他衣食无忧，没有任何的忧患意识，他能变好吗？你舅舅舅妈这一着棋真是走偏了！"

"他们两个人，唉，要说也是有点身份的，你说这道理他们难道不懂吗？溺爱儿子，又死要面子，送儿子出去镀镀金，回来能干什么呢？到时候文也不文，武也不武，专门啃娘老子！"

"说起来，孩子养得好不好，根子还是在父母身上。"魏静怡叹气，"我们以后要孩子，得预备着管教好，要不然，干脆就别要好了。费心费力地生养一个孩子，不谈将来对社会做贡献这样的高调，到头来不成器，顾不了家庭，连自己都养不活，反倒成了累赘，养这样的孩子做什么？"

"不说这些了，越说越让人心里不舒坦。"瞿晓芳清清嗓子，"吴祖安，你还记得吗？"

"哪能不记得？大个子，头发还有点自然卷。当年金云宇老师给我出诗歌板报，还是他给配的画。高三时就坐在我身后。怎么突然提起他来了？"

"他组织大家元旦搞同学聚会，要你的联系方式。你参加不参加？"魏静怡这才意识到，刚才都是随便闲聊，这才是瞿晓芳要说的主要事情。

同学聚会？魏静怡又想到金云宇老师，倘若金老师还活着，他一定会参加，她也必定要去。如今她提不起任何兴致。同学中，除了瞿晓芳之外，能始终保持联系的没有几个，贴心说得上话的也没有几个，聚到一起，除了吃吃喝喝，搞点卡拉 OK 之类的文娱表演，热闹一场，到头来各自四散，反倒让人平添难言的惆怅。她打定主意不去，不过话还是要说得婉转，"这个恐怕参加不了，元旦我们这边也要搞活动。你帮我跟吴祖安说一下啊。"

"我猜着你不会去，从北京回老家，路也远。元旦也就一天假，双休日凑到一起，也就三天，来去折腾不是个事。哪像吴祖安他们在老家上班闲逸，也没有多少要事，端着杯子喝喝茶，刷刷手机，打打电话。"那边瞿晓芳说话时，还在忙着浏览网上的资料，"我也没时间去。我正忙着复习呢。"她到省司法厅，周边的年轻人都在比拼着业余时间读在职博士，她也不能落后，索性再拼一下。

"你还考博士？你之前不说，硕士一毕业就准备要孩子吗？"

"先考上再说，真要怀上，休一年学，这不就两不误了？"

"王明仁什么想法？"

"他能有什么想法？连电话都没工夫给我打。论文答辩，还得忙着找工作。光那论文，就费半天劲。白玉老师真严格啊，要他将论文改了又改。当年我让他考我舅妈的，他不考，我舅妈建议他考陈华茂的博士，他也不考，他非得考白老师的，如今念得不知要多费多少劲。"

"导师严格些好。博士念出来，含金量高。"

"也不见得，关键是导师得有名气，得有更多资源。你们那白老师学问做得是很扎实，可她是纯粹的无帽博导，跟行政那块一点不沾边，不像我舅妈，好歹还是文艺研究学会会长。陈华茂，头衔就更多了，文学院院长这个头衔尤其重要，他应该有很多资源让他的博士生跟着利用。"

魏静怡没有再接话。每次跟瞿晓芳聊天，聊到最后往往没了兴致，但这并不妨碍两人好，当然是生活层面的好，每每一涉及精神层面，聊不到一起，她就自行打住，说回头有时间再聊啊。

家里只有她一个人。卫岩已有一个星期没回来，又在跑什么项目。在经济场上混的人，终究是不太靠谱，也容易混花心。卫岩不像以前那样跟她黏糊，倒让她生了点想法，只是目前还没让她发现异常动静。又想起白玉老师说的驭夫术，女人必须学会察言观色，男人若有点风吹草动，就得提前打预防针。她觉得对那种不忠贞的男人，其实没必要留恋，所以也就不必打什么预防针。

没过几天，就是元旦，哥嫂和卫鸾都过来走动。卫岩说要上外面的饭馆吃，魏静怡不赞成，觉得还是在家里吃得干净，也比较经济，都是家里人，在家摆摆家宴，更觉自在，舒适。嫂嫂常红也过来帮厨。她也不跟嫂嫂客气，说嫂嫂，你就指导我做做菜。上次家里带来的山芋粉和山芋粉丝还没吃完，正好可以做两个好菜。

常红也很欣然，小姑子家厅室宽敞，窗明几净，厨房也是非常的整洁。做饭炒菜比自己租的那个蜗居要强上十倍啊。她帮着小姑子做了好几个老家风味的地道菜肴，如蚂蚁上树和红烧山芋粉圆子。

魏静安兴致很高，在饭桌上聊东聊西，聊起他以前的一个初中同学的风流事，"这家伙发达了，腰兜里也鼓着不少票子，财大气就粗了嘛，在外面不规矩起来，养了一个小的，姑娘才二十出头。家里弄得鸡飞狗跳的。外面这个姑娘骂他是骗子，要他赔偿她青春损失费五十万，一分不能少，少了就要他好看！他其实哪有那么多钱？前天还跟我打电话，说他烦死了。要我帮他出出主意。我说我没有主意，这事你得自己琢磨，实在琢磨不出，你就干脆上九华山当和尚去！"

常红很不屑，说："活该！"

魏静怡接茬说："这种拈花惹草的男人，就该扫地出门。"

魏静安直视妹妹，"你别说得简单，扫地出门？怎么扫？他老婆是农家妇女，性子泼辣，但没有什么经济来源，她拿什么来扫他？发一通牢骚之后，最后还是要跟男人凑合着过日子。"

魏静怡说："换成我，绝对不可能。敢在外面跟人胡混，这是触犯原则问题，立马离婚。"

常红笑起来，"静怡，换到你这里当然不可能。姑爷可是心明眼亮的人，你这么好的人，姑爷上哪里找去？姑爷是很珍惜的。"看一眼卫岩，"小卫说是不是？"

卫岩笑笑点头，"我希望我们能很快有个孩子。"

又提孩子，魏静怡不知怎么地有些烦。仿佛他跟她结婚，目的就是要孩子。哥嫂都一致附和点头：对，是该要个孩子。家里没孩子，不算真正的家。

卫鸾瞅瞅嫂嫂并不愉快的神情，说："我倒是觉得，孩子其实不是最主要的，主要是两个人好，就比什么都强。现在不要孩子的

255

丁克家庭也不在少数呢。"

魏静安说:"不要孩子毕竟是极少数,估计也有各种原因。"卫岩说:"就是。要是好端端的,谁会不要孩子呢?"

魏静怡瞟一眼卫岩,不再搭腔。她觉得自己跟卫岩也就是过日子,没有什么期待。她倒是私下里羡慕柳叶青找了大学同行,两个人在一个圈子里,总是有共同语言,生活的步调也一致。一到寒暑假,他们两人可以双双出游。她不行。她的生活轨迹似乎就是属于她自己的。每每想到这些,她就心生虚落。

第六章

1

跟魏静怡不同，柳叶青从来都不是凑合着过日子。她跟郭育德组建小家庭，是百分之百的你情我愿，虽然恋爱期有点短，但结婚之后，两个人的感情一直保持在蜜月期的状态，连陈家星那老头子都觉得柳叶青和郭育德恋爱结婚，小伙子变得更帅，姑娘变得更美。有时在菜市场碰见小夫妻挽着手买菜，老头子也不忘打趣几句，说到底还是自己有眼光，牵红线牵出一对绝配的好鸳鸯！

柳云希望女儿尽快要个孩子。郭育德不太赞成，说青青正读在职博士，又要上课，又要念博士，本身就累得够呛，再来一个孩子，那还受得了？老太太说，孩子你们只管生，我来帮着带。趁现在我身子骨还不错，你们赶紧要一个小的。我带应该没有问题的。

柳叶青倒是有点动心，她念完博士都三十四岁了，那时再要孩子还是有点晚。前几天，院里上了点年纪的女老师们只要聊到要孩子，观点都无一例外地高度一致：孩子不要也就罢了，要的话，还是尽早要为好。别的事都可以放一放，只有生孩子这件事耽搁不得。如今母亲既然这么自告奋勇地要帮自己看孩子，给她做坚强后盾，她还是要好好考虑考虑。

郭育德劝妻子要慎重，柳叶青纠结了几天，还是决定先要孩子。郭育德其实也想要孩子，只是担心妻子的身体吃不消。柳叶青说，没有关系的。我的博士课程大部分集中在第一学年，第二学年要上的课程少，凑够学分应该问题不大，后面主要是写博士论文，实在不行，就申请延期呗。何况，我们只是说要，还不一定马上就要得上呢。

郭育德将她环进怀里，"尊重你的想法，支持你的计划。"

对于这对感情浓得化不开的好鸳鸯来说，这种造人计划一旦制定，两个多月后，就见出分晓。

"大姨妈到现在都没来，按正常情况，上周就应该来的。"柳叶青抚摸着肚子，"我猜可能真是有了。"

"我预感，肯定有了，肯定有了！我们这么努力！"郭育德欣喜不已。

"什么努力？老是折腾人！"柳叶青嗔笑着斜瞟他一眼。

郭育德心头仿佛灌了蜜汤，喜不自禁，抱着妻子亲热，"太棒了，我的青青！"

柳叶青笑着推开他，"你别这样好不好？弄得人都快窒息了！"

"好好。"郭育德放开妻子，给她轻轻按摩双肩，情意绵绵地说："能娶到你，我觉得我真是太有福了！我们的孩子肯定比你还要好看！"

柳叶青见他那无比激动的样子，有点好笑，"真没见过谁像你这样的，还不一定是真有呢，要是让你空欢喜一场，怎么办？"

"明天我们去医院检查一下，确定是不是，可好？"

"假如不是呢？你是不是跟泄气的皮球一样了？"她笑他，轻拍他的脸，"你还是保持平常心，免得情绪大起大落，对身体不好。"

"我预感这回一定是有的。时刻准备着。"郭育德依然很开心，起身从衣帽架上取下包，从包里拿出一个可爱漂亮的布娃娃。

"哪里来的？"

"昨天购物时，经过一家玩具店，玻璃橱窗里陈列着许多玩具，忍不住进去看了看，挑了这个娃娃。没好拿出来，又怕你说我呢。"上次他也是忍不住进玩具店，买了个巴掌大的电动小汽车，被柳叶青嗔笑一番。

这回妻子见了布娃娃也很兴奋。他按一下开关，布娃娃被抱起时，发出愉快的笑声，紧跟着奶声奶气地唱起《我是一个好宝宝》，反复唱，乐音优美动听。当他将布娃娃放下，歌声就停止，随后发出啼哭，表示不满，她还要抱抱。柳叶青被逗乐了，"这个挺有趣的啊。"

"你说咱们一有了孩子，家里整天都是热热闹闹，乐乐呵呵的。那挺好！"

"那也不尽然。孩子吵闹起来，也够让人受的。"

"孩子吵闹总是有原因的，不是饿了，就是哪儿不自在，好端端的，舒舒服服的，孩子是不会哭的。"

夫妻两人聊起孩子，满怀欣悦。

翌日去医院妇产科检查，果然是有喜了！郭育德兴奋异常，仿若天上已经掉下一个天仙宝宝。柳叶青也是喜眉笑目的，她终于要做母亲了！她昔日的一个初中同学，年纪跟她一般大，上的职高，工作早，结婚也早，孩子快上初一了。上周见面，同学还问起她什么时候也要个孩子。如今她怀里也快有个粉嫩的小人儿抱抱了，想想也是很奇妙的事。

一出医院的门，柳叶青就跟母亲打电话。柳云自然心花怒放。

郭育德将准爸爸的身份拿捏得十分到位，他要让妻子好好安胎，头三月尤其重要，他几乎全揽家务事。有时他在厨房里忙活，妻子准备跟着择菜，他不让，说厨房里油烟对胎儿不好。他还专门找有关"孕妇膳食指南"参考，指南建议孕妇要多吃富含钙、铁的食物以及蕴含丰富蛋白质的禽蛋、豆制品，还要多吃海鱼、海参等各种海产品，还要吃一些苹果、桃、杏、菠萝等水果。他就按指南建议，给妻子制定食谱，为了让妻子吃好，他就想办法变着花样做菜。柳叶青也常常夸赞他真是长厨艺了，饭菜越来越合胃口。郭育德看向妻子的眼神满是爱怜，说我要当爸爸了，当然要学会做饭菜喽。

柳云见女婿这样尽心尽力地待自己的女儿，很是欣慰，觉得当初还是女儿有眼力。

她几乎每天都往女儿这里跑一趟，不是送煲好的鸡汤或鱼汤，就是送新鲜的牛排，要不就是送现包现蒸的鲜饺，总之，变着花样做各种美味菜肴给女儿吃。柳叶青说："妈，你不用天天跑，太累了。育德也会做饭菜，他做的饭菜也很好吃。"

郭育德接话说："妈妈不用劳顿天天跑。青青我会照顾好的。妈妈尽管放心。"

"我闲着没事，做点吃的，跑跑路，也是在锻炼身体。"柳云满脸慈爱。

她原先担心女儿会像当年她那样妊娠反应强烈，一吃东西就呕吐，严重的时候，将胆汁都快给呕出来了，她那时真是痛苦不堪。但女儿好像没什么反应，胃口很好，精神好，面色也好，真正是白里透红的那种。照以往一些老人的说法，怀女胎一般妊娠反应大，面色幽暗，而怀男胎恰恰相反。依女儿目前各方面的状况看，怀的十有八九是男胎。柳云窃喜，忍不住跟女儿说她的猜测，不料女儿听了反倒不乐意了，说不希望是男孩，渴望生个小姑娘，小姑娘乖巧，是爹娘的小棉袄。郭育德说，生儿生女不重要，重要的是孩子健康聪明就好。

柳叶青比较自信，说："我们的孩子肯定差不了。"

郭育德更是自信满满，说："那是自然。我们俩都不差。"

"关键是我这个母体健康，孩子在我这个娘胎里待着也安逸。"柳云和郭育德都很开心地笑起来。

很快学校放暑假。柳叶青安胎休养，听听舒缓的优美轻音乐，每天郭育德都陪她去公园散步，她能吃能睡，营养充足，心情舒畅，从未有过的满足感油然而生。

她在职博士的学分也大致修得差不多了，按导师陈华茂的要求，博士二年级下学期，博士论文要准备开题，柳叶青一有喜，就预备着延后开题，跟陈华茂一提，陈华茂也没有什么异议，学生这种特殊情况，开题只能延期，毕业相应也就延后一年。陈华茂说你这孩子一出来，你肯定会分心。建议柳叶青在身体允许的前提下，可以根据选题先做好前期资料查询、收集、整理工作，能写就尽量写点。

新学期开学前一周，郭育德在超市购物，看见前面陈家星老师跟白玉老师推着购物车，忙过去打招呼。老头子说："今日怎么没见你家小柳呢？"

"她在家里休息呢。"郭育德喜滋滋地说，"不瞒您和白老师，我要做爸爸了。"

"哦，"老头子和白老师都笑说，"好事好事！"老头子管教学，自然会想到柳叶青下学期上课的事，"上学期期末排课，也不知道小柳这种情况，那这课，下学期小柳还能不能继续上？"

"她这个人倒是挺好强的，她说她能继续上，只是我想跟陈老师商量一下，要是可以的话，能不能少上点课呢？我怕她越往后身体吃不消。"

"特殊情况，少上点课，没问题。回头我看看课表，再重新调整一下课节。"

"那就让陈老师多费心了啊。"

"我们之间，还客气什么呢？你们也都是三十多岁了，要孩子要得晚，论情论理，学院都应该考虑你们的特殊情况。"白玉老师一旁说："孩子还是早点要的好。我们的孩子就生晚了，你看我们现在都快退休了，我们家孩子才刚本科毕业。"

郭育德回去跟柳叶青一说，柳叶青觉得这样还不错。之前她也有过这方面的考虑，只是不好意思直接跟陈老师提。

后来她听陈老师说，潘向丽接了她的四节课。"小潘这回没得说。"陈老师夸赞潘向丽。柳叶青印象中，潘向丽向来是不愿意多上课的。这回能接她的课，那也真是有点不容易的。

柳叶青也知道，陈老师大概从中做了潘向丽不少工作，陈老师还积极给小潘介绍男朋友，力推小潘参加学校青年教师教学基本功大奖赛。在整个学院领导当中，也只有陈家星能始终以平常心对待人家小潘，他觉得小潘聪慧，院里要是好好用，也是个人才。

在整个外语学院，潘向丽的私生活常常成为大家——尤其是那些女同事茶余饭后的谈资。在大家的眼里，年过三十岁的潘向丽前卫新潮，丝毫不亚于那些十八九岁的女大学生，她留着栗色的波浪形披肩长发，喜欢穿那种半露胸脯（有时脖子上系一条丝带）、齐肚脐的卡腰上衣。上课时，她抬手在黑板上写字，那上衣就不由自主地爬上腰，肚脐就露了出来。有一次，陈家星随堂听潘向丽的课，觉得有碍观瞻，私下善意地提醒潘向丽注意一点着装。陈家星说什么，潘向丽淡然地听着，之后，并没有见她有什么改变。陈家星对潘向丽的我行我素，也不便过多干涉，索性不管了。

潘向丽是个追求浪漫的人，据一些好事者统计，她来外语学院五年，至少谈过六次恋爱，这其间还不包括露水式恋爱的那种。潘向丽经常夜不归宿，外面都传潘向丽跟这个同居，跟那个睡觉，男女关系乱得很。柳叶青也觉得潘向丽性关系过于随便，并不好。但对那种背地里老拿潘向丽说事的人有些反感，潘向丽跟谁同居是潘向丽自己的事，从来没有妨碍过谁，干吗在背地里老喷潘向丽唾沫？虽然她也说过潘向丽，但那是当着潘向丽的面说的。那次她们一起谈论婚恋问题，柳叶青委婉地劝说潘向丽，找男朋友要先看准了，不能随便相信人。

潘向丽似乎很有同感，说："男人没有几个是好的。"她叹口气，"我有时候也挺郁闷的。说真话，有的时候，连我自己都有点搞不清过什么样的日子最称心。"顿了顿说，"我这个人其实也不适合当老师。"

柳叶青说："那倒不是。学生对你的反映还是不错的，说潘老师上课很灵活，课堂气氛特别活，想打瞌睡都不容易。"

"是吗？"潘向丽的眼里马上有了点神采。

平心而论，潘向丽跟柳叶青之间虽谈不上知交，但两人也还能聊上几句话。这回陈家星找到潘向丽，说柳叶青的情况，希望小潘将她的四节课接过去上一上，潘向丽爽快地应承下来。陈家星说："等你将来要小孩，你的课也可以让小柳帮着上一上。"

潘向丽眼神有点黯淡，说："八字还不见一撇呢。"

陈家星有点诧异，"我上次跟你介绍的那位小鲍，不是说处得还可以吗？"

潘向丽摇头，"已经没怎么联系了。"陈家星说："也不急，我回头问问小鲍。"

"谢谢陈老师。您不要问了。我觉得这个有些不合适。"她不好直说，是那个小鲍直接跟她说他们俩不合适的。既然这样，也就没有什么好说的了。

陈家星还是私下问了问小鲍——他昔日的一个学生的师弟，目前在一所市属工科院校教书。小鲍听说她过去的丰富情史，便打了退堂鼓。小鲍是个爽直的小伙子，对陈老师也不藏不掖，说陈老师，不瞒您说，这样的姑娘不敢要。老头子也只能深表遗憾，他觉得小潘总体还不错，就是以前犯了点迷糊，现在也开始变规矩了，也想好好找人成个家。

老头子安慰潘向丽，说他逢着合适的，再给她介绍介绍。他还私下委托柳叶青和郭育德，也帮潘向丽留心留心。

柳叶青说，有合适的，我会留心。碰巧那天魏静怡带着水果上门来看她，她也顺便跟魏静怡说起这事，"潘向丽变得比以前稳实多了，似乎变成两个人了，你那边可有合适的男孩子，也帮着牵牵线呢？"魏静怡说："好像没有什么合适的。"

"你让你们家卫岩看看他们那边可有合适的？"

"像潘向丽这样性情的人，怕还是她自己找更合适。"

"问题是她自己一时也没有找到合适的呢。我们还是帮着留心留心吧。你问问卫岩那边，问一下吧。"

"那我问问。"魏静怡回应，但她并不热心跟卫岩提这事。其实卫岩那边倒是有好几个小伙子，想托她给介绍高校女老师的，她一概婉言回绝，说没有合适的人。她不想揽事。当月老做红娘这种事，也得看好双方的大致情况，否则，牵线牵得不好，双方不和谐，也让红娘自感尴尬。她总觉得自己找卫岩，就没怎么找对。也渐渐生出一种偏见，生意场的人，尽量不要给人家介绍。忍不住也说说自己的真实想法，"其实，还是找同行比较好。你看你和小郭，琴瑟和鸣的。陈老师这个线就牵得好。"

柳叶青点头，"陈老师有眼力，说我们俩合适，我们俩也的确比较投缘。"顿了下，"我看你和卫岩也挺好的。"

"别人看着都说好。好不好只有自己知道。"

"那也是自己对人家要求太高吧。"柳叶青顺手从果盘中拿起一小包干果给魏静怡，"来，吃点东西，这个好吃。"

"这个我吃过了。一天最多吃一包。"拿起一个蜜橘，"我吃这个。"

魏静怡剥下橘皮搁在茶几上的空盒子里，看了一眼垃圾盒里扔的一些橘皮，说："橘皮还是留着的好，晾干了可以泡水喝，煲汤煮粥放几片，能开胃，蒸鱼的话，也可以搁几片，能去腥。用途挺多的。"

柳叶青笑说："看样子你居家生活比我们讲究。我们随手就给扔掉了。以后还是留着。"

这当儿，郭育德从超市买菜进门，喜笑颜开，"哦，魏老师过来啦，中午就在我们家吃饭啊。"

"郭老师不客气的。我坐一会儿就走，还有点事，改天再来品尝你的手艺。听叶青说，郭老师的烹调手艺相当的好，都可以开餐馆的。"

听魏静怡这么夸赞，郭育德更是兴奋，"哪里哪里？那都是人家柳老师刻意鼓励。我这是在努力学习中啊。"

哦，还知道谦虚呢！柳叶青笑起来。

柳叶青是那年隆冬正式升格为母亲的。小人儿一降世，就优哉游哉地睁开双眼，转动黑得发亮的小眼珠打量周围的人，似乎很兴奋，踢蹬着两条小腿，当爹当妈的欣喜若狂，仿佛吃了超级糖蜜一般，浑身酥软。姥姥柳云笑得两眼出泪，"哟，这宝贝，真是个小人精啊！日后准是个小淘气包！"淘淘的乳名就这样被姥姥叫开了。

还真是让姥姥说准了，淘淘浑身有使不完的劲，一刻也不闲着，地道的一个小淘气包。不会走路的时候，还好对付，等到一两岁满地跑了，可将大人给累坏了，一眨眼，小人儿就不见了，急得大人四下找得团团转，一不留神，他自己从某个地方钻了出来，还咯咯乐着说他会躲猫猫，耶！爸爸，找不到！妈妈，找不到！姥姥，找不到！还乐得蹦跶起来，一不小心摔屁股蹲，他也不哭。

最初是柳云过来帮着带孩子，当姥姥的溺爱外孙，外孙要什么她给什么，还生怕外孙吃不饱，追着喂饭。柳叶青劝母亲不要这样惯孩子，柳云不以为然，说孩子小，不能管得太狠了。

"妈，对小男孩尤其不能惯。怎样惯怎样坏。"

"说什么话啊！什么怎样惯怎样坏！你小时候我就是这么带的，也没惯坏你啊。"

"妈，您以为您将我惯得好吗？上幼儿园，别的小朋友都是自己吃饭，就我是人家老师喂着吃，老师不喂，我就不吃，老师想办法让我自己吃饭，又是哄，又是骗的，我自己倒是吃饭了，可是弄得饭菜满胸脯都是，别的小朋友就嘲笑我，我哭得哇哇叫。您要是当幼儿园老师，碰到的孩子都像我这样的，您想您烦不烦？"

"你上幼儿园时那么小，老师喂点饭有什么可说的呢？"

"上小学，人家孩子扫地抹桌子这种活干起来有板有眼，就我不会干，也不愿意干。老师委婉地批评我，同学也指责我偷懒，您说我这样被您从小给惯得什么都不会，您觉得好吗？"

"你说你现在，哪点比别人差了？你小时候的那些陈芝麻烂谷子，你还翻出来干啥？证明什么了？"柳云白了女儿一眼，"小孩子家，要让他高兴才好！"

淘淘拿扫帚当马骑，满屋子跑。柳云端着保温的双层不锈钢小碗，跟在小外孙身后，趁他稍微消停的时候，往他嘴里塞一勺饭菜，"好淘淘，再来一口，啊，呜，张大嘴，我淘淘宝宝可真棒！"

"妈！您这样餐餐喂饭，喂得他没有一点规矩！"

"这么丁点大的小孩子家，你跟他讲什么规矩啊？"

无论跟母亲说什么，母亲都有话应对，柳叶青一烦，将儿子抱到小饭桌旁坐下，"淘淘！不准再乱跑，坐在这里将饭吃完再玩！"

淘淘不听，依然满屋子跑，柳叶青实在生气，吼道："淘淘！妈妈说话你没有听见吗？不准再乱跑，坐在这里将饭吃完！"

小家伙依然故我，柳叶青顺手将他掳过来，按在小凳子上，冲孩子扬扬巴掌，威胁说："再不听话，小心妈妈掌你小屁股！"孩子一看妈妈这凶巴巴的架势，哇哇哭起来。

柳云脸色顿时阴下来，将保温碗往桌上一撂，"你给我摆什么威风？孩子边吃边玩，有多大的事？"

母女争执起来。郭育德一旁忙劝架，"青青，你少说几句，妈妈也是好心。"

柳云一抹眼睛，气恼地说："你多大了，还是那么不懂事！从小到大，我都将心掏出来给你！落不到你一句好！现在我为我的小外孙费心费力，也落不到你一句好！"将淘淘抱起来，"走，不在这里待，到姥姥家去！"

柳叶青一看，急了，"孩子您不能带到您那里去！"柳云倔强地一扭脖子，"你说，我的亲外孙，我为什么不能带走？！你以为你生的孩子，就是你一个人的私人财产？！"

越说越有点离谱了！郭育德一见这阵势，知道跟丈母娘说不清理，拽拽妻子，示意她让一步，他自己倒是主动赔着笑脸，"妈妈，您也别生气，淘淘是您亲外孙，您想带过去就带过去，只是孩子太淘气了，怕您一个人带太累。"

"我带小外孙，就是再累，我也心甘情愿！"柳云两眼瞪着女儿，"总比你气我要好！"

柳叶青忍着气，索性闭嘴。母亲就是这样的人，能将无理的事情说得无比有理。父亲在世的时候，她每每看不惯父亲，常常有事没事都要找点茬跟父亲吵，气得父亲呼呼直喘粗气。爷爷奶奶也都避让她三分。她上学的时候，学校每有什么让母亲不顺心的事，母亲都要去找老师说，甚至找校长反映，弄得全校闻名——柳叶青那个妈老厉害啊！

那天，柳云一气之下，带着小外孙回到自己的家。郭育德为了减轻丈母娘的怒气，帮着收拾了一下孩子的日用品，出门叫了一辆出租车，亲自送丈母娘回家。临走前，还从口袋里摸了几百块钱，搁在桌上，说："妈，淘淘在您这里，让您受累了。回头什么时候要过来，您言语一声，我来接你们啊。"

丈母娘将几百块钱抓起，塞到女婿怀里，"你放钱干什么？我的小外孙，我还是养得起的！"

郭育德暗自苦笑，这老太太，这脾气真有几下子。刀子嘴，豆腐心，她心肠不坏，也不必跟她计较，就笑笑收起钱，"妈，那就累您了。"

郭育德回到家，见柳叶青还在怄气，就规劝说："你自己的亲妈，也是为孩子的事情。你还气成这样？至于吗？"

"这样下去，你不觉得麻烦吗？她什么事都管着。你不让她管，她就跟你吵闹，你都看见了，你吵得过她吗？那孩子迟早要被她给惯坏！男孩子日后长大要成家立业，都是家庭的顶梁柱，要是惯坏了，成不了家，立不了业，甚至连自己都养不活，那你说，我们养这样的窝囊废孩子，是不是造孽？！"

郭育德也皱皱眉头，"确实有点小麻烦。"

"最可气的是，你管孩子，她当着孩子的面护着，这不是成心损我这个当妈的吗？我以后在孩子面前，还能有一点威信吗？我说的话，孩子能听得进去吗？"

"那你说怎么办？老太太就是那样的人。"郭育德思忖着说，"要不，你找大姨和大舅他们劝劝她？"

"谁劝也没用。她以前就因为我的事情跟我大姨大舅都断了来往，说起来都有点好笑！那年正月，我们几家的孩子一起去给姥姥姥爷拜年，姥姥给我们每个孩子一个红包，我的红包在回来的路上给弄丢了（估计被人摸走了），我母亲很生气，硬说我姥姥没给就没给，还偏说孩子给弄丢了，说多大的孩子了！都上小学五年级的孩子了，怎么可能会弄丢呢？你听听这话，大人都有可能丢东西，小学五年级的孩子怎么就一定不丢东西？我大姨和我舅舅也都替我姥姥说话，说我姥姥手心手背都是肉，对三个孩子都是一视同仁的，红包都是给了的。你猜你我妈怎么说，怎么可能一视同仁？你们两家都是小子，我家青儿是姑娘！我大舅实在生气，说你能不能讲点道理？我大姨也说，你从小到大，没少让妈妈操心，你现在还是没事找事吵妈妈！我母亲气得不再理会他们。"

267

"哎，像你妈妈这样的，也确实不多见的。我恐怕还是第一次见啊。"

"她跟我大姨大舅之间的关系，一直到我考上大学之后才渐渐缓解。要是照她的脾性，她跟娘家人一辈子都可以老死不相往来的。她不跟他们来往也就罢了，还不让我去他们家。我总觉得这样不对，但又无法劝说她。我私底下给我大姨大舅买东西，以我妈妈的名义送给他们，他们以为真是我妈回心转意了，也让我带双倍的东西给我妈妈。我妈妈这个人，你也看到了，人其实也不坏，她凡事都喜欢站在自己的角度来考虑，喜欢争那一口气，习惯于占人上风，她见我大姨我大舅主动跟她和好，也渐渐消了内心的芥蒂，这样一来二去，他们兄妹间又恢复了往来。"

"看样子，还得要有人从中做做润滑剂。"

"你还是很懂她的心理的。"

"你们母女俩针尖对麦芒，我不在中间劝解劝解，她肯定又恨上我了。"

"那是自然。你今天做得很合适。你情商还是不低的。"

柳叶青感觉有点烧脑，生养一个孩子不容易，要教养得有出息更不容易。孩子不能这样让母亲带下去，又不能直接将母亲推走，事实上，根本也推不走，母亲年轻时都横竖一个理，这越老越像个孩子，任性得很，直接交涉，根本行不通。母亲身体硬朗，六十五岁的人，看上去也就五十来岁的光景。实在又太闲了，她也是因为太心闲，寂寞，所以要在小外孙身上找寄托。如果能让她找到她更感兴趣的事做，她的注意力也就转移走了。

柳叶青搜罗母亲的长处和兴趣，发现母亲唱歌响当当的，母亲平素也时不时地哼上一段。她思忖着要不要给母亲报个老年合唱团？她了解母亲的脾性，母亲要参加的合唱团一定是顶呱呱的，能彰显她的歌唱功夫的，而且合唱团的成员都能看得起母亲，很在乎母亲。

平日里，家里有个淘气的孩子，闹哄哄的，不得安宁，如今母亲一赌气，将孩子带走了，家里终于安静下来，多少天都没有这么闲适的时光了。开始柳叶青还是有点不适应，转念一想，母亲将孩子带走也不是什么坏事，至少她和郭育德暂时有了一点属于他们两个人的空间。郭育德也心有灵犀，哼着小调做了一顿属于两个人的晚餐，然后彼此洗了个畅快的热水澡，享受那种浪漫的夫妻生活。两个人还商量着明日逛逛商场，多久都没有去逛了。

夫妻二人一睡睡到日上三竿，吃过早饭，稍微收拾了一下，穿上彼此合意的衣服，坐公交车去现代商城。两个人手牵着手，昔日恋爱的感觉又回来了。

公交车上人很多，挤上挤下的。车快到站时，下车的乘客往车门口拥，郭育德的胸脯还被旁边的姑娘拿胳膊肘拐了一下，郭育德咕噜说不要挤好不好？那姑娘跟没听见似的，继续挤。柳叶青有点烦了，扭头瞟了姑娘一眼，说挤什么挤？不都要下车的？越挤越慢！姑娘翻翻眼，撇撇嘴，还老大不高兴。柳叶青也很不客气地瞪她一个冷眼。

好不容易下车了。柳叶青皱皱眉说："那女孩子怎的那素质？"郭育德说："胳膊肘拐得我心口生疼，连个道歉都没有！"

柳叶青说："你也真是个好人，也不说说她！"

郭育德说："这种人，说也白说，弄不好跟你争执起来，那一大车子的人，看着我一个大男人跟一个姑娘在比赛喷口水？你觉得合适吗？我岂不成为人家眼里的把戏了？"

"说得倒也是。"柳叶青叹气，"要是咱们有辆私家车，就不用挤公交车了。"很自然地，又提起摇号买车的事。

不提还好，一提这摇号买车，郭育德就有些心塞，现在买辆车真费劲！他参与摇号，居然连续摇了一年，都不中签。同事庞飞燕前些日子摇号，人家一摇居然就中了，是不是有点邪门了？——这么轻而易举就摇上了！她那还不是刚需，她家本来已有一辆车，老公天天开着去公司上班，她学车考了驾照之后，手头有点闲钱，萌生再买一辆车，抱着无所谓的心态参与摇号，根本就没指望摇到号，没想到这一摇就给摇上，这摇号系统是怎么设置的？这样是不是有些不合人心？

柳叶青说："这种摇号难道只能靠手气？这个必须要更改，要不然太令人烦躁了！"

郭育德说："听说有人要发起活动，要去市交通委门头子上磕头上香呢。也只是开开玩笑罢了，也闹不起来。不过，这种事也算不得伤筋骨的事情，迟早还是会改一改的。"

柳叶青说："等摇上号，咱们就去买辆奥拓，也只要几万块，就当个代步工具。购物，带孩子出去玩，有辆车，不知要方便多少。"郭育德嗯嗯点头，妻子是个务实的人，从不跟人攀比，他是打心底欣赏的。

夫妻俩边走边聊，不知不觉进了现代商城。

今天逢上星期六，商场的人很多，为吸引顾客，最近几天商场正在大搞促销活动。

柳叶青替郭育德看上了一套西服，一看原价，1800，折后价，999。柳叶青说，试试？郭育德心里倒是喜欢，但还是一摇头，嫌贵。柳叶青说，怎么了？不喜欢？郭育德点头。他知道妻子的脾性，要是他说喜欢，只是嫌贵，她准得咬牙给他买下，她老说他没有一套像样的西服。家里的那套西服，还是结婚的时候买的，去年国庆回老家参加表弟的坝坝宴婚礼，好端端的西服被炸飞的鞭炮屑子给弄出一个小焦坑，有些难看，西服差不多也就废了。

又先后看了几件，折后价都在七八百，郭育德一律摇头，他向来对身上穿的服装不太讲究，那上千元的衣服多半卖的都是牌子，他身上穿的这套休闲服，也就一百三十块钱，看上去好得很，也还是去年国庆期间在老家街头的地摊上挑的，回来拿给柳叶青看，柳叶青说还行，问多少钱？他说，你猜。柳叶青猜说，怎么着也要四五百吧？柳叶青看衣服的眼光还是不错的，她能估这个价钱，可见这衣服还是能让人看得上眼的。虽然老家的物价比京城要低很多，但人民币在全国通用，京城拿薪水回老家花销，总还是一种节俭的好法子，他打定主意：衣服还是尽量在老家那边买。柳叶青总以为他老家衣服的款式还是没有京城的服饰时兴，他并不怎么赞成这种

270

看法。多年来，男人的服装款式有多大的变化？弄来弄去，也不外乎是西服、领带、西装裤之类。常常在款式上花样翻新的，多半是女人装和童装。

在人来人往的大商场里，柳叶青不太乐意郭育德挑三拣四的，"你这人，对买衣服还是这么讲究！这衣服够上档次的。你都看不上？"郭育德说："我真的不需要买衣服。还是给你自己来挑挑好了。"

他替柳叶青看上一件苍青色的风衣，"这件，你穿上试试，一定很优雅。"柳叶青也喜欢这款式，拿着风衣进试衣间试试，一出来，郭育德两眼放光，说好看好看！柳叶青对着试衣镜，前后左右地照照，唔，真的很耐看！郭育德说，那就拿上啊。

柳叶青瞧瞧打折后的标签价：899。还是有点心疼，"还是贵了点。"

郭育德说："你喜欢就拿上好了，又不是天天这样买衣服。"他见妻子还是有点犹豫，径直拿着风衣让导购小姐开票，他去收银台付了款。

柳叶青说："你手够快的啊，我还没想好要买呢。你倒好，手一挥，就消费了九百块。我妈要是知道了，又不高兴了。"

"怎么不高兴了？又没花她的钱。"

"倒不是这个，你想我给自己买衣服，没给她买衣服，她能高兴么？"

"那就给她也挑一件呗。"

"她对穿又讲究，要是挑得不好，她又唠叨。算了，回头给她买点她喜欢吃的点心吧。"

其时已到午餐钟点，夫妻两人在商场旁边的面馆吃了点牛肉面，继续进商场转了转，在童装店给淘淘选了一套淡蓝色小睡衣，淡蓝色也是母亲喜欢的颜色。又在地下一层生活超市买了牛肉、排骨、小黄鱼、土豆、玉米棒、西红柿、白菜之类的荤菜和素菜。郭育德说晚上就做土豆烧牛肉、西红柿炒鸡蛋，再弄一个玉米排骨汤，两菜一汤，就够两人好好吃一顿了，明日中午再做油炸小黄鱼。柳叶青笑说，这两个人的小日子过得也润和。

2

柳叶青和郭育德从商场出来，坐车回家，在学校西门附近下车，途经学校家属院，瞅着家属院南侧那拔地而起的一幢高层住宅楼，两个人心中都老大不自在。

这个楼盘最初是以"教职工保障房"的名义立项的，按原预定方案，有上、中、下三种户型：上等户型，也就是最大的，90 平方米小三居；中等户型，70 平方米小二居；下等户型，40 平方米小一居。照这样的设计投建，能够解决学校所有无房的教职工的居住问题，像柳叶青和郭育德这种双职工教师，怎么着也能分到一套小三居。谁也没有想到，等到正式投建，这楼盘的户型却被改为大户型：160 平方米四室两厅两卫、130 平方米三室两厅两卫和 105 平方米三室一厅一卫，这幢楼的分配方案重新拟定，以行政级别、职称等级、工龄等为必备条件，据传是为了照顾包括校长、副校长在内的某些人得到住房福利，住上大房子。保障房摇身一变，弄成高档房了。这个地段的房子市面价已经窜到一平方米两万多了，校内的住房价一平方米才六千多一点，太不公平了！谁不眼烦心躁？很多教职工都异常气愤，都想闹上一闹，在职的教职工有顾忌，怕被穿小鞋，只是发发牢骚。那些退休的老教师可以不管不顾，联合起来，联名向有关部门反映，据小道消息，都反映到最高层那里去了，原本大张旗鼓地组织看房、分房便消停了，这幢空荡荡的楼宇悄无声息地一搁，就是两三年，等到风头一过去，所有房号的钥匙还是私下里悄悄地发放下去，等大家都反应过来，有"资格"分到房子的那些住户都住进去了，跟谁闹去？

每次经过这幢楼，一想到自己那个小蜗居，郭育德和柳叶青就心生怨气，这个学校的领导净想着往自家腰包里捞好处！也难怪白玉老师老是骂他们心是乌黑的！不过，照这个楼盘的分配方案，论资历，白玉老师和陈家星老师还是摊到一套大房子。尽管如此，白老师依然嗤之以鼻，说："其实他们哪里愿意给我好处？但又不得不给，他们定了这套狗屁的规则，是绕不掉我们的！他们也知道我白玉不是好捏的软柿子，能推掉我们？"陈老师深以为然，"这话说到点子上去了。我们是白白地跟着沾了一回光。要不然，怎么能轮到我们头上呢？"

房子问题，说过来说过去，再满心不快，也解决不了实际问题，柳叶青和郭育德也只有自我安慰。

走到家属院大门口，见陈家星老师微低着头，背着手往外走，郭育德和柳叶青上前打招呼，问："白老师呢？怎么只有您一个人出来了？"

"唉，她呀，"陈家星摇摇头，"又在家生着气呢。"

"您招白老师了吧？"柳叶青开玩笑说。

"估计是。"郭育德也一本正经地附和。

"你们说，我哪能招她呢？"陈家星压低了声音，"这私下里跟你们说，老太太自从退休以来，心里就一直有疙瘩。"

"哦，还有疙瘩呀？退休多自在，退休金也有保障，吃喝穿用不愁，想干嘛就干嘛。我还巴望着早点退休呢。"郭育德笑着说。

"白老师退休倒不是不愿意。工作好比坐车，到站了，下车，也是自然的。你们说咱们这学校也真是的，人家老教授，辛辛苦苦干一辈子，现今退休了，没声没息的，开个欢送会总还是可以的吧？现在这届学校领导层，不知道他们一天到晚干些什么！以前领导还挺重视的，将退休老师召集到一起，开个欢送会，对老教授们精神上也是一种慰藉，是不是？"

"确实也不应该的。"郭育德说，"文学院也没搞个欢送仪式吗？"

"也没有。"柳叶青说，"那段时间陈华茂家里出事了。他对外都是瞒着的，他女儿严重抑郁症，割腕，差点没人了，幸亏及时送医院抢救了过来。我是私下听人说的。"

"他女儿现在怎么样了？"陈家星满脸关切。

"听说有好转。陈华茂和他妻子明艳都哭着跟女儿道歉，因为他们意识到女儿之所以变成这样，是他们造成的。之前他们经常吵架，闹着要散伙；明艳还对女儿非常苛刻，总是要求女儿成绩要在班上前五名。反正种种原因吧。女孩子性情本来就不太活泼开朗，长期压抑，最终严重抑郁。不过她也还是懂事的，为了不让父母自责、难过，她答应父母不再轻生。陈华茂给女儿办了休学手续，尊重女儿意愿，让女儿在家里吃药治疗。他和明艳也轮番陪伴女儿，想办法让孩子排忧解闷。女儿比较喜欢音乐，提出学钢琴，他们很赞成。女儿到琴行跟钢琴老师上课，努力让自己摆脱烦闷，学了一段时间之后，老师夸她弹得不错，有潜力，女孩子也开始有点开心。照这样发展下去，应该会逐渐好起来的。"

陈家星连连点头，"哦，那就好！夫妻俩好歹也就养一个孩子，孩子健康无恙就是福气。"

"您说得没错。"郭育德说。

陈家星说："你们有事吧？我这逮着你们就这么聊，是不是耽误你们时间了？"

"没事，我们一点不忙。"郭育德说。

"哦，你们孩子呢？"陈家星问起小不点来。

"孩子被我妈带走了，这都闲着呢。"柳叶青紧接着说。

"那这样，我跟你们一起到校园里转一转。"

郭育德和柳叶青都说好，三个人一边走，一边聊白老师。陈家星叹气说："我看我家那老太太，原来那样一个风风火火的人，这一退休下来，一时难适应。她觉得学校那边不尊重她，她以前器重的学生也有不尊重她的。教师节那天，只有王明仁和另外几个女生发短信问候了一下，以前给她发短信问候的一些学生，那天没有发问候短信，她心里就不爽快，以为这些学生一个个势利眼，老师现在退休了，就没有利用价值了，就将老师给抛到一边了？"

274

"学生可能是太忙了，也可能是别的什么原因吧？"柳叶青说。

"我也是这么跟她说，但她听了反倒更生气，说发个信息需要多长时间？真的就那么忙？是他们根本没将我这个老师放在眼里！我以前那么巴心巴意地待他们，现在毕业出去了，连句问候都没有了？"

"说起来也是，给老师发个短信也是应该的。"郭育德说。

"这种学生不在少数，不值得跟他们计较的。"柳叶青说。

"其实想通了，人不能太将自己当回事，也不要太将别人当回事。我对任何人都是这种态度，对我的学生，我就公开说，我今天是你们的老师，明天你们可以不将我当老师。你们今天是我的学生，如果以后你们违背我对你们的教诲，你们就不是我的学生。就这么简单。逢年过节，学生发不发短信问候，我一点都不搁在心上。你看看那些群发问候的短信，那话说得多漂亮，可是能见出发信者有多少真心？全都是流于形式，我一概不回复。"

柳叶青点点头，说："我也不喜欢学生发那种群发短信，有的还是图片、表情包之类，占内存。"

"我回个笑脸包。有时也懒得回。"郭育德说。

"白老师呢，大凡学生跟她发短信，她都一一回复，有时回复的短信比学生的短信还要长，她这个人就是这样的性情。她真心待你好，你也要真心待她，要不然她就特别难受。唉，我家这个白老师，人确实是个好人，就是喜欢较真。现在很多人，很多事，是不能较真的，一较真，就会满心不舒服。"

郭育德和柳叶青都有同感："您说得没错！大凡一些人事，是不能较真的。还是难得糊涂一点的好。"

"这事让她不爽，还有她那部随笔集出版也不顺溜，原先是纳入名家散文精品系列的，出版社也已经做了计划，后来换了个主编，将稿子又审了审，说白老师的这部随笔集里，有不少敏感内容，要白老师将这些内容删改掉，白老师不同意，说那都是她最深入的思考，她真心实意一个字一个字敲出来的，不能随便删。出版社说不删，那就不宜出版。白老师气得牙痒。她这个人也真是，你说你气什么呢？不出版就拉倒呗，能损几根寒毛？我劝她，她一听就冒火，说我成天就跟着和稀泥，没有一点独立意识！你们听听，这又跟什么独立意识扯上了。她再怎么跟我发脾气，我也不计较她。一些让她不开心的事纠缠到一起，她心里就很压抑，老这么压抑下去，也不是好兆头，现在老年得抑郁症的也不少。"陈老师越说越忧心。

"陈老师，您还是得想办法帮白老师疏导疏导。"柳叶青说。

"她那个脾气，一根筋。我多次劝她，不要落这个闲气，她基本上听不进去。还动不动就找茬跟我吵，有时吵得我头皮发麻。我今天就是被她给吵出来的。"陈家星摇头，"我儿子昨晚还在跟我商量，怎么样让他妈开心？正好下周六是她生日，我们想来想去，准备给她搞个比较像样的生日聚会暨荣休会，邀请亲朋好友一起来到场助助兴。你们到时候也一起来，带着你们家那小不点。"

"这个主意好！"郭育德和柳叶青都赞同，"一定到场助兴！我们给白老师送个漂亮的礼品。"

"哎，小柳，小郭，我跟你们可要说好，礼品一律不要。我们都已经想好了，就搞成文艺会演那种形式。你们给我们整一个节目，唱歌、跳舞、诗朗诵什么的，只要热闹，都可以。我已经找咱们学校的老年合唱团来助兴。合唱团团长，小郭是知道的，就是你们理学院的东方蓝老师。"

"嗬，东方蓝老师，什么时候当的团长？我还真不知道。"郭育德有点惊喜，"东方蓝老师很有个性。当年她教研室主任干得好好的，却突然要提前退休。"

"她这个人可是真活得明白。"陈家星由衷地赞叹，"她跟我也很熟悉，她就不止一次跟我聊过，她在这个大学实在待腻味了。她还直率地跟我说她在这个大学唯一做的一件违心事，是那年理学院进人，她同意进 R 大学的邱博士，其实她原来是倾向于进 S 大学的严博士的。这事小郭应该很清楚吧？"

"嗯，很清楚。"郭育德点头，"当时还不太理解东方蓝老师，感觉那不是她平时做事的风格。"

"那件事让她一直不舒服。她只想做个自由自在的人，不受外界任何人的左右。所以她要换个活法。"陈家星说。

郭育德恍然一悟，"哦，原来是这样的。"

"听说东方蓝老师也没有孩子吧？"柳叶青说。

"好像是她自己不想要孩子。"郭育德说。

"也不是她不想要孩子。"陈家星接过话头说，"我也曾经跟她聊过这事。我说孩子还是要有一个的好。她跟我也说了实话，说她也想要孩子，只是她爱人的父亲家族有精神病史，她爱人的父亲、姑姑和叔叔、姐姐都有不同程度的精神病，她爱人是学医的，知道这种病遗传下一代的概率比较大，所以不敢要孩子。她爱人曾一度因为这个原因想跟她分手，说不想耽误她做母亲，她舍不得分，不同意，就这样，孩子他们就一直没敢要。东方蓝老师也能想得开。她和她爱人关系一直很好。"

"没孩子还是有些遗憾的。"柳叶青说。

"其实想通了，也没什么。现在丁克家庭也不少见。东方蓝老师心胸豁达。"郭育德说，"我五一前还在校园里碰到东方老师，她说来学校办点事，很热情地邀请我有空上她家玩玩，说她家搬到京郊，离八达岭高速不远。"

"你们还别说，他们家那房子真正不错，还带有一个小院，她在院子里整出一个园子，种种菜，养养花。东方老师那小日子过得实在潇洒，有风致，惹得我们白老师羡慕不已，也希望能到那样的清静地方安度晚年。"陈家星说，"今年暑假，她就拽着我去东方老师那里考察一番，无奈那房价蹭蹭上涨，不是我们能承受得住的，更重要的是再也找不到我们想要的那种带小院的、南北通透的房子。"

"我看东方老师开了一个微博，叫'东方小园'，挺有人气的，她每天都更新，发发美花，晒晒丽草，配点诗意小文，还有唱歌视频。东方老师真是多才多艺！"郭育德满是钦佩。

"整个京中大学，我是最佩服东方蓝的，你们看，她一个教数学的教授，生活整得那么文艺，音乐也玩得圆溜，我还有点纳闷呢，有一次问她，她说她五岁就开始学钢琴，学了整整八年，有底子啊。后来她上中学，不知怎么地，特别喜欢数学，就考数学系，毕业后教了三十年数学，又突然不怎么喜欢了，学校那种氛围，她说她越来越不喜欢，索性就提前退休好了。像她这样的，恐怕不多见。理科的思维，加上文艺的情怀，那生活的情调可不是一般的高。我这次就邀请她带她组建的合唱团过来，我们白老师，唱歌也是有两下子的，就希望她能有兴趣加入这个合唱团，跟在东方老师后面玩一玩。东方老师也很乐意带我们白老师玩。"

"那很好！"柳叶青不住点头。

聊着聊着，进了学校西门，旁边就是安居公寓，郭育德说："陈老师，我先将菜送回家。"

柳叶青马上接过话茬儿说："你干脆将晚饭做了，陈老师在我们家吃晚饭，将白老师也一起请过来。"

陈家星连连摇手，"小柳，小郭，你们不客气，不客气啊。我们家白老师不会过来吃饭的。"

郭育德信心满满地说："我去请，一定能将白老师请过来。"

陈家星笑笑，"小郭有什么妙法，能将我们家老太太请过来吃饭？"

郭育德笑说："有的是办法。"转向柳叶青说，"你就陪陈老师聊聊，我回家做饭菜。"

陈家星一竖起大拇指，"小郭真是个模范丈夫。"

柳叶青开心一笑，"都是跟您学习的结果啊。"

正聊着，陈家星突然一缩脖子，小声说："你看，终于一个人在家待不住，出来了。"

哦？柳叶青循着陈老师的目光看去，白玉老师，正朝学校西门这边来。

陈家星说："不知她那气消了没有，我还是先去办公室避一下为好。"

柳叶青笑笑提醒说："白老师会不会去办公室找您啊？您还是上我们家去好了，让小郭陪您说说话。我招呼白老师去。"

陈家星点点头，没准儿就是上办公室找他。她一般还是摸得准他的大致去向的。每回她发脾气，他基本上都往办公室逃。她要气愤难平，多半要找到办公室，她一来，他就得乖乖地被她揪回家。他是男子汉大丈夫，一概让着她这个女流之辈。她也不过度纠缠，差不多也就行了。这回撒气撒得厉害，感觉有点神经质。他实在有些担心她精神出问题。

"那好，我还是去找小郭说说话。小柳，你帮我好好劝劝白老师。你劝，比我好很多。"

这边陈老师进了安居公寓楼，那边柳叶青就朝白老师迎过去，"白老师好！"

"哟，小柳，你怎么一个人出来了？孩子呢？"

柳叶青深深一叹气，"您甭提这事了。"

"怎么了？"白老师一下子来了精神，"没事吧？"

"您给我评评理，我那妈妈，我现在真不知道怎么跟她相处！"

"你妈妈怎么了？"

柳叶青一边叹气，一边将自己跟母亲因为孩子吵架的事情，一五一十地说给白老师听，"她气鼓鼓地将我们淘淘带走了！您说这事怎么弄呢？"

"哦，这事有点不好弄。"白老师思忖着说，"关键是我跟你妈妈不太熟悉，要不然，我去劝劝她。"

"唉，白老师，我妈妈退休前还好，退休之后，脾气挺大。她什么事情都要管，只要不顺她的意，她就生气。您说这老生气，对身体是不是也不好呀！"

"嗯，那肯定不好啊。"白老师颔首。

"我妈也就高中毕业，在社区居委会做主任，以前事小事杂，但好歹都是事，忙起来心也不闲，这一退休，突然就一下子闲下来，她有点受不了，就将心思放在小外孙身上，宠外孙宠得没有节制。"

"得给你妈找点事做做。她总有什么爱好吧？"

"有啊，我妈喜欢唱歌。歌也唱得好听。听陈老师说，您歌也

279

唱得好听。"

"嘿，别听你们陈老师乱说，我那只是业余水平。"

"陈老师说您这业余水平赶得上专业水平。"

"哎呀，他那个人，没话总要找话说！"

"听说理学院东方蓝老师组织了一个合唱团，挺好的。我想将我妈塞进去，不知道行不行？"

"这个应该没问题吧？大家不都是一起玩吗？"

"白老师参加了没有？"

"刚才我出门之前，东方蓝还给我打电话呢，说下周六我过生日，她要领着她的合唱团来给我助助兴，还要让我唱什么《莫斯科郊外的晚上》，她又没有听过我唱，她怎么知道的？我就估猜着又是你们陈老师背后给搞的事情！"

"您看，您家陈老师对您多好啊！"

"嗯，老头子对我还行。"白老师明显地有了和颜悦色，"我这人脾气确实也有些不好，我今天又将他给骂跑了，估计他这会儿又缩到办公室去了。"

"您这是去找他吗？"

"嗯，找一下他，免得他太难过了。"

柳叶青忍不住笑起来，"白老师果然是白老师，还是能上能下的嘛。"

"小柳，我这个白老师绝对不是黑老师哟。"白老师瞅着柳叶青，一副认真的神情，"跟老头子过了这么多年的日子，我还是知道进退的呃。"

柳叶青觉得陈老师有点将事态扩大化了，白老师这精神状态其实也还正常嘛。"白老师，今晚到我们家吃点便饭，好不好？郭育德掌勺，他做菜手艺不错的。"

"哦，小柳，那太麻烦了！不在你们家吃饭。我得去找一下我那老头子。"

柳叶青扑哧一下笑了，"陈老师在我家呢。"

白老师愣了愣，"在你们家？怎么跑到你们家去了？"

"我们逛商城回来，经过家属院门口，碰见陈老师低头走，就跟他打招呼，聊了聊。他看见您往这边来，料定您去办公室找他，怕您又骂他，干脆躲到我们家去了。"柳叶青笑嘻嘻地说，"陈老师样子怪可怜的。"

"这老头子真会装!"白老师嗔笑，"他常常对我说他幸福着呢。"

"您就上我们家去吧，郭育德本来要去您家请您，正好您过来，就一起去吧。"

白老师说："那好那好，就去尝尝小郭的手艺。"

等到柳叶青带着白老师进门，陈家星和郭育德有点惊喜了，这柳叶青真有两下子，这么轻而易举地将白老师给请过来了，而且白老师还是一副愉快的神情。

郭育德说："白老师，我们家实在是寒舍、蜗居，能将您和陈老师请过来，实在是蓬荜生辉啊。"

"小郭这话说得有点差了哟。"白老师一摇头，"咱们中国有句古话，说华屋万间，夜卧不过五尺；纵有卧榻三千，只得一席安寝。房子小，才聚集有人气呢。古人很讲究这点。你应该去过故宫，你看那皇帝的寝室，小得很，也不过十多平方米，那龙床也不比平头百姓的床大。"

陈老师说："人少房子大，确实也没有必要，其实我当时还不怎么想要那160平方米的大房子，跟东方蓝闲聊时提过，东方蓝说给你们你们就要，干吗不要？你们不要，还不便宜了那些没脸皮的家伙？我儿子也想要，开玩笑说我们没有见过世面，以为160平方米的房子就有多大多大了!你们看看人家那些豪富之家那房子!"说着陈老师呵呵笑起来，"问题是我们不是豪富之家呀。"

郭育德说："房子太大是没有必要，但至少得够住啊。您看我们这小房子，住得憋闷了。当初孩子出世，我爸妈来看孙子，都没地儿住，我只得给他们开宾馆，他们心疼钱，也只住了两晚就非得要走。我这心里真不舒坦。"

"快别说了，也说不来房子。"柳叶青笑笑，"你是家里的顶梁柱，得想办法攒钱贷款买套房。"

白老师说："可别给小郭压力。"

郭育德自嘲地说："哪天我蒙着脸去抢银行。"

"就凭你这呆样，只怕你银行还没进，人就被逮住了！"柳叶青揶揄说，"出去兼职挣点外水，还比较靠谱。"

陈老师微微叹气，"你们压力也不小啊。好在你们都还算年轻，不着急，慢慢来。房子总是会有的。"

谈话间，郭育德系上围裙，"我来弄点菜，青青就好好陪白老师和陈老师聊聊。"

白老师和陈老师忙嘱咐说："小郭，你就弄最简单的，我们过来主要是说说话。"

"好好，我就弄点家常菜。"

郭育德手艺确实不错，做饭菜也还麻利，趁柳叶青和白老师、陈老师在小客厅聊天的当儿，他在电饭锅里蒸上米饭，高压锅炖上排骨（加上切成小段的玉米棒），与此同时，准备油炸小黄鱼：用适量面粉和一个鸡蛋（加点盐、白胡椒粉），根据需要加少量凉水，调制面糊；将小黄鱼一条条地放入面糊中，拌均匀；起用炒锅，锅中放一些花生油，烧热，将裹了面糊的小黄鱼一条一条地放到油锅里炸，适时拿筷子翻动，炸至外皮金黄，酥脆，起锅装盘。接下来，刷洗锅，做第二道菜：将切成块的牛肉用冷水入锅，焯了焯，又用温水冲洗一下牛肉块，再加油热锅，开始炒牛肉，加开水焖煮了一会儿，后放土豆块，继续煮，中途适当翻动，加点开水。待土豆烧牛肉做好后，又相继做了蚂蚁上树（粉丝肉末）、西红柿炒鸡蛋和醋溜白菜，高压锅慢火炖的排骨也烂熟了。

准备开晚饭了。郭育德收拾收拾餐桌，将自己做的五菜一汤端上来，白老师和陈老师都直呼：小郭真厉害！

"哪里哪里？"小郭笑得得意。柳叶青替他谦虚，"这都是跟陈老师学的呢。"

"那也是青出于蓝而胜于蓝。"白老师说。

"您这一褒扬让他更有信心提高烹调艺术。"柳叶青招呼两位老师多吃菜，顺手拿公筷给白老师夹了两块牛肉，"听说您喜欢吃牛肉，您多吃点。"

白老师说："自己来，小柳不用客气。"

"小郭的烹调功夫，够得上开'小郭餐馆'了啊。"陈老师尝了尝小黄鱼，又打趣说，"小柳当店老板，小郭当大厨，我和白老师到时候给你们打下手。我当跑堂，白老师坐收银台收账。"

白老师笑着斜睨一眼老伴，"你这老头子，会安排人哩。"

"那不屈尊您二位了？"郭育德乐得都快喷饭。

屋里喜笑声一片。吃得开胃，聊得也投机。

席间，柳叶青的手机响了。是母亲柳云，又有事？柳叶青有点忐忑地按了接听键，传来的是淘淘稚气的声音："妈妈！"

"哦，淘淘，姥姥呢？"

"妈妈，我想回家！"

一旁的郭育德忙接过手机，"淘淘，你让姥姥接电话好不好？"

那边电话转到姥姥那里，"妈，这两天辛苦您了。带孩子最累人了。您吃饭了吗？……我们现在正在吃饭，白老师和陈老师过来了。……对，就是他们。您都听说过？好！……等我们吃完饭，就去接淘淘。……好好，您辛苦！"

柳叶青说："没什么事吧？"

"淘淘想妈妈。姥姥说，姥姥对他再好，也抵不过亲妈好。淘淘闹得不行，姥姥怎么哄，他都闹着要回家。"

白老师笑说："估计姥姥有点受刺激了。"

郭育德说："应该有点。平时我们在旁边，姥姥宠着他，他有恃无恐。姥姥觉得她能搞定孩子。现在我们不在身旁，孩子闹起来，姥姥就没辙了。"

"吃过饭，你们赶紧去将孩子接回来。"陈老师说。

柳叶青说："不急不急。让我妈领教一下淘淘的顽劣，也不是坏事。"

晚饭一吃完，白老师和陈老师就起身告辞，陈老师再次提醒说，还是尽早将孩子接回家，免得姥姥不愉快。白老师说，下周六，邀请姥姥过来热闹热闹，请她给我们表演个节目。小柳记着啊。

柳叶青笑说，好的好的。肯定记着的。

送走白老师和陈老师，柳叶青打电话给母亲，让淘淘过来跟妈妈说话，"淘淘，你为什么要吵着回家？"

"我想妈妈。"淘淘小声说。

"你是不是吵姥姥了？"

"嗯，没有。"

"这样，淘淘，爸爸妈妈今晚有事，不能去接你。你好好待在姥姥家，不能吵姥姥，待会儿姥姥让你睡觉你就睡觉，好不好？"

"不好。我要回家。"淘淘带着哭腔。

电话又回到柳云手中，柳云满心不耐烦，"你们晚上有什么事情？不能来接淘淘？"

"妈妈，我们有事，不能接他。"柳叶青也有点没好气，"让淘淘今晚好好待在那里，我们明天上午去接。"

郭育德胳膊肘轻轻碰碰柳叶青，不等她断电话，他就凑过去说："妈，您放心，我们等一会儿就去接淘淘，好吗？"

柳叶青不满地瞟一眼郭育德，她原先不过是想晾一晾母亲，可郭育德大嘴巴应承着要去接，也只得跟他一起打车去接淘淘。

见到母亲，柳叶青什么闲话也不扯，很郑重地将白老师的邀请告诉母亲，母亲一听，倒是有些兴奋，"还让我表演节目？"柳叶青说："您唱首歌呗，或者来段京戏。"

柳叶青只跟母亲聊了几句，淘淘闹着要回家。姥姥一脸无奈，"这个淘淘真是小人精！姥姥将心掏出来给他，都不行，还是要吵着回家！姥姥家不是家吗？"冲小外孙嗔笑，"赶紧走！姥姥以后不喜欢你了。"

淘淘朝姥姥歪歪脖子，抱着妈妈的腿，"快走啊，妈妈!"郭育德说："淘淘，等妈妈跟姥姥说完话再走，好不好?"

淘淘还是闹。姥姥冲小外孙皱皱眉，笑着说："小人精，回家好好让你妈妈管管!"

柳叶青听了心一动，这可是母亲第一次当着自己的面说这话。母亲真的有触动了?

柳叶青和郭育德带着孩子刚回到安居公寓，母亲就来电话了，问到家了没有? 又问，白老师生日宴上，唱那个"麻姑献寿"怎么样? 梅兰芳唱的有名段子，我挺喜欢的。

柳叶青想笑又忍住没笑，母亲真是上心了。"那个好啊，献寿，也适合，您自己又很喜欢。"母亲又说："我当着那么多人的面唱，要是一时紧张忘词怎么办?"

"妈妈您唱熟了，应该不会忘词的。到时候我替您将唱词打印出来，您拿着，万一忘了词，看一眼也可以啊。"

柳云到底是个较真的人，整整一个星期，她每天都跟着录音反复练唱。还让女婿帮她找了一段根据梅兰芳一九二八年录音配像的视频，看看人家演员演唱时是什么样的动作表情。唱得烂熟，在电话里唱给女儿听，问唱得怎样? 柳叶青说，好好! 我感觉跟梅兰芳唱的都很像! 女婿也夸赞，连小外孙都跟着说姥姥唱得好听! 柳云乐不可支。

到白老师生日聚会的头一天，柳云特意到理发馆里烫染了一下头发。第二天一大早就起床，精心地给自己化化妆，收拾了一番，穿着一新，跟着女儿一家三口去名都食府，参加白老师的生日聚会暨荣休会。

他们在名都食府前的小广场一下出租车，就看见魏静怡和卫岩从小车里钻出来，彼此相约的时间还挺准时。

早在上周六晚，柳叶青就在电话里跟魏静怡商量，要合起来表演一个节目。魏静怡说，那咱们就来诗朗诵好了，有一首题为《老有老的骄傲》的诗挺好，是一个叫毛翰的老师写的，非常适合在白老师生日聚会上朗诵。柳叶青说，干脆将郭育德和卫岩也拉进来，四个人一起朗诵，有气势。魏静怡欣然赞同。她特意在网上找来那首诗，每个人记几句，还找了合适的配乐。那日大家特意提前一个小时到，现场彩排一下，效果还不错！

他们刚彩排完，黄鹂就开车过来。她是上半年刚买的车，雍容大气的国际红，车靓，人也变精神了许多。这两年黄鹂痛下决心，通过运动健身和合理节食，身上的赘肉减掉不少。只是个人的事依然悬着，她说顺其自然，也预备当一辈子的单身女贵族。

大家热情地彼此打招呼。魏静怡看着柳云笑说："阿姨今天真漂亮！跟叶青站在一起，怕是被人误认为姐妹呢。"

柳云笑呵呵地说："哪里漂亮啊？老了，经不起细看喽。"

"妈，您还真别说，这么多年来，今天您才算整出您最有气质的模样来。"

郭育德说："妈今天这身扮相上台表演，绝对亮人眼。"

卫岩点头说："阿姨真是很精神！"

白玉老师和陈家星老师见了柳云，也都说显年轻。

柳云很久都没有这样被人当众夸赞，原先还有点担心自己在众人面前怯场，被大家这么一夸，她心下舒畅，也平添了几分自信。

她饶有兴趣地看完东方蓝老师组织的老年合唱团演唱《祝酒歌》，那优美轻快的旋律令她心动不已。随后合唱团全体成员又精神饱满地演唱那首名曲《夕阳红》：

最美不过夕阳红，温馨又从容。夕阳是晚开的花，夕阳是陈年的酒，夕阳是迟到的爱，夕阳是未了的情，多少情爱化作一片夕阳红……

合唱团的老师们一个个神采奕奕，脸上都洋溢着陶醉的神情，更是极大地调动了柳云强烈的表现欲望，轮到她演唱《麻姑献寿》，她便落落大方地上台，开腔亮嗓子，赢得满堂喝彩，说这京戏唱得字正腔圆，棒得很！

等到柳云唱完，下场，东方蓝老师盛情邀请她加入她们的合唱团，说她这嗓音条件好，可以到她们团唱高声部。

柳云乐得心房开花，嘴上还是有些谦虚，"我也没有经过专业训练，是野路子出身，能行吗？"

东方蓝老师说："没问题的，柳大姐，我们大家主要是找个乐子，一起玩玩，又不是参加国际歌唱比赛，不需要那么专业。直白了说吧，咱们这个合唱团不过是借着合唱的名义，合伙玩点高雅娱乐而已。跟着我们玩，保你心情一天到晚都舒畅。刚才小魏、小柳几个人朗诵的那诗，就说出我们退休后闲逸的生活状态：没有了学业的压力，没有了谋生的辛劳，没有了功名利禄的诱惑，人生啊，是如此从容、真实和美好。人生，从退休开始啊！"一扭头问身旁的白玉老师，"白老师说是不是？"

"说得没错。"白老师说，"就我这嗓音，比柳大姐差多了，我也要参加这样的合唱团，就是跟着找乐子。"

一旁的陈家星乐呵呵地说："等明后年我一退休，我也跟着你们一起混。我唱不了歌，我可以给你们打打杂。"

"哪能让您打杂呢？那不屈尊您了吗？"东方蓝老师笑着说。

"没事。我们老头子什么都能干。"白老师笑起来。

柳云自从加入东方蓝老师组建的老年合唱团，生活的基调就开始变了，转向以自己为中心了，跟着东方老师她们练歌，游玩，生活安排得满满当当的。小外孙她是基本上顾不上了。柳叶青跟郭育德说，没想到我妈变得那么快，她这辈子也总算活出自己该有的样子了。

柳云也偶尔过来看看小外孙，每次差不多都要正色地对女儿说，以前我管淘淘，你老嫌我管不好。这以后淘淘就归你管，我不再插手，我看你能不能将他管好。

母亲说这话，分明是在使激将法，柳叶青就笑说，妈，我保证将淘淘管好。说起来容易，做起来似乎也不是那么简单。

淘淘也已经满三岁了，下学期就该送幼儿园。这年暑假，柳叶青将淘淘调教了一两个月，要孩子自己吃饭，穿衣，学着自己洗脸，刷牙，洗小袜子，整理自己的小床，还鼓励孩子抹抹桌子，特制一个小拖把，让孩子自己拖地。大凡能让孩子做的，柳叶青都要求孩子做做。郭育德有点心疼了，说这么小的孩子，你让他做这做那，是不是有点过度了？柳叶青说，男孩子要糙养，你懂不懂？郭育德说，不太懂。柳叶青说，不懂，你就不要管。

等到上幼儿园，小人儿的"成熟"一下子凸显出来，刚开始入园那段时间，每天早上，妈妈送他入园，时不时会看到有别的小朋友跟大人分别，咿咿呀呀地哭一哭，抱着大人的腿或拽着衣襟不让大人走。小人儿一旁看着，样子有点好奇，跟妈妈表功说："妈妈，我是不哭的。"妈妈说："对，淘淘不哭，淘淘很棒！"他自己背着小书包，走进幼儿园，回转身，神气地跟妈妈说："妈妈再见！"幼儿园的老师也反馈说，淘淘是班上自理能力最强的宝宝。要是班上的孩子都像淘淘这样，老师就省心了啊。

淘淘刚上幼儿园中班的时候，柳叶青给他报了个画画兴趣班。兴趣班就设在幼儿园里，有二十个小朋友，每周三下午五点到六点半学画画。每次画画课，老师都教小朋友们画同样一幅画。

淘淘是所有小朋友中画得最慢的。好多次，柳叶青来接他时，他还没画好，柳叶青就在教室外面等着。这个时候，柳叶青就看见老师握着淘淘的手教他画，没过几分钟，淘淘就拿着画出来了。柳叶青看到的是一幅很完整的画，线条也比较流畅，看上去不像是小孩子画的，倒像是老师帮着完成的。淘淘自己对这种画画也没什么兴趣。这样画了一段时间，郭育德提出异议，说上这种培训班都将孩子的灵性给弄没了。柳叶青也有同感，她也就没再让淘淘上这种画画班，而是让孩子自己随便画。

最近，柳叶青发现，淘淘对画画又发生非常浓厚的兴趣，他经常一个人趴在桌上画一些稀奇古怪的东西。

有一天，淘淘画了满满的一张纸，柳叶青问他画的都是些什么。他说那是外星人，外星上的房子，外星人爸爸妈妈在上班，外星小朋友坐外星火车去看外星海洋世界。柳叶青假装饶有兴趣地听着，一个劲地夸他画得真好。淘淘说："妈妈，我长大了要到外星上去。我要坐外星火车，跟外星小朋友一起看海洋世界。你和爸爸跟我一起去，好不好？"

妈妈说："好哇。"

淘淘说："你们必须带上好多巧克力给外星小朋友。他们跟我一样喜欢吃巧克力。"

妈妈不赞成带巧克力，说："巧克力对牙不好呀。你看，你就因为老爱吃巧克力，你的牙都快给吃坏了。"

淘淘有点急了，说："妈妈！外星小朋友的牙都是很硬很硬的巧克力做的哟！"柳叶青忍俊不禁，"哦，你怎么知道的？"

淘淘说："我当然知道，是外星小朋友告诉我的。"

郭育德笑了，"什么时候邀请外星小朋友到我们家来玩呢？"

淘淘坚定地一摇头，"不行！我们家房子太小了，他们的飞船没地方停！"

"让他们停到学校的大操场，不行吗？"

"不行！他们怕陌生人！他们要来我们家才行。"

"哦，还有这样的？"

"嗯。"儿子很认真地点头，"他们是我的好朋友。"

郭育德跟柳叶青相视一笑，"想象力真丰富啊。"

淘淘不再吱声，开始翻画报，看到画报上威风凛凛的老虎，想起动物园的真老虎来，便说："妈妈，我们什么时候去动物园玩？"

柳叶青说："上周不是刚去的吗？又想去？"

郭育德笑笑，"没看够。还想去？"淘淘点头。

"那就星期六去，将姥姥也一起叫上，好不好？"郭育德说。

"好，姥姥也去！"淘淘拍起小手，迫不及待地打电话给姥姥。姥姥说她星期六要去参加老年合唱团排练，动物园就不能去啦。淘淘说："姥姥不去不行吗？"

"不行的。姥姥都和人家说好的，说话就要算数。姥姥要是说话不算数，下次人家就不带姥姥玩了。"

"淘淘带姥姥玩不行吗？"

"当然行。下次淘淘带姥姥玩行不行？"

"那行吧。"准备挂电话，淘淘又想了想说："姥姥排练好玩吗？"

"好玩啊。"

"带我一起玩行吗？"

"嗯，这个好像不行，因为姥姥参加的是老年合唱团。你要参加的话，可以参加宝宝合唱团。"

"哪里有宝宝合唱团呢？"

"这个嘛，姥姥帮你问问啊。"

柳叶青一旁插话说："有啊，你们幼儿园不就是宝宝合唱团吗？"

"我们幼儿园没有宝宝合唱团。"

"上次你们宝宝一起唱歌，那就是合唱啊。"柳叶青笑起来。

那边姥姥说话了："淘淘，姥姥约了别的奶奶，回头跟你聊，好不好？再见啊。"

"好吧。"淘淘鼓着嘴，嘟囔着，"姥姥到处玩，也不带我去。什么姥姥！"

柳叶青暗叹母亲柳云现在完全变了样，以前女儿没找对象，她满脑子都是给自己找女婿；等到女婿找上了，女儿结了婚，她又惦记着抱外孙；等外孙抱上了，她又想着如何帮着女儿培养小外孙，要是照着她的那套老法子教养小外孙，小外孙十有八九要被她给弄成熊孩子。如今好了，她自己成天忙自己的事，对小外孙撒手不管了，柳叶青觉得清净很多，母女关系倒是越来越和谐了。只是小外孙却不高兴了，说姥姥怎么不喜欢我了？都不陪我出去玩！

柳叶青说，姥姥很喜欢淘淘的呀，姥姥太忙了，没有时间陪淘淘玩。妈妈和爸爸陪你玩，还不行吗？小家伙马上重重点头。

星期六，一家三口坐地铁去动物园。在地铁口，淘淘看见有叔叔卖油栗，就对妈妈说他想吃栗子，爸爸二话没说，就去给他买了一小袋。

上了地铁，淘淘要吃栗子。妈妈说："淘淘，地铁上是不让吃东西的。"她指着地铁里贴着的有关规定，告诉淘淘："你看，那上面就写着'禁止饮食'，就是说，不允许在地铁里吃东西、喝饮料。"

淘淘看了看"禁止饮食"的牌子，问："为什么不让吃东西？"妈妈说："要保持车里的卫生嘛。"

过了一会儿，地铁到站，上来一位年轻叔叔，自顾自地喝着可乐。淘淘马上问妈妈："妈妈，叔叔为什么可以喝饮料？"

爸爸看了看对面的那个戴耳环的小年轻，说："叔叔可能不知道吧。"

淘淘歪头朝那位叔叔看了又看，大声说："叔叔，地铁里不能喝饮料！"

那位叔叔转过头来，有点尴尬地冲淘淘笑笑，说："是吗？"

淘淘指着"禁止饮食"的牌子，有点得意地说："你看看，那上面就是这么写的嘛！"将自己手中的那袋油栗朝叔叔举了举，"你看，我就没吃。"

叔叔不好意思地咽下一口饮料，将瓶盖拧上，提溜在手中。柳叶青冲小年轻笑笑，"谢谢！小孩子好管事。"

淘淘冲叔叔看了看，小声说："谢谢！"

叔叔伸手摸摸他的头，竖竖大拇指，说："小朋友真乖。"淘淘仰头，也竖竖拇指，一脸认真地回应："叔叔也乖。"

旁边的人都忍不住笑起来。这孩子真可爱！

到了动物园。淘淘提出想看老虎。他之前从画书上了解到，老虎长得很威武，是有名的森林之王。他很崇拜老虎。上次爸妈带他去动物园，那老虎不知怎么回事，一直躲在洞里不出来，让他念念不忘。

淘淘跟着爸爸妈妈到动物园一个叫"老虎山"的地方。"老虎山"周围用高高的栅栏围了起来。山下有一个凹下去的小"山谷"。山谷里有一个老虎洞。老虎就在那洞里住着。淘淘看着光秃秃的假山，有点不解地问："妈妈，老虎不是叫森林之王吗？为什么不让它住在森林里呢？"

妈妈说："本来它应该是在森林里待着的。现在让它在动物园待着，是为了方便让大家看的嘛。"

“老虎怎么还不出来呀？”

“它可能还在睡觉。”爸爸接话说。

“它为什么大白天还在睡觉？”

“它大概昨晚没睡好。”爸爸随口杜撰。

“它为什么昨晚没睡好？”

“这个，爸爸就不知道了。”小孩子这样没完没了地刨问，郭育德应答有点跟不上节奏了。

淘淘转而问柳叶青：“妈妈，你知道吗？”

“估计它不乖，被它妈妈批评了。”

“它哪里不乖了？”小家伙冲口而出。

“它自己不好好吃饭，要它姥姥喂饭。”不等儿子再问，柳叶青接着编话：“它也跟淘淘以前一样，你看淘淘现在是不是都不让姥姥喂饭，自己吃饭了对不对？淘淘比老虎棒得多！”

淘淘得意地点头说：“嗯。淘淘比老虎棒！”两眼盯着下面的老虎洞，“老虎怎么还不出来呀？妈妈你给老虎打个电话，让它出来，行不行？”

“这个不行啊，妈妈不知道老虎的电话号码。”

这时，老虎慢腾腾地从洞里出来了。淘淘顿时兴奋起来，目不转睛地盯着老虎。老虎走了没几步，就在洞外边趴下来，样子有点没精打采。

淘淘朝老虎看了又看，很快，他的兴奋劲就没了。

柳叶青见小家伙不高兴，就想转移一下他的注意力，“淘淘，我们去看看别的小动物，好不好？”

“好吧。”淘淘懒洋洋地点点头。跟爸爸妈妈看过黑熊、棕熊、猴子、豹子、熊猫之类的动物，淘淘好像都没有太大兴趣。

从动物园回来的路上，淘淘还念念不忘那只老虎，噘着嘴，闷闷不乐地说：“动物园的真老虎，一点也没有书上画的森林中的老虎威风。你看，它住的地方那么小，还没我们家的房间大。它也没有一个伙伴跟它玩。我觉得它真可怜。”

郭育德跟柳叶青相视一笑，这小人，想法还挺多。

4

淘淘四岁的时候，柳叶青让儿子学钢琴，从此开启非常不省心的育儿历程。

起先，淘淘对学钢琴还是比较配合的，老师让他回家练什么曲子，在妈妈的督促下，他也能乖乖地练练。渐渐地，他就开始跟妈妈玩小花招了，只要妈妈不在跟前，他就玩起他喜欢的奥特曼。自从三岁半，爸爸带着他看日本动漫"奥特曼大战怪兽"，他就迷上了勇敢无畏的英雄奥特曼。

为这事，柳叶青没少数落郭育德：要不是你带孩子看那玩意儿，孩子也不会上瘾。郭育德辩解说，很多孩子都玩，让孩子了解一点，他跟别的小朋友交流，也好有共同话题嘛。

柳叶青没好气，"你是什么脑子啊！孩子能玩的有益的东西很多，偏偏要给他看这种害人的东西！"郭育德还是有点不服气，"这也算英雄主义教育吧，也不是一无是处啊。"柳叶青横眉咬牙，"你就胡扯吧！"

到了五岁，淘淘更不好管教。有时实在气不过，柳叶青也会狠狠地将孩子收拾一顿。

眼下她在厨房里淘米洗菜，准备炒菜做饭，没有听见儿子练琴声，暂时搁了手头的活儿，去儿子的小卧室里看了看，淘淘又在那里玩他的奥特曼机器人，这都跟他叮嘱好几遍了，每次他都点头答应，结果妈妈一转背，他又自顾自地玩起来。

柳叶青实在忍无可忍，黑着脸，几个巴掌猛甩过去，那小人儿乖了。他摸着屁股，咧咧嘴，说他是勇敢的奥特曼，被怪兽打了，不哭。将眼角的泪一抹，小人儿爬到钢琴架前，手指在琴盘上弹起来，看上去却又像在弹棉花。

"没吃饭是不是？弹出点劲来！"柳叶青不时在旁训导。直到那琴弹得像那么回事了，她才恢复了一点母性的温柔，摸着小人儿的圆脑袋，和缓着语气，"淘淘乖宝宝，好好练，妈妈给你做好吃的。"

柳叶青又回到厨房继续做饭，手在忙活，竖着的两耳也不闲着，她得确保小卧室里传来的琴声不停歇。刚才自己发威到底起了点作用。要不然，他就一直发疯般地舞拳踹脚，学奥特曼跟怪兽大战，将家里弄得乱糟糟的。

柳叶青实在不明白，孩子为什么喜欢那怪里怪气的日本动画？淘淘一提起奥特曼，就跟打了兴奋剂似的。可恼的是一些商家挖空心思变着花招，利用奥特曼招惹孩子。凡是跟小孩有关的商品，譬如童装、玩具、童书、零食之类，印上奥特曼的图案，在商场醒目的位置显摆。孩子见了这些玩意儿，没有不眼热的。

那天上午柳叶青去超市买东西，淘淘扭着小屁股在后面跟着，瞧见一种叫"迪迦奥特曼"的日式海苔味的长饼棒，再也不肯挪步，非要妈妈买一盒，他才罢休。吃完饼干，那包装盒成了他的玩具，盒里有一张幻变小卡片——上面有奥特曼和怪兽的光影叠加图案，被他当成宝贝，时刻不离身。傍晚，柳叶青带他出去玩时，小卡片不知怎么地弄丢了，回来他哭得很伤心，直到妈妈答应再买一个，才破涕为笑。

第二天早上，淘淘一起床，第一件事就是要买"迪迦奥特曼"。做妈的不能说话不算数，早饭后，柳叶青只好领着他又去了一趟超市。出门之前，她郑重地跟儿子进行谈判：买迪迦奥特曼可以，但有一个条件，就是保证好好练琴，能不能做到？儿子小眼亮亮的，应得很爽脆：能做到！无奈他又是难守信约的。迪迦奥特曼一到手，就醉心于玩了，直到妈妈发脾气掌屁股，他才安静下来练练琴。这才练了多长时间呢，妈妈的第一道菜刚出锅，他那边琴声就歇了。

柳叶青有些恼火，高声叫："淘淘！你屁股发痒是不是？"

淘淘脆爽爽地回应，"妈妈，我屁股不痒，我要拉屎！"柳叶青没好气，懒孩子，屎尿就是多！她不放心，暂关了灶火，去卫生间看儿子。儿子在拖小马桶，说："妈妈，你出去，这里臭！"有意将鼻子耸得老高。柳叶青皱眉笑笑，带上卫生间的门，重回厨房，接着炒菜。

柳叶青做厨房活很麻利，三弄两弄，菜都炒得差不多了。儿子还在卫生间，叫淘淘，好大会儿才有应声，人却不见出来。柳叶青有点紧张，赶紧推开卫生间的门，儿子呢，坐在马桶上，乐滋滋地把玩奥特曼小卡片。柳叶青恼火地将儿子拎起来，儿子根本没拉屎，连裤子都没脱！她又狠狠掌了儿子两下屁股，罚小淘气再练半小时的钢琴才吃饭。

儿子这回站着不动，紧抿嘴唇，那样子分明是心里窝着火。柳叶青瞪着儿子，"嗯，还跟妈妈硬?！"儿子倔强地扬起小脸，带着哭腔，"我玩一下，都不行吗？"柳叶青掷地有声，"就是不行！"

母子正对峙着，去沪上参加研讨会的郭育德回来了。他的眉皱得老深，母老虎又对小虎崽发威了！

儿子见了父亲，求饶般地叫声爸爸。郭育德叹着气，"淘淘，又惹妈妈生气了？"他朝柳叶青眨眨眼，意思说给儿子一个台阶下吧。

柳叶青抱怨说："你看你这儿子，小小年纪，就学着骗人。明明想玩，却骗我说拉屎，硬在卫生间猫着不出来！"

郭育德不觉笑了，这么鬼呢！

柳叶青瞪着他，"你还笑！你以为这是什么好事？"转脸呵斥儿子，"以后还玩不玩小花招?！"

儿子翻眼看看父亲，又瞟瞟母亲，低头瞅瞅自己的脚尖。柳叶青说："以后不准再花小花招！听见没有？"儿子的头有气无力地点了点。

吃饭时，柳叶青也不忘训导儿子，比如要多吃菜，不要挑食，挑食的孩子长不高。你看你爸爸，小时候挑食，你看他现在才那么一点点高。还有，吃饭不要大声咂嘴巴，咂嘴巴是猪的吃相，多难看啊！你看你爸爸，吃饭咂嘴巴没有？以前他吃相一点不好看，不过呢，改过来了。

郭育德懒得回应妻子，自己好歹也有一米七五，个子怎么就那么一点点高？吃饭免不了要咂嘴巴的，什么好看不好看的！以前没孩子时，柳叶青就对他强调吃相，说干什么都要有个好相。她看不惯他吃饭咂嘴巴，一到两人吃饭，她就老打趣郭育德。那时郭育德也就听着，也不烦，反倒觉得柳叶青直性子，说什么都还可爱，吃饭时他也就努力不咂嘴。

做了妈妈之后，柳叶青就将目标转移到儿子身上，说一定要把淘淘培养成一个小绅士。每回训导孩子，柳叶青动不动就拿郭育德当反面教材用。这让郭育德有点反感，但他也不想因为这点鸡毛蒜皮的小事跟妻子较劲，那样多少会影响两人的关系。他就在私下里跟柳叶青“交涉”：你知道不知道，你这样做，有损我这个做爸爸的形象呢。你应该在孩子面前树立我的威信才是嘛！柳叶青一撇嘴说，什么有损你的形象？我那是哄儿子的！郭育德说，没有你这样的哄法哦。柳叶青说，行了行了！光我这么说两句，就有损你的形象啦？你的形象是高大还是渺小，那主要看你自己在儿子面前的表现，对不对？郭育德也没话可说。

在母亲的训导与督促下，儿子吃完两小碗饭菜，喝了一碗海带排骨汤。撂碗不过两分钟，什锦水果碟又摆在儿子面前。儿子噘了噘嘴，摸着肚子，央告说：“妈，我真的吃不下了。”柳叶青说：“那就少吃点。”夹了几片水果，令儿子吃掉。看着儿子苦瓜着脸吃水果，郭育德真有点同情儿子，才五岁的孩子啊！连吃饭都没自主权！

儿子吃完水果，郭育德就跟儿子玩积木，正玩得兴起，柳叶青要儿子去练琴。儿子冲爸爸哭丧着脸，叽咕着不想练。郭育德就替儿子说情。柳叶青不允，说他今天就一直没给我好好练！将儿子拽到钢琴前，儿子犟着不练。柳叶青厉声说：“到底练不练?!”儿子没一点屈服的意思，她忍不住又对儿子动起手，儿子就叫爸爸。这下更惹恼了柳叶青，"你以为爸爸在家，你就有保护伞了是不是?!"朝郭育德一扭脖子，"一边去！别站在这里瞪眼！儿子都是你给惯坏的！"

郭育德有些不满，他真想为儿子争得自由玩耍权，跟妻子吵上一架：孩子玩积木不能玩?! 他才多大? 你就不能跟他好好说?! 你再这样乱打孩子，我就对你不客气！现在的郭育德似乎患了严重的喉炎，想吼却有些困难。

当初柳叶青要儿子学钢琴，郭育德就有异议。他说钢琴那东西，可不是哪个孩子都能学的。儿子那么顽皮贪玩，你要儿子老老实实地练琴，一两天还行，儿子图新鲜，时间长了，不烦才怪呢。儿子不爱练，那也麻烦，到头来必定半途而废。还不如趁早打消这个念头。他建议让儿子学跆拳道，强体健身。身体好比什么都重要。

女人一旦对什么铁了心，脑子顽固起来胜过花岗岩。郭育德的任何意见在柳叶青那儿都成了不堪一提的菜叶边。跆拳道? 就学那几下拳脚功夫，身体就好? 那不过四肢发达罢了，真正的健康是心脑健康！钢琴是陶情养性的，练的时间长了，能锻炼孩子的静性。她还搬出楼下曹老师的儿子悠悠作为例证。郭育德，你说你儿子再淘，也及不上悠悠小时候，那真是一刻都不消停，淘得恨不能要抓上天去。曹老师让悠悠学琴，开始也是驯牛驯马地强驯，做爸爸的没少动怒，打孩子是家常便饭。练琴时间一长，悠悠的淘性逐渐为静性所代替。孩子只要练出了静性，就不愁练不成正果。你看人家悠悠，现在多不简单，亚洲钢琴大赛得了大奖，这又到国外顶尖的大学留学，要不了几年，就能成一个响当当的钢琴家呢。

不管柳叶青怎么渲染她的"例证"，郭育德都不以为然，他是不倾向曹家的那套教子理论。按那曹老师的说法，孩子不打不成器，不压没出息。说不好听的，小孩子，不就是一头小畜生吗? 你得狠心、耐心地驯化，等到他对你绝对服从，那这教育就成功了一半。对于这种话，郭育德无论怎么听，都有点不舒服，孩子不是人吗? 不过是个小人儿而已，怎么会是小畜生呢? 这无疑是对孩子的歧视！在教子问题上，郭育德反对柳叶青效仿曹老师，无奈柳叶青偏要一意孤行，事先也不同他协商，就从钢琴城弄回一台钢琴。

自从钢琴搬进家门，这个家庭就渐渐少了祥和。首先是母子间冲突不断，其次是夫妻间时有抵牾。母亲打儿子，父亲见了不乐意，忍不住在一旁干涉，结果母子冲突演变为夫妻冲突。最初两人是拌着嘴，男人总是拌不过女人。陆陆续续几场口水战过后，终于爆发了结婚以来第一场严重的肢体冲突。

柳叶青毕竟是女流之辈，拳脚功夫远远不如嘴皮功夫，几个回合，就鼻青脸肿，败下阵来，抹着泪，伤心欲绝！似乎旦夕之间，六七年以来两人的恩爱就被一笔抹杀掉了！但是她还是顾及颜面，不愿跟外人提及这种"家丑"，尤其在母亲面前断然不能提，当初郭育德是她自己找的，母亲本来就不怎么乐意，结婚这么多年，连个像样的房子都还没有，住的这个小小的一居室，还是跟学校租的，母亲嘴上不说，心里头也是不满意的！如今要是让她知道自己被郭育德打了，那还不叫她闹翻天了！

柳叶青没有料到，淘淘急急忙忙地向姥姥汇报了：我爸爸跟我妈妈打架了，我妈妈被打哭了！

柳云一听，抓电话的手都有些颤抖，这还得了！姓郭的小日子过腻烦了?! 敢对青儿动手?!

柳家姑娘遭遇家庭暴力，引起整个柳家家族震动。那次柳家至亲几乎倾巢而出，来找郭育德算账。

舅舅一进门，二话不说，就恶狠狠地甩了郭育德一个嘴刮子，"郭育德，你给老子听好了！下回你再敢动我们家青儿一根寒毛，我不把你撕了我就不姓柳！"

紧接着丈母娘怒气满面地斥责："你郭育德平日里看上去一副阿弥陀佛的样子，没想到骨子里原来是这般的恶毒！我们青儿在家里，从来没挨过打受过骂，到了你郭育德这里，竟被打成这样，哪有这样的怪事?! 以后你要再敢对我们青儿动手，小日子你就休想再过了!!"

舅妈和大姨妈也口诛郭育德，说你白长了副斯文样！你还是个大老爷们吗?! 孩子你不管也就罢了, 青儿管孩子, 你不让管, 还出手动粗, 有你这样的吗?!

柳云带领至亲教训了郭育德, 觉得还不够, 又给郭家老两口打电话, 要他们好好教训教训郭育德。郭育德父母打小就溺爱自己的独子, 平素听说儿子儿媳妇之间为教育孙子闹点什么小别扭, 他们内心是偏袒儿子的。这回小两口干架, 他们却是毫不犹豫地站到儿媳妇那一边。

说来也很简单, 郭家老两口望孙成龙, 不亚于当年望子成龙。他们也曾希望郭育德有点特长。恰好那时郭育德有个舅公是音乐学院的钢琴教师。郭育德四岁半时, 他们就让郭育德跟舅公学钢琴。舅公说郭育德乐感不错, 好好学, 能学得出名堂的。郭育德学了一年, 就不肯再学, 他们开始拿饼干、糖果之类的东西哄着他去学, 哄到后来, 不顶用, 也就随了他去。

后来老两口一跟儿媳妇闲聊起这事, 儿媳妇就觉得太可惜了, 说郭育德要是学成了, 不只他自己气质高雅, 更重要的是现在淘淘学钢琴, 能省下一大笔钱呢。做父母的怎么能心软呢? 小孩子多半看菜吃饭, 服硬不服软的。郭育德那么聪明, 要是当年对他稍微严厉一点, 那他肯定就不是现在这样的啦。她还开玩笑说公公婆婆给了郭育德一个童年, 却让他丧失了一个更美好的成年哟!

老两口揣摩揣摩, 儿媳妇说的也不是没道理, 他们当初对郭育德的管教委实是随意了些。郭育德想干什么, 不想干什么, 大都由着他自己的性子的。儿媳妇对他们这种家教是持批评态度的, 现在社会竞争越来越残酷, 要是让淘淘也像当年郭育德那样, 想干什么就干什么, 那将来准要被淘汰掉的。他们也觉得真是这样的, 现在社会兴的是商业竞争, 虎狼争食, 谁厉害, 谁就能抢到吃的。孙子要是没一点特长, 没一点真本领, 将来那日子肯定不好过呢。基于这种心理, 老两口一听儿媳妇在电话里说让淘淘学钢琴, 都很赞同。为表示全力支持, 他们还从退休金中挤出四千块钱, 汇给儿媳妇, 说是给孙子买钢琴添点数。他们还劝说儿子别跟小柳闹别扭, 淘淘学琴也不是什么坏事嘛。

如今儿子为孙子练琴的事跟小柳大动干戈，闹得不可开交。老两口觉得儿子做得委实过了头。也难怪亲家动怒，老柳连他们这做父母的都教训了，说你们当初是怎么教育郭育德的?! 教他打老婆?! 老郭的电话一挂断，马上拨通了儿子的手机，数落儿子：育德呀，你干的是啥子事哟？你那丈母娘说你是小鸡肠子小屁眼儿。你一个男子汉，肚量要大。小柳管娃儿，你也省心，你跟她计较啥子呢？你看你，你从个（怎么）把人家小柳打得鼻子也青了，脸也肿了？你下手就不能轻点?!

儿子满肚子委屈，说是她先动手的，她一个耳刮子差点将我的耳朵打背了气！你们不晓得，她下手不管轻重，打娃儿像打小畜生！我要是不制止，娃儿怕是给她打坏掉了！一听儿子道实情，老两口不免有点心疼了，唉，家务事难断。不管说啥子，你日后还是要让着她点。好男不跟女斗，何况是为了娃儿呢。好歹淘淘是她身上掉下来的肉，她做亲娘的，打几下淘淘，不过是吓唬吓唬他罢了。还真能将他打坏了？

那次夫妻冲突之后，柳叶青彻底长了气势。在儿子淘淘的家教方面，她掌握了绝对主导权。

为了让儿子有更多时间练琴，柳叶青干脆不再让儿子上幼儿园。她要按自己的设想来塑造儿子，给儿子制订了一个学习计划。按她的计划，儿子每天必须练八个小时的钢琴；睡觉吃饭约十三个小时；她给儿子讲故事，让儿子学拼音识字，做数学益智游戏，如此之类，大约两小时；属于儿子自己玩耍的时间一般也就一个小时左右。

柳叶青不是全职妈妈，她要实施她的教子计划，还是有点小障碍的，她一周有六节课，有两节课的上课时间跟郭育德的课撞车。开学初，柳叶青特意到院里请求调了课。她上课时，就由郭育德在家监督儿子。她对郭育德是不大放心的，每回去教室上课前，她都要对郭育德再三强调：不能惯着淘淘！郭育德总是爽快地应声。

这天上午，柳叶青本来是十点到十二点的课，因为下午一点学生要开运动会，按院里通知，两节连堂的课她只需上一节，十一点左右她就回家了。没进家门，就听见屋里肆笑打闹的声音。

柳叶青摔门进屋时，郭育德刚从沙发后面爬出来，一见满脸怒气的妻子，他瞅了一眼墙上的挂钟，有点惊讶："你不是十二点才下课的吗？"

柳叶青用手点着他，冷眼说："我就知道你在家糊弄我！淘淘怎么不练琴？"

郭育德打着哈哈说："练过了，也让他放松放松嘛。"

柳叶青将手中的包扔到沙发上，气冲冲地说："练你的头！"她拽过儿子教训，"淘淘，你给妈妈听好了！以后你必须按妈妈的要求练琴，就是爸爸让你玩，你也不能玩！"

郭育德不满妻子的强劲儿，但他只能忍声吞气，唯有如此，才能熄灭家庭战火。只是他闷得不行，索性出去透透气。

郭育德平心静气时，也想审视审视自己的妻子，这究竟是怎样的一个女人？你可能一百句话说不清楚这个人，但有一句话也许比较适合她：这个女人的世界，是以孩子为分界线的。

没孩子之前，柳叶青可谓温柔贤淑，怎么看怎么都是一个文雅的大学教师。她的思想也还不乏理性。她对当今中国的教育现状颇多微词：名曰素质教育，实则知识教育。她觉得教育的根本应该是开启孩子的心智，培育孩子的品性。孩子是有个性的生命体，应该尊重孩子的独立人格。

等到她自己有孩子之后，那论调就变了：对小孩子不可以讲自由讲民主的，那都是理论上成立，现实中难行的。毕竟小孩子缺乏自制力，缺乏是非辨别力，他不知道什么该做，什么不该做。你不能让他放任自流，得适当抑制他，引导他，等到他长大懂事了，明白自己该干什么不该干什么，那时候，我们才可以放放手。柳叶青对孩子的严厉大大超乎郭育德的意料。人家都说慈母严父，在他们这个小家庭，却是倒了个儿。

自从她实施严厉的教子方针以来，生活就像被无形的网给罩住了，原有的那种自在闲适如昨日黄花，只存在郭育德的记忆中。柳叶青自己呢，给家中小崽子套上脚镣的同时，也给自己戴上了脚镣。她也失去了很多本该属于她自己的东西，比如自由，比如事业心。

以前她想干什么就可以干什么的。现在不行了，她的自由是跟孩子的自由捆绑在一起的。

以前她的事业心不小。她也希望做一个优秀的英语老师，备课与上课都非常认真。学校强调教学与科研并重，她也积极写论文，一有时间，就去泡图书馆。那文章写出来，也还有点品头。

现在呢，她的事业心无从说起，已被生活挤到很小很小的角落。她的绝大部分时间都耗在孩子身上，教学多半是应付，备起课来，草率了事，上网搜罗材料，将要讲的内容全部搬到课件上，上课就不用费功夫了，一开多媒体，屏幕上一览无余，有时加些音频、视频。这是一种偷懒、不负责任的教学方式，她以前是不屑的，现在她也习惯于这么用了。平素学校与院系不怎么搞教学检查，她怎么样上课，都没负担。去年秋季，学校又开展本科教学质量大检查，各院系响应学校号召，教学抓得空前地认真，要求教师每节课都必须当成公开课来上。那阵子她没法糊弄差事，孩子这边她又坚决不放手，结果被弄得焦头烂额。

女人的心气是浮的，一急，那脾气就上来了，责怪郭育德不像个男人，做丈夫做爸爸都没责任心，孩子就指望她一个人管！家务也不伸伸手，她要是累死了，你郭育德能落什么好？！那郁愤不亚于自己的命快被郭育德摘了。那时刻，郭育德就当自己没长耳朵，没长嘴巴。明明是她不让他管孩子，嫌他教育孩子没能耐。家务他也不是不伸手，一伸手，她又嫌他笨手笨脚。还会提及第一次他向她求婚那晚他给她精心做的那桌子菜，你怎么现在就不能像当初那样上心呢？郭育德实在感到委屈，说我不是很尽心的嘛？我现在再怎么尽心，你都会挑刺的！唉，要说这女人，蛮不讲理的时候，比男人要横得多。

儿子似乎也怕妈妈横，再怎么不爱练琴，一旦妈妈横眉竖眼动起怒来，他也就畏缩了。

5

这天是星期六，柳叶青早早做好早餐，喊淘淘起来吃饭，上午还要带他去上钢琴课。淘淘赖在床上不起来，叽咕着说自己面颊疼。

柳叶青皱皱眉，小家伙鬼头，估计又是找借口不想去学琴。上周六早上就是这样，说自己肚子疼，郭育德信以为真，准备带他去看大夫。柳叶青示意他别着急，跟儿子说，淘淘，上医院，说不定要打针的哦。淘淘仰着小脸，问，一定要打针吗？妈妈重重地点头。他挠挠头，耸耸鼻子，说我不要打针。柳叶青装作很认真的样子说，你肚子疼，一定是有坏虫子在你肚子里捣乱，一打针，它们就害怕，全跑光光啦。你肚子就不疼了。淘淘愣了愣，笑起来，说我肚子里没有虫子。柳叶青就知道他是装的，瞅着他，真的没有虫子么？他摇头说，没有。柳叶青追问，你为什么那么肯定说没有呢？淘淘有点不耐烦了，说我肚子不疼了！

现在淘淘又在耍赖了？这孩子！柳叶青有点恼火，催促："淘淘，快点起来吃饭！"

"妈妈，我脸疼！"淘淘哭丧着脸。看样子不像是装的，柳叶青忙摸摸他的脸，"哪儿疼啊？"

"这儿。"淘淘指着自己左耳根连至左耳附近的面颊，那地方有一大块红肿。柳叶青轻轻按了按，淘淘大叫，疼！疼！

柳叶青觉得像腮腺炎，不能马虎，跟钢琴老师请了假。一吃过早饭，她赶紧和郭育德带孩子去附近的医院看儿科。

原以为周六医院上班的大致是些值班医生和实习大夫，没想到还有知名专家号，柳叶青不免欣喜，便给孩子挂了号，将诊单拿到手，一瞧，专家是常晖，太好了！常大夫是儿科主任，以前孩子生病找她看过几次，不错的。今天没白来。

排队等着叫号。淘淘真是个淘气包，坐不住，在候诊大厅里到处跑。郭育德紧跟其后，生怕孩子一不留神跑丢了。柳叶青坐在候诊室门外，听叫号，等到叫淘淘的号，她赶紧招呼郭育德带淘淘过来进诊室。

常大夫看了看淘淘的面颊，给孩子量了体温，淘淘的体温36.4℃，比较正常。她开了化验单子，让家长带孩子去验指血（查全血细胞分析和快速 C 反应蛋白）。

验指血的孩子不止一个，针扎手指有些疼，有个小女孩哇哇地哭得满脸是泪。淘淘一旁盯着看，说我不会哭。爸爸直朝他竖大拇指，夸赞：淘淘是小男子汉，就是很棒！柳叶青亲亲淘淘的小脸说："对，我们淘淘棒得很，不会哭。"等到扎他的手指，他咧嘴想哭，看到爸爸妈妈都冲他竖大拇指，他眨眨眼，说一点不疼！大夫阿姨乐了，夸小朋友真棒！

半个小时左右，血常规检验报告单出来了，显示有几项指标有点不正常：白细胞、单核细胞绝对值和中性粒细胞绝对值偏高，血红蛋白和淋巴细胞百分数偏低。柳叶青和郭育德都有点紧张，拿着报告单找常大夫，问要不要紧？

常大夫说有炎症，但不是腮腺炎，是什么原因感染的？尚不得知。为了慎重起见，她让柳叶青带孩子到急诊外科找大夫会诊一下。外科大夫说看上去像左面部蜂窝组织炎，又有点像是皮肤问题，建议他们先去看一下皮肤科。

去挂皮肤科的号，说上午没号了。孩子到底是什么问题？柳叶青和郭育德有些着急，硬着头皮，去五楼皮肤科。不少人候诊。柳叶青进一个诊室找一女大夫，说了孩子的情况，希望她能给"瞄一眼"。女大夫冷若冰霜，说看病哪能瞄一眼？看不了！

柳叶青碰了满鼻子灰，有些狼狈。事后想想自己也确实说得不妥，看病哪能瞄一眼呢？得认真看才是。

柳叶青不得已又踅回急诊外科找先前找过的大夫，人家态度非常和蔼，又仔细看了一下孩子的面颊，很认真地写了一些病理意见，初步诊断为左面部蜂窝组织炎，建议自备"如意金黄散"（同仁堂），香油调和外敷，每日2次，每次20分钟。柳叶青还是挺感动的，要知道，他们连孩子的号都没挂啊。同一所医院里，这大夫跟大夫真是不一样哦。遗憾的是，忘了问人家大夫的姓名了。

又回儿科找常大夫，常大夫看了外科大夫的会诊意见，说"如意金黄散"医院没有，给开了重楼解毒酊（外用），还给开了内服的西药——阿莫西林克拉维酸钾分散片，嘱咐说每日2次，每次1.5片。建议让孩子好好休息。若不适，周一来复诊。

夫妻俩带孩子回家途中，上同仁堂药店，问有没有"如意金黄散"，答曰有，只剩四盒了。他们赶紧买了两盒。

一进家门，柳叶青就找装牙线的小塑料盒，拿盐水将塑料盒消毒，然后用卫生纸将盒子擦干，按说明书上所言（"漫肿无头，用醋或葱酒调敷"），往塑料盒里倒适量的如意金黄散药末，拿醋调均匀，用棉签蘸药，敷在淘淘左面及耳根的疼痛处。但这种调敷的药，很快就干裂，不容易将它揭下来。后来她还是改成香油调敷，油滑润泽，敷的药比较容易揭下。

敷过几次，柳叶青问淘淘感觉疼好点没有，淘淘说好一点。

郭育德欣喜地说："这药还是很有效果的。"

柳叶青又惦记起练琴的事，"淘淘，我们的琴是不是该练一练啊？"

淘淘撇起嘴，"妈妈，我脸还疼。"

郭育德小声提醒说："大夫都说让孩子好好休息。你就让淘淘玩玩好了，等脸不疼，再练也不迟嘛。"

柳叶青说："好吧，淘淘，今天就让你玩一天。"

"妈，我可以玩奥特曼吗？"

柳叶青笑着叹气，说玩吧玩吧。淘淘兴奋得手舞足蹈。还跟姥姥打电话汇报他扎针不哭，姥姥也大大夸奖一番，乐得淘淘跟打了胜仗一般高兴。

三天之后，淘淘面颊上的红肿渐渐消失。他很想爸爸带着出去玩一玩。妈妈一干涉，说好几天都没练琴了，等练了琴才准玩，他琴也就练得乖乖的，在琴架旁一坐就是两个小时。小家伙认识钟表，也会调钟表，练琴前，他将他的小闹钟调定两个小时。闹钟一响，他的琴声也就戛然而止，他小心翼翼地问妈妈："我可以跟爸爸出去玩一会儿吗？"妈妈收起横架子，脸色柔和地点头应允，规定玩的时间不得超过一个小时。

跟爸爸出了家门，淘淘闷闷不乐，"爸爸，我不想练琴。"郭育德说："妈妈要你练，你不想练，也不行啊。好了，我们不说这个，想去哪里玩？"

淘淘说想去看奥特曼。他拉着爸爸去附近的一家玩具店。那里有大大小小的奥特曼。淘淘看看这个，摸摸那个，爱不释手。

店主是个女孩，笑盈盈地说："小朋友，想要吗？"淘淘不答话，拿起一个大的奥特曼，咕噜着说："爸爸，我想要这个。"

郭育德跟柳叶青一样，也不喜欢让孩子玩奥特曼，就说："淘淘，不要这个，我们买点别的好不好？"淘淘不说话。

郭育德看儿子垂头丧气的样子，不觉心软了，儿子在妈妈那里已饱受压抑，要是在他这里还是受抑制，那儿子岂不是太憋屈了？他应该适当满足儿子的愿望才对。算了，就给儿子买一个。

淘淘抱着奥特曼，兴高采烈，猛地想起什么，问："妈妈骂不骂？"郭育德说："最好不要让妈妈知道。万一妈妈知道了，你就跟妈妈保证好好练琴，妈妈就不会骂了。"

父子俩在柳叶青规定的时间里回家。进门时，儿子特意将奥特曼藏到屁股后面，溜进小卧室，将奥特曼塞在被子下面。玩具刚藏好，柳叶青进来了，给儿子灌了一杯果汁。

儿子舔嘴角果汁的当儿，母亲发话了："淘淘，该练琴了。明天要去老师那里，老师要检查你练得怎么样的。"淘淘挠挠头，磨蹭着爬到钢琴架前。这一练又是一个小时。

第二天，一吃过早饭，柳叶青就带着淘淘，坐车去六里桥的钢琴老师家。

说起这个钢琴教师，那可不一般，是大名鼎鼎的青年钢琴家LL 的启蒙老师，也是曹老师儿子悠悠的启蒙老师。也许是因为音乐陶冶身心，有益于健康，老太太都快八十岁了，依然耳聪目明，神采奕奕的，看上去也就六十来岁的光景。她对淘淘评价不低，说这孩子要是勤奋苦练的话，也是个可造之才。这句话如同儿子的定身丸，坚定柳叶青对儿子练琴的信心，对儿子的严厉也就有增无减。儿子稍有懈怠，她毫不手软。

每周六上午，柳叶青都要带着儿子去上一次钢琴课，一个小时，学费五百元，一个月下来，就是二千元。郭育德觉得收费有点高。他一个月工资——扣除公积金、房租、水电费、税款等各项款额，到手的也就五千多元。这淘淘一个月上四次家教课的费用，加上来去打车的费用，就将近花掉他工资的一半。柳叶青说，那没办法。人家就这价，悠悠那时候学都是这价，现在没涨价，已经相当不错了。到她那里上课的孩子排着队呢。咱们的淘淘还是托曹老师帮着引荐，人家才收的。你也别心疼钱，只要她能将淘淘教出点名堂来，花点钱也是值得的。要是淘淘以后能像曹老师家的悠悠那样有出息，能出国到顶级的学府深造，那咱们就算赚了呗。

柳叶青变得越来越现实了，她清楚现在让孩子学钢琴，投入相当大，等于开出一张无定数的支票。这张支票，加上孩子的其他花销，成为整个家庭的主要开支。她跟郭育德都靠着死工资过日子，总觉得远远不够花的。原来也有贷款买房的计划，现在不得不取消。为了给儿子一个美好的将来，规划是一定要做的。柳叶青的规划简单明了，她自己除了教点本分的课，就是管家务，管孩子。郭育德呢，做好本职工作，还要出去挣点外水。她还打算找楼下的曹老师商量商量，她要是实在太忙，就请他帮着监督淘淘练琴，适当地给老爷子一些好处。她想老爷子很喜欢淘淘，一定不会拒绝。

郭育德内心对妻子的这个规划缺少热度。他其实是个并不爱折腾的人，除了备课上课，做点科研项目，参加研讨会，没事就喜欢猫在家里，做做饭菜，看看书，上上网，写点博客，最乐意的外事活动就是带儿子出去玩玩。他愿意过那种简简单单、没负担的生活。这种生活观他是不想跟柳叶青宣扬的，结婚前柳叶青还是比较认可他的这种生活观的，结婚之后有了孩子，"画风"突变，他说的她是一个字壳儿也听不进的，她还会来一堆抢白：现在生存环境这么残酷，你想过得简单，事实上，能简单得了吗？你一个大男人，理应眼观六路，耳听八方，竭尽全力地挣钱养家！你成天缩在家里，算哪门子男人？

面对强势的妻子，郭育德只好硬着头皮滑向妻子为他设计的生活轨道：出去挣外水。靠什么挣外水呢？像他这样一个教数学的大学教师，无非是仗着一点书底子，在外面当兼职教师呗。

在郭育德他们所任教的京中大学，不少普通教师都出去兼职挣外水，理由是极其充分的：这年月，靠那么一点死工资，不想办法在外挣点外水，那还不死定了？一些老师宁可在学校这边少带课，腾出时间，到外面的民办高校带课，那可比京中大学这边强多了，这边（超出的课时）一节课才四十元，人家那边一个课时一百元，一周带上八节或十节课，一个月就能净挣三四千。再者，在民办高校带课，压力不大，做到不迟到不早退，按部就班地上完课，就可以了。

寒假一过，郭育德也加入了兼职教师的行列。开学前，他就找院里的教学秘书通融了一下，将他在本校每周课时集中在两个上午。业余时间，他就到京郊的 K 大学带课。

虽然郭育德在 K 大学带课没什么压力，但上课绝对是不舒服的。那里的学生认真听课的没有几个，迟到、早退、旷课的不少。就是来上课的，也多半在混，干什么的都有，玩手机的，说小话的，看杂书的，甚至有将笔记本电脑带到教室看碟的（弄成静音或戴耳机）。郭育德想自己讲得再好，也只是讲给空气听。开始他也正儿八经地点名，考勤，可学生强烈抗议。他不免有种挫败感。他在京中大学上课，怎么说课堂都是有纪律的。偶尔也有个别学生瞌睡，他走过去，在桌子上敲两下，也能将学生的瞌睡虫给驱走。但在 K 大学这里，学生完全目中无师，他们随心所欲地干着自己爱干的事，你当老师的还不能干涉，你要是干涉了，他们就会当场让你难堪得下不了台。

让郭育德耿耿于怀的，是他第一周去那里上课遭遇的恶心事。

那天课上到一半，一个留雌黄中分头的男学生拿着手机，在肆无忌惮地给旁边一位留雌黄长头发的女生拍照，郭育德要他将手机收起来，那男生充耳不闻，不少学生在一旁嗤笑。

郭育德感觉自己的自尊受到侮辱，他提高声调，再次要求那男生收起手机。那男生这回将手机对准他了，油腔滑调地说："老师，没给你拍，你心理不平衡了是吧？那就给你来一张吧！"

郭育德愤愤地指着男生，"你到底收不收?!"

男生乜斜着眼，挑衅说："收怎么样？不收又怎么样?!"

郭育德渐失理智，他将课本向讲桌上一扔，快步走下讲台，要没收男生的手机。

男生僵着脖子，点着郭育德的鼻子，盛气凌人地叫："你敢?!"将手机丢向身后的女生，女生很快将手机藏起来。

郭育德气急败坏，要女生交出手机，女生挤着眉，语气轻蔑地说："凭什么给你?!"

其他学生跟着起哄，齐声说："不给！"这一下，原本就乱的课堂更乱了套。幸亏教务处处长从旁经过，出面制止了这场师生冲突。

事后，在教务处处长的办公室，郭育德情绪很激动，"我走上大学的讲台也快十年了，还是第一次碰见这样的学生——不是学生，简直是街头的小痞子！"

教务处处长一声叹气：唉，郭老师，您这是认真，学生不知好，没办法。不瞒您说，上学期，教数学的是位女老师，硬是被他们气跑了。他们反映数学听不懂，您想，他们怎么能听得懂？进校时高考数学成绩二三十分，甚至十几分的，底子太差。咱们这里，不像您那里的大学，学生进来不设门槛的，学习没热情，老师上课稍微严一点，他们就不行了。我们也知道老师难做人。……说来说去呀，郭老师，您就不要管这些学生什么样了，也就那么回事，您只管上您的课罢。到时候考试，给他们多讲讲要考的题。

回到家，郭育德一直有些郁闷。柳叶青追问他怎么回事，他愤愤地讲了事情的经过，说他再也不想给那些痞子学生上课了！柳叶青一叹气，我还以为什么了不得的大事呢！你啊，就是太老实！经济学院的小洪是我的老乡，他也在民办大学上课，那回路上碰见他，聊了一下，他说，那里的学生普遍不爱学习，当老师的要保持平常心，学生干什么，只要不大声喧哗，千万不要去管，睁只眼闭只眼就行。这些大学生都多大了？都是成年人了，他们自己不想学好，你当老师的上心，没用！可你非得要去管他们，你这不是自己找气受吗？

夫妻说话间，儿子停了练琴，叫道："妈妈，我要尿尿！"声音刚落，小人儿已经冲出来，径直跑进卫生间。柳叶青看看表，儿子的琴也练得差不多了。等儿子从卫生间一出来，她就让儿子跟爸爸出去玩一会儿，目的也是想让郭育德出去散散心。作为同行，她不是不理解郭育德，这个一根直肠子通到底的人，今天真是被气得够呛。

郭育德带儿子从家里出来。儿子拽着他的衣角，不时地望望他的脸，"爸爸，你不高兴吗？"郭育德看着天真的儿子，蹲下身，摸摸儿子的头，笑笑，"爸爸没有不高兴啊。"儿子一舞胳膊，"爸爸，我们到操场跑步吧，我肯定又是第一名！"

父子俩到学校操场上比赛跑步，又跟其他孩子一起玩玩踢球，玩得酣畅淋漓。

儿子到底是解除郁闷的小贴士。那天从操场往家走的时候，郭育德释然了一点，他想来想去，好歹兼职一月能赚上三千多元，不只能解决儿子的学琴费，还能给儿子买点有用的东西。为了儿子，那憋气的课他还得继续上。何况那里的教务处处长都跟自己交了底。

那之后，去K大学上课，郭育德兀自上自己的课，学生在课堂上干什么，他也就懒得过问了。几个月下来，师生竟也相安无事。

临近期末考试，学生们集体热情地向他套题，郭育德也就顺了大家的心意，划了考试重点范围。

学生不满足，又热情呼吁：老师，还是太多了，圈圈具体的题吧。郭育德两手撑着讲桌，朝教室扫了一眼，那一张张笑脸写满"渴望"。他一横心，索性将考试题的百分之八十都圈了出来，圈得大家欢天喜地。

一下课，郭育德准备离开教室，那个曾经上课拍照滋事的男生跑过来，说老师，我给你拍一个吧。我觉得你今天超可爱。希望你给个面子。

郭育德哭笑不得。他终究没有给那学生面子。当学生举着手机，他用手挡着脸，一转身，疾步走出教室。那男生很扫兴，嘿，太不够意思了！男生的话郭育德听在耳里，他苦笑着摇摇头。

出 K 大学的校门，去公交车站坐车。经过一家超市，穿越一个老居民区，原先的一排排旧楼房拆除要重建，施工围墙那边传来隆隆机器的轰鸣声，震耳得很。要不了多长时间，这里肯定会建起林立的大厦。城市建设多是一种固有的模式，钢筋混凝土，少有郁郁葱葱的林木。

阳光真的很灿烂。天空有丝丝的游云，气温比较高，街道上散发着夏天的热气。

他想起老家那遍处青绿的乡野，悠悠爽爽的山风带着泥土的清香，思绪在城乡间穿越，竟有一种恍若隔世的感觉。再过十年、二十年，甚至三十年，这里会是什么样子呢？

人世的沧桑，世事的变化，往往是由不得人去想的。郭育德不经意地摇摇头。

前面是一家蛋糕店，名字叫佳果蛋糕店，蛋糕店的香味散发在空气当中。从旁经过的时候，可以分明地闻到淡淡的奶油香味。他想进店给儿子买一两块蛋糕，又一想，提着蛋糕坐两三个钟头的公交，那东西到家怕是就不新鲜了，还是带儿子到家附近的蛋糕店里去吃好了。

阳光似乎越来越明耀，明耀得闪瞎人的眼。一只鸟从头顶飞鸣而过。郭育德手搭凉棚，抬眼看去，视线里的已不再是鸟，而是一个闪烁的银点。那银点很快就消失了，郭育德不觉有点发怔。前些天，偶尔有鸟从窗外飞过，儿子看见了，突发奇想，对他说，爸爸，我要是鸟就好啦，我想飞到哪里，就能飞到哪里了！他还没来得及回应儿子，柳叶青的女高音响了起来：淘淘，趴在窗边干什么？还不赶快练琴去?！

郭育德没有儿子那么天真，他想，就算是鸟，又能怎么样呢？就算能侥幸蹦跶到高空，最终还是要低落到尘埃里。

对面是一幢新起的住宅楼盘，少说也有三十层，在阳光的灿照下，显得大气，亮丽。这样的楼盘在京城四处可见。他只能望楼兴叹。

前两天打电话问候父母，父亲说起表弟在成都买房的事，房价一直在涨啊，看北京那边的房价，涨得更厉害。母亲说，你们那房子怎么弄呢？学校福利房可还有？

房子的事说起来让他很心虚。学校福利房基本上没有指望。想贷款买房没有一点底气。房价高得令人咋舌！有朋友琢磨说，房价不可能这么一直涨下去，有朝一日会跌下来的。但什么时候跌价呢？说不清楚。但房子迟早还是要买的，安居公寓的那个小一居住起来实在逼仄。孩子目前还小，一家三口住着还能凑合，等孩子大了，怎么着也要给孩子一个独立的空间，还有父母年岁越来越大，也得考虑将来接他们过来住，也要给他们预留一个房间。

他现在在柳叶青面前，总没有以前那样自信，多半还是因为他没有能力弄来一套像样的房子。柳叶青不时提起魏静怡家的卫岩有眼光，房子买得早，赚发了，现在他们家那套房的市面价估计有好几百万了。你郭育德当初怎么就没有那个眼光呢？

郭育德也慨叹自己的确没有眼光，早知道房价这样疯涨，他怎么着也要想方设法地四处借债，贷款买上一套房！连父母都这么说，要是当初儿子铁着心买房，他们就是拼着老命也要为儿子凑钱。房子买上之后，也可以暂时不住，租出去，以租养贷，想必房贷压力也能承受。如今想这些都没用，不过是事后诸葛亮。眼下重点要考虑的，还是想办法多挣点钱。漫长的暑假很快就要开始了，思来想去，最切实的挣钱渠道是假期做一做高中数学家教，那种一对一辅导，一小时二三百元，平均每天上几个小时的家教课，一个暑假下来，也能挣到几万块钱，差不多是大半年的工资。之前就有办家教辅导机构的乡友邀请过他，他没什么兴趣，婉拒了。如今看来，要想改善家庭经济状况，即便不感兴趣，也还是要去做，而且还要努力做好。趁现在年富力强，为小家庭的建设拼一拼，总还是有必要的。

公交站聚集着一堆候车的人。等来等去，到底等来了一辆去市中心的公交车。车一停，候车的人一窝蜂地往上拥。郭育德赶紧小跑着过去，晚了，车已经动起来。他还是不甘心地追着车子，边跑边招手，车子没有理会他，扬长而去。

郭育德有点沮丧，只能等下一趟车了。他脑子里不再思忖鸟的问题，而是盘桓着路上是否堵车。一堵车，他不知什么时候才能到家。他要吃饭，他还得陪儿子玩玩积木，搭搭房子，他还得写写教案，做做多媒体课件。明天他在京中大学还有一上午的课呢。

第七章

1

　　魏静怡很喜欢淘淘，每次到学校上完课，回家路过安居公寓，多半要去看看小家伙，总不忘携带贴画、小汽车之类的玩具，给孩子当小礼物。

　　柳叶青表示感谢之余，还是建议她不要总给孩子带礼物，说别看这么丁点大的小孩子，其实贪心得很呢，你要是总给他带礼物，哪一次你要不带了，他就有想法了。给他的玩具不能太多，多了，他根本就不珍惜，只要五六样玩具就可以了。

　　魏静怡不太赞同，"小玩具，多点花样，还是需要的吧？"

　　"玩具真的还是不要多，容易让孩子分散注意力。"

　　她们的谈话，淘淘一旁听得明白，翘起小嘴，斜眼看他妈妈。

　　柳叶青看出小人儿的不满，威严地说："淘淘，将你那乱七八糟的玩具，收拾一下！"

　　淘淘假装没听见，瞥见母亲有点生气，还是很不情愿地去收拾玩具。

　　柳叶青等他收拾完玩具，这才和颜悦色地跟他说话："淘淘，魏阿姨要是有小妹妹小弟弟，你愿意将你的玩具给小妹妹小弟弟玩吗？"

　　淘淘小声咕噜："愿意。"回头问魏阿姨，"阿姨，你什么时候带小妹妹小弟弟过来玩呢?"

魏静怡说:"阿姨家还没有小弟弟小妹妹,等以后有了,再带来跟你玩好不好?"

"什么时候才有呢?"淘淘仰着小脸问。

魏静怡说:"阿姨也不知道呢。"

"阿姨怎么也不知道呀?"淘淘有点失望。

"哎,小孩子家,就喜欢刨问。"柳叶青冲魏静怡摇摇头,转脸看着儿子说,"淘淘,阿姨想听你弹一首曲子,你来弹一曲给阿姨听听,好不好?"

淘淘歪着头说:"阿姨自己没说她想听曲子。"

"哦,阿姨想听呢。"魏静怡忙声明。

"阿姨真想听吗?"

"那还有假?"魏阿姨表现出迫不及待的样子,"现在就非常想欣赏淘淘弹琴。"

"好吧。"淘淘坐在钢琴前,"阿姨想听什么曲子呀?"

"你想弹什么曲子?"

"小星星。"

"好,就这首啊。"魏静怡拍掌说:"莫扎特的这首么?好听。"

柳叶青说:"莫扎特的那首是变奏曲。这首是儿歌,比较简单。"

淘淘弹完了,两个大人使劲鼓掌。淘淘一脸淡定,"妈妈,我可以玩一会儿吗?"

柳叶青收敛了笑容,"哎呀,淘淘,这才弹这么一下,就想玩了吗?"

淘淘瞟瞟魏阿姨,垂着小脑袋,对母亲嘟囔,"我就只玩一下,不行吗?"

"就让他玩一下吧。"魏静怡小声替淘淘求告。

"今天就看在魏阿姨的面上,让你玩一下,不过,只能玩一刻钟。"

淘淘答应了,玩他的奥特曼机器人去了。

柳叶青对魏静怡直摇头，压低声音说："唉，没办法，这小孩子，真让人不省心。练个琴都很费劲，他一天到晚就跟你讨价还价。阿姨在这儿，他就更倚着势子了。"

　　"要不怎么叫孩子呢？"魏静怡笑笑。她觉得不宜再待下去，一刻钟过后，柳叶青还要孩子练琴，她这个阿姨在旁边，还是有些干扰，便站起身告辞。

　　从柳叶青那里出来，坐车回到家，魏静怡是有些落寞的。这个家没有小人儿，总少了些祥和。卫岩自从结婚以来，就一直渴盼着有个孩子，这都好几年了，魏静怡的肚子依然还没有动静，卫岩也渐渐丧失耐心，怂恿着要去做试管婴儿，她坚决反对。两个人的关系越来越僵。哥哥总向着卫岩说话，说孩子是夫妻双方的润滑剂，也是小家庭的未来和希望，家里没个孩子，光两个大人进进出出，也没什么意思嘛。母亲和嫂嫂也劝她考虑做个试管婴儿，女人不怀胎生育，总算不得真正的女人。将来老了动弹不得的时候，也好有个贴心的人嘘嘘寒问问暖。

　　魏静怡听不进大家的劝说，孩子能有就有，就算没有，她也不会去做什么试管婴儿。卫岩觉得她不可理喻，终于忍无可忍，闷憋多日的火气喷发出来："我们结婚都多长时间了？还不应该有个孩子吗？！"

　　"你跟我结婚，就是为了生孩子吗？！"

　　"结婚没有孩子，那叫什么结婚？没有孩子的家不完整，你不懂吗？"

　　吵到后来，魏静怡不吵了，沉默了两天，她到学校上课，晚上住学校宿舍，只给卫岩发了个短信："这样下去，我们俩的日子越过越没有滋味。我跟你说过多次，我不是说不要孩子，顺其自然，有，就要；没有，也不强求。如果你非得要为孩子的事折腾，那你去找一个人给你生孩子好了，我不受你这个气！"

　　卫岩没有回复，让她更感郁闷。她独自坐在校园藤架下的长椅上，一棵茂盛的松柏遮挡了路灯的光，她整个人就埋在幽暗中，不远处的主道上三三两两散步的身影，多半是成双成对的校园情侣。这样的浪漫，对于她来说，仿佛是久远的事情。过往的点点滴滴汇流成河，将她的思绪全部淹没，等她回过神，发现自己已经泪流满面。

她又想起金老师，不知道自己为什么动不动就想起他，她现在需要找一个可以倾诉的人。现在能跟她推心置腹谈心的，大概只有柳叶青。她还是不由自主地拨打柳叶青的电话，没打通。

魏静怡不知道，柳叶青正在家训斥孩子，淘淘现在开始学会顶嘴了，他一顶嘴，母亲就更加气恼，趁着郭育德没在家，她让儿子好好吃了一顿擀面杖，那小屁股都给打肿了。幸亏郭育德不在家，要不然，像她这样死揍孩子，郭育德是看不下去的，必定要插手制止，夫妻之间免不了又起冲突。

等收拾完淘气包，让他老老实实地在房间练琴，柳叶青的气渐渐消下来，拿起手机翻看了一下，见有魏静怡的未接来电，嘱咐淘淘："好好练琴，练一个小时，可以休息一会儿。"她到小客厅，拨了魏静怡的手机号，"最近忙得焦头烂额的，也没顾得上跟你联系，怎么样？还好吧？"

魏静怡一听柳叶青的口气，日子过得似乎也不太爽快，她自己原先的那些烦恼，也就不想跟柳叶青再诉说了，除了增添好友的忧虑，能解决什么问题呢？这样的家事还是不说的好。她也就轻描淡写地说："还是那个样子吧。你怎么那么忙？郭育德不在家吗？"

"郭育德又出去开会了。不知道他们院系怎么老让他出去开会！孩子我一个人管，快将我累死了，又不听话！越大越难对付了。能将你气成鼓胀肚子的河豚！"柳叶青抱怨说，"早知道这样，我还不如不要孩子，那样才清净。"

"这话可不能这么说。小心孩子听去，心里不开心的。"魏静怡提醒说。

"小孩子家，哪有那么强的自尊？他要真要强，你说了一次，他就应该上心，根本不需要你再跟他费口舌。"柳叶青的声气又上来了，"这日子过得有点发霉了。这房子又小，孩子又闹腾，真让人憋得慌啊。"

"下学期该上一年级了吧？孩子大了就好了。"

"哪里能好？听人说，孩子上小学更是事多！老师要求家长全程配合。"柳叶青叹口气，"还是你们好，房子也大，没有小淘气包气你，家里也清净。"

魏静怡没想到柳叶青竟然羡慕自己，有点哭笑不得，"你也甭提了！我现在正闷着呢。卫岩为生孩子的事跟我闹别扭，我家里人都向他一边倒，要我去做什么试管婴儿！"

"你可要慎重，不是谁都能做试管婴儿的。那可是够折腾人的，费用多不说，你身体未必承受得了。听说还要吃药、打针，副作用肯定是有的，而且，也不一定就能成功，弄不好还要做第二次，甚至做第三次。何必自找这种麻烦！就算没有孩子，又有多大关系？你看，人家东方蓝老师，没有孩子，日子也过得潇洒得很。"

好友到底是好友，到底最懂她的心思。魏静怡心里的郁结解了不少。"我也是这么想的。关键是卫岩那个人比较麻烦，他想不通。我们经常为这事闹矛盾。看样子，这样下去，好日子长不了。"

"你还是要好好跟他交流交流。"

"他那样的人，难以交流。"

"我出面劝说他，好像也不太合适。"

"这事还是我们自己来解决。实在不行，也只有各自安好。"

"你可不要意气用事啊。你们好歹这么多年，感情还是摆在那里的。你一定要冷静。不到万不得已，不要轻易放手。"

闲聊过程中，柳叶青时不时地耳贴着小房间的门，监听里面的琴声。聊天是最容易消磨时间的。不知不觉中，一个小时就滑过去了。

电话里传来淘淘的声音，"妈妈，我可以玩一会儿吗？"

魏静怡笑着说："赶紧让孩子休息一下吧。别将孩子逼得太紧了。多鼓励鼓励。"

柳叶青说："必须恩威并施才管用。"

魏静怡调侃说："你这家长，还当出门道来了？"

"你不知道，家长很难当啊。"

"孩子也难做，不是吗？我想跟淘淘说几句话。你将手机给淘淘一下嘛。"

淘淘听出魏阿姨的声音，兴奋地说："魏阿姨好！什么时候来我们家玩啊？"

"等阿姨有空的时候，去你们家玩，好不好？"

"好。"

"听你妈说你琴练得很棒哦。"魏静怡啪啪鼓了两下掌，"阿姨在这边鼓掌，你听见没有呢？"

"听见了，谢谢阿姨！"淘淘呵呵笑起来。

魏静怡又将孩子夸赞一番，夸得淘淘很开心，趁妈妈在厨房下面条，淘淘拿着手机到房间里跟魏阿姨说话，声音小小的，"阿姨，我这么棒，为什么我妈妈还打我？"

"哦，淘淘这么棒，妈妈不应该打淘淘啊。你能说给阿姨听听吗？要是妈妈不对，阿姨找妈妈评理去！怎么样？"

"唔，好。"淘淘小声说，"阿姨，我今天因为没有按时练琴，我妈妈打我了。"

"你要是按时练琴呢？你妈妈会不会打你？"

"那，那就不会。"

"还有，你妈妈说你跟她顶嘴，她说什么了，你跟她顶嘴呢？说给阿姨听听好不好？阿姨要看看，是不是你妈妈不对？要是你妈妈不对，阿姨肯定要去批评她。"

"我妈妈说，淘淘，你为什么不按时练琴？我说我玩完再练不行吗？我妈妈说不行！我大声说，为什么我玩完再练不行？我妈妈就生气了，拿擀面杖打我屁股！"

"哦，你妈妈脾气怎么那么大啊？"

"是的，我妈妈生气的时候，像个大怪兽一样！"

"不过，我觉得，你要是跟你妈妈好好说话，比如，你可以说，好妈妈，我玩完一定好好练琴，行不行？我保证好好练琴。你看看你妈妈还会打你吗？"

"嗯，那就不知道了。"

"你下次照阿姨说的试一试看看，怎么样？如果你妈妈还是不听你的，还是生气，还要打你，你告诉阿姨，我找你妈妈去，我要批评她！"

"好的，阿姨。"淘淘声音又降低了，"阿姨，我妈妈好像过来了。"

"好，淘淘，咱们下次再说话啊。再见！"

小家伙带有愉快的语调说，再见，阿姨！

跟柳叶青母子通话，让魏静怡心情舒畅了很多。她从长椅上站起身，准备去学校的操场上走走。

一个高挑的身影走来，看上去很熟悉，像是卫鸾。魏静怡怀疑自己大概是认错人了。卫鸾怎么会在这里呢？当年她博士毕业后到B大学读了两年博士后，应聘到一所市属高校文学院，学校也给她分了一个单身宿舍。那所高校离这里倒很近，不过一站多地的距离。她莫非是到这里转转？

女子见这边有人，又转身朝另一边而去，坐在一条无人的长椅上。手机响了，"哥，没事的，说话方便。……"——真是卫鸾。"这边还好。……你跟姐姐怎么啦？……哥，不是我说你，你纠缠这种事情干吗？姐姐又没有说不要孩子，你那么着急干吗？……就算没有孩子又怎么样？……爸妈也确实着急抱孙子，但他们并不希望你们因为生孩子的事闹矛盾。……"

魏静怡静静地听着，有种久违的感觉。以前卫鸾在京中大学读博士，她跟卫鸾在一个校园里，并不经常见面，平时她到学校，一般上完课就走，校园里也很少遇见小姑子，事实上，两个人即使见面，也没有多少话可说，充其量嘘嘘寒问问暖。有时她去学校上课，跟柳叶青约到教工食堂吃中饭，偶尔也聊起卫鸾，柳叶青说卫鸾学习还是蛮用功的，每次课堂发言都非常积极。照柳叶青的说法，卫鸾总体人还是不错的。作为嫂嫂，她以前是不太喜欢卫鸾考博前跟陈华茂过于套近乎。只是那都是过去的事了，也不必纠缠。

卫鸾其实还是有些见识的，比她哥哥还要懂自己。

说起来，自从落实单位之后，卫鸾也很少到哥嫂家里来，逢到哥嫂的生日，或是逢上节令，她就网购两三样礼品快递送上门，发个短信或是打个电话问候一下。她一直让自己处于高度的繁忙当中，她最大的愿望就是努力将职称弄上去，博士后毕业两年她就有资格评副教授，当硕士研究生导师。这之后几年再努力一把，争取早日评上教授，相信不久的将来她也能成为博导。她的路基本上是按照她自己的规划铺展开来，情感方面的事也还是在努着力，但她看得上的人没有看上她，看上她的人她又没有看上。她还是要做一个有点身段的人，不再为一点蝇头小利就随便放下身段。婚姻她是不能凑合的，凑合的结果只能让人心生烦闷，最终以离婚收场，没有任何意义。那个叫何平林的博士后被她打发掉之后，竟然还来找过她，她实在不胜其烦，说我有病，你不要再找我！那个男人才彻底死了心。

近期一个课题刚结题，她想自己要好好放松放松。在学校食堂吃罢晚饭，出了校门，沿着街道漫无目的地向前走，走着，走着，下意识地进了京中大学的西门，这个她曾经待过三年的地方，她忍不住要进去看一看。

在这个微风四起的夜晚，天上的星辰和地上的明灯交相辉映，到母校的校园里独自走走停停，卫鸾突然感到有点孤独。她在长椅上跟哥哥卫岩通了一会儿电话，静坐了一会儿，便走出西门，在华灯朗照的街头，又沿着那条来时的路，走回她自己的住处。

魏静怡在幽暗处静坐，没有跟卫鸾打招呼，只是目送卫鸾的身影款款离去。像她这样性情的人，在烦闷的时候，最需要静下心来自我排遣，任何人的劝解其实都是徒劳的。

她在校园里坐坐，走走，回到教工宿舍楼，心情也渐渐平复。

临睡觉前，魏静怡收到卫岩发来的长长的信息：

今晚怕是一夜无眠。你赌气说让我去找别人生孩子，实在令人伤心，或许是因为不爱了吧？我喜欢孩子你是知道的，我特别渴望有我们的孩子，你也是知道的，但并不等于我跟你结婚就是为了生孩子，生孩子的女人实在太多，我之所以跟你结婚，是因为我认定你是我一辈子可以相伴的人。我也知道我不是你理想的人，我曾听到你跟你好友聊天的时候提过，你还是觉得找高校同行好。那一刻我心里很不好受。但一想，那也是你的真心话。其实做生意也并非是我最理想的职业，只是身不由己而已。如果你同意，我也可以考虑要不要转行，要不要重新进入校园充充电，重新择业。……不知道为什么突然要跟你说这些，我只是想告诉你，你是我一生中最重要的人。……

她回复：你就甜言蜜语吧！准备发送，想想又删掉了。或许是他的真心话。她想他人并不坏，自己又何必老是跟他较劲呢？不过，还是要先晾晾他。

2

这年腊月二十六日，万里跟谈了五年多的女朋友正式结婚，回老家办酒席。作为小姨，魏静怡必定要回去参加婚礼，恭贺一下。也顺便陪母亲过个大年。母亲在电话里说，你那边放寒假，应该也很早的吧？要是行的话，早点回来，过二十四呃。她说好。腊月二十四日是小年，老家原有的规矩，还是比较讲究出嫁的女儿回娘家过小年的。她理解母亲的心思。母亲已过古稀之年了，总是巴望着身边能有儿孙绕膝。但平素也多半是母亲一个人在家，照顾侄女小菲儿的生活起居。

说起小菲儿，一转眼，便到十六七岁的光景，算是个大姑娘了，在县一中念高二。从小菲儿念高一开始，母亲就一直跟着，到县城租房陪读，这主意还是母亲自己出的。在整个县城中学，学生家长陪读成了风气，现在孩子受到的诱惑实在太多，乱七八糟的电子游戏，让孩子根本没有心思好好学习，家长在一旁盯着，总还是有必要的。原先嫂嫂准备留下陪小菲儿读书，母亲没有同意，说让静安那把胡刷子一个人出去打工，她委实不放心，还是要嫂嫂跟着哥哥一起出去。姐姐姐夫都住在县城，有什么事也能方便照应。哥哥嫂嫂也比较省心。但母亲很是操心，最操心的就是小菲儿念书。

以前小菲儿念书还是很不错的，自从上了高二之后，不知怎么地，成绩越念越往下滑溜。原先她一般都在班上前十名，上次月考就掉到第十八名，这次期末考试，滑到第二十八名了！照这样滑下去，那到高三不就滑到底了吗？放寒假前，班主任老师专门给母亲打过电话，说魏小菲八成是没有用心学习，要不然，不是这样的成绩。这寒假里家长得将孩子的学习好好抓一抓。母亲为此忧心忡忡，没有跟哥哥嫂嫂提及，怕他们要骂小菲儿。女孩子娇气，受不得骂，弄不好想不开怎么办？母亲说前一阵子他们学校就有一个孩子，玩手机游戏玩得都快疯了，他爸爸一气之下，就将他的手机没收了，他闹，要去跳楼，我的娘，要是真跳下去了呢？现在的孩子怎么这样难管教！小菲儿就有点变了，现在也跟以前不一样了，以前乖巧听话，现在跟她说什么，她就跟你说，晓得晓得！不耐烦了！手机那东西不能要，你那糊涂哥哥还给小菲儿买了个手机，自从有了手机，就感觉这孩子不是那么回事了。

小菲儿倒不爱玩游戏，而是喜欢用手机看影剧，一集追着一集看，看完这部，又看那部，只要有机会，她就不由自主地点开看，沉迷得很。

母亲跟魏静怡一说起小菲儿，就叹气，希望她这次回来好好找小菲儿谈一谈，她这个做姑姑的话，小菲儿应该还是听得进去的。魏静怡对此并没有把握，像小菲儿这样正处于青春期的独生女，长期有一种"唯我独有"的心理，不管是谁，只要说的话不入她的心，恐怕都是听不进去的。但不管怎样，还是要好好引导引导的。

这次回老家，魏静怡只买了一张火车票，腊月二十三日，赶回来陪母亲过小年。没让卫岩一起回。两个人自从那次吵架之后，始终保持不冷不热的状态。她甚至已萌生最坏的打算，实在不行，就各过各的算了！

到老家的县城火车站，是第二天早晨八点左右。从暖洋洋的火车车厢里一出来，一阵寒风扑面，魏静怡打了个寒噤，忙将羽绒服的腰带束紧，戴上口罩。尽管母亲在电话里说老家不太冷，也许是她在北京的暖气房待惯了，被老家的朔风一吹，还是不太适应，依然感觉老家的隆冬腊月还是冷，阴湿中带着寒气。

魏静怡记得自己小时候在老家待过的每个冬季，脸上、手上和脚上都会生冻疮，冷的时候疼，焐热了又痒，严重的时候还会溃疡，难受得让人想哭。母亲也是让她尝试过各种民间小单方医治冻疮，都没有什么特效，只要冬天一到，气温骤降，原先长冻疮的地方开始发痒，出现红疙瘩，令人烦恼顿生：老毛病又犯了！到北京读研究生的第一个冬天，魏静怡惊喜地发现，她居然没有生冻疮，此后一直待在北京，冻疮始终也没有复发过。北京的冬天真的令人舒服，室内有暖气，而且从阳历十一月中旬就开始供暖，住宅楼有暖气，教学楼、商场、银行、饭馆等各种公共场所都内设供暖。外面气温虽然比较低，但人在室外待的时间毕竟不会太长，一般也多半处于活动状态，又穿着保暖的衣服，自然也不会觉得太冷。

冬季待在北京温暖的居室中，魏静怡念着老家的母亲年纪渐大，身体总不耐寒，就想将母亲接到北京来过冬，无奈母亲不同意，说等小菲儿考上大学再说。她就给母亲买了一台安全节能的电火桶，母亲很喜欢，说这比炭火桶要干净，随时可开可关。晚上和小菲儿坐在这桶里暖脚，周身都跟着暖和。但电火桶再怎么暖和，也没有北京系统供暖好。她后来了解到有一种电取暖器，搁在房间里，通电使用，门窗关上，整个房间也比较暖和。去年秋季她索性网购了一台，寄给母亲。但母亲没用它，嫌那太费电了，电火桶用着就很好。说现在冬天里也真是享福了，过去冬天比现在冷很多，整个水塘都全冻结成冰，厚厚的，人可以在冰上走来走去，一点事都没有。现在冬天的水塘也只是结点薄冰。以往下雪后，天放晴，雪融化，屋檐上滴雪水，一上冻，那雪水结的冰长长的，像豇豆一样。现在呢，雪也下得少，还化得快，多少年都没有见到冰豇豆啦。不论怎么说，现在的冬天都比以往好过。母亲在电话里说这些的时候，声腔亮亮的。

魏静怡下了火车，背着双肩包，拖着行李箱，随着人群出站，人一走动起来，也就不再感到那么寒冷。外甥万里来电话，说他已到车站了。昨天万里就说要开车来接她。

姐姐魏小叶的家，离火车站不算远。魏静怡一出站，外甥万里带着女朋友海容迎上前，女孩子甜甜地叫小姨好。魏静怡连说："好好，海容好！"

"小姨夫呢？"万里朝小姨身后瞅了瞅，"小姨夫很忙吧？"

"嗯，是很忙，我就代表一下呃。"

"小姨夫没能来，挺遗憾的。"万里接过小姨的行李箱，拖到一辆崭新的小轿车旁边。魏静怡说："什么时候买的车啊？怎么不跟小姨说一声？好让小姨也发个红包，祝贺一下。"

"小姨，这是租来的新车。"海容笑着解释。

"我们开回来的是中巴。海容说接小姨必须是新轿车。"万里笑嘻嘻地说。

魏静怡笑笑，"小姨又不是外人，还花钱租个专车，干吗呢？"

"以为小姨夫也一起来。"万里说，"小姨父还没来过我们家呢，绝对算稀客的。"

魏静怡岔开话题，说今天天气不错。

"预报说这几天都是晴天。"海容说。

前面是一家早餐店，万里问："小姨还没吃早饭吧？"

"在火车上吃过了。你们还没吃吗？"

"我们回去吃点面包，喝点牛奶就可以了。"

"你们的婚礼都筹备好了吧？"

万里说："请婚庆公司一手包办了。小姨要当我们的证婚人啊。"

"这个小姨乐意！你爸妈已经跟我提过了。——你爸爸呢？该放假了吧？"

"我爸爸一大早就出去办事了，年关他也忙。我妈在家候着小姨呢。昨天就开始念叨小姨，估计昨晚高兴得连觉都没有睡好。"万里笑盈盈地说。

一进姐姐魏小叶的家门，两只宠物狗一前一后扑过来，直往魏静怡身上蹿，将魏静怡吓了一跳。魏小叶笑颜满面，说："我们的小黑和小白热烈欢迎你呢。"

魏静怡有点龇牙，姐姐家的这两位穿着花衣、修着精致发型的小成员缠着她闹腾，让她心里委实有点发毛。难怪母亲说她不愿意上姐姐家去，一进门，那两条狗就玩"人来疯"，还不时伸舌头舔她的裤管，甚至要蹿着舔她的手，要是一坐下来，它们就跑过来往人怀里蹿，还要舔人的脸！烦人得很！你那姐姐还在一旁逗着乐，说什么狗就跟个孩子一样有趣，有趣个头哟！

母亲对姐姐养狗颇有意见：养一条狗也就罢了，还养上两条，讲什么养两条好做伴。我这老婆子呢，还是个大活人，怎么不想着来跟我做伴？我也不是没养过狗，乡下养狗，主要是帮家里看门，如今这城里白天也好，黑夜也好，哪家不是关门闭户的？根本不需要什么看门狗，养的都是宠着玩的——叫什么宠物狗！都是心闲得慌！不过，母亲也只是私下里发发牢骚，在姐姐面前，母亲倒是不说什么，姐姐有一段时间因为万里念书的事情精神抑郁过，母亲成天担着心，怕姐姐脑子出问题。听说抑郁症这毛病弄不好还会犯的，姐姐刚退休那阵，似乎也成日里闷闷不乐，母亲又开始担忧，如今看来，养两条狗，能让她高兴，就由着她养好了！

姐姐对两条宠物狗溺爱得很，夸小黑小白聪明，鬼得很，说它们听音乐能合着拍子跳舞，能对人打躬作揖。魏小叶向妹妹细数它们的趣事，两眼都笑成了两条缝。

万里开玩笑说："妈，你都将小白和小黑当双胞胎儿子养了！"

"看你这孩子说的！养小猫小狗可不也是一种寄托？你看它们也听话，也没有气给你受。有它们，人也不觉得心里缺失。"

晚上姐姐睡觉时，小白和小黑也跟着爬上床一起睡。姐夫万山也不说什么，小黑小白一上床，他就挪到隔壁的床上睡。这些话魏小叶笑谈起来，很觉适意，但在魏静怡听起来，觉得有点不可思议，毕竟小白和小黑是长着四条腿的宠物狗啊。姐姐这人，也真是的！亏得姐夫有涵养，能忍耐。

魏静怡跟姐姐魏小叶没有多少共同话题。魏小叶又提到孩子，说静怡，你跟小卫结婚也有好几年了，孩子的事该考虑考虑了。我这边又访得一个特别靠谱的老中医，要不我带你去看看？这个老中医，年过古稀，同我以前对你提过的那个中医院院长差不多，也是正宗科班啦，两人医术不差上下。魏静怡现在对中医倒是越来越有兴趣，没事的时候也琢磨琢磨，了解一点养生之道，总不是什么坏事。她微笑着一旁静听，偶尔应个声。感觉跟姐姐聊得差不多了，她解下绑在箱包上的大购物袋（里面有两盒三七粉、两盒破壁灵芝孢子粉、一盒西洋参、一提烤鸭、一袋干果和两盒糕点），魏小叶说："大老远地回来，还带这么多东西干吗？姊妹之间不要这么拘束的嘛。"

"姐姐，也没有什么东西，三七粉和孢子粉很不错的，是带给你的。西洋参给姐夫，现成的切片，泡水喝很好。烤鸭你们大家吃。干果和糕点是给万里和海容带的。"

"哎呀，小姨，我们都这么大了，还要小姨专门带吃的回来？"万里和海容都觉得有点不好意思。

"你小姨在人情物理方面，就是讲究哟。"魏小叶笑着摇头，"所以你小姨就比一般人操心。"

"看姐姐你说的，这哪是什么操心？人之常情的事。"

"你还是带给妈妈吧。"魏小叶将购物袋又提了提。

"妈妈和小菲儿的东西，我都已经带了。"魏静怡指指箱包，转头招呼万里开车送她去外婆家。

魏小叶说："你就在我这里住呗，我让万里将妈和小菲儿接过来不就成了？静安和常红过两天就能到家。"魏静怡还是坚持要回母亲那里。那里才是她待着最感舒心的地方。

万里和海容将牛奶、水果和保健品放到车子的后备箱里，魏小叶从冰箱里拿出两三斤冻牛肉和翅中，装在一个塑料兜中，又从食品储藏柜里拿出几袋木耳、花菇、莲子之类的干货，拿另一个塑料兜装着，要万里将这些东西一并都带到外婆家。万里说，妈也一块儿过去呗。我和海容在外婆那里也待不长，吃过中饭也要回来的。

"我今天就不过去啦，你跟外婆说一声。改天我再过去。"魏小叶说话的时候，小黑和小白蹿到她身上撒娇。她摸摸它们的脑袋，轻声细语地说："放心放心，不会丢下你们。"回头转向魏静怡说，"你别看，这两个小东西鬼头呢，以为我也要跟你们走，将它们丢下，所以先来纠缠一下。"

"狗有灵性。"魏静怡笑笑，"姐姐，你就跟我们一起过去，将小黑和小白也带上，吃过饭再带回来呗。"

"妈妈不太喜欢小黑小白，带它们去，会招她不高兴。我以前去哪里，将小黑小白托邻居老黄帮着照看，老黄这几天上合肥她女儿家去了。我今天就不去了吧。你就跟妈妈说我家有事，改天我再过去。"

话刚说完，母亲就来电话，问："万里，你跟你小姨什么时候过来呢？"万里说："外婆，我们准备好了就动身。"他将带给外婆的东西放置好，拿棉布掸子掸扫车面上的灰尘，收拾停当，大家坐上车，朝外婆家所在的魏庄进发。

车开出县城没多远，前面在修路，原先的一截阔马路被拦了一半，两辆车相向而开，不能同时通过。偏巧，迎面开来一辆奥拓车，魏静怡提醒万里还是先避让一下，让对方先过。不想那车子开了没几步，后面一只轮胎突然爆了，吓人一跳，好在没出什么大事，车子弹跳颠簸了一下，消停了，横在路中间。

奥拓司机，一个穿藏青色夹克棉服、戴着黑色针织帽的中年男人下了车，冲万里表示歉意，"麻烦你们等等啊，我来换一下轮胎。"万里这才注意到他的车屁股后挂着一个备用轮胎。

万里驾龄不过两年，对换胎的事还是比较感兴趣，这是一个现场学习的好机会，他便下了车，一旁看男人换胎。

看样子这是个老司机，卸胎换胎动作麻利得很。他戴上麻纱手套，从后备箱里拿出千斤顶，把千斤顶搁在爆掉的坏胎一边的车架下，摇动千斤顶将车身支起，用扳手挨个卸下坏胎的螺栓，卸掉车轮。随后将新轮胎对准车轴和螺孔，初步拧紧轮胎螺栓，他在拧螺栓的时候，还用脚踩着轮胎底部的胎侧部分，将千斤顶放下，按对角线的顺序将每个螺栓都拧紧。前前后后，也就花了一刻钟。万里忍不住夸赞："大哥你可真利索！"

"这是小事，你开车时间长了，肯定也得都会。"中年男人边说边开始卸另一只后轮。

万里有点不解，"大哥，你这只轮子是好的，也要换吗？"

"还是换一下的好。一只胎新，一只胎旧，开起来摩擦力还是有差别，有安全隐患，一只轮胎几百元，要是出个什么事故，那可就不是几百元钱的事了，为保险起见，要换胎，就两只一起换。"说话间，轮子已被他卸下，他从后备箱垫子下拿出另一只备用轮胎，准备更换。

万里跃跃欲试，说："大哥，你这只我来帮你换，怎么样？"

"哦，还是我来吧。天气冷。冻手。"三下五除二，他又将另一只轮胎更换完毕。

中年男人在忙活的时候，魏静怡在一旁盯着看，她觉得这个人很面熟，吴祖安？看上去又似乎不太像，印象中的吴祖安高高瘦瘦的，眼前的这位男人体型偏胖，富富实实。二十多年的岁月很容易改变一个人的形貌，直觉告诉她，这个人十有八九就是吴祖安。等他换完胎，她有意上前搭讪："你这还真不错，能自己换胎啊。"

"哦，自己动手，免得求人麻烦。"中年男人直起身，一抬头，两眼停在魏静怡的脸上，有些惊喜，"你，可是魏静怡？"

"你，真是吴祖安？"

"没错没错。吴祖安！"

"真是巧啊。"

后面有车主不耐烦地按喇叭。吴祖安招呼万里说："来，我们先将车开到前面，不能挡人家的道。"

各自上车，开到前面开阔地，在路旁停下来。

魏静怡和吴祖安下车，站在马路旁聊了聊。吴祖安说："咱们整整二十年没见过面了。上次我们班同学聚会，就差你和瞿晓芳没到，挺遗憾的。你这次回来过年吧，应该也不忙，大家怎么着都要聚一下啊。"

"好，聚一下。今天二十四，估计晓芳也会回来。"魏静怡顺便打了个电话给瞿晓芳，瞿晓芳果然上午已到家，约着待会儿见见面。

"我来跟晓芳说两句。"吴祖安要过魏静怡的手机，"老同学啊，我，吴祖安。……你回来了啊。你说我今天巧不巧，我居然在路上碰见静怡了。……嗨，我车开到半道上，爆胎了，换胎，正好后面是静怡他们的车。的确巧！……我说这样吧，咱们年前找个时间，一起聚一下。……我跟静怡商量一下，定好时间再联系你。……好，回头再聊。"

"静怡，晓芳那边没问题，什么时候小聚，她说看你的时间。"

"我什么时候都行，还是看你的时间，你肯定也比较忙。"

"其实也是穷忙。二十八（日）晚上怎么样？我傍晚去接你和晓芳。到时候再约约其他同学。大家一起热闹一下。"

"哦，祖安，就不要惊动其他老同学了，说实话，跟大家分别这么多年，突然见面，都不知该说什么好。以后有机会再跟大家一起聚。这次就咱们三个人一起坐坐，说说心里话，我觉得这样可能比较随意。"

"说得也是。多少年没见面，这突然一帮人坐在一起，也确实不知从何说起。"吴祖安很能理解。在他眼里，高中阶段的魏静怡就属于那种文文静静、不太爱说话的女生，也不爱抛头露面。大家对她更多的是好奇，很想见见她二十年后的模样，了解她的生活状态。但她本人依然还是希望低调生活，自然不能勉为其难。

老实说，他上次大张旗鼓地组织同学聚会，也是颇有感触的，高中时期的同学在社会上摸爬滚打多年，大都也的确变了，保持本色的是少之又少。不少同学势利得很，从聚会时敬酒都能看得出来，那些官运亨通的同学，被一大帮同学簇拥，抬举，希望老同学多关照关照。而少数混得不如意的同学，被冷落在一旁。那些势利的同学如此厚此薄彼，他是有些看不惯的。聚会是他牵头召集起来的，初衷是希望大家在一起叙旧言欢，并不希望这样露骨地当众搞关系，他心下自然不太合意，主动地找那些被冷落的同学喝酒，拉呱，也好消除他们内心的失落感。聚会之后，他跟这些同学反倒关系密切，还相约着有空再聚。全班同学的聚会他是不想再组织了。"物以类聚，人以群分"，有的人看重纯真的同学情谊，而有的人则是不重情谊重名利，对于这些人，是没有交往的必要，也仅存同学名分而已。

吴祖安跟魏静怡，还是属于重同学情谊的那一种。魏静怡特意提到二十年前吴祖安给她的诗歌配画的情景，吴祖安对此十分感动，"你还记得啊？"

"怎么不记得呢？一辈子都记得的。你当时画的少女、小溪、小鸟，我依然记得一模不差。"

两个人越聊越投机。万里过来笑着提醒："小姨，外婆又问我们到哪里了。"

"哦哦，晓得了。你跟外婆说一下，我们晚点到，过去赶中饭。你让外婆不要着急啊。"魏静怡回头跟吴祖安说，"你今天大概也有事吧？咱们回头再一起细聊。"

"好好。我们二十八晚上小聚再聊。今天真的很高兴，碰巧遇上了！"两个人愉快地彼此道别。

车开到县城一中附近，瞿晓芳的娘家就在前面的那幢楼里。魏静怡招呼万里停一下，她要进去看看。晓芳去年腊月生了个女儿，她当月网购一辆高级婴儿车过去，只是孩子还没有亲眼见过，晓芳发给她的那些宝宝照片，可爱至极，她特别想抱一抱那个令人怜爱的小人儿。按老家的习俗，初次跟孩子见面，是要送红包作为见面礼的。她进旁边的商店，想买一个红包袋子。店主说，一个不卖，要买，就来一打。她就买了一打红包袋子，包了一千元的红包，又买了水果和牛奶，让万里将车开到瞿晓芳家门前。

门前已有好几个人在迎候。魏静怡一下车，瞿晓芳的父母就抢先迎上前，抓住魏静怡的手，笑着说："静怡啊，好稀客啊！这都好几年没见你了！"回头见万里和海容，"这都是你什么人呃？长得好！"万里和海容都笑笑，算是应答。

"这是我大姐的儿子和儿媳妇。我们顺道过来看看。"

"正好晓芳和小王带孩子都回来了。你们今天就在我们家吃中饭啊。"

"阿姨不客气的。我今天要去我妈妈那里，说好了的，过小年。"

"哦，陪你妈妈过小年，也是应该的。那你们哪天有空再过来吃饭？"

魏静怡说："好好，阿姨，等有空再来烦扰。"

瞿晓芳说："静怡，外面冷，你们都进来坐，喝点热茶。"

客厅里有电取暖器，比外面暖很多。王明仁正在客厅的地毯上教孩子堆积木。见大家进来，王明仁说："宝宝，看谁来了？"小姑娘抬头看看这个，又望望那个，高兴地拍起小手。瞿晓芳说："我们宝宝在欢迎大家呢！"

孩子是前两天刚过的周岁生日，魏静怡说："要是早两天回来，也能赶宝宝生日凑个热闹呢。"她顺手接过晓芳端过来的一碗八宝茶。

"那也凑不了热闹的。"王明仁笑了，"我们宝宝在合肥爷爷奶奶那边过的生日。"

魏静怡明显地觉得王明仁变了不少，以前他在京中大学念博士，每次见他，差不多都有点苦哈着脸，见人打招呼露一下笑，也笑得有点僵硬，他跟瞿晓芳之间也时常闹点小别扭。博士毕业后到省城一所大学教书，他也没有多大改变。瞿晓芳曾经跟魏静怡谈心，颇有隐忧，说照这样下去，她跟王明仁要是老没孩子，日子恐怕也是难以过到头的。自从有了孩子，日子忽地就有了奔头，王明仁像换了模样，脸上的表情都开始变得丰富生动，连眼神都是常含笑意的。孩子长得真是漂亮，将父母的优点全汲取了，是个小美人胚子。眼下小家伙已经能走路了，也能说简单的词语，小嘴巴甜甜的，让她叫谁她就叫谁。瞿晓芳说："宝，叫阿姨好！"

"阿，姨，好！"她盯着阿姨的脸看，一个字一个字地顿着说。魏静怡蹲下身，笑着朝她轻轻拍拍手，"来，让阿姨抱抱，好不好？"她歪歪头，将小手搭到阿姨的手上，魏静怡抱起她，站起来，在客厅里走一走，哦，小宝宝还挺兴奋的，两手搂着阿姨的脖子，将小脑袋垂在阿姨的肩上，一副很享受的样子。"宝宝一点不认生啊。"魏静怡乐了。

"平时可认生啦。估计跟阿姨有眼缘，对上眼了。"王明仁笑得舒心。

"爱看漂亮的阿姨。"瞿晓芳说，"要是年纪老的，长得不好看的，她也不让人抱。上回我们本家一个老婆婆要抱她，她直躲，还哇哇地哭，弄得人家婆婆多心了，说小孩子见了老人家大哭，这老人家大概活不长。"

王明仁接话说："没有的事。那是乱说。人家老婆婆身体硬朗得很。"

晓芳父亲插话说："这事不好说，人有旦夕祸福。"晓芳妈也点头，说这种事的确不好说。

聊了一会儿，魏静怡手机响了，母亲打来电话，问：到哪里了啊？魏静怡说，妈，我现在在晓芳家，很快就回。您别着急啊。

她起身告辞，临走前，又抱了抱小人儿，亲亲孩子的小脸蛋，说："跟阿姨拜拜，好不好？"宝宝奶声奶气地说，拜拜。

孩子那天真可爱的模样让魏静怡十分动心，她要是有这样的靓宝，肯定在梦里都能笑醒。那一瞬间，母性的柔情油然而生，她之前可没有这么强烈，对要孩子这种事，她向来是抱无所谓的态度，顺其自然，不强求。如今，她的心态似乎在无形中有了一些改变。她真的应该有一个孩子！

大约半个小时，万里将车开到了魏庄。

母亲早已倚门守望，一见小女儿、外孙和外孙媳的面，高兴异常，说："我就猜着你们这个点怎么着也要到。"攥着女儿的手，上下看看，"怎么又瘦了一圈？"

"没有瘦的，妈，体重一点没减。"魏静怡笑说。母亲又看向万里和海容，"还是这两个娃娃过得润和。"又问，"你妈怎的不一起来？你爸还在忙？"

"嗯嗯，他们都忙。有空再过来看您。"万里耸耸鼻子，"好香啊，外婆，是在炖鸡吧？"

"炖鸡呢。家养的老母鸡。难得啊，味道鲜。"提到家养的鸡，老太太一番感慨：以往村里家家户户都养家禽，满山头到处是鸡鸭跑来跑去的身影，现今，村里很多人都出去打工，留下来的人不多，养家禽也就少了。这老母鸡就显得金贵了。

她一辈子都善养家禽家畜，那鸡鸭鹅养得丰满，猪养得肥壮。自从到县城给孙女陪读后，猪没法养，但鸡还是要继续养的，她就将家中的六只鸡寄养在邻居家，孙女一放寒假，她将那几只鸡接回家。这其中有三只鸡是乌骨鸡，她特意养的，想养着给小女儿吃，小女儿经常头昏，多少年了，也一直没好。乌骨鸡炖天麻能医治头昏眩晕。她早就托在云南那边做生意的亲戚帮着带回一些野生的天麻。她预备从明天开始，每天做乌骨鸡炖天麻，让小女儿多吃吃。她跟小女儿一提起乌骨鸡炖天麻，小女儿却说："妈妈，那没有什么用。还是妈妈自己吃的好。我这头昏这么多年，也没什么大碍，妈妈也不要太担心。"

"吃了怎么会没用呢？肯定有好处的。"老太太有点不悦，"你这也不吃，那也不吃，身体怎么能好呢？"

"小姨，家养乌骨鸡炖天麻，吃了肯定有好处的。"万里一旁插话。说话间，他和海容将车后备箱里的东西一一提到屋里，惹得外婆嗔笑，"你这孩子，过来带那么多东西做什么哟？只要你们人过来，不要带东西，外婆心里就很开心了。"

"东西是我妈带给外婆的。"万里从腰兜里拿出十张崭新的"大团结"（一千元）给外婆，"外婆，我们这一年到头在外，平时也没有时间来看您，这点钱您留着，想吃什么，您就买点啊。"

"啊呜，我（家）小万里出息了，这么懂人情物理哟。自从到南方做事，每年腊底回来都要给外婆钱。"老太太笑容可掬地收了钱。以前外孙给的钱她都一一存着，如今外孙要结婚了，她预备将这些钱装在一个大红包里，作为贺礼给外孙。外孙现在的样子让她很满意。这孩子年少时不成器，什么事都要他娘老子管，结果管得一点不好。如今他懂事了，晓得自己管自己，管得还挺不赖，遇事也有自己的主张，连结婚这么大的事也不需要家里人过问，自己谈对象，将生米谈成熟饭，就扯红本本办大事。连他们的结婚日都不用娘老子操心，他选定腊月二十六日这天结婚，也晓得先问问风水师吉利不吉利，风水师说"周堂无碍，黄道吉日，宜于结婚"。这孩子，也是会"算计"的。到腊月二十六日，在外打工的亲戚朋友差不多都回来过年，也都会到现场来恭贺，婚礼自然也热闹。他说他和海容办过婚礼，在家里过完大年，正月初三四的就要回深圳，正月里生意更好做。这孩子这样巴心巴意地做事，迟早会发达的。老太太忍不住又夸赞："小万里真是越来越成器了！"

"外婆，我还没有成器哟，我还要加倍努力才行哟。"万里笑着看着外婆。

"现在真的很不错！"魏静怡也由衷地赞赏。一转脸，问母亲："小菲儿呢？"

"在里屋哦。"母亲轻叹，"这孩子，放寒假回来，一天到晚就缩在房间里，也不出来活动活动。"冲里屋喊：小菲儿，小菲儿！

小菲儿在房间里津津有味地看网剧，奶奶喊了好几遍，她才收起手机，磨蹭着从房间里出来。母亲说："你看谁回来了？"

小菲儿一一打招呼：姑姑好。哥哥姐姐好。

"小菲儿个子长得老高啊。"魏静怡笑着看小菲儿。

"快赶上姑姑了。"万里笑着说。

"过来，跟姑姑比一比呃。"母亲将小菲儿拉到魏静怡身旁。

"喔唷，只差一平掌啦！"海容笑道。

小菲儿有点扭捏，跟前几年比，这孩子似乎少了一些天真和灵气，那眼神里似乎多了些飘忽与迷茫。魏静怡断定，心思八成不在学习上。

万里不了解小菲儿现在的学习状况，以为小菲儿还像以前那样成绩不错，便说："小菲儿，期末考试肯定又考得好吧？好好学习，争取考到北京，到姑姑那里去念书。"

母亲趁势说："小菲儿听见没有啊？好好学，到姑姑那里念书，多便利。"小菲儿不由得低了头，脚尖蹭着地。

"小菲儿底子好，稍微下点劲，努力努力，应该没有问题的。"魏静怡见小菲儿依然有些不自在，从箱包的外袋掏出两包巧克力，"小菲儿，这是姑姑给你带的，这种巧克力，估计你是没吃过的。"小菲儿抬了头，脸上有了点笑意，"谢谢姑姑！"

魏静怡又从双肩包里拿出三本书，一一递给小菲儿，"这本是《杰出青少年的七个习惯》，这本是《如何掌控自己的时间和生活》，姑姑翻了一下，觉得很不错。小菲儿看看，应该有启发的。还有这本《古文观止》，带注释翻译的，选的都是一些特别精美的古文，读好了，一辈子都受益。"这几本书是魏静怡逛书城特意挑的，正处青春期的孩子，单纯对她说教，根本起不了什么作用，说多了，还会招她烦。不如先让她自己看看书，只要书看进去了，内心总是会有触动的。

"谢谢姑姑！"小菲儿接过书，明显有些开心，回自己的房间看书去了。

"小菲儿很不错的。"魏静怡有意在她背后大声夸赞。

"小菲儿念书肯定没问题的。"万里说。

"嗯，好好学，应该不错。要是不好好学，那就够呛！"母亲提高了嗓音。

小菲儿坐在自己的房间里，面前放着姑姑送的那几本书，她拿电捂子捂着手，姑姑和奶奶她们的话她都听在耳里，心里七上八下的。她也差不多成人了，道理都懂，问题是自控力还亟待提高。放寒假的头一天，班主任刘老师特地找她谈过话。刘老师是个直性子，比她妈妈脾气还要躁。她一进刘老师的办公室，刘老师就威严地说："将门关上！"她有点发憷，不知道刘老师要干什么。刘老师说："我们今天的谈话就止于我们两人之间。你必须跟老师一五一十地说实话，不得说半句假话！听见没有?!"

她机械地点头。

"上次月考之后，我就找你谈过，为什么这次考试排名照降不误？老师跟你苦口婆心说的那些话都成粪土了吗?!你要是真的不想学好，真的是那种烂芦苇扶不起来——很差的学生，老师也就不费这个心了，可是你又不是！你奶奶对你期望很高，说你姑姑在北京的一所大学教书，她就巴望着你将来能考到北京去念大学呢！"刘老师望着眼前这个垂头丧气的女学生，昂昂头，缓和了一下口气，"魏小菲，你自己说说，你这学期的成绩为什么一而再，再而三地滑坡？"

魏小菲眼泪下来了，没有吭气。

"老师二十八年的讲台也不会白站，你们私下玩什么把戏，老师大体也都知道，不外乎这么几样：一是沉迷于电子游戏，二是男女生交往，三是迷恋看网剧。你跟老师说说，你是属于哪一样？"

刘老师说的三样，魏小菲占了后两样，她不敢直说，怕说了刘老师准得气坏，就嗳嗳着说，看网剧。

"好，你总算还诚实。那你现在说说，你打算怎么解决这个问题？"

"不看了。"

"怎么做到不看?"

"……"

"你是用手机看网剧的,对不对?"见女学生点头,刘老师说:"那你将手机交给你奶奶保管,或者放到老师这里,老师替你收着,你同意不同意?"

女学生迟疑着点了一下头,刘老师直视着女学生,"魏小菲,手机的事,看样子你还没有完全痛下决心!老师的意思,你应该明白,非得要用手机联系的时候,你可以用一下,回家就交给你奶奶保管;到学校,你就将手机交给老师保管,也不是没收你的手机,你不要误解。明白吧?"这回女学生很干脆地颔首。

"这个寒假,你怎么着也要专心搞搞学习,如果以你期末考试的成绩,你将来高考,恐怕连个二本都考不上!现在抓还来得及。老师也是看你底子不错,稍微抓一抓,能抓得上来的。"稍微停了停,刘老师说,"你知道老师为什么老抓你?我是看在你奶奶的面上,你奶奶为你念书真是操够了心,隔三岔五地打电话问你学习情况,真是难得啊。你怎么样都不要辜负你奶奶的苦心。你也老大不小了,怎么说都应该知事懂理的。下学期一开学就要摸底考试,要看看你们寒假在家是认真学还是混日子。你魏小菲,应该没有问题吧?"

"没有问题的,老师。"小菲儿嘤嘤作声,像细蚊在哼,但耳尖的刘老师还是能听得清。今日她算是对这个女学生很客气了,要是换在平时,恐怕早就横眉冷眼开骂了,容不得半点商量。魏小菲的奶奶一再打电话恳求她对自己的孙女教导教导,又小心翼翼地解释自己的孙女自尊心强,话说重了又受不了。唉,现在的孩子难管啊,真是劳刘老师费心了!她又是班主任,费点心倒也是分内的事,就怕自己费了诸多心力,到头来没有什么效果。

小菲儿将姑姑送的书挪到一边,找出刘老师给的那本厚厚的"数学实战演练",这是刘老师自己编的一本讲义,早在高二上学期一开学,刘老师就在全班宣布,她要跟班上,也就是要一直教到高三,所以刘老师对大家的数学学习抓得特别紧。

手机震动了两下，接连来了两条信息：

下午能出来吗
老地方

她纠结了一下，回复：

出不去
我们不要再来往了
家里人和老师都发现了

对方马上发来一堆表情包，譬如心碎、昏倒、大哭……

她又纠结着回复了一个"好好学习"的表情包。想想，又回复
一条：

我的手机要缴公了，以后不能再发信息来了

（男女生聊天，标点符号都一概省略。）

将手机关机。小菲儿居然感觉一下子轻松了。要是往常，和那
个叫常岩松的邻班男生会没完没了地聊，聊得人神魂颠倒，现在她
回想起来，真的很耽误学习，好像也没有特别大的意思。

常岩松也是租房读书，他妈陪读，他们跟她们租住同一幢楼。
他妈喜欢打麻将，每日除了做三顿饭，收拾屋子，其余时间都干些
什么呢？跟其他几个陪读的家长泡在旁边的棋牌室，闲聊，打牌。
奶奶有些看不惯那些家长，说成天就那么空混日头，不能出去找点
散工做做？对孩子影响也不好。人心一闲就容易生事。奶奶说的果
然也不假。跟常岩松同班的一个女生和一个男生的陪读家长都好打
牌，根本就无暇管教孩子，两家租的房子门对门，女生和男生来往
又方便，一来二去两人就弄出纰漏来了，女生竟然稀里糊涂地怀上
男生的娃娃了。实在太丢人太丢人！双方的家长也懊悔不迭，花钱
租房陪读，陪出个鬼来了！奶奶在背地里愤愤地骂：家要败，出妖
怪！天天打牌打牌，打出这么个大烂牌！听说女生那在外打工的父
亲气得差点没吐血，他在外拼死拼活地挣钱养家，一门心思地指望

341

着老婆陪读，能陪出个像样的女大学生来，没承想出了这种腌臜丢脸的丑事！那糟糠的蠢婆娘是怎么陪的读?！这事好像到现在都没完结，学校痛批双方家长，勒令他们将孩子都领回去，看样子，男生和女生书怕是念不成了！

想着那男生女生的事，小菲儿终于明白奶奶为什么对她盯得那么紧。学校跟她们租住的楼相隔也就二三百米，奶奶每天早上必定要送她到校门口，下午放学，必定要早早地候在校门口接她。如果不是奶奶盯得紧，她是不是也容易出事？这样前想后想，就觉得自己的奶奶真的很不简单！她真的不能再让奶奶操心了！今天姑姑说的也是话里有话的。姑姑那么聪明的人，大概也能猜出她的隐密心理。她从今天起，必须要自觉又自觉！

等吃过中饭，万里和海容走了之后，小菲儿将手机给了奶奶，让奶奶保管。奶奶眼里放着亮，"手机不用啦?"

"嗯。"

姑姑笑起来，这孩子，估计是看她买的书，真看触动了。她还是有意提醒说："手机该用的时候，还是用一下吧。"

"寒假里不用。"小菲儿很认真地说，"我跟我的那些同学都打过招呼了，寒假特殊情况，我手机暂停使用。"

"要是有人真有急事找你，怎么办?"

"应该没什么急事吧？我一个学生，要是有急事，就打我奶奶手机转接。"

姑姑乐了，"我们小菲儿到底厉害!"

奶奶笑得满脸的褶皱都舒展了，"不愧是我们老魏家的，日后准能跟你姑姑一样，有出息！奶奶算是没白疼！"

小菲儿有点扭捏地冲奶奶笑笑，对姑姑说："姑姑，我去看书了。"

魏静怡说："好好，你将房门关上，免得我和奶奶说话影响你。冷不冷？觉得冷，就将电暖气开开。"小菲儿应声说好。

母亲含笑看着孙女进自己的房间关门学习，将孙女的手机装在小布袋里，塞到床头的褥子下，舒舒气说，这孩子开始懂得学好，我也好向她娘老子交差。

魏静怡听了却有点心酸，母亲过了这个年坎，就是七十五岁了，还成天里操心孙女的学习，照理说，小菲儿的教养本应是哥哥嫂嫂的事，却都落到母亲一人头上，从小菲儿两岁开始，哥哥嫂嫂就常年在外打工，基本上是靠着母亲将小菲儿拉扯大的，总巴望着能将她拉扯成才。

哥哥魏静安和嫂嫂常红是腊月二十五日坐火车到的家，是算好赶二十六日万里的婚礼的。他们也很忙，参加完万里的婚礼，还得赶到嫂嫂娘家那边去上腊坟，嫂嫂那多年瘫痪的母亲是去年腊底走掉的，二十八日正好是过世一周年。嫂嫂和哥哥要提前一天去那边，做做周年祭祀的准备工作，到时候要宴请所有来上香祭拜亡灵的亲戚朋友，这也是乡下多年的老习俗。

嫂嫂常红充满歉意，说大过年的才回来，也顾不上家里的事。静怡回来，我们也不能多陪陪。魏静怡说，家里有我呢。嫂嫂和哥哥尽管去忙好了。母亲说，你娘家那边也没有当家理事的人，就指靠你和静安了。你们不去张罗谁去张罗呢？你们就放心去吧。

万里的婚礼在县城的星林大酒店举办的，规模并不大，宴请的宾客也只有十来桌人，基本上都是亲朋好友和街坊邻里。姐夫万山一向办事谨慎，他在镇里当一把手，不想惊动太多人，怕大家送礼招致影响不好，何况乡间人情往来，都是讲究还报的。现在上面也有相关规定，把握不好分寸容易招致麻烦，没有必要因小失大。他的老相识老包（邻镇的镇长）就吃过这方面的亏，老包女儿出嫁酒席大操大办了一下，被人举报，受到警告处分，一些礼金及稍微贵重的礼品也被收缴上去，还上了市区报纸"反腐倡廉"栏目头条，丢脸算是丢大了，好面子的老包还为此病了一场。

那天在外甥万里的婚礼上，魏静怡当证婚人，本来有很多话想说，只是想到这不过是个仪式，话说多了，说文绉绉了，也未必一定合时宜，毕竟这是在老家，参加宴会的多半是乡间来的亲朋邻里。她上台也就用方言表达对新人的真心祝福和希望，祝福他们喜结连理，相亲相爱，白头到老！同时也希望他们要懂得：婚姻是感情和责任相加的结果，感情是基础，责任是推进剂，希望他们能够携手共进，将小日子经营得越来越红火！

婚宴开席不久，邻桌一位穿着打扮有点俗艳的中年女子，笑盈盈地端着酒杯过来，给母亲敬酒，"表娘，借着今天这个喜日子，祝您老人家健康长寿！——表娘，您随意随意啊。"母亲端起半杯果汁跟她碰了碰杯，"宝妹现在也都好了，以后会更好的。"

宝妹笑笑说："也就是过日子吧，表娘。"目光落在魏静怡身上，"这位，可是静怡小妹妹呢？好多年都没见了，不敢认了。"不等母亲回答，她爽朗地笑起来，"依稀记得一点小时候的样子。都说女大十八变，我看我们这小妹妹女大也没有怎么变，还是那么标致啊。"

"是的。我们家的静怡从小到大，变化不太大。你们也怕是快有三十多年没有见面了吧。"母亲笑看自己的女儿，"静怡，这是你外婆那边的表姐宝妹，妈以前跟你提过的。"

"来，小妹妹，表姐敬你一杯。"

"哦，"魏静怡忙站起身，"应该是我来敬表姐。"端起果汁，"不好意思啊，我不会喝酒，以果汁代酒。"

"没关系，小妹你意思意思就好。"宝妹呵呵一笑，端起酒杯，仰脖将剩下的半杯酒全倒进嘴里喝掉了。魏静怡说："表姐好酒量。"母亲摇头，说："宝妹，你不要这样快喝，小心喝醉的哟。"

"没事的，今天喜日子，就是喝醉了也高兴啊。静怡小妹，哪天到我们家去玩玩。我们家离这儿不远。出了这个酒店，往南一直到头，十字路口，有家布艺店，'宝妹布艺'，就是我们家。"魏静怡说好好。

母亲说："宝妹，你什么时候开的店啊？跟表娘也不说一声，我也好去恭贺一下呃。"

"刚开几个月。没来得及跟您说呢。表娘有空跟静怡小妹去我家里坐坐啊。"

又聊了几句闲话，宝妹回到原位，倒酒，又端着酒杯去别的酒桌找人敬酒。母亲小声说："宝妹这样喝，一定会醉的。"

其实母亲的担忧是多余的，宝妹杯子里的酒是私下做了手脚的，趁人不备兑了矿泉水。她瞅瞅这宴席上的不少来客，要么是沾亲带故，要么就是生意场上能有来往的，自然要上前去客套一下。她年届五十，经历两度惨败的婚姻，彻底泯灭成家的念想，一门心思地做生意赚钱，偶尔也跟人逢场做做戏，决不再付出真心。她的小女儿在县城念小学四年级，为了照顾小女儿，她将原先在武汉那边的布艺生意搬回县城，在学校旁边买了店面房，上层居住，底层开店，雇了一个比较可靠的亲戚做帮手，生意做得不错。

晚上，魏静怡跟母亲一起坐在电火桶里促膝谈心，母亲还在说宝妹，说宝妹这些年也真是受气受苦，现在的日子也算是过平静了。那小女儿念书不错，也希望她这个孩子日后能有些出息。她的那两个大女儿都远嫁到外地，也很少回家，听说都还能正常过日子。具体境况也不好多问，怕戳她的老伤疤。儿子也二十八岁了，谈对象也谈了好几个，一个都不成，本地人知道他们家底细的，都惦记他原先有个禽兽老子，不愿跟他们家攀亲。看样子，她那儿子也得要找外地的女子进门。唉，说来说去，宝妹也还是有操不够的心啊。

聊过宝妹的事，母亲感叹不已，唉，人这一辈子，什么大富大贵都可以不图，最要图的就是过得安心。母亲说她目前有两个念想等着落愿，一是小菲儿考上好大学，二是再有个小外孙抱抱。要是这两样都落愿了，她真的就心安了。

听母亲一提渴望抱小外孙，魏静怡就感到有些心虚，"妈，我也一直想要的。"

母亲说："你们俩都没有问题吧？怎的一直没有要上？上回你姐也说到这事，说她打听到一位老中医，好像能给看看。你要不要哪天让你姐姐带你去看看啊？"

魏静怡说："暂时不用看的。等需要的时候再说。我的情况我自己是晓得的。妈不要着急。再说呢，这也不是着急的事。"

"要孩子不能太晚了，你也是很快奔四十的人了。要的话，还是赶紧要的好。实在不行的话，你哥他们说的那种试管婴儿，是不是也可以考虑做做呢？"

"嗯，晓得的，妈。"

"小卫也真很不错，这么多年没有孩子，他也不说什么。你有时候也要顾及一点人家的感受啊。"

"嗯，妈，晓得的。"面对白发苍苍、期盼切切的母亲，曾经生发的那种无所谓的念头，在魏静怡的心头豁然瓦解，一旦她真的铁着心不要孩子，她和卫岩必将分道扬镳，她不能耽误人家卫岩。只是那样一来，对老母亲怎么交代？她以前老觉得人家卫岩自私，她自己是不是也有些自私？母亲说两个人过日子，必须互相将对方放在心上，光顾着自己这一头，那日子不会过得顺溜的。母亲也算是委婉批评她了。以往母亲是很少批评她的。她猜想，八成是这次哥哥回来跟母亲嘀咕的，说是她不太想要孩子，哥哥不止一次地说她有些任性。

母女闲聊的当儿，吴祖安打了一个电话过来，说明晚小聚的事，"地点就定在县一中附近的乐客餐馆，离晓芳家也近，可行？"魏静怡说："那地方好！"她没想到，这么多年，乐客餐馆居然还在，真是不一般！那个餐馆，原本是金云宇老师的叔叔开的，老爷子要是健在的话，怕也有八九十岁了，他们家的菜地道。

"我六点左右开车去接你啊，晓芳家住得近，她就自己去。"

"哦，不用你接。你也很忙。"

"不忙不忙。老同学千万不要客气啊。"

"不是客气啊。我姐一家明天要过来上腊坟，他们傍晚回县城，我正好跟他们的车顺道过去。"

"哦，那这样，倒也行。那请你姐姐他们一起过来，好不好？"

"他们肯定不会去的。后天就是大年除夕了。他们得做做过年的准备了。老同学不多礼啊。"

"哪里是多礼哟？老同学，明晚见面细聊。"

"好。"魏静怡有些期待。

魏静怡是第二天下午到的县城，姐姐魏小叶他们到魏庄给父亲、爷爷和奶奶上过腊坟，就回去备办年货。魏静怡索性也就跟他们一起进城。在姐姐家坐了片刻，忍受不了小黑和小白两只宠物狗的骚扰，提早出来，在街道上闲逛，不经意间逛到宝妹的布艺店。

宝妹眼尖，见是魏静怡，赶紧出来热情招呼："小妹，你这大稀客的。进来坐坐。你一个人过来的？"

魏静怡大致说了一下自己跟老同学晚上小聚的事情。

"乐客餐馆么？离这里不远，过两条巷道就到了。还早呢，小妹就在我这里坐坐。"她准备给魏静怡泡茶，魏静怡忙阻拦，说自己带茶杯了。

"哦。小妹出门还带杯子啊？"

"习惯了。"魏静怡很讲究卫生，到哪里自己都要带个密封保温杯，也省得给人家添麻烦。

宝妹提起透明的热水壶，"小妹，给你添一点水。"

魏静怡说："我的杯子是满的，不用添水的。"

宝妹又拿过果盘，"那，小妹，你吃点水果，总可以吧？"顺手还拿了一根香蕉递过来。

魏静怡摇摇手说："不吃不吃。表姐你不用招呼我，你忙你的。"

"那怎么合适呢？"

魏静怡见宝妹有点窘迫的样子，意识到自己这样不太好，宝妹是个热情好客的人，到宝妹家小坐，茶水不让添，递来的水果也不接，似乎有意拂人家宝妹的好意，让宝妹心里难过。母亲曾经提过，宝妹自尊心很强，也得顾及一点宝妹的感受。她从包里拿出保温杯，拧开盖子，喝了几口，笑笑说："表姐，还是给我再添点吧。"又顺手从果盘里拿了一个蜜橘，"我吃一个橘子啊。"

宝妹马上喜笑颜开，给她添了水，又从食品柜里拿出干果盘，"小妹，这干果也很好吃，独立包装，也很干净。"

"好，稍后我也来尝一下。表姐，你也吃啊。"

"我也吃一个。"宝妹坐在魏静怡旁边的沙发上，剥了一根香蕉。

"表姐，最近生意很忙吧?"

"前几天很忙，连饭都没工夫吃。今天才稍微清闲一点，明天就是过年了嘛。大家都要忙过年。我们家过年货还没办呢，等傍晚两个孩子从外婆那里回来，我们晚上一起去商店里挑拣一些年货。"

"听我妈说，表姐家小孩子念书很不错。"

"目前倒也马马虎虎，不晓得以后什么样。现在就是那些游戏真害人! 孩子有点喜欢玩游戏。我有时也发愁。管也管不住，又不能一天到晚盯着她，就算盯住她的人，盯不住她的心哟!"

"表姐也不要太着急。孩子大一点懂事就好了。我姐家的万里，当初玩游戏差不多都快玩疯了，后来出去打工吃了苦头，开始醒悟了，现在知事懂理的，什么事情都不要别人操心了。"

"万里好歹是男孩子啊，在外只要不学坏，怎么着也不会吃大亏。我家小的是个姑娘。姑娘家，还是要想办法念出书来，不能轻易放出去打工，容易被人欺负的。"宝妹突然不说话了。

魏静怡有点后悔提她的孩子。宝妹现在最敏感的，恐怕就是孩子的事。她的两个大女儿被伤害的事是她一辈子的痛，对于她的小女儿，她是如何无论都要保护好的。

魏静怡想想，还是转换话题，"我这次回来匆促，也没带什么东西。空手来，都有点不好意思。"

"小妹说哪里话? 你空手来，我才自在，要不然感到拘束呢。"宝妹又起身往魏静怡的杯子里添了点水。

魏静怡拿出手机看了一下，五点一刻。"表姐，我得走了。我同学发短信了，我先去她那里。"

"小妹，你看你哪天有空，跟你妈一起过来吃饭啊。你这次来了，也没有好好招待你。挺过意不去的!"

她将魏静怡送到十字路口，瞥见有顾客进她的店，忙冲魏静怡扬手，说:"小妹，哪天过来吃饭啊。"不等魏静怡回应，她就小跑着回她的店。

魏静怡目送她急奔的背影，为她感到有点心酸。

一路溜达，到瞿晓芳家，逗逗她家的宝宝。

六点左右，吴祖安打电话来，说他已在餐馆等候，问魏静怡到哪里了？要不要接一下？

魏静怡说不用接，她和晓芳马上过去。

乐客餐馆的门头子变阔气了不少，原先也就是一家很小的家常菜馆，如今扩建成上下两层的酒楼，看上去颇有档次。听吴祖安说，这酒楼如今由金云宇老师的堂弟经营，金老师的叔叔十年前就已经过世。老爷子积攒的家底被儿子打理得很好。

餐馆里的菜品依然很地道。席间，很自然地聊起金老师，大家唏嘘不已。

魏静怡想起金老师的儿子，"他那孩子如今怎样了？"

"唉，天生痴傻，还能怎样呢？"吴祖安叹气说，"金老师走后，他妈妈怨恨这个孩子，将他扔到他奶奶那里，不闻不问，奶奶没有办法，一直带着他，后来奶奶一病死，再也没人管，到处乱跑，也不知道跑哪里去了。"

"估计也不在了。"魏静怡摇头叹息。

"十有八九就不在了。饿都饿死了！他那个妈一点不负责任！"瞿晓芳有点愤愤不平。

"金老师从一开始，就不应该跟这个女人结婚。"吴祖安说，"金老师最初在乡村中学教书，有一个很好的对象，两人感情也非常融洽。一次金老师到县城开会，这个女人见到他，看上他，动用她叔叔的关系，她叔叔那时是县教育局局长，将金老师从乡村中学调到县一中，两人随后结婚。金老师最初大概也向往到县城教书，生活。他没有想到他娶的这个女人是个母夜叉，控制欲非常强。自从结婚之后，他的所有生活都被这女人掌控着。只要金老师跟哪个年轻的女性来往，她就怀疑金老师跟人家有一腿。金老师人其实还是挺正派的。外界传他在外面找人，那是胡扯，都是那女人猜忌，四处宣扬她的丈夫花心。你说，这种成心要败坏丈夫名誉的女人，心理有多阴暗！"

"唉，金老师性子太软，过不下去，就干脆离婚啊。"魏静怡叹息。

"不是你说得那么简单啊。那女人有一绝招，寻死觅活，金老师要跟她离婚，她扬言带着孩子跳楼。"

"那就让她跳呗！"瞿晓芳鄙夷地说，"看她敢不敢真跳？"

魏静怡摇头，"估计金老师怕啊，万一她真那样做，他的日子也不好过的。她娘家看样子有势力。"

"唉，说来说去，金老师不应该跟这个女人结婚。他也相当于将他最初谈的对象抛弃了，到县城跟这个女人成家，这一步棋走错了，以致整个人生都给改变了。我有时想，找人结婚，一定要先看对方的人品、性情，不能图一时的名利，否则，最终可能输得很惨！"

"你这话说得没错。"魏静怡点头。瞿晓芳也颔首。

菜肴陆续上来了，吴祖安招呼说："来，别光顾着说话，开吃开吃。"

一边吃，一边闲聊当年高中阶段的种种趣事、如今一些同学的大致去向，当然，聊得最入心的还是三人各自的境况。吴祖安对两位女同学满是羡慕，说你们俩现在都走得高，我在这下面耗着，也就是混日头，混得啥本事没有！

"老同学不要自贬啊。"瞿晓芳夹了一串鳝鱼丝，塞到嘴里。

"晓芳说得是。祖安你不要自贬哦。你那美术特长我们就没有啊。我还想着等以后退休跟你学学画画呢。"魏静怡笑笑。

"老同学开玩笑呢。不过，说起这美术，哎，还不算孬，虽然我自己没混出什么名堂，倒是将我女儿教得还行——上次还获得省书画大赛中学生组特等奖呢。孩子算是有兴趣继承我的衣钵了。"

"哦，那真棒！"魏静怡啧啧称赞，"孩子都念中学啦，那么大了！"

"我胸无大志，早早结婚要孩子。"他也没好说，当初他一毕业，就忙着给自己找对象，找来找去，找了一个同行，比自己大两岁，在另一所小学教语文，两个人感觉也对眉眼，就毫不商量地好上了，孩子不经意间就有了，二十四岁奉子成婚，如今孩子十四岁了，个头比她妈还高，亭亭玉立，好苗子，难得的是不娇气，画画

350

也努力，反正做父亲的，也觉得有些欣慰。自己快奔四十，在乡镇中学混，混得不出彩，也就是过家常小日子，看样子女儿比自己强，是不是也算活得不腌臜？

"那祖安你不就行了嘛。说实在的，人这一辈子，将孩子给培养成才了，就是最大的本事，就是终身的成功。"瞿晓芳说得由衷，"自从去年有了女儿，我现在满脑子想的就是怎么样将我闺女给培养好，我家那位也是，对孩子教育也很上心，夫妻目标一致，家里气氛都变得和谐了。"

"这话说得不差。我们家就是这种局面。我和我老婆都是以孩子为中心，我们没孩子之前，还时常闹点小矛盾，有了孩子之后，战线统一了，能互相包容，要给孩子做榜样，是不是？"

"孩子就是家庭生活的润滑剂。"瞿晓芳看着魏静怡，"静怡你还是要考虑要个孩子。"

"那是的。"吴祖安不住点头，"孩子还是要有的好。"

两个老同学都一个劲渲染有孩子的种种乐趣，让魏静怡很是触动。

1

过完年，魏静怡一回到北京，要孩子的事就被提上日程，弄得卫岩纳闷半天，这一趟回娘家，怎么突然来了一百八十度大转弯了？是丈母娘做她的思想工作了？他不好追问，欣然配合妻子的要求，跟她一起去医院检查身体。

等到体检报告一下来，两个人健康都没问题，积极备孕。如果自然怀不上，万不得已，做试管婴儿。这话从妻子嘴里说出来，卫岩都觉得有点不可思议，以前他一提，她就发躁，还跟他大吵一场，冷战了好长时间，如今居然主动说了？他感觉有种云开日出的爽朗感觉。

也或许魏静怡是彻底放开了，卫岩也一改过去那种直奔主题的老模式，处处顺从妻子的心意，两个人的夫妻生活日渐和谐，夜晚也开始懂得白日的亮，星光也不再黯淡，而是充满华艳。魏静怡这才发现，自己结婚结了这么久，现在才真正体会到夫妻生活其实是很美妙的，以前她为什么老觉得烦呢？

过了了将近三个月的和谐生活，夫妻二人惊喜地发现，还是和谐生活有利于孕育，三十八岁的魏静怡终于怀上娃娃了！"早知道这样，咱们真应该及早和谐。"卫岩笑着感慨。

"那主要是你的问题！谁叫你老招我烦呢？"

"好好，是我的问题，我的问题。现在没问题就好，不是么？"

"我特别想要一个女儿。"魏静怡毫不掩饰自己的偏爱。

"儿子，女儿，我都很喜欢。"卫岩由衷地说，"只要有我们自己的亲生骨肉，我都非常知足。"

魏静怡点开手机相册，翻出瞿晓芳女儿的照片，"你看，晓芳家的宝宝，太萌，太可爱了！我特别想要一个这样的小女儿。"

"是很萌，很可爱。"卫岩心里也明白，这生养孩子的事情不是由个人所想，万一生的是一个男孩，那她不失望吗？还是要提前做做功课，"男孩也很可爱的啊。只要孩子健康、聪明就好。"

"男孩太淘，薅不住。柳叶青家的那个淘淘，不好对付，才六岁，柳叶青就有些薅不住了。郭育德又太惯孩子，她上次抱怨还是不要孩子的好。"

"哦，哦，不应该是这样的吧？爸爸要当严爸爸。老婆你放心，万一生的是儿子，就交给我来管教，我保证将他管好。"

"你这话可别说得太早啊。你怎么管教？你一天到晚都在公司里忙，你哪有时间管教孩子？"

"到那时，我就调整我的工作岗位呗。尽量少出差。"卫岩轻轻吁吁气，"我之前还想着要不要考个博士，重新就业，往高校里去？"

"别折腾了。咱们这边的高校门槛高得很，像你这样，就算你费半天劲混个博士，也难进高校。人家高校现在进人，年龄就设限，要求不超过三十五周岁，你想想你就是将博士学位混到手，是不是早过四十岁了？而且你没有海外名校的留学资历，没有一堆拿得出手的论文、项目等之类的科研成果，你没有什么竞争力，你的求职简历恐怕人家连看都不看，就扔废纸篓了。"

"也是啊。也只能是想想而已，比不得三十岁那时候，还有更多机会折腾折腾。"

"你现在就踏踏实实干好你现在的工作，不要东想西想的了。年龄摆在那里，精力也摆在那里，折腾不起的。"

"老婆说得是。人到中年，经不起折腾的。我也只是说说而已，不敢真去折腾的啊。我上次给你发短信说过这事，你都没有理我，那时我就知道你是不赞同的。"卫岩笑起来，"老婆，这又说到养孩子的事，你也别想那么多嘛。大夫都建议了，你现在妊娠阶段，要彻底放松自己。"

"怎么可能彻底放松？我又不是全职太太。我现在还在上着课呢。"

"那课就别上了，跟你们的院长说说，请假行不行呢？"

"算了，过两个多月就要放暑假了。我现在就请假，那上了半截的课程让谁去接着上啊？再说，中途换老师，学生也不太适应。这一学期本科生的课我还是要坚持上完。还有两个硕士生的毕业论文需要再指导一下，要保证她们能顺利通过答辩，要不然我这个硕导当得也是不称职的。"

"老婆真是负责任啊！不过，身体还是最要紧的，尤其是现在怀娃娃了，千万不能太累。累了就得休息。"

"比较麻烦的就是睡眠不好，多年都这样。"

"我每天晚上给你做按摩，是不是要好一些？"

"肯定要好一些。你不就累了吗？"

"做这点小事还能累着？那还是大丈夫吗？给老婆大人按摩，深感荣幸！"

"你又贫（嘴）了。"

"说的是真话啊。老婆，你看咱俩从认识到现在，满打满算是不是也有十四年了？刚开始恋爱，关系好，后来你开始有点烦我，当然都因为我不好，让你不开心。我反思又反思，我们两个人在一起，就得要互相谦让，你看你现在也谦让我，你原来不怎么愿意要孩子的，你现在愿意要孩子，能够谦让，说明你心里还在装着我，这不是爱么？我这心里就很感动。我为我老婆做任何事情都心甘情愿。"卫岩温情脉脉地将妻子拥在怀里，"人总有一天会变老，会从这个世上走掉，如果人一辈子，能跟另一个人牵手，相伴到老，就是很享受的事。孩子也是两个人生命的延续。一想到这里，我就觉得我这辈子没白活，浑身充满劲头。"

"你什么时候变得这么开通了？你以前总是惦记着赚钱，一天到晚都是生意生意的。不过，现在想来，那是你重视小家庭建设，总是希望我们物质生活更好一些。"

"是这样的啊，老婆，你想，咱俩都是从底层走上来的，没有任何背景，没有任何靠山，靠的都是我们自己，不努力改变家里的经济状况，那能怎么样呢？成个家，连一所像样的住房都没有，天天租房住？住别人的房子，交着房租，一年下来也要好几万，弄不好房东还以这理由那理由让你搬走。麻不麻烦？你记不记得，我们第一次租房，刚住了半年，房东就说他大儿子要住这房子，还说实在不行，退我们一点房租，你说咱们能不搬吗？又得重新找房，折腾来折腾去的，挺令人烦躁，你当时嘀咕说，要是我们自己有一套房，就不用这么费劲了。老婆，你知道不知道，你那句话我一直惦记在心上呢。我就暗地里给自己定个目标，五年之内，一定要努力买上一套房，一有房子，我就和我老婆领证结婚。老婆，你看，我这个小目标是不是如期实现了呃？"

魏静怡将卫岩的脖子抱紧，"你的第二个小目标，一结婚，很快就有个宝宝。可是这个目标，因为我的原因，拖延了好几年。这几年，也让你有些憋屈是不是？"

"好事多磨哟，这不快实现了么？"卫岩摩挲着她的脸，"真的，我现在这心都快被幸福的感觉融化了。你看，我们的孩子一出世，我们的生活就真的满当当，有圆满的感觉了。"

魏静怡也摸摸他的脸，"那是你知足。我以前还是有些误解你了。你其实还是个容易知足的人。"

"以前也是我疏忽跟你交流，你看咱俩现在这样谈心，以前是很少的吧？"

"就是少！搞得跟外人没什么两样的。真的说起来，小家庭过日子，真的需要经常这样多沟通。我觉得我们现在这样，就很好。"她说起柳叶青和郭育德，"以前我以为他们会一直过得好。后来才知道，不是那么回事，他们开始确实过得好，等孩子一出世，他们反倒摩擦不断。柳叶青抱怨他们到现在都没有一所看得上眼的房子，房价现在这么高，想买也根本买不起，以前指望学校能提供福利住房，看来也没戏。他们俩在孩子教育问题上，也存在严重分歧，小郭溺爱孩子，小柳对孩子严厉了，他就不高兴。对于孩子，一个严管，一个溺爱，结果会非常糟糕。为这事，小柳跟小郭干过几场架了。要是换成我，恐怕要离婚了。小柳也觉得这样的日子过得没什么劲。"

"哦哦，不能轻易搞离婚的哟，老婆，这种事不是原则问题，要想办法沟通，总是能解决的。你跟小柳关系好，你还是要劝劝小柳。我看小郭人挺好的。"

"嗯嗯，小郭确实不错。小柳脾气有些急躁。我也经常劝她不要太急，凡事慢慢来。"

那天晚上，夫妻二人相拥长谈，重新体验婚后难得有过的和谐美满。魏静怡枕着卫岩的臂弯安逸地睡去，连做的梦都是甜蜜得令人浑身酥软：她心心念念的漂亮女儿降临人间，从此她感觉自己变成了天宫的仙女……

那之后接连两三个月，卫岩每天下班，早早回家。正好公司也招聘了新员工小许和小莫，两个小伙子也还比较能干，逢着出差之类的事情，尽量让他们去，也算是对年轻人的一种锻炼。

家务活卫岩都基本上承包了，其间魏静怡去学校上课，他开车接送。日子过得有条不紊又不失意趣。

一转眼，便是六七月，放暑假，母亲带着小菲儿来京待了两周。在母亲的授意下，卫岩抽空和魏静怡带小菲儿将北京的一些有名气的大学都转了一遍。魏静怡明白母亲的意思，她不让哥哥嫂嫂带小菲儿去玩大学，觉得小菲儿在自己爸爸妈妈面前，不是那么回事，跟着姑姑和姑父去逛大学，小菲儿会很在乎。对于母亲来说，她这个小女儿已经有喜了，最大的愿望也已经实现，如今还有一个愿望，便是巴望自己的孙女考上令人满意的大学。

等大学逛过之后，母亲就要跟小菲儿回老家，说小菲儿下学期高三，暑假上补习班。魏静怡说："不是不让办补习班吗？"母亲说："家长们还是希望孩子上补习班。功课多补补，总不是坏事。这些毛孩子，没有几个念书自觉的，闲在家里，不是玩游戏，就是看那乱七八糟的这剧那剧。"

小菲儿有点不服气，"我现在还是比较自觉的，奶奶。"

"小菲儿还多心呢，奶奶没说你哟。"魏静怡笑起来。

"你明年要是能考到北京这边来，就可以时常来姑姑家，那时姑姑家的宝宝准能认得你这个大姐姐的。"母亲满脸都漾着笑。

其时，魏静安和常红正好进门，他们歇了手中的活，专门过来看望母亲。常红说她跟小菲儿回去，让母亲在静怡这边多待些日子，说这么多年劳顿妈，妈妈也该歇歇了。魏静安也这么说。

母亲不允，当着儿媳妇的面，说话也不绕弯子，"我身体还算硬朗。再说，这么多年，小菲儿跟着我，也跟习惯了，你脾胃躁，孩子要是招你不顺心，你就吼孩子，娘儿俩好的时候，你又恨不能将头都给她，你这样管孩子，管不好。"

常红知道婆母直性子，又是天生的一副好心肠，不管婆母说什么，她都笑漾漾地听着。

"妈，"魏静怡说，"嫂嫂这是心疼你哟。"

魏静安说："你嫂子跟我提过多次，要回家带小菲儿念书，让妈歇歇。妈就是不同意。"

母亲有点不耐烦了，"我身子骨也还行。这么多年都过来了，好歹还有一年，我带带小菲儿又不是不行。你们不要再说这事了。"

既然母亲这么坚持，大家也就不好再说什么。

母亲临走时，一再嘱咐女儿要多保重自己，这么大年龄怀胎稀贵，一定要好好保胎。不待魏静怡说话，卫岩忙接话茬说："妈妈放心好了，我们会注意的。"

翌年花红柳绿的宜人春月，千盼万盼的粉人儿出世了，是个男娃娃，不是自己巴望的小千金，魏静怡难免有点遗憾，但看着宝宝机灵可爱的小样，她还是很舒心。卫岩欣喜自不必言，给双方的至亲报喜，嫂嫂常红早在他之前就将喜讯发出去了。大家都非常高兴，这个乳名望宝的娃可真是个金贵的小人儿。

早在望宝出世前两个月，卫岩就跟魏静怡商量，要不要将嫂嫂请过来帮忙？嫂嫂常红这些年也是在家政公司工作，不如请她过来，家里人更加靠得住。月薪就按市面上的给，不能亏待家里人。这正合魏静怡心意。嫂嫂常红善解人意，手脚又麻利，平日里姑嫂也处得很好。没有比嫂嫂更合适的人选了。

跟嫂嫂常红一提，常红二话不说就同意了，哥哥也非常赞同，妹妹结婚这么多年，这好不容易有喜了，怎么着都得帮忙。只是他们不赞成给月薪，说家里人，帮个忙，还要给钱！说出去，招人骂的！

卫岩说："亲兄弟，明算账，该给的还是一定要给。我们要是找外人，是不是也要给钱啊？再说，找外人委实不放心。家里人贴心啊。"

魏静怡说："嫂嫂和哥哥就不要客气了。请嫂嫂过来，不是一天两天，恐怕孩子以后就指望嫂嫂帮着照看了。卫岩那边的父母年纪都大了，身体都不太好，是不能指望他们看孩子的。妈上次说她以后要帮我们看孩子，说小菲儿现在念书也在下劲，考上好大学也是很有指望的。到时候，她就可以帮我们照看孩子。妈过几年就是八十岁，也该歇歇了。怎么能劳顿她给我们看孩子呢？"

常红点头说："是不能再劳烦妈了。这么多年，也真是让老人家受累了。"

"只是妈的脾气，你们也是知道的，她不服老。我要不让她照看孩子，她还不高兴，是不是嫌弃她老了，不中用了？我只好嗯嗯着说好。到时候妈妈过来，你在我们这里，顺便也帮着一起照顾一下妈。"

卫岩插话说："嫂嫂，你看这样安排是不是就都妥帖了？"

常红点头，魏静安也说："这样安排好！"

"我们家房子也比较大，哥哥也可以过来住。都是家里人，不要拘束。免得嫂嫂在我们这里，哥哥一个人料理自己，嫂嫂又不放心。"卫岩说得恳挚。

常红也认可，"也好也好，家里人的确什么话都好说。"

有嫂嫂常红帮着料理家务，照顾静怡母子，卫岩也非常放心，那段时间他开启繁忙的工作模式，常常熬夜加班。魏静怡说，你也不要太下死劲了，人到中年，比不上年轻时期，得悠着点。

卫岩说，你放心，我会注意休息的。话虽这么说，但卫岩还是明显感觉体力不如以前，容易疲劳。脚踝部间歇性感觉酸胀，夜间睡觉酸胀比较明显。起先也没在意，后来症状有所加重，发现脚踝有肿块，人静卧休息时胀痛得厉害，他感觉有点不好，在网上查了查，像他这种状态的，要引起警惕，弄不好是脚踝骨癌。也没敢在家里声张，第二天一大早，他给副手发了个短信，简单地交代了当天的工作安排，就去医院挂特需门诊。那天他的车牌尾号限行，就坐地铁去看大夫，看的是颇有名气的邹大夫。邹大夫听完他的病情主诉，神色有点凝重，让他去做核磁共振。他很敏感，"大夫，是不是很严重？"

"应该也不是特别严重。这样，你先去做核磁共振。等看完报告再说。"

等拿到核磁共振报告，邹大夫看了看，开了个药单子，说："你先去拿药，让你家属过来一下。"

他心里咯噔一下，他是聪明人，知道这个大夫情商高，"我一个人来的。我媳妇在家坐月子。大夫，您如实照说，我能扛得住。"

邹大夫若有所思地点点头，跟他谈了大致情况，安慰说，你也不要太有心理负担，好在你这是早期，还是很有希望治的。我们一定要积极面对。说实话，这种病，积极配合治疗是一方面，更重要的一方面，还是你自身的免疫力和你的心理状态，你要加强营养，想办法提高你自身的免疫力，保持良好乐观的心理。如果你有很强的免疫力，你也能保持心情舒畅，实际上就等于帮你抗病，这是超过任何药物治疗的。……

卫岩很是感激，很少有大夫能这样推心置腹地跟病人说这些。只是他很清楚，大夫不过是在宽慰他。得了这种病，要做最坏的打算。

从医院出来，阳光惨淡得似乎要吐血，让他有种眩晕感，直感到头重脚轻。他的情绪非常低落，自己的好日子刚刚开头，竟出现这种意想不到的糟糕状况！都说人有旦夕祸福，但实在不能接受这样的灾祸降临到自己头上！不敢想象，他万一有个好歹，妻子和幼儿怎么办？他曾郑重对她承诺，儿子由他来管教，他一定要将儿子管教好。她本来就常常睡眠不好，他要不在了，她是不是夜夜都难眠了？……

坐在地铁上，思前想后，神情有些恍惚，满眼是泪，怎么也忍不住，旁边的人一直关切地看他，也不便问。等到车停，出地铁，他依然止不住泪。两个同座，跟他年纪相当，一个中等偏瘦，一个高个富实，紧跟在他身后，忍不住说："哥们，你，你没事吧？""有什么事，一定要想开点啊。留得青山在，不怕没柴烧。"他摇摇头，又点点头，哑着声音说，没事。谢谢。两个中年人又安慰几句，这才同情地看着他抹抹泪离去。

没有回公司，也没有回家，到附近的公园，坐在僻静处的长椅上，畅快淋漓地流泪。想起陌生人劝他"留青山"，更是悲伤，他怕就连青山都留不住的，他并不惧死，人最终总是要死的，他最惧的是他没有做完他该做的事情，人就没了，他不能再好好赡养自己的父母双亲，不能再好好地教养他和她的儿子，陪她一起白头到老。

他在公园里坐了很久，努力平复心情。邹大夫说得没错，已经是这样了，也只有好好面对。邹大夫替他乐观，说是早期，应该也能控制得好，关键就看自己的免疫力和情绪调节。他选择相信邹大夫的话。他要努力好好地活，为儿子活，为她活，为父母活，让他们都有感情寄托。他不能让家里人知道，尤其不能让她知道。万一瞒不住，就说是良性。

妹妹卫鸾来了一条手机短信：哥，今天爸生日，你记着打电话回家。又补一条：知道哥忙。多保重身体。有空去看姐姐和小宝。

他掏出湿巾，抹抹眼，喝了几口矿泉水。给父亲发了一个短信：爸，生日快乐！前几天在网上购了两盒西洋参和两桶速溶麦片，收到没有？小魏和孩子都好。我也好。爸和妈放心。多注意身体。

以前每逢父母生日，都是直接打电话的，今日不敢轻易打电话，怕父亲听出自己的声音不对，起疑心。

给卫鸾回了一条短信："已给爸爸说过了。你也多注意身体。"

旋即卫鸾的短信来了："哥不方便通话吗？"

"嗯。回头再说话。"

到旁边一家看上去很干净的粥品店吃了一大碗杂粮粥，又加了五个鲜虾蒸饺。近期胃口不太好，但他还是强迫自己多吃点，只要吃下去不吐出来，都必须吃。

回到公司，处理了一些近期的事务。专门去找叶天宇，毕竟两人是一出大学校门就一同携手打拼的好兄弟，这样的大事绝对不能瞒他。

叶天宇一时愕然，平素看上去壮实的这么一个人，怎么得这种怪病！这才刚做的爸爸啊！"兄弟，你一定要挺住。好歹还是早期。"他不惜现编个谎话安慰，"我的一个远房亲戚，也是这样的毛病，早期，做手术后，保养得好，现在还活得好好的，算来也有二十年了吧。我想你要保持好的心态，也会有好的结果。"

"大夫也这么跟我说，带癌生存，活二三十年的都有。"

"别的事情你都一概放下，听大夫的，赶紧做手术，安心治病。你媳妇那边，我们一定帮你保密，万一问起来，就说你出远差。"

好兄弟就是好兄弟，想得也很周到，做手术那天，叶天宇亲自过来，帮着找靠得住的护工护理，在卫岩住院期间，他还特意去看望魏静怡母子，带了产妇营养品、德国进口奶粉和一辆高级童车，说最近公司谈一笔外贸大订单，需要卫岩去洽谈，双方都要求做好保密工作，所以这段时间卫岩没法正常跟家里人联系。叶天宇对此深表歉意。魏静怡说，没事的，叶大哥，理解理解。家里有嫂嫂帮衬我们，大哥让卫岩安心谈生意。大哥百忙之中，还特地来看望我们母子，破费很多，真的很感动！

卫岩手术做得比较成功，恢复得也还不错。邹大夫很高兴，说病人积极配合治疗，效果就很不一样。他建议卫岩术后采用中医调理，嘱咐一定要定期复查。邹大夫还告诉他：在心理上，一定不要将自己当病人，也少跟那些情绪悲观的病友来往；但在饮食、体育锻炼等方面，一定要时刻提醒自己是病人，平时要注意饮食，禁烟禁酒，运动也要适度。你要真真切切地做到这两点，你应该是没什么事的。卫岩谨遵邹大夫的嘱咐，信心倍增。

生活重新步入正轨。

孩子生出来，就不愁长，一转眼，半岁了。母亲从老家过来，看到小外孙白白胖胖的，同年画上骑鱼娃娃一样招人疼爱，两眼都快笑合了缝。她的愿望基本上都落愿了。小菲儿已经到省立重点大学念书去了，虽然没能考到北京，但小菲儿有志气，说要像姑姑一样，本科念完再考研究生，让她非常欣慰！她现在可以安心地享享清福了，到小女儿家帮着照看小外孙，也是她现下最大的乐趣。

母亲成天就喜欢跟小望宝唠叨，小望宝似乎对她说话感兴趣，黑亮的小眼盯着她，小嘴不时发出呵呵声，像是在跟她聊天。在老家，小外孙要喊她外婆，但在北京这边，小外孙还是要顺着这边的习惯叫她姥姥。她也学着适应这种称呼。只是她再怎么学着适应，也还是一口浓郁的皖西南方言。

常红笑着说："妈，您说老家的土话，小望宝听多了，怕一开口说起话来，也是我们老家的土腔调哩。"

魏静怡笑笑说："不要紧，小孩子语言接受能力强。就算他能说老家的话，等到他跟那些说普通话的人在一起，他照样会说普通话。"

小望宝长到快十个月，更变得爱"说"起来，成天咿咿呀呀个不停。卫岩开心地说，小望宝在练声啊。魏静怡说，大概想开口说话了。

那个星期六，柳叶青和郭育德带着淘淘过来看小望宝。他们是开车过来的，后备箱里都是送给望宝的东西，除了两听婴儿奶粉是现买的，其余的都是淘淘用过的物品：玩具、童装和学步车，八九成新。柳叶青说："淘淘非常愿意将他的东西送给小弟弟。"魏静怡说："那太感谢淘淘啦！"卫岩抱起小望宝，说："望宝，淘淘哥哥给你带来很多好东西，谢谢哥哥啊。"

小望宝很兴奋，手舞足蹈，嘴里不停地咿咿呀呀，突然蹦出"爸—爸—爸"，卫岩激动不已，叫道："听听，我们的望宝居然先喊'爸爸'了！太看得起爸爸了！"

魏静怡笑着说："一般宝宝都是先喊'爸爸'的，'爸爸'是开口呼，容易叫。很快他就会喊'妈妈'了。'姥姥'和'舅妈'不太好发音，叫得要晚一点。"

柳叶青说："我们家淘淘也是先喊'爸爸'，后喊'妈妈'的，'姥姥'是后来才会喊的。"

郭育德说："听到淘淘先喊的是'爸爸'，当时我也非常激动。"淘淘看一眼郭育德，有点不以为然，"爸爸，你激动什么呀？"魏静怡笑笑，"淘淘长大了啊。"

郭育德笑了，"可不是长大了么？一转眼就是小学生了。也懂事一点。"柳叶青微笑说："钢琴也弹得有些像样了。"

"那很棒啊！"魏静怡和卫岩都夸赞。卫岩抬起小望宝的手，冲淘淘摇了摇，"小望宝要向淘淘哥哥学习！"望宝咯咯笑，冲小哥哥咿咿呀呀起来。淘淘笑笑，过来摸摸望宝胖乎乎的小手，很开心。

没过几天，望宝果真会喊"妈妈"了。渐渐地，能叽里呱啦地说整句话。卫岩一有空就陪他玩，给他讲各种故事，有时自己现编，有时先看一些童话书，再讲给孩子听。孩子黏他黏得比较厉害。只要他在家，望宝基本上就找他，只有饿了，才找妈妈喝奶，弄得妈妈有点小失落，说这个小望宝真有点不像话的，只将妈妈当奶牛了么？卫岩笑得前仰后合。

万里寄来一个大包裹，都是送给小望宝的益智玩具：宝宝健身架玩乐架、早教故事机和智能有声挂图本。他和海容现在不只卖童装，还卖其他的婴幼儿用品。两个年轻人很有上进心，说要努力多攒钱，将来找一个好的市口，买那种带底商的房子，楼上居住，楼下开一家"母婴生活馆"，实体经营结合电商平台销售，应该很不错。魏静怡说，那得需要多少钱啊？万里说，估计至少得六七百万。魏静怡说，那你们还是要加紧攒钱呢。房子到时候真要买，小姨尽力支持支持。

过了一段时间，万里来电话了，说他那边现在有一个很不错的底商房子，附近各方面配套设施都很齐全，房子也比较大，居住和开店应该足够。房主准备移民加拿大，房子着急出手，总价五百五

363

十万，比市面上要便宜五六十万，但要求十天之内现款全付。碰到这样合适的房子很难得，所以他和海容合计半天，还是很想买下来，只是一时凑不够那么多现款。他和海容这几年没日没夜地辛苦打拼，积攒有二百一十万，海容职高毕业就跟着她的表姨出来开童装店，之前也攒有自己的私房钱，有六十万左右，她跟她那边的亲戚朋友借了一圈，借了一百三十万，现在手头总共凑了四百万。魏静怡说："你们也很不容易啊，小姨这边给你尽量凑一些，你爸妈那边也凑一凑嘛。"万里说："嗯嗯，我也准备跟他们说。"

万山和魏小叶听儿子说要买房，也比较支持。经过这么多年积攒，他们也还是有百万左右的家底。万山觉得，对于儿子儿媳妇这样的年轻人，还是不能让他们早早就安逸了，有意要给他们一点压力，就说："这一百万，其中有五十五万是向别人借的，你们到时候有钱还是要还回来的。"他在魏小叶跟前也这么说，要不然，魏小叶溺爱儿子，合盘一托，他的心思就白费了。

"爸放心，借的钱尽快还。这是信用问题。我和海容商量，准备搞点商业贷款，好尽快还钱。"

"商贷利率高，你们不要搞什么贷款。爸这边都是跟铁杆关系借的钱，不着急还。你们有钱就还，五年之内能还就行。"

"要不了五年，两三年差不多就能还。爸，借钱也是欠人家的人情，我们就按银行存款利率给人家还钱，您说可好？"

"那也可以。"儿子真真确确跟以前不一样了，变得如此知事懂理，让万山很舒心，这才是我万山儿子的真正样子嘛！

万里那边还缺五十万，就指望小姨这边了。魏静怡跟卫岩商量：咱们这边给万里凑一凑？

其时卫岩刚从医院复查回来，目前状况还可以。但他心里很清楚，病总还是在那里，五年之内属于危险期，随时都有复发的可能。邹大夫一再叮嘱他，不能掉以轻心，但也要保持乐观心态。乐观归乐观，他也还是要做坏的打算，他私下里又给她和孩子买了一些保险。为避免买保险掉进坑里，他认真研究了一番，选择那些值得买的保险（重疾险、医疗险、意外险和定期寿险）。自从得病以来，他比以前更加看重积蓄，他想为她和儿子多留些家底，所以他骨子里是不太愿意再借钱出去。当初借给魏静安的二十万到现在都还没有还回来，想着平素大舅子两口子也爽直，嫂嫂常红又尽心尽力地帮他们料理家务，带孩子，他也就不计较还钱的事，甚至他都不指望大舅子还钱了。如今万里买房借钱，他觉得借二十万比较适宜。但妻子的意思是要给她外甥凑五十万，念着妻子对外甥素来看重，他还是要表示支持，"万里积极买房是好事。那就凑一凑啊。"话又说得委婉，"只是万里要得太急，就怕我们一时半会儿拿不出那么多现金。我们的钱大都入了公司的股份，买基金买保险的钱，又拿不出来。"

"你又买保险了？"她并不赞成他买保险，总觉得保险多半是忽悠人的，拉保险的人哄着你花言巧语地买，等到理赔的时候，给你弄一堆麻烦！

"哦，还是以前买的。"他搪塞说。

"那五十万现金，确实也不是马上就能拿出来的。"魏静怡将手中的存单合起来看了看，眼下只能拿二十万。"你去想办法凑一凑嘛。"

卫岩说："现在身边的熟人手头怕都没有留多少现金，大家大都拿余钱理财去了。就算厚着脸皮跟别人开口借，也至多借个几万，还都是莫大的面子了。"

"那怎么办？我都答应万里凑钱了。"

"那还是想想办法吧。实在不行的话，找一下老叶大哥。"

嫂嫂常红在一旁听得真切，插话说："静怡，小卫，要不这样，我们这边凑二十万。那原来是准备还给你们的。"她给魏静安打电话，说了大致情况，魏静安心下有点不爽，万里买房都不跟他这个大舅通个气，也是看轻他这个大舅没有钱借？他让妹妹来接电话，说："静怡，那二十万算是哥还给你们的，我跟万里说一下，到时候让他直接还给你们，省得转来转去的。"

"哦，这样倒也是可以的，哥。"魏静怡舒了一口气。卫岩说："万里钱也是要得太急，要不然大哥的钱也不必拿的。"

"小卫说哪里话？亲兄弟，明算账，这钱早就应该还的啊。"常红笑说。

还差十万，暂时跟卫鸾转借一下。卫鸾很大方，说哥，十万够不够？不够，再凑你五万？卫岩说够了，过两个月就还你。卫鸾说不急的，哥。

五十万，一天就凑齐了，转给万里。万里有些激动，说还是家里人贴心！这钱会尽快还小姨！魏静怡说不急，你也不要有压力。万里说，借钱要讲信用。年前准备还小姨二十万，余下的明年还。

卫岩有些欣慰，冲魏静怡点点头，"万里讲信用，很不错，生意肯定也能做好。"

小望宝已经学走路了，坐在学步车里满屋子跑，爸爸躲在门后，跟他藏猫猫。望宝从一个房间跑到另一个房间，不时地喊：爸——爸！卫岩从门后探出头，"喵喵"学猫叫，望宝张望着四处找，见到爸爸露脸，咯咯地笑个不停，快活无比。

卫岩也陪着孩子笑得开怀，笑中带着泪。有孩子的家庭生活热闹而又温馨。每天都充满期待。但愿这样幸福的日子能够长久！

卫岩将病历藏在书柜顶层的一堆档案袋中，还是被魏静怡无意中发现了，她禁不住泪水长流，"这么大的事，你都瞒着我？"

"哦哦，老婆，好事我全都如实禀报的。"卫岩目光温煦，"你看，我现在不是好端端的么？"

魏静怡依然眼泪汪汪，"这么大的事，都瞒着我！你一个人扛着！你，将我当成你什么人了？"

小望宝坐在地毯上玩积木，抬起头，看到泪眼婆娑的妈妈，仰起小脸说："妈妈，哭啊？"一个劲地摇头，"哭，不乖哟！"

"呵呵，是的，是的，哭，是不乖的。"卫岩笑起来。

魏静怡赶忙拿湿巾抹泪，怎么也抹不完，索性走出去，找个无人的地方痛哭了一场。

母亲跟嫂嫂常红从菜市场买菜回来，见魏静怡两眼红红的，"静怡，你眼睛怎么了啊？"

"没事的，妈，刚才有飞虫进眼了，揉的。"

常红环视屋里，有点疑惑，"没见家里有飞虫啊?"

"我刚才开纱窗了，是外面飞进来的。"

母亲从自己的包里找出眼药水，"你点一下，消消炎?"

"不用的，妈，过一会儿就好了。"

小望宝扔了积木，爬起来，晃晃悠悠地过来，抱住妈妈的腿，"妈妈，乖!"

魏静怡强作欢颜，抱起小望宝，亲亲儿子粉嘟嘟的小脸，喃喃着说："宝宝更乖!"

后 记

　　耳畔满是辨不清的市声，临窗流眄静坐，白云在青天上徜徉，日光在南风中流转，又是一个寻常得不能再寻常的下午，却是颇值得一记的，长篇小说《低落尘埃》终于圈上最后一个句点。只是写作的愉悦主要还是在写作的过程当中，拙著一俟写毕，并没有原先预想中的兴奋，倒是有一种下山见日落的感觉，等待当天的日历翻页之后，再生发翌晨看日出的兴头。

　　在尘世生活的圈子里蹦跶来蹦跶去，兜兜转转，蓦然回首，发现还是那个曾经的自己——虽然外在的皮囊经岁月风霜的严逼而变得憔悴不堪，但内在的灵魂依然没变，依然一如既往的卑微而又自立。没有高妙的理想，只想活成自己想要的那种光景。

　　多年前，读张爱玲早期散文《我的天才梦》，印象最深刻的是文末的那句"生命是一袭华美的袍，爬满了虱子"。这句富含人生意蕴的隽语出自十八岁的张爱玲之手，不得不叹服她少年老成，尚处于青春年岁却有如此敏锐、深刻的生命体悟。她说的这句话俨然就是一种人生魔咒，对于生活在滚滚红尘中的凡夫俗子而言，又有谁能彻底逃脱这种魔咒呢？

　　两年前的某个初秋日，出去购物，经过小区花园，看到一个长相不俗、衣着端庄的年轻女子坐在长条椅上，手中把玩着手机，神情异常落寞。购物回来，见她依然坐在那里，神情又分明变得有些哀戚，她似乎在尝试着跟什么人通话，但她自己却又沉默不语。现在回想，她大概也是遭遇这种"魔咒"吧。不知道她现在怎么样了，从那之后，在小区里再也没有碰到过她。也许是心有所念，在写《低落尘埃》的过程中，每每写到女主人公魏静怡，脑海中就不经意地浮现那个女子的影像来。

人生不如意事十之八九，人活在世上，每天都有可能面临这样那样的烦恼，犹如被虱子咬噬一般令人心神不宁。若烦恼一时排解不了，一味纠结，只能使心情更糟糕。倒不妨调整心态，坦然面对。范晔在《后汉书·郭太传》中记载的那个孟敏就是如此。孟敏挑的甑（古时一种蒸食的瓦质炊具）不小心掉在地上（摔得粉碎），孟敏若无其事，看也不看就兀自离去。名士郭林宗见了有点不解，上前询问其原因。孟敏说，甑已经破了，看它又有什么用呢？郭林宗便觉得孟敏与众不同。

的确，换作一般人，面对破甑会有些懊丧，像孟敏这样"堕甑不顾"的人恐怕不多见。姑且不说别人，单说我自己，就很难做到。那次不小心打碎了一只青花瓷碗，这只碗自己平时吃饭专用，一转眼却碎成几片，心下有点不舍，将几个碎片拼接起来，搁在厨房的窗台上，过了很长时间才将它扔掉，扔之前，还特意留了一片。以前母亲在世，习惯于用碎碗片刮除丝瓜和葫芦的皮。目睹这个碎碗片，很自然地又念起母亲，心不免戚戚。强迫自己将思绪拉到人生规律上来，生老病死是人生的自然规律，母亲逃不脱，我最终也逃不脱。还是要往开处想，好好利用有限的余生，做点有意义的事。这样想想，才有所释然。

人到中年，阅世经历不可谓不丰富，也自有深切的感受：世俗生活的点点滴滴、来来去去的各种人事，莫不是以低落尘埃的姿态，最终遗落在岁月的风尘里，成为一种渐渐消失的记忆。而我还是希望能以有形的文字将它们留存起来，等到将来自己日薄西山时，坐在藤椅上，披着绚丽的晚霞，慢慢地将它们翻阅品味，那大概也称得上人生晚境中的胜景，自己也算不枉在尘世间走了一遭吧。

在所有的文学体裁中，我最钟爱小说，因为写小说是一种很好的精神寄托。每写一部拙著，主要在于愉悦自己，并没有想着一定要将它拿出去出版。何况商业化时代出书，是很不容易的，尤其对我这样一个始终游离在文学圈子外写作的业余作者，出书更是一种奢望。

又不由自主地想起当年拿着长篇小说书稿去 ZJ 出版社投稿的情形。当时还是在一位朋友的鼓励和陪同下去的（朋友跟出版社的编辑比较熟悉），直接带我见某编辑室的主任 W 先生。W 先生翻了翻我的书稿，淡笑说，这小说要是某某某（一文坛大腕）写的，我们肯定就能出。

我当时甚感诧异，ZJ 出版社对外号称"国家级大型文学出版社"，也算一个"名社"吧，堂堂"名社"的一个编辑室主任，就这样当着作者的面，"率直"地表示看人不看稿吗？我不发一言，不卑不亢地予以哂笑回应。作者和出版社编辑之间交往，是需要缘分的——这缘分必须以彼此尊重为前提，若和对方没有缘分，绝不要去强求，强求只能让自己跌份。

我始终相信，一个写作者是要靠作品说话的。我也始终相信，出版社的编辑队伍中，有很多是很敬业的，也很尊重作者。在我写作的这些年，就遇到一些值得信赖的编辑老师。中国文史出版社的责编程凤老师便是其中一位。

2016 年春上，经散文家徐迅老师诚挚荐引，我和程凤老师得以结缘，彼此合作很愉快。我的两部拙著（长篇小说《木兰花》《青青果》）经程老师责任编辑，于当年 9 月一并顺利出版。如今在她的热心敦促下，拙著《低落尘埃》如期完稿，即将由中国文史出版社付梓。对程凤老师和中国文史出版社深以为谢！

作者

2020 年季夏于北京